D1613112

MINUIT

Paru dans Le Livre de Poche :

BOHÈMES

LES ENFANTS

LIBERTAD !

ROMAN NÈGRE

DAN FRANCK

Minuit

RÉCIT

GRASSET

© Éditions Grasset & Fasquelle, 2010.
ISBN : 978-2-253-16212-4 – 1re publication LGF

Pour mon père.

I

LIGNES DE FUITE

3 septembre 1939

La guerre – celle-ci ou une autre – cela
équivaut à l'éclipse de toutes les choses
de l'esprit.

André BRETON.

Août 1939 : le monde s'affole. Dans les ambassades et les chancelleries, les palais présidentiels et
ministériels, les portes claquent sur la guerre immi-
nente. Les accords de Munich ont été ratifiés un
an plus tôt sans que la tension entre les puissances
retombe durablement. Après avoir envahi l'Autriche
et le territoire des Sudètes, Hitler menace désormais la Pologne. Le 23 août, dans la stupeur générale, il signe un pacte de non-agression avec Moscou.

Le 29, Berlin adresse un ultimatum à Varsovie : le
Reich veut Dantzig. La Pologne proteste. Le secrétaire
d'Etat au Foreign Office, Lord Halifax, communique
sans interruption avec son homologue polonais.

En France, Edouard Daladier, président du Conseil,
nomme le général Weygand commandant des opérations en Méditerranée orientale et l'envoie à Bey-
routh.

A Rome, Benito Mussolini propose la tenue d'une nouvelle conférence de Munich.

Londres rappelle ses réservistes de l'armée régulière.

Paris réquisitionne les chemins de fer pour de futurs transports de troupes et de matériels.

Dans la nuit du 30 au 31 août, Joachim von Ribbentrop, ministre des Affaires étrangères du Reich, convoque Sir Henderson, l'ambassadeur britannique en poste à Berlin. Quelques heures plus tard, le ministre plénipotentiaire câble un télégramme désespéré à Londres : la question polonaise paraît insoluble.

Le 31 août, dans son bureau de la Chancellerie, Hitler envoie une note confidentielle au commandement militaire allemand : l'attaque contre la Pologne débutera le lendemain, à quatre heures quarante-cinq.

Le 1er septembre 1939, à l'heure dite, les divisions d'infanterie et mécanisées fondent sur Varsovie.

A Londres, dans la matinée, l'armée de terre, la marine et l'aviation sont mobilisées.

A Paris, le Conseil des ministres décrète la mobilisation générale et proclame l'état d'urgence en France et en Algérie.

Le lendemain, Neville Chamberlain, Premier ministre britannique, téléphone à Edouard Daladier pour lui suggérer que la France et l'Angleterre déclarent conjointement la guerre à l'Allemagne. Paris demande un délai de quarante-huit heures : le temps d'achever la mobilisation de ses troupes.

Dans la nuit, Henderson reçoit l'ordre de solliciter une nouvelle entrevue avec le ministre des Affaires étrangères allemand pour le lendemain dimanche. A neuf heures, l'émissaire britannique rencontre l'interprète du ministère. Il reçoit la communication officielle du gouvernement britannique qu'il transmet aussitôt au grand maître du Reich : Londres fait savoir à Berlin que si le 3 septembre, à onze heures du matin, le Führer ne s'est pas engagé à évacuer les troupes allemandes de Pologne, les deux pays seront en guerre.

Une heure après la démarche britannique, M. Coulondre, ambassadeur français en poste à Berlin, fait arrêter sa voiture devant le ministère des Affaires étrangères. Ribbentrop le reçoit. L'envoyé de la France présente l'ultimatum de son gouvernement. C'est le même que celui de Londres. Le ministre communique aussitôt sa réponse : l'Allemagne n'évacuera pas la Pologne.

La Seconde Guerre mondiale vient de commencer.

Pacifismes

> Les généraux qui meurent à la guerre
> commettent une faute professionnelle.
>
> Henri JEANSON.

Trois mois et demi après la déclaration de guerre, à Paris, le tribunal militaire se réunit dans les locaux de la deuxième chambre correctionnelle pour y juger le sieur Henri Jules Louis Jeanson, scénariste, dialoguiste et journaliste, coupable d'avoir écrit des insanités dans les colonnes du journal *Solidarité internationale antifasciste*. Cette gazette, fondée par l'anarchiste Louis Lecoin, avait fait campagne trois ans plus tôt pour l'envoi d'armes aux libertaires espagnols de la FAI. Ceux qui signent dans ses pages sont donc doublement coupables : en 1936, pour avoir critiqué la non-intervention en Espagne appliquée par le gouvernement français ; en 1939, parce qu'ils soutiennent des thèses pacifistes dans un pays en guerre.

L'accusation ne reproche pas à Henri Jeanson d'avoir écrit le scénario de *Pépé le Moko* ou celui d'*Hôtel du Nord*. C'est sa plume de journaliste qui est mise en cause. Celle avec laquelle il a tracé des mots inqualifiables au regard de l'autorité militaire chargée de veiller sur la sécurité nationale. En temps de guerre, on ne peut pas écrire impunément en ces termes au président du Conseil :

> *Sans doute assimile-t-on ma modeste personne à une partie du territoire et entend-on empêcher de soustraire ma silhouette de soldat de deuxième classe aux prochaines corvées de tranchées ou aux caprices de l'adjudant de semaine.*
>
> *Mille regrets, mon Daladier.*
>
> *Cette partie du territoire qu'est mon corps imparfait, je n'en puis disposer à votre guise. Ma mère me l'a donnée en dépôt. Je la lui conserverai jusqu'à mon dernier souffle.*
>
> *Mon corps est à moi.*
>
> *Propriété privée[1].*

Ces lignes valurent le cachot à Henri Jeanson. Arrêté en novembre 1939, il fut conduit à la Santé et enfermé sous le régime des droit commun.

Un mois plus tard, il défend donc sa peau de pacifiste devant un aréopage d'adversaires médaillés et étoilés. L'accusation a lu et relevé quelques phrases écrites dans *SIA*, *le Canard enchaîné*, ou certains autres journaux dans lesquels sévit l'accusé : « La guerre justifie l'existence des militaires en les supprimant. » « Pourquoi les généraux sont-ils si bêtes ? Parce qu'on les recrute parmi les colonels. » Etc.

De quoi faire enrager les galonnés.

---

1. Pour *Solidarité internationale antifasciste*, août 1939, in Henri Jeanson, *Soixante-dix ans d'adolescence*, Stock, 1971.

Pour sa défense, Henri Jeanson peut se prévaloir de nombreux témoignages tous plus honorables les uns que les autres : François Mauriac, Joseph Kessel, Tristan Bernard, Louis Jouvet, Arletty... Autant d'artistes qui ont pris la plume – ou la parole – afin de défendre leur ami, inébranlablement attaché à ses convictions : il est et restera pacifiste.

Le témoin le plus martial a revêtu l'uniforme de capitaine : Antoine de Saint-Exupéry. Son troisième ouvrage publié, *Terre des hommes*, vient d'obtenir le Grand Prix de l'Académie française : immense succès.

Le plus insolent est Jacques Prévert. A la question posée par l'accusation – « Estimez-vous l'accusé ? » –, il réfléchit longuement avant d'acquiescer d'un signe de tête :

« Il aime son chien.

— Pardon ?!

— J'ai dit : il aime son chien[1]. »

Au terme d'une audience mouvementée, le tribunal reconnaît Henri Jeanson coupable de provocation de militaires à la désobéissance et de provocation à l'insoumission d'hommes appelés ou rappelés sous les drapeaux. Sanction : cinq ans d'emprisonnement et trois mille francs d'amende.

Henri Jeanson paya l'amende et prit le chemin de la prison. Là, il relut Paul Claudel : « Quel châtiment exemplaire ! Cette aggravation de peine m'a laissé

---

1. Cité par Yves Courrière, *Jacques Prévert*, Gallimard, 2000.

de la prison un souvenir atroce[1]. » Par chance, il sera libéré quelques jours avant l'entrée des Allemands à Paris.

Jacques Prévert, témoin mémorable au procès de son ami, aurait pu lui aussi se retrouver pareillement enfermé derrière les barreaux pour insolence et pacifisme invétéré. En septembre 1939, il se trouvait à Brest où Jean Grémillon tournait *Remorques* (avec Michèle Morgan et Jean Gabin, en pleine idylle). Il réécrivait les dialogues alors que le tournage avait commencé. La déclaration de guerre avait dispersé les hommes de l'équipe. Le poète-scénariste avait été mobilisé comme les autres. Mais, fidèle à un antimilitarisme viscéral, il avait cherché par tous les moyens à éviter la conscription. Il avait demandé à un chirurgien proche du groupe Octobre de l'opérer de l'appendicite. Ce qui fut fait. Après quoi, il était passé d'une table d'opération du XIXe arrondissement à l'hôpital du Val-de-Grâce, où son ami médecin l'avait fait transférer afin qu'il ne fût pas accusé de désertion.

Par malchance, un officier l'envoya en Bretagne. De là, il fut muté à Bourges. L'appendicite n'était plus qu'un souvenir. Faute de découvrir une méthode plus efficace, Prévert choisit de devenir le roi des crétins. Pendant un mois, il joua les imbéciles. Tant et si bien qu'en novembre il fut

1. Henri Jeanson, *op. cit.*

enfin réformé. Pour angoisse, palpitations, hyperémotivité, spasmes gastriques et intestinaux, exophtalmie, asthénie, amaigrissement, tachycardie et... goitre[1].

Le 22 novembre, il retrouvait Paris. Un mois plus tard, il assistait, navré, à la condamnation de son ami et complice Henri Jeanson.

A Marseille, au même moment, un autre pacifiste de renom sortait de prison : Jean Giono.

Dans les années 1935, l'auteur de *Regain* avait créé les Rencontres de Contadour. Sur un plateau de haute Provence, il réunissait ses disciples et admirateurs, défenseurs comme lui de la nature et de la paix. En 1936, il s'était prononcé contre l'intervention en Espagne et avait rompu avec la gauche qu'il avait soutenue jusqu'alors. Trois ans plus tard, il avait signé une pétition initiée par Lecoin et publié un tract justifiant ses positions, solidement ancrées en lui depuis la guerre de 1914 : *Jamais plus*. Soutenu par le philosophe pacifiste Alain (qui avait applaudi aux accords de Munich), il avait écrit au président du Conseil, Edouard Daladier, pour le supplier de ne pas se lancer dans une guerre monstrueuse. A Marseille, il avait lacéré les affiches de mobilisation. Les horreurs de la Première Guerre mondiale, dont il avait immensément souffert, l'avaient convaincu qu'en toutes circonstances mieux vaut vivre couché que mourir debout.

---

1. Yves Courrière, *op. cit.*

En septembre 1939, ses actions et prises de positions lui avaient valu d'être arrêté. Il avait été emprisonné au fort Saint-Nicolas pendant trois mois. L'intervention d'André Gide et de quelques autres écrivains l'avait libéré.

Pendant huit mois encore, soutenus par les quelques pacifistes qui leur donnaient la main, Giono, Prévert et Jeanson pourraient décliner leurs convictions sans risquer davantage qu'une peine de prison. Mais la drôle de guerre allait finir. Nourrie des pays qu'elle venait de dépecer, l'armée allemande allait se retourner contre l'Europe occidentale. Viendrait le temps de l'Occupation, de la déportation, de la misère et des larmes.

La guerre achevée, au procès de Nuremberg, Alfred Jodl, chef d'état-major des opérations militaires au sein du Commandement suprême des forces armées allemandes, déclarerait :

> *Si nous ne nous sommes pas effondrés dès 1939, cela est dû uniquement au fait que pendant la campagne de Pologne les cent dix divisions françaises et britanniques à l'Ouest sont demeurées absolument inactives en face des vingt-trois divisions allemandes.*

S'ils avaient eu connaissance de cette vérité d'ordre militaire, les munichois et les pacifistes d'avant guerre auraient-ils changé leur fusil d'épaule ?

Mona Lisa prend la route

> L'armée française, « la plus belle d'Europe », et même pas huit semaines de pif paf.
>
> Jean MALAQUAIS.

Juin 1940.

En ce petit matin flamboyant, un dais noir menace Paris. La ville s'éveille sous un soleil voilé par un crêpe couleur de deuil qui s'épaissit dans le ciel clair. Le monde est en feu. L'Europe vient d'exploser sous les coups vert-de-gris d'une armée invincible. La furie a fait sauter les frontières. La Hollande est tombée, et la Belgique aussi. Les Allemands occupent les banlieues. Paris se vide comme une artère crevée. Le gouvernement a fui. Le ciel est noir, l'air pue : Rouen disperse à tout vent ses cuves de pétrole en flammes. La panique se répand dans les gares et les ports, sur les routes embouteillées, dans les wagons bondés, les voitures bringuebalantes, les charrettes attelées... Tout ce qui roule est pris d'assaut. Les maisons sont vides, les immeubles silencieux.

Dans les cours des musées parisiens, des dizaines de camions attendent l'ordre de départ. Ils sont vides. Sur leurs flancs, certains arborent les armes de la ville. D'autres sont aux couleurs de la Samaritaine qui a prêté quelques véhicules. Les plus imposants ont été loués à la Comédie-Française qui y convoie habituellement ses décors. Le théâtre, comme les musées, a voilé la face de ses splendeurs : les lustres ont été décrochés, les toiles roulées, les statues embarquées. Tapisseries et meubles anciens sont à la cave ou placés en lieux sûrs. Autant de merveilles que les boches n'auront pas. Seules restent les sculptures trop lourdes à déplacer. Jacques Jaujard, directeur des musées de France, a veillé à l'efficacité des dispersions. Il connaît son métier : c'est lui qui fut chargé de protéger les œuvres du Prado avant que les franquistes conquièrent l'Espagne.

A l'aube, ce 11 juin tragique, les camions s'ébranlent. Ils se suivent à intervalles. Les chefs de convoi sont à leur place. Des motards font la navette. Ils empruntent des avenues désertées, longent des parcs sans vie. Les églises ont perdu leurs vitraux, enfermés dans les tombes du Panthéon. Place de la Concorde, la base de l'obélisque est cadenassée dans un socle en bois. Des pilotis l'escaladent, bourrés de sacs de sable et de terre. Ces sacs parfaitement empilés qui bouchent les fenêtres du Louvre cachent aussi la fontaine de Médicis du Luxembourg et grimpent comme un rempart le long des murs du palais du Sénat.

Place des Victoires, Louis XIV abrite son sceptre derrière cette muraille qui le protégera des bombes et des balles. Sur le Pont-Neuf, Henri IV a revêtu la même armure. Tout comme les chevaux des Tuileries et les statues, les monuments, les trésors de la ville.

Avenue de Versailles, les gendarmes obligent les camions à se détourner : la chaussée a été endommagée par les bombes lancées sur les usines Citroën. Une Talbot tente de se frayer un passage. A son tour, elle est bloquée par la maréchaussée. La conductrice essaie de parlementer : on ne l'écoute pas. Son amie, assise à sa droite, lui conseille de faire demi-tour. Elle caresse un chat persan qui ronronne avant de prendre place sous le volant, sur les genoux de Peggy Guggenheim, sa maîtresse.

Porte de Versailles, bien obligée, la Talbot fait demi-tour. La conductrice double en grimaçant les camions des Musées nationaux. Quelques jours auparavant, elle a frappé aux portes des administrations pour leur demander de protéger les œuvres de sa collection en même temps que les leurs. Stupidement, les fonctionnaires de l'art et du patrimoine ont jugé que les artistes récemment acquis par l'Américaine – Kandinsky, Man Ray, Dalí, Ernst, Léger, Klee, Picabia, Gleizes, Mondrian, Miró, Tanguy, Giacometti, Arp et les autres – étaient trop modernes.

Peggy Guggenheim est rentrée chez elle. Elle a roulé ses toiles dans des caisses et les a envoyées dans le château d'une amie, près de Vichy. Puis, après avoir bu une dernière coupe de champagne à la terrasse des Deux-Magots, elle a chargé les jerrycans d'essence stockés sur la terrasse de son appartement à l'arrière de sa voiture, et elle a décidé de rallier Megève, où ses enfants et son premier mari l'attendent.

Tant pis pour le patrimoine.

Quelques passants munis du masque à gaz distribué aux Parisiens les jours précédents observent avec curiosité cette petite voiture se faufilant entre d'énormes camions qui tanguent à vide contre les bordures des trottoirs. Profitant de l'aubaine, certains s'accrochent aux ridelles et montent sur les plates-formes. Ainsi perchés, ils rejoignent les fuyards venus du nord et d'ailleurs, englués par dizaines de milliers dans la longue coulée de l'exode. Les familles se sont entassées dans des voitures qui soupirent de toutes leurs suspensions. Les moteurs chauffent derrière les charrettes, les vélos, les brouettes, les chevaux, les chiens attachés, les vaches mugissant... Juchés au sommet d'échafaudages domestiqués par des cordes, des vieillards fatigués scrutent anxieusement un ciel bleu azur que sillonnent des avions dont chacun se demande avec inquiétude s'ils sont français, anglais ou allemands. Vingt-cinq ans plus tôt, à l'aube de la guerre précédente, le fer de lance des armées françaises allait en taxis. Et ceux-ci montaient au front. La boussole a changé de direction.

A Rambouillet, les musées de France calent sur la gare. Les trains sont pris d'assaut par les Parisiens venus là faute d'avoir découvert des places intramuros. C'est l'embouteillage et la panique. Le Nord du pays fuit avant l'abordage.

A la nuit tombée, les convois repartent. Nogent-le-Rotrou. La Ferté-Bernard. Les champs, les fermes sont vides. En contrebas de la route, près des ruisseaux, quelques feux rassemblent des familles épuisées. À Orléans, un tirailleur armé d'un canon monte la garde sur le pont franchissant la Loire. On passe. Il faut faire vite. Reprendre les trésors dissimulés avant qu'il soit trop tard.

Dix mois plus tôt, immédiatement après la déclaration de guerre, trois cents camions affrétés par les Musées nationaux avaient emprunté les mêmes routes. Cette fois, ils étaient pleins. Ils convoyaient les plus belles œuvres du patrimoine national afin de les mettre à l'abri des tirs et de la convoitise germaniques. Le mouvement avait commencé le 28 septembre 1938, à la veille de la conférence de Munich. Ce jour-là, à six heures du matin, un premier transport s'était formé dans la cour du Carrousel du Louvre. Il partait pour Chambord. Il devait précéder d'autres convois qui furent annulés après que les puissances européennes se furent accordées à Munich sur le destin des Sudètes. De même, dans les cathédrales du Nord de la France, des spécialistes avaient remplacé le ciment des armatures des vitraux par du mastic, plus souple, afin de pouvoir les desceller en cas d'urgence.

La trêve s'étant érodée sur le sort de la Tchécoslovaquie puis déchirée sur celui de la Pologne, le mouvement de migration reprit. Le 27 août 1939, quelques jours avant la déclaration de guerre, les cathédrales d'Amiens, de Bourges, de Chartres, de Metz, ainsi que la Sainte-Chapelle de Paris perdaient leurs vitraux, soigneusement descellés et protégés.

Dans les musées, des équipes d'emballeurs professionnels furent chargées d'empaqueter les plus grandes œuvres du patrimoine : en France, mais aussi à la Tate Gallery et à la National Gallery de Londres, en Belgique, aux Pays-Bas, et même en Amérique… Depuis de longs mois, les caves et les sous-sols de tous les musées européens regorgeaient d'emballages, de cordes et de matériaux de protection qui furent tous utilisés. En France, les caisses furent soigneusement répertoriées. Les grandes statues furent enfermées dans des châssis en bois puis hissées sur les plates-formes des camions. On roula les toiles géantes, on les arrima à l'intérieur des remorques de la Comédie-Française, dix-huit mètres de purs chefs-d'œuvre. Avant de les convoyer, des chevau-légers furent dépêchés aux confins de la Loire afin de repérer les itinéraires : il ne fallait pas qu'un pont, un virage trop rude, des fils électriques empêchent les joyaux de la couronne française de trouver refuge loin de Paris.

Ainsi, entre août et septembre 1939, sous le regard ahuri des curieux de passage, la *Victoire de Samothrace*, la *Vénus de Milo*, *les Esclaves* de Michel-Ange, *les Noces de Cana* de Véronèse, *le Champ de bataille d'Eylau* et *les Pestiférés de Jaffa* de Gros déambulèrent sur les routes de France.

Avant la conférence de Munich, *Mona Lisa* fut envoyée à Chambord dans un camion fermé hermétiquement. En 1939, elle fut déplacée au château de Louvigny, sur la Loire. Puis dans l'Aveyron d'où elle partirait plus loin, en attendant des jours meilleurs.

Les premiers refuges, en effet, n'étaient pas si sûrs que l'espérait l'état-major. Le commandement militaire avait surestimé ses forces. On croyait la Loire imprenable. On avait repéré des châteaux au nord du fleuve, protégés, éloignés des cibles et des centres urbains susceptibles d'être bombardés. On y avait soigneusement entreposé les richesses nationales, distribuant les siècles sur plusieurs sites afin qu'en cas de catastrophe des périodes ne fussent pas totalement anéanties. Les biens les plus précieux avaient été enfouis dans les profondeurs des caves. On avait protégé les accès, monté des rampes, installé des systèmes de chauffage et d'aération qui garantissaient la protection des œuvres. L'emplacement des caches avait été communiqué à Londres avec prière, en cas de bombardement, d'éviter ces cibles si précieuses.

Tout cela pour rien. La percée allemande menaçait la survie du patrimoine. Les camions affrétés par les Musées nationaux devaient retrouver les splendeurs mises hier à l'abri, les charger de nouveau pour les conduire plus au sud, en Ariège, dans le Périgord, à Montauban, sur les rives de la Méditerranée... La France la plus profonde possible.

Avant Munich, le convoyage s'était déroulé comme une promenade. Après Sedan, ce fut la précipitation. Tous les conservateurs de musée disponibles furent rappelés. C'est ainsi qu'André Chamson, écrivain, ancien volontaire en Espagne, cofondateur du journal *Vendredi* (et futur maquisard), fut, parmi d'autres, chargé de la protection des œuvres du patrimoine français.

Les convois roulèrent nuit et jour, des heures durant. Ils se dispersèrent au gré des châteaux, chacun ayant la charge d'enlever les porcelaines de Sèvres, les manuscrits rares, les bijoux des siècles passés, Véronèse, Fra Angelico, Rembrandt, le Caravage, Michel-Ange, Delacroix, Courbet, Monet, Toulouse-Lautrec – et les autres – aux fureurs des assaillants.

Le département des Peintures du Louvre emprunta deux routes pour rallier le Sud, qui abritait les plus grands chefs-d'œuvre, ou la Sarthe, refuge des tableaux moins convoités. Les caches avaient été choisies en fonction de leurs emplacements : elles devaient se trouver à distance des villes, des usines, des grands axes, des voies de chemin de fer et de toute autre cible susceptible d'être bombardée ; les endroits humides comme ceux propices aux incendies avaient été bannis.

On vérifia les inventaires, on hissa toiles et statues à l'intérieur des camions, on se regroupa, on repartit. Faute de temps, on laissa en arrière les œuvres les plus grandes tel *le Radeau de la Méduse*, qui resta chez le duc des Cars, au château de Sourches (Sarthe), en compagnie de sept cents autres toiles. Les camions reprirent la route du Sud. A Tours, ils furent freinés par un embouteillage monstre : on creusait des tranchées à l'entrée du pont. Plus loin, des troncs fichés dans le sol pour arrêter les chars ennemis obligèrent les Diesel chargés jusqu'à la gueule à se lancer dans des gymkhanas hasardeux. Les statues tanguaient. Les toiles roulaient. Les moteurs chauffaient. Il fallait désembourber une remorque. Réparer une mâchoire de frein. Vérifier les embrayages. Repartir, rester groupés, se hâter pour franchir la Loire avant que les ponts soient interdits à la circulation.

Le 15 juin, dans la panique générale mais sous un ciel bleu azur, le dernier convoi passait. Trois jours plus tard, les troupes allemandes arrivaient à leur tour. La guerre était finie. Elle avait duré un mois.

Exodes

> Je tiens à une civilisation, à la France.
> Je n'ai pas d'autre façon de m'habiller.
> Je ne peux pas sortir tout nu.
>
> Léon WERTH.

« C'est une drôle de guerre ! » s'était exclamé l'écrivain Roland Dorgelès dans un article publié par *Gringoire* en octobre 1939.

L'expression allait passer dans l'histoire.

A qui la faute ?

Presque aussitôt, les militaires répondirent : au régime parlementaire, à la cinquième colonne, voire au commandement.

« Les erreurs du commandement furent, fondamentalement, celles d'un groupe humain », riposta l'historien Marc Bloch[1]. Pour lui, la défaite résultait de multiples causes, la première étant que les militaires s'étaient révélés incapables de *penser* la guerre. La victoire des Allemands était donc, « essentielle-

---

1. Marc Bloch, *l'Etrange Défaite*, Gallimard, 1970.

ment, une victoire intellectuelle ». Ils avaient gagné
car, entrés pleinement dans une époque qui n'était
plus celle de 1914, ils avaient compris l'importance
de la *vitesse* (de la force mécanique, écrivait le colonel de Gaulle). Ils étaient mobiles face à des stra-
tégies immobiles. Comparés à eux, les Anglais et
les Français étaient des « primitifs ». Ce fut la
bataille de la sagaie contre le fusil. On les attendait
derrière une ligne Maginot inutile qu'ils contour-
nèrent en passant par les Ardennes. Ils bombar-
daient du ciel quand une artillerie insuffisante leur
répondait. Nous étions en 1914 quand ils attaquaient l'année 1940.

> *Si nos officiers n'ont pas su pénétrer les méthodes de*
> *guerre qu'imposait le monde d'aujourd'hui, ce fut, dans*
> *une large mesure, parce que, autour d'eux, notre bourgeoi-*
> *sie, dont ils étaient issus, fermait trop paresseusement les*
> *yeux. Nous serons perdus, si nous nous replions sur nous-*
> *mêmes ; sauvés, seulement à condition de travailler dure-*
> *ment de nos cerveaux, pour mieux savoir et imaginer*
> *plus vite*[1].

Dès 1940, Marc Bloch enfonçait le clou de l'histoire
et de la modernité en accusant pêle-mêle le confor-
misme des perdants, « ses administrations somno-
lentes », « ses politicailleries à courtes vues », « sa
méfiance envers toute surprise capable de troubler ses
douillettes habitudes », vantant, pour le coup, « le *dyna-*
misme d'une Allemagne aux ruches bourdonnantes ».

---

1. Marc Bloch, *ibid.*

Cette Allemagne-là avait donc pris ses quartiers de saison et de demi-saison. Elle avait bousculé les régimes, les partis, les frontières et les hommes. Elle s'apprêtait à tracer des sillons enflammés à travers l'Europe conquise, des surfaces d'occupation que les uns avaient acceptées sinon espérées depuis longtemps quand d'autres se demandaient déjà comment les combattre.

En ces journées fatales, où étaient les écrivains, les peintres, les poètes, les comédiens – les artistes ? Que faisaient-ils ? Où allaient-ils ? D'où venaient-ils ?

Louis Aragon se trouvait sur la frontière belge, dirigeant une unité sanitaire composée d'étudiants. Il parvint à Dunkerque, fut embarqué sur un contre-torpilleur qui le jeta sur les rives de Plymouth d'où, vingt-quatre heures plus tard, il repartait pour Brest.

Il se battit dans l'Eure, se replia sur Périgueux, échoua en Dordogne où se trouvait aussi un très ancien camarade voué à devenir son frère ennemi : Pierre Drieu la Rochelle.

Elsa Triolet vint de Paris dans une voiture affrétée par l'ambassade du Chili. Elle emporta Aragon jusqu'au château des Jouvenel, en Corrèze. Après quoi, l'ancien surréaliste devenu communiste rejoignit Julien Benda, Gaston Gallimard, Jean Paulhan, Pierre Seghers et René Magritte chez le poète Joë Bousquet, près de Carcassonne. Bousquet, paralysé depuis 1918, avait ouvert ses portes à tous ses compagnons de littérature.

Paul Nizan était mort à Dunkerque.

Paul Eluard, lieutenant Eugène Grindel pour l'état civil, batailla dans le Tarn avant de rallier à son tour Carcassonne.

René Char campait en Alsace avec son régiment. Il fut fait prisonnier, s'évada, gagna Bordeaux puis le Lot-et-Garonne et, enfin, L'Isle-sur-la-Sorgue où un nouveau destin l'attendait.

Jean-Louis Barrault retrouva quelques peintres et sculpteurs au sein d'une unité de camouflage avant de se réfugier dans le Quercy.

Le lieutenant Jean Renoir et deux opérateurs tournaient pour la section cinématographique des armées un film sur la drôle de guerre.

Le deuxième classe Marcel Carné bataillait dans les parages de la ligne Maginot.

Sur ordre du ministère de la Guerre, Max Ophuls filmait dix mille hommes de la Légion étrangère chantant *la Marseillaise* dans un camp proche de la frontière espagnole.

Blaise Cendrars, Roland Dorgelès et Joseph Kessel furent envoyés sur les lignes du front comme correspondants de guerre. Pierre Lazareff, patron de *Paris-Soir*, expédia Roger Vailland à Bucarest, puis le rappela fin mai. L'ancien frère simpliste rallia son régiment à Narbonne et fut démobilisé à Marseille, où il rejoignit le bureau régional de *Paris-Soir*.

Jean-Paul Sartre, Emmanuel Mounier, Georges Soulès (Abellio de son nom de plume), Alexandre Vialatte, Jean Anouilh, André Malraux, Jean Cavaillès furent faits prisonniers ; certains d'entre eux s'évaderont.

Dans le Périgord, le sergent Robert Desnos troquait sa tenue militaire contre des vêtements civils et rejoignait Paris à vélo.

Sacha Guitry et Bergson campaient à Dax.

Colette s'occupait de sa fille Bel-Gazou en Corrèze.

Après la fermeture du casino de Paris, Joséphine Baker se réfugiait dans son château des Milandes où elle allait transmettre par radio des informations secrètes aux Alliés.

Charles Trenet se produisait au théâtre aux armées dans le sud de la France.

Darius Milhaud, André Gide, Matisse, Chagall et Tristan Bernard s'exposaient également au soleil de la Provence et de la Côte d'Azur.

Enfermé dans son château au cœur de l'Isère, Paul Claudel vendait des autographes : quatre cents francs la signature du maître[1]. Entre deux séances de marchandages, il mettait la dernière main à une *Ode au Maréchal Pétain*.

Grâce à une permission exceptionnelle, Jean Gabin achevait *Remorques,* de Jean Grémillon.

Raymond Aron s'embarquait pour Londres, et Saint-John Perse, après une étape en Angleterre, pour les Etats-Unis.

Van Dongen courait les planches de Deauville tandis que Matisse se repliait à l'hôtel Regina, à Nice.

A Libourne, Braque plaçait une partie de sa collection de tableaux dans la même banque que celle choisie par le marchand Paul Rosenberg.

---

1. Rapporté par Jean Grenier, in *Sous l'Occupation*, Editions Claire Paulhan, 1997.

Max Jacob priait dans son presbytère de Saint-Benoît-sur-Loire.

Montherlant regardait la mer à Marseille.

Après s'être battu dans les Flandres puis à Dunkerque, Marc Bloch écrivait à Guéret, dans la Creuse.

Bien calés dans leur Hispano-Suiza, Picasso et Dora Maar s'apprêtaient à abandonner Royan pour Paris.

Après avoir quitté le port de Golfe-Juan (où il reviendra bien vite), Francis Picabia épousa Olga Molher dans le Lot le jour de l'entrée des Allemands à Paris.

En 1939, dans les sous-sols où les alertes aériennes l'avaient précipité, Salvador Dalí avait admiré les attitudes fœtales de ses compatriotes, rendus béats par « la sensation intra-utérine » provoquée par « une cave obscure et humide »[1]. Un an plus tard, après avoir distribué leurs biens dans différents appartements parisiens, Gala et Salvador filaient sur le bassin d'Arcachon où ils louèrent une maison. Dalí, désormais terrorisé par Hitler alors que ses penchants hitléro-provocateurs lui avaient valu l'opprobre des surréalistes bien avant le déclenchement de la guerre, y fit construire un abri antiaérien dans le jardin. Et comme cet édifice ne suffisait pas à le rassurer tout à fait, il prit Gala par la main, s'en fut en Espagne puis au Portugal, d'où un navire les conduira bientôt en Amérique.

---

1. Salvador Dalí, *la Vie secrète de Salvador Dalí*, Club français du livre, 1954.

Mobilisé en septembre 1940 comme officier de réserve de l'armée de l'air, le capitaine Antoine de Saint-Exupéry s'était présenté le 4 septembre 1939 à la base militaire de Toulouse. Jean Giraudoux avait bien tenté de le recruter au service d'information qu'il dirigeait, mais Saint-Ex avait refusé l'offre : il voulait se battre. Raison pour laquelle son affectation lui avait déplu : les missions confiées aux aviateurs toulousains étaient d'essence si pacifique qu'elles confinaient à l'inutile. Le pilote-écrivain avait été déclaré inapte aux opérations de guerre autant en raison de son âge que de son état général : les accidents d'avion lui avaient laissé d'innombrables cicatrices.

Antoine de Saint-Exupéry avait remué ciel et terre pour faire oublier ces handicaps. Il s'était montré si persuasif qu'il fut finalement muté dans une patrouille de reconnaissance près de Saint-Dizier : le groupe 2/33 qu'il retrouverait quatre ans plus tard en Afrique du Nord.

Ses actions lui valurent la Croix de guerre. Une semaine après le début de l'offensive du mois de mai, il comprit que l'aviation française n'existait plus et que, sauf miracle, la guerre était perdue. Il sollicita une entrevue auprès du nouveau président du Conseil, Paul Reynaud. Il souhaitait être envoyé aux Etats-Unis afin de négocier auprès de Roosevelt l'envoi d'appareils américains. Il argua de sa réputation, excellente outre-Atlantique où *Terre des hommes*, devenu *Wind, Sand and Stars* en langue anglaise, rencontrait un grand succès. Mais la démarche avait déjà été tentée, et le gouvernement estima qu'un émissaire de plus ne servirait à rien.

Démobilisé en juillet 1940, Saint-Exupéry rejoignit Alger à bord d'un Farman F-222. Au mois d'août, de retour en France, il se rendit à Vichy où il espérait obtenir un visa de transit pour l'Espagne. Le consulat refusa : les positions antifranquistes de l'aviateur étaient connues. C'est finalement par Marseille et Alger que Saint-Exupéry rallia l'Amérique où il arriva au mois de décembre. Six mois plus tôt, Paris avait été déclarée ville ouverte par un commandement militaire en déroute.

Paris, ville ouverte

> Je passe des heures la tête dans mes
> mains, dans une étrange prostration, celle
> du pays lui-même.
>
> Jean GUEHENNO.

Ils sont entrés dans Paris par la porte de la Villette
le 14 juin à cinq heures trente du matin. Venue du
ciel tombait une poussière noire semblable à de la
suie, qui collait aux mains et au visage : les ultimes
vestiges des réservoirs incendiés.

La veille, la ville était restée extraordinairement
silencieuse. Les derniers Parisiens fuyant la capitale
se hâtaient le long des artères menant aux portes.
Avenue de Malakoff, près de la place Victor-Hugo,
Marcel Jouhandeau et sa femme discutaient avec
quelques commerçants du quartier qui s'apprêtaient
à partir à leur tour quand ils remarquèrent deux
hommes allant à pied. L'un d'eux reconnut Elise
Jouhandeau. Il vint à elle et l'embrassa, le regard
noyé. C'était Pierre Laval, futur grand maître de la
collaboration. Larmoyant, mais déjà crocodile.

Douze heures plus tard, le premier motocycliste allemand arrêtait sa machine boulevard de la Chapelle. Il portait un casque, un manteau de cuir et une guirlande de cartouches autour du cou. Il attendit un court instant, se retourna et lança un signal lumineux derrière lui. D'autres motos le rejoignirent. Les pilotes observèrent les parages alentour puis, à petite vitesse, descendirent vers le centre. Le silence dura tout au plus quelques minutes. Bientôt, un camion apparut, puis deux, puis trois. Juchés sur les ridelles, les soldats découvraient une ville dans laquelle la plupart n'avaient jamais mis les pieds.

Le premier char se présenta à son tour à l'orée du boulevard. C'était l'engin de tête d'un escadron qui avait participé à la campagne de France. Canon pointé droit devant, il dirigea ses chenilles vers la Seine. Dans un tintamarre qui faisait vibrer murs et fenêtres, les doryphores blindés suivirent. A huit heures, ils arrivaient aux Invalides. Ils escaladèrent les avenues menant à l'Etoile, passèrent devant le Soldat inconnu et redescendirent en direction de Versailles. A midi, la croix gammée flottait sur le Sénat, au fronton de la Chambre des députés, à la porte des grands hôtels. Des voitures munies de haut-parleurs sillonnaient Paris, ordonnant aux habitants de rester chez eux, menaçant de mort les pillards et imposant l'obéissance aux troupes d'occupation. Le soir, le couvre-feu était établi à partir de vingt-trois heures. Le lendemain, les horloges étaient avancées d'une heure afin de se mettre en conformité avec l'heure berlinoise. La Kommandantur exigeait que les armes lui fussent livrées et que les lumières fussent voilées dès vingt et une heures.

Les jours suivants, ce fut une noria de camions, de voitures et de motocyclettes. Les troupes débarquaient. L'occupant visitait. Appareil photo en bandoulière, il posait devant le Louvre, l'Opéra, l'Arc de Triomphe. En quelques heures, les Allemands dévalisèrent toutes les boutiques de bas de soie. Payant rubis sur l'ongle et faisant montre d'une extrême politesse – ce qui rassura ceux qui cherchaient à l'être.

Pour les uns, la vie reprit presque comme avant. Paul Léautaud, par exemple, descendit de Fontenay jusqu'à Odéon où il acheta des bananes pour sa guenon.

Les autres furent gagnés par un désespoir qui dura plus ou moins longtemps. Simone de Beauvoir se coucha en larmes, se demandant avec angoisse – comme des milliers de femmes – quand les prisonniers, Sartre particulièrement, rentreraient.

Le 17 juin, dans un discours radiodiffusé, le maréchal Pétain annonçait l'inconcevable : l'armistice.

Français ! J'ai demandé à nos adversaires de mettre fin aux hostilités. Le gouvernement a désigné mercredi les plénipotentiaires chargés de recueillir leurs conditions.

J'ai pris cette décision, dure au cœur d'un soldat, parce que la situation militaire l'imposait. Nous espérions résister sur la ligne de la Somme et de l'Aisne. Le général Weygand avait regroupé nos forces. Son seul nom présageait la victoire. Pourtant la ligne a cédé et la pression ennemie a contraint nos forces à la retraite.

(...)

Nous tirerons la leçon des batailles perdues. Depuis la victoire, l'esprit de jouissance l'a emporté sur l'esprit de sacrifice. On a revendiqué plus qu'on n'a servi. On a voulu épargner l'effort : on rencontre aujourd'hui le malheur. J'ai été avec vous dans les jours glorieux. Chef du gouvernement, je suis et resterai avec vous dans les jours sombres. Soyez à mes côtés. Le combat reste le même. Il s'agit de la France, de son sol, de ses fils.

Le premier paragraphe annonçait le malheur ; les suivants l'expliquaient ; le dernier traçait les grands principes de l'avenir : le sacrifice l'emporterait sur la jouissance, on servirait sans plus revendiquer, l'effort présiderait. Vichy en trois lignes.

André Gide admira le discours de Pétain avant de changer d'avis trois jours plus tard. Paul Claudel complimenta le Maréchal en des termes qui seraient bientôt lus (puis publiés) à Vichy entre le deuxième et le troisième acte de *l'Annonce faite à Marie* :

Monsieur le Maréchal, voici cette France entre vos bras, lentement qui n'a que vous et qui ressuscite à voix basse.

Elle n'a pas le droit de parler encore, mais pour faire comprendre qu'elle est lasse.

Il y a cet immense corps à qui le soutient si lourd et qui pèse de tout son poids.

Toute la France d'aujourd'hui, et celle de demain avec elle, qui est la même qu'autrefois !

Celle d'hier aussi qui sanglote et qui a honte et qui crie tout de même elle a fait ce qu'elle a pu !

C'est vrai que j'ai été humiliée, dit-elle, c'est vrai que j'ai été vaincue.

(...)

France, écoute ce vieil homme sur toi qui se penche et
qui te parle comme un père.

De retour de Clermont-Ferrand, Jean Guéhenno
entendit lui aussi l'allocution du maréchal Pétain. Avant
la guerre, ce professeur de khâgne au lycée Henri-IV
avait animé les revues *Europe* et *Vendredi*, proches du
Front populaire. C'est dire qu'il était aux antipodes
d'un Paul Claudel, et que s'il fut lui aussi bouleversé
en écoutant le vainqueur de Verdun capituler en rase
campagne, ce ne fut pas de la même façon :

> *Voilà, c'est fini. Un vieil homme qui n'a plus même la*
> *voix d'un homme, mais parle comme une vieille femme,*
> *nous a signifié à midi trente que cette nuit il avait*
> *demandé la paix*[1].

Le lendemain, quoique exaspéré par l'emploi du
moi, il fut rassuré par l'appel du général de Gaulle :

> *Les chefs qui, depuis de nombreuses années, sont à la*
> *tête des armées françaises, ont formé un gouvernement.*
> *Ce gouvernement, alléguant la défaite de nos armées,*
> *s'est mis en rapport avec l'ennemi pour cesser le combat.*
> *(…) Mais le dernier mot est-il dit ? L'espérance doit-elle*
> *disparaître ? La défaite est-elle définitive ? Non ! Croyez-*
> *moi, moi qui vous parle en connaissance de cause et vous*
> *dis que rien n'est perdu pour la France. Les mêmes*
> *moyens qui nous ont vaincus peuvent faire venir un jour*
> *la victoire. Car la France n'est pas seule ! (…) Moi, géné-*
> *ral de Gaulle, actuellement à Londres, j'invite les offi-*

---

1. Jean Guéhenno, *Journal des années noires*, Gallimard, 1947.

*ciers et les soldats français qui se trouvent en territoire
britannique ou qui viendraient à s'y trouver, avec leurs
armes ou sans leurs armes, j'invite les ingénieurs et les
ouvriers spécialistes des industries d'armement qui se
trouvent en territoire britannique ou qui viendraient à
s'y trouver, à se mettre en rapport avec moi. Quoi qu'il
arrive, la flamme de la résistance française ne doit pas
s'éteindre et ne s'éteindra pas.*

« Quelle joie d'entendre enfin, dans cet ignoble
désastre, une voix un peu fière ! » s'exclama Jean
Guéhenno. Il comprit qu'il n'adhérerait jamais à la
personne du général de Gaulle, mais que son camp
se trouvait de ce côté-là.

Il ouvrit la porte de son jardin parisien. Il tendit
l'oreille. Depuis trente-six heures, chaque fois qu'il
mettait le pied dehors, il ressentait une impression
étrange. Quelque chose de nouveau et d'indéfini. Ce
jour-là, pas plus que la veille ou l'avant-veille, il ne
saisit d'où lui venait cette pénible impression. Il
lui faudrait attendre le mois de septembre pour
comprendre enfin : les oiseaux avaient disparu. Les
oiseaux étaient morts quelques jours avant l'arrivée
des Allemands dans Paris.

L'œil du crocodile

— Pour un changement de nom ?
— C'est ici, monsieur. Comment vous appelez-vous ?
— Adolphe Merde.
— Ah ! Parfaitement, monsieur, et comment désirez-vous vous appeler désormais ?
— *Ernest* Merde.

Jean GALTIER-BOISSIERE.

Quelques années avant la déclaration de la guerre, Edwige Feuillère, Pierre Richard-Willm et Pierre Brasseur se trouvaient en Allemagne sur un plateau de la UFA (Universum Film Aktien Gesellschaft). Le metteur en scène était allemand. Un soir, à Berlin, il avait dû interrompre brusquement le tournage : la bande-son du film avait été perturbée par un vacarme de moteurs suivi de claquements de portières et de bruits de pas éclaboussant le gravier extérieur.

Les portes du studio s'étaient brusquement ouvertes sur une grappe de SS en noir. L'un d'eux s'était précipité vers le producteur, lequel, claquant les talons, s'était raidi en un impeccable garde-à-vous. Trois mots furent échangés. Le producteur s'en fut ensuite auprès du metteur en scène, auquel il transmit un message aussitôt exécuté : les comédiens français furent placés d'un côté, leurs confrères allemands de l'autre.

Un quart d'heure passa. Les SS revinrent en plus grand nombre. Ils entouraient « un petit personnage au visage vert, marchant comme une marionnette, habillé d'un petit imperméable étriqué[1] ». Un lacet de son soulier traînait par terre. L'homme arborait une courte moustache éclairée à l'une de ses extrémités par une tache d'œuf.

« *Heil !* »

Il passa en revue la troupe des comédiens, commençant par ses compatriotes qu'il salua à la manière nazie, main droite levée, poignet fléchi. Puis vint le tour des Français. Pierre Brasseur n'en menait pas large. Il s'était fait le serment de fixer l'œil vert du « crocodile international ».

Hop ! ça y est, il est devant moi, je le fixe, je plonge dans ses fameux yeux vert-de-gris, il prononce quelques mots en allemand que je ne comprends pas et ce que je craignais arrive, je me dégonfle, je baisse les yeux et baragouine comme un imbécile danke schön *comme s'il m'avait fait un compliment. Lâche ? Non. Impressionné ? Non. Mais en présence de quelque chose d'irréel, un Satan trempé dans de l'eau de Javel[2]…*

Le 22 juin 1940, quelques heures après que le

---

1. Pierre Brasseur, *Ma vie en vrac*, Calmann-Lévy, 1972.
2. Pierre Brasseur, *ibid*.

général Huntziger eut signé au nom de la France le texte de l'armistice qui lui avait été présenté dans les bois de Compiègne, au même endroit et dans le même wagon que celui qui avait reçu la capitulation allemande vingt-deux ans auparavant, l'homme au regard vert-de-gris montait dans un appareil qui s'envola de nuit pour la France. A son bord se trouvaient aussi Albert Speer, promu Grand Architecte, et Arno Breker, Sculpteur Préféré.

Une voiture découverte et une escorte attendaient au Bourget. L'équipage y grimpa. Un petit jour printanier se levait sur Paris. Les rues étaient désertes. Les véhicules foncèrent jusqu'à l'Opéra, dont les lustres avaient été spécialement allumés pour le visiteur. Hitler descendit et admira. C'était la première fois qu'il venait à Paris.

Il visita ensuite le Trocadéro puis la tour Eiffel et s'arrêta longuement aux Invalides devant le tombeau de Napoléon. Très ému, il ordonna que fussent transférées auprès de son père les cendres de l'Aiglon conservées à Vienne.

La visite s'acheva par un petit tour à Montmartre : Hitler n'oubliait pas qu'avant d'avoir manié la mitraillette, il avait chatouillé la toile et les pinceaux des artistes.

« *Heil !* »

La femme silencieuse

Qu'est-il resté de Martin Luther, ce petit-bourgeois ?
Son arrière-petit-fils : Hitler.

Alma MAHLER.

Sur une route de France, quelque part entre l'Ariège et le Périgord, un taxi s'arrête. Ses occupants sortent du véhicule. Une femme et deux hommes. Ils regardent, stupéfaits, le convoi qui se profile au loin : un énorme camion attelé à une remorque. Dans celle-ci, s'élevant à plus de trois mètres du sol, ligotée pour résister aux cahots des chemins, aussi fière que lorsqu'elle protégeait les marins à la proue des navires ou dans son sanctuaire de la mer Egée, la *Victoire de Samothrace*, sans tête, sans mains, ailes déployées, blanche dans son drapé en marbre de Paros, fuit la guerre et les pillages. On l'a cueillie sur la Loire. On l'emporte plus loin. Les passagers de la voiture la suivent du regard, fascinés par cette apparition qui se perd bientôt au détour d'une courbe, dans un vallon, tel un mirage en son désert.

Ils n'en reviennent pas.

Ils retrouvent leur place dans le véhicule, le chauffeur à l'avant, les passagers derrière. La femme serre
un sac contre elle : il contient ses plus grandes
richesses. Son compagnon s'enfonce au creux de la
banquette, la nuque appuyée à la custode.

Il s'appelle Franz Werfel. Ecrivain autrichien né
à Prague. Ami de Franz Kafka et de Max Brod, son
traducteur. Homme de gauche. Juif. Considéré comme
l'un des auteurs de langue allemande les plus brillants
de sa génération. Réfugié en France depuis 1938.
Contraint de fuir pour échapper aux Allemands. Ses
livres ont été brûlés puis interdits dans son pays.

Il est petit, un peu gros. Quelques cheveux longs
jouent sur un crâne dégarni. Il a les yeux bleus. Il
est fragile du cœur. Il parle anglais avec l'accent
autrichien. En temps ordinaire, il fredonnerait un air
d'*Othello* ou de *la Traviata* – il connaît Verdi par
cœur – comme il faisait souvent chez lui, à Vienne,
avec Bruno Walter ou Thomas Mann. Longtemps
auparavant, au cours d'un dîner homérique, il a surpris tout son monde en entamant un dialogue poly-
phonique avec James Joyce, les vocalises en italien
constituant la base linguistique d'un échange entre
les deux artistes que la barrière des langues empêchait.

Cette époque-là est révolue. Personne ne rit plus.
Franz Werfel regarde la route avec inquiétude. La
Victoire de Samothrace s'est évanouie en même temps
que les beautés du monde.

La femme assise à son côté ne s'est pas toujours
appelée Mme Werfel. A vingt-deux ans, après avoir

embrasé le cœur du peintre Klimt, elle a épousé
Gustav Mahler, de deux décennies son aîné. Jusqu'à
la mort de son mari, elle fut d'une infidélité constante.
Après, elle devint une veuve joyeuse. Elle offrit sa
main au créateur du Bauhaus, Walter Gropius, et
son cœur au peintre Oskar Kokoschka. Elle était
tout à la fois sa muse et son bon génie. Dans son
atelier peint en noir, il l'attendait. Comme elle ne
venait pas, il allait sonner à la porte de sa maison
viennoise. Elle le recevait. Puis l'éconduisait. Il
patientait dehors, devant ses fenêtres, espérant la
voir et la revoir. Vers quatre heures du matin,
lorsqu'elle éteignait les lumières de sa chambre, il
s'éloignait. Revenait. Repartait. L'amour le consu-
mait. Il vola ses papiers d'identité et fit publier les
bans d'un mariage qui ne pouvait être. Furieuse, elle
rompit.

Faute de la posséder pour toujours, Kokoschka
aima son effigie. Il fit fabriquer une poupée à son
image. Il l'appela *la femme silencieuse*. Elle avait la
taille d'Alma, sa figure et son corps. Elle dînait à la
table du peintre, entre ses amis et lui. Un soir de
ripaille, on arrosa le mannequin. On lui fit boire la
tasse. La rumeur courut : une femme avait été assas-
sinée. Les gendarmes sonnèrent à la porte. Oskar
Kokoschka n'avait tué qu'un rêve.

Alma rencontra Franz Werfel dans un salon vien-
nois à la fin de la Première Guerre. Il avait vingt-
sept ans, et elle dix de plus. Il aimait la fête, les
femmes, les bons vins, la paix, la révolution. Il revenait du front russe. N'éprouvant aucune hostilité à
l'égard d'un prétendu ennemi de la nation, il s'était

effacé lorsque l'adversaire s'était présenté à la porte du pays. Plutôt que de foncer, baïonnette en avant, il s'était assis sur une meule de foin et avait écrit quelques alexandrins.

Alma fut éblouie. Entre Gropius et ce jeune écrivain promis au firmament des lettres, ni son corps ni son âme n'hésitèrent : elle conserva l'un et prit l'autre.

Bientôt, son ventre s'arrondit. Plutôt que de subir un huitième avortement, elle préféra garder l'enfant. Se disant, parmi d'autres douceurs, qu'au jeu des ressemblances elle découvrirait après la naissance qui était le père.

Car elle n'en savait rien.

A trente-neuf ans, elle accoucha d'un garçon prématuré (il vivra deux ans). Gropius était à son chevet. Werfel téléphona pour prendre le pouls de la maman. L'autre lui annonça l'excellente nouvelle. Le mari et l'amant se réjouirent ensemble, chacun croyant être le père.

Lorsque Walter Gropius découvrit qu'il n'était pas le seul, il accepta la situation et se comporta avec générosité et grandeur d'âme.

En 1918, au moment de la proclamation de la république autrichienne, Franz Werfel monta sur les barricades et embrassa la cause révolutionnaire. Les milieux bien-pensants de Vienne s'offusquèrent. La police enquêta. Gropius se porta garant de l'amant de sa femme devenu son ami.

En 1929, l'un s'étant éloigné, Alma divorça et épousa l'autre. Elle avait cinquante ans. Elle était l'amie de toutes les gloires d'Autriche. Son salon était l'un des plus courus de Vienne. Artistes et diplomates y croisaient les membres du gouvernement et du haut clergé. Ils déambulaient sous un portrait de leur hôtesse peint par Kokoschka, passaient devant une vitrine où était exposée la partition manuscrite de la *Dixième Symphonie* (inachevée) de Gustav Mahler. Arthur Schnitzler devisait avec Elias Canetti, lequel s'était épris d'Alma avant de la détester. Ce qui n'était pas le cas de Gustave Charpentier, toujours amoureux. Il confiait ses peines de cœur à Maurice Ravel, bienvenu dans la maison, et aux plus grands chefs d'orchestre de l'époque : Willem Mengelberg, Bruno Walter, Wilhelm Furtwängler, et à tous les musiciens qu'Alma avait aidés – car elle était aussi mécène : Alban Berg lui avait dédié son opéra *Wozzeck*, dont elle avait fait imprimer le livret ; en 1935, il devait interrompre la composition de *Lulu* pour composer le *Concerto à la mémoire d'un ange*, dédié à sa fille Manon Gropius, brusquement disparue.

Venaient aussi Schoenberg, Webern, Strauss, beaucoup d'autres encore, que Mme Mahler-Werfel avait croisés au cours de ses nombreuses pérégrinations : Debussy, Diaghilev, Nijinski, Puccini, Milhaud…

Elle connaissait tout et tout le monde. Elle avait visité l'Amérique, l'Egypte, l'Italie, la Palestine. Plusieurs génies de son temps s'étaient jetés à ses pieds ; hormis Mahler (qui lui avait dédié sa *Cinquième Symphonie*), elle les avait tous abandonnés. Elle avait été une femme flamboyante, libre, généreuse. Tout cela s'était brisé en mars 1938 avec l'entrée des troupes allemandes dans Vienne. Alma avait voulu traverser les mers pour se réfugier aux Etats-Unis. Werfel s'y était opposé : il tenait à rester en Europe.

Ils s'étaient installés au « Moulin gris », une tour de guet située à Sanary-sur-Mer, au bord de la Méditerranée. Ce petit village de pêcheurs était devenu la capitale de la culture allemande exilée. Jean Cocteau y avait amené Thomas Mann et ses enfants. Bertolt Brecht y était passé. Lion Feuchtwanger et Heinrich Mann y habitaient depuis plusieurs années. D'autres, musiciens, peintres, écrivains ou critiques, y avaient également élu domicile. Ces artistes rejetés se retrouvaient dans les cafés du port où s'échangeaient les nouvelles. Ils étaient près de cinq cents à avoir choisi ce Parnasse comme refuge.

Quelques heures seulement après la déclaration de guerre, le gouvernement avait publié un décret ordonnant l'internement des Allemands âgés de dix-sept à soixante-cinq ans vivant en France. Dans tout le pays, les policiers s'étaient invités pour vérifier les papiers, perquisitionner, enquêter. Ils avaient fouillé les maisons de ces réfugiés devenus sujets ennemis. A Sanary-sur-Mer, ils s'étaient acharnés sur Franz Werfel, qui avait été absurdement dénoncé comme espion : la nuit, du haut de sa tour, il envoyait des signaux aux soldats allemands.

« J'écris », s'était justifié Werfel.

On ne l'avait pas cru. On l'avait menacé. Il avait résisté huit mois. Le 28 mai, désespéré, il avait empaqueté ses affaires, commandé un taxi et, sa femme à son côté, s'était embarqué pour un périple dont ils ne connaissaient pas l'issue.

Deux ans auparavant, quelques semaines après avoir quitté l'Autriche, Alma avait été invitée à un festival Gustav Mahler qui se tenait à Amsterdam. Willem Mengelberg dirigeait la *Huitième Symphonie*. Sous les lustres d'une salle de concert archi-comble, la Femme silencieuse avait été aimablement interpellée par le ministre de l'Education.

« Que faites-vous dans notre ville ? »

Il lui avait baisé la main.

« Je fuis », avait répondu Alma.

Sur quoi l'autre avait renchéri, heurté :

« Une dame telle que vous ne devrait jamais employer ce mot ! »

Elle l'avait dit. Elle le redirait encore. Enfermée à l'arrière de la voiture, les cheveux blancs désormais, grande, forte, vêtue de noir, les grands yeux sombres, belle malgré le vol des années, Alma Mahler fuyait.

Franz Werfel, désormais, est d'accord pour partir aux Etats-Unis. Il n'y a plus d'autre refuge. Dans quelques jours seulement, il suffira aux nazis de tendre la main pour saisir au collet les ennemis du régime. Ils ont les noms, ils auront les adresses. La France n'est plus ni assez grande ni assez sûre. L'Italie est mussolinienne, l'Espagne, franquiste, le Portugal, salazariste. Pour les Juifs et les gens de gauche, il n'y a pas de salut de ce côté-là. Mieux vaut tenter de s'échapper par la mer.

C'est également le souhait d'Alma. Mais ni elle ni son mari ne possèdent de visas de sortie. Et pas de visas d'entrée non plus. Dans son sac, Alma a

enfermé quelques bijoux, une dizaine de lettres, les
partitions des symphonies de Mahler, celle, manuscrite, de la *Troisième Symphonie* de Bruckner –
autant d'inestimables trésors qui ne leur permettront
pas, cependant, de traverser l'océan.

Ils ont été à Marseille. Pour rien. Ils roulent
désormais vers Bordeaux, d'où ils espèrent gagner
Hendaye, d'où ils espèrent traverser la frontière
espagnole, d'où ils espèrent… Ils s'arrêtent à Narbonne sans savoir comment ils se sont retrouvés là.
La ville grouille et grenouille. Partout, des réfugiés.
Partout, des malheureux qui cherchent une chambre
d'hôtel, un coin pour dormir. Ils suivent le même
parcours. Pour se retrouver dans l'hôpital de la ville,
chacun sur un lit de fortune, au milieu des pleurs
et des soupirs.

Le lendemain, ils repartent. Ils ont payé le chauffeur et la voiture, huit mille francs qui leur donnent
le droit de tourner à droite, à gauche, de revenir sur
leurs pas, de s'arrêter des heures durant à l'orée de
barrages où on leur demande leurs papiers, où on
les dévisage avec violence car ils sont des ennemis,
c'est marqué sur les cartes d'identité. Ils sont épuisés. Ils sont malades. Le monde d'avant n'existe plus.

A Carcassonne, la route est bloquée. La voiture
ne sert plus à rien. Le chauffeur les salue puis s'en
va. Ils abandonnent une partie de leurs bagages et
marchent vers la gare. Alma serre toujours son sac
contre elle. Franz s'essouffle, une valise dans chaque
main. Ils avancent au rythme de leurs nouveaux
compagnons, des centaines de fuyards qui espèrent

un train pour quelque part, n'importe où mais plus loin, vers quoi ils tanguent et chavirent.

Le train est attendu dans la nuit. Il n'arrivera que le lendemain. Avant même qu'il soit à quai, chacun constate qu'il est bourré jusqu'à la gueule. On s'empresse quand même. On s'entasse. On s'injurie. On a faim. On repart. Douze heures plus tard, on arrive à Bordeaux. La ville a été bombardée. Ses habitants sont paniqués. Les voyageurs s'éloignent de la gare en un flot noir et titubant. Chacun cherche un toit. Une chambre. Un lit.

Franz découvre un matelas où Alma s'allonge, en larmes. Ils sont dans un bordel. Ils ont perdu leurs bagages. Ils s'endorment et rêvent d'une histoire meilleure. Le lendemain, ils repartent. Un taxi les emmène à Biarritz. De là, ils rejoignent Bayonne. Où une rumeur leur apprend que les Allemands sont à Hendaye. La frontière est fermée. Ils ne passeront pas. Ils sont prisonniers.

Nouveau taxi, nouvelle ville. Cette fois, c'est Saint-Jean-de-Luz. Par un hasard qu'ils ne s'expliquent pas, ils se retrouvent à Lourdes.

« Si nous nous en sortons, dit Werfel, j'écrirai un livre consacré à sainte Bernadette.

— Comment ? » dit Alma.

Elle est un peu sourde de l'oreille gauche.

Il répète.

« Moi, dit-elle, je boirais bien une bénédictine. »

C'est sa faiblesse.

Ils entrent dans un bar et commandent deux bénédictines.

L'âme réconfortée, ils font le tour des hôtels. Tous pleins. Ils filent vers la gare, espérant un train pour quelque part. La gare est bondée. Trois convois sont alignés parallèlement aux quais. L'un d'eux contient du matériel militaire. Le deuxième vient des Pyrénées : il transporte des prisonnières gardées par des soldats en armes. Aux fenêtres du troisième, des hommes regardent en direction des femmes. Parmi eux, Franz croit reconnaître un visage.

« C'est Lion ! Lion Feuchtwanger ! »

Lion Feuchtwanger est un illustre écrivain allemand, leur voisin de Sanary. Alma tend le regard. Franz pointe le doigt vers un wagon éloigné.

« Là ! »

Alma ne voit rien. De toute façon, un mouvement de foule les fait refluer.

Ils sortent de la gare.

Reviennent vers le centre de la ville.

Cherchent un hôtel.

Les portes sont closes. A la dixième tentative, Alma s'effondre en larmes. La patronne les regarde et s'apitoie.

« On va essayer de vous trouver quelque chose... »

Ils obtiennent une chambre. Se couchent et dorment douze heures. Le lendemain, ils font le tour des administrations, cherchant un laissez-passer pour quelque part.

En vain.

Ils visitent la grotte de Lourdes. Là, ils espèrent un miracle. Alma se sent mieux ici que partout ailleurs. Franz demande :

« Pourquoi partir ? »

Parce qu'il le faut. Même à Lourdes, les nazis peuvent entrer. Les croix et les croyances ne les protégeront pas de l'enfer.

Ils prient. Le 3 août, enfin, ils obtiennent un sauf-conduit pour Marseille. Ils ont quitté Sanary en mai. Deux mois et demi plus tard, ils atteindront la Canebière. A cinquante kilomètres de leur point de départ.

Le diable en France

> Ecoute, camarade, je vais tenter de
> m'évader. Vise bien.
>
> Walter HASENCLEVER.

Franz Werfel avait vu juste : l'homme du train
était bien Lion Feuchtwanger. L'auteur du *Juif Süss*,
chef-d'œuvre de la littérature allemande, succès
mondial traduit en quinze langues mais dévoyé par
les nazis, était bien à la gare de Lourdes ce jour-là.
Il cherchait, sur la voie d'en face, dans le train des
prisonnières gardé par des soldats français, le visage
aimé et familier de Martha, sa femme.

La dernière fois qu'il l'avait vue, c'était à Sanary-
sur-Mer, cinq semaines auparavant. Le jour où il
était parti pour le camp des Milles. La veille, la
femme de ménage avait fait irruption dans la maison pour annoncer à ses occupants qu'une affiche
avait été apposée sur le mur de la mairie, ordonnant
aux apatrides nés en Allemagne et âgés de moins
de cinquante-six ans de se présenter au camp des
Milles. Feuchtwanger s'était résolu à demander un

laissez-passer pour rejoindre cette destination qu'il
connaissait déjà pour s'y être rendu en septembre 1939,
au moment de la déclaration de guerre. On l'avait
gardé dix jours. Puis, sous la pression de l'Angleterre
et de l'opinion publique française, le gouvernement
l'avait relâché – avec toutes ses excuses.

Cette fois-là, il n'en serait pas de même...

Il avait rassemblé quelques affaires. Il avait droit
à trente kilos. Il avait choisi des vêtements chauds
et un volume des œuvres complètes de Balzac, plusieurs romans imprimés sur papier bible : de quoi
lire sans excès de poids...

Dans le taxi le conduisant vers Aix-en-Provence,
Lion Feuchtwanger songeait à l'accueil que lui
avaient réservé les autorités locales sept ans auparavant lorsqu'il s'était installé à Sanary, après que les
SA avaient pillé sa maison de Berlin. Brecht l'y avait
rejoint. Avec Heinrich Mann, qui habitait là, le trio
incarnait la quintessence de l'émigration allemande.
Feuchtwanger avait écrit cinq livres à Sanary. La
municipalité autant que les habitants respectaient cet
intellectuel connu dans le monde entier, auteur de
dix-huit pièces de théâtre et de plusieurs romans.
Un homme que Thomas Mann admirait et que les
nazis avaient chassé. Deux titres de gloire qui,
aujourd'hui, ne pesaient plus d'aucun poids dans la
balance des respectabilités. A cinquante-cinq ans,
Lion Feuchtwanger n'était rien d'autre qu'un étranger indésirable, apatride, prisonnier, coupable, à ses
propres yeux, d'une impardonnable paresse : il avait
vu grandir le danger ; il l'avait pleinement mesuré ;

mais il se trouvait si bien à Sanary qu'il n'avait pas
voulu en bouger.

Lorsqu'il pénétra dans le camp des Milles, ce
21 mai 1940 à dix-sept heures, Lion Feuchtwanger,
matricule 187, songea qu'il ne connaîtrait plus jamais
la liberté en France.

Le camp était une ancienne tuilerie abandonnée.
Des fils de fer barbelé en condamnaient l'accès.
Trois mille réfugiés politiques venus d'Allemagne,
d'Autriche et de Tchécoslovaquie y étaient enfermés.
Ils vivaient tous dans le Sud. Certains avaient déjà
connu les camps de Dachau ou de Buchenwald.
D'autres allaient arriver, citoyens belges, hollandais
et luxembourgeois. Lion Feuchtwanger découvrit
quelques connaissances : l'écrivain Walter Hasenclever, le peintre Max Ernst, de nombreux intellectuels,
quelques artistes (Hans Bellmer avait été libéré au
début de l'année)…

Tous vivaient au même rythme. On se réveillait à
cinq heures et demie, après quoi on commençait à
courir et à faire la queue. Course pour arriver aux
douches et aux toilettes le plus vite possible, queue
pour l'appel, pour la distribution de soupe, pour
les corvées, course pour la lecture des journaux,
l'échange des nouvelles, le transport des briques…
Cette dernière activité était obligatoire : les prisonniers devaient transporter des centaines de briques
d'un endroit à l'autre, aller puis retour, sans aucune
nécessité, pour rien, simplement parce qu'ils étaient
punis. Matin et soir, ils respiraient cette poussière

de brique qui recouvrait le camp d'un voile rouge nauséabond.

Les briques servaient à tout. Les prisonniers construisaient des tables et des chaises qu'ils démolissaient le soir pour les reconstruire le lendemain. Le jour de Yom Kippour, un groupe de juifs orthodoxes bâtirent un autel où ils déposèrent la Thora. La cérémonie achevée, ils demandèrent à quelques antisémites qui les observaient en ricanant s'ils acceptaient une nouvelle fois de détruire le temple.

Les Allemands approchant, des mitrailleuses furent disposées autour du camp. Puis on ordonna aux prisonniers de construire des tranchées... qu'ils durent reboucher peu après. Ils firent et défirent sans se rebeller. Une seule question les obsédait : Mussolini déclarerait-il la guerre à la France ? La frontière italienne était si proche que deux jours suffiraient aux armées du Duce pour envahir le sud du pays, entrer dans le camp des Milles, livrer les prisonniers aux Allemands.

Les journaux passaient de main en main. C'est à peine si on pouvait les lire encore tant ils avaient été ouverts, feuilletés, refermés, pliés, dépliés... L'inquiétude virait à la peur lorsque les prisonniers songeaient que les troupes hitlériennes entreraient peut-être dans Paris.

Elles y entrèrent.

La peur se transformait en panique quand on imaginait qu'elles franchiraient peut-être la Loire.

Elles la franchirent.

A l'intérieur du camp, la situation devenait explosive entre les prisonniers nazis et les antifascistes. Au

fil des jours, les premiers relevaient la tête et gon-
flaient les pectoraux. Il y eut des bagarres. On sortit
les couteaux. Les politiques décidèrent d'envoyer
une délégation auprès des autorités du camp.
Feuchtwanger fut nommé porte-parole.

Le commandant le reçut. L'écrivain expliqua que
parmi les prisonniers certains étaient recherchés
depuis longtemps par les nazis qui les avaient
condamnés à mort. S'ils tombaient entre leurs mains,
ils n'auraient pas même droit à une esquisse de procès. Seulement à une balle dans la nuque.

« Nous verrons, répondit le commandant.

— Nous n'avons pas le temps d'attendre, répliqua
Feuchtwanger. Rendez-nous nos papiers et laissez-
nous nous débrouiller. Fermez les yeux. Nous ne
vous demandons pas plus. »

Le commandant promit que le moment venu ils
seraient évacués.

« Le moment est venu.

— Les trains ont tous été réquisitionnés. N'insis-
tez pas. On vous préviendra. »

Le soir, un groupe d'écrivains aborda Feuchtwanger. On lui demanda ce qu'avait dit le commandant.

« Il a promis qu'il ferait le nécessaire.

— Pour qui ?

— Pour ceux qui veulent partir.

— Et les autres ?

— Ils resteront.

— Ce serait un suicide… »

Il y avait là Walter Hasenclever. Il prit
Feuchtwanger par la manche et lui posa une seule
question :

« Quelles sont nos chances ? »

Feuchtwanger réfléchit un long moment puis il dit :

« Cinq pour cent.

— Seulement ? »

Feuchtwanger ne répondit pas. Hasenclever opina du chef et conclut :

« Je crois que vous avez raison. »

Les épreuves l'avaient anéanti. Après avoir été déchu de la nationalité allemande, l'écrivain avait vécu quelque temps en Italie où il avait été arrêté lors d'une visite de Hitler à Mussolini. Relâché, il s'était réfugié à Cagnes-sur-Mer, où il avait été emprisonné deux fois puis libéré grâce à l'intervention de Jean Giraudoux, que Daladier avait nommé commissaire général à l'Information. Aurait-il encore la force de poursuivre sur cette route meurtrière ?

Le 20 juin, le commandant convoqua Feuchtwanger.

« Préparez-vous. Vous partirez demain. »

Les prisonniers qui avaient choisi de quitter le camp rassemblèrent leurs affaires. Beaucoup hésitaient encore. Certains espéraient que dans le nombre Hitler les oublierait. D'autres se demandaient pourquoi ils fuiraient encore, et pour aller où. Parmi ceux-là, Hasenclever avait pris sa décision.

Le lendemain, alors qu'il attendait l'ordre du départ, Feuchtwanger fut interpellé par un médecin autrichien qui le pria de l'accompagner jusqu'à la couche de Hasenclever. L'écrivain agonisait. Il avait avalé une dose de poison. On le transporta sur un brancard jusqu'à l'infirmerie. Mais il était trop tard.

Par groupes de deux cents, les prisonniers furent dirigés vers la gare où, jadis, on chargeait les briques. Un convoi attendait. Quelques voitures en piteux état, des wagons de marchandises sur lesquels des panneaux étaient cloués : *Huit chevaux ou quarante hommes.*

Ils s'entassèrent. Comme la place manquait, les officiers ordonnèrent d'abandonner les bagages. Ils s'empilèrent sur le quai.

Le train s'ébranla. Personne ne savait quelle était sa destination. Il lui fallut plusieurs heures pour rallier Sète. De là, il repartit pour Bayonne. Il allait si lentement que quelques prisonniers voulurent fuir. Mais il leur fallait leurs papiers. Les gardes refusèrent de les donner. Certains firent le coup de force et s'échappèrent. Les autres restèrent. Il pleuvait. Le ciel était noir. Les malades geignaient. Beaucoup sanglotaient. Quand le train s'arrêtait, le silence tombait, lourd. Tous craignaient que les portières fussent ouvertes par les nazis. Tous maudissaient les autorités françaises.

Pau. La plupart des gardiens se défilèrent à leur tour.

Lourdes. Le train stoppa en gare. Lion Feuchtwanger ne vit pas Franz Werfel et Alma Mahler. Des yeux, il fouillait les wagons de ce convoi de prisonnières venues de Gurs où, peut-être, se trouvait sa femme. Des billets froissés passèrent d'un train à l'autre. Les prisonniers échangèrent quelques nouvelles. C'est ainsi que les hommes apprirent que la France avait demandé l'armistice.

On repartit. Machine arrière. Toulouse. On sut que l'armistice avait été signé. Une ligne de démarcation coupait le pays en deux. On observa le tracé avec inquiétude. Il rassura : on se trouvait en zone libre.

Le train retrouva la Méditerranée. Revenait-on aux Milles ?

Ce fut Narbonne. Puis Nîmes. Où tout le monde descendit.

Les exilés furent enfermés au camp Saint-Nicolas, dans la banlieue de la ville. Ils construisirent eux-mêmes leurs abris, de grandes tentes blanches de l'armée coloniale semblables à des chapiteaux ronds. Ils dormirent sur la paille. Il faisait horriblement chaud le jour et terriblement froid la nuit. Des soldats montaient la garde, mais les prisonniers avaient le droit de sortir. S'ils ne revenaient pas et si les gendarmes les pinçaient sur les routes, ils étaient ramenés vers le camp, menottes aux poignets, et enfermés dans une porcherie voisine.

C'est à Saint-Nicolas que Feuchtwanger découvrit le 2e alinéa de la clause 19 de la convention d'armistice :

Le gouvernement français est tenu de livrer sur demande tous les ressortissants allemands désignés par le gouvernement du Reich et qui se trouvent en France, de même que dans les possessions françaises, les colonies, les territoires sous protectorat et sous mandat.

Ce texte fit le tour du camp. Il ne laissait aucun espoir aux Allemands, aux Autrichiens, aux Tchèques et aux Polonais concernés. Beaucoup décidèrent de s'évader.

Feuchtwanger parmi d'autres.

Accompagné d'un ami, il faussa compagnie aux gardes. S'enfonça dans les montagnes puis redescendit vers Nîmes. Monta dans un car bondé, occupé par des soldats. Descendit, poursuivit à pied. Nîmes était encombrée de réfugiés. Ils battaient le pavé, dormaient dans les cours, sous les porches. Des dizaines de gendarmes patrouillaient. Mieux valait s'éloigner.

Feuchtwanger et son camarade prirent place dans un car en partance pour Avignon. Le chauffeur quitta son siège, fit quelques pas dans le couloir et, en chuchotant, informa les fuyards qu'ils seraient contrôlés.

Ils descendirent. Cherchèrent un endroit où se cacher, où dormir… En vain. De guerre lasse, ils revinrent au camp.

Quelques jours plus tard, alors que Feuchtwanger s'était éloigné, une femme l'aborda et lui tendit un pli. L'écrivain l'ouvrit. Il reconnut l'écriture de son épouse : « Fais ce qu'on te dira, ne réfléchis pas trop longtemps, le projet est très sérieux. »

« Quel projet ? » questionna Feuchtwanger.

La femme lui montra une automobile qui stationnait plus loin, au bord de la route.

« Vous allez monter dans cette voiture. On vous conduira. »

Feuchtwanger s'approcha. Un homme vêtu d'un
costume blanc descendit de la voiture. Il portait des
gants de cuir.

« Je m'appelle Myles Standish. Je suis vice-consul
des Etats-Unis à Marseille. Martha vous attend. »

Feuchtwanger n'hésita pas un seul instant : il
monta.

A l'arrière, il découvrit un manteau de femme, une
paire de lunettes et un foulard.

« Mettez-les », ordonna le vice-consul.

La voiture s'ébranla. Lion Feuchtwanger enfila le
manteau, chaussa les lunettes, noua le foulard sur sa
tête. Puis, ainsi déguisé en femme, empruntant le
même chemin qu'Alma Mahler et Franz Werfel, il
prit la route de Marseille.

La corde raide

> Il était avec la gauche vaincue en Alle-
> magne, avec les paysans mourant de faim
> en Ukraine, avec l'émigration militante en
> France, avec les républicains en Espagne,
> dans la cellule du condamné à mort à
> Malaga et à Séville, dans le camp du Ver-
> net, dans la Légion étrangère en Afrique,
> pendant les grands bombardements dans
> une prison de Londres, dans l'armée
> anglaise, en Palestine...
>
> Manès SPERBER.

En ce mois d'août 1940, tandis que Paris et la zone
occupée découvrent la botte allemande, quelques réfugiés courent encore les routes de France. L'un d'eux
marche vers Marseille. Il n'est ni allemand ni autrichien, mais hongrois. Citoyen d'une nation neutre,
il pourrait espérer échapper à la curiosité des nazis.
Mais non. S'il était pris, Arthur Koestler écoperait
du même sort que celui promis aux centaines de
réfugiés qui, venus des quatre coins de l'Europe,
cherchent encore une issue de secours : le poteau
d'exécution.

Arthur Koestler combat le fascisme depuis dix ans. Il fait partie de ces aventuriers politiques extraordinairement courageux dont les états de service impressionneraient n'importe quel juge chargé d'instruire à charge ou à décharge : journaliste et écrivain, membre du parti communiste allemand depuis 1931, militant du Komintern en Palestine, en Sarre, à Vienne, Berlin, Paris, Londres, Zurich, Budapest et Madrid, proche du Milliardaire rouge Willy Münzenberg, du sympathisant communiste Frédéric Joliot-Curie, emprisonné et condamné à mort en Espagne, échangé contre la femme d'un pilote franquiste[1]… A peine trente-cinq ans, et déjà un long sillage d'exils, de douleurs, de désillusions, de ruptures.

La dernière l'a marqué cruellement : en 1938, à la suite de l'exécution du camarade Boukharine, Arthur Koestler a rompu avec le communisme. L'Espagne l'avait dessillé. Après sa libération des geôles franquistes, refusant de céder aux objurgations des staliniens, il s'était interdit de condamner les trotskistes. Les procès de Moscou l'avaient puissamment ébranlé. Enfin, le pacte germano-soviétique, trahison suprême et compromission meurtrière, avait achevé de ruiner ce qu'il lui restait d'illusions.

Lorsque les troupes allemandes entrent en Pologne, le 1er septembre 1939, Arthur Koestler vient d'achever *le Zéro et l'Infini*, dont la version anglaise, publiée à la fin de l'année à Londres, lui vaudra l'inimitié des communistes du monde entier.

---

1. Voir *Libertad !*, Grasset, 2004, et Le Livre de Poche n° 30544.

Il se trouve dans le Sud, avec son amoureuse.

Ce fut à ce moment-là, le vendredi 1ᵉʳ septembre 1939,
à une heure, au restaurant des Pêcheurs, du Lavandou,
que la guerre commença pour nous. Dans ma mémoire,
cette heure est marquée d'une fine ligne noire, comme
l'équateur sur une mappemonde, et sépare le Passé,
joyeux et insouciant, de l'âge de l'Apocalypse qui est
encore le Présent[1].

Arthur Koestler prend la route pour Paris, décidé
à rallier l'Angleterre afin de s'engager dans les
troupes de Sa Très Gracieuse Majesté. Il roule toute
la nuit à une moyenne de trente kilomètres à l'heure.
Au nord d'Avignon, dans le pinceau obscurci d'une
paire de phares voilés par les obligations de la guerre,
il distingue les lourdes formes des blindés descendant vers le Sud : sans doute des chars rejoignant la
frontière italienne pour contrer une éventuelle offensive de Mussolini.

Le jour étant venu, il double des convois militaires
remontant à vide vers la frontière belge : futurs
transports de troupes.

Paris s'annonce au terme du voyage. Un Paris
bizarre, inhabituel. Semblables à des zeppelins géants
lâchés en plein ciel, les ballons captifs bouchent l'horizon. Des soldats grimpés sur des bicyclettes patrouillent
dans les rues, casque au côté, fusil en bandoulière. Les
becs de gaz diffusent un halo bleu. Les voitures roulent

---

1. Arthur Koestler, « Agonie », *Œuvres autobiographiques*, Robert
Laffont, 1994.

tous feux éteints. Les passants se dirigent à la lampe de poche. Ils portent des étuis cylindriques enfermant les masques à gaz distribués par la ville.

Quand Arthur Koestler arrive chez lui, sa concierge l'informe que, la nuit précédente, les policiers ont arrêté un habitant de l'immeuble : il était étranger.

« Cachez-vous, conseille-t-elle.

— Je suis hongrois, rétorque Koestler. Je ne risque rien. »

Prévoyant, il rassemble néanmoins quelques affaires dans une valise qu'il place auprès de son lit.

Le 2 octobre, à huit heures et demie du matin, on sonne à la porte. Il est dans son bain. Il en sort. Il croyait voir le facteur, il se trouve nez à nez avec deux policiers.

« Vérification d'identité. Suivez-nous. »

Koestler obtempère. Sa fiancée est en larmes. Un panier à salade le mène au commissariat de son quartier, puis à la préfecture. Il est conduit salle Lépine, où trois cents étrangers attendent. Au fil des heures, certains partent, d'autres arrivent. La deuxième nuit, ils ne sont plus qu'une trentaine. Parmi ses compagnons, Koestler retrouve Gustav Regler.

Les deux écrivains se connaissent depuis longtemps. Ils ont partagé maints combats. A vingt ans, Gustav Regler défendait la République socialiste dans les rues de Berlin. Lui aussi a quitté l'Allemagne après 1933. Lui aussi s'est réfugié en France. Lui aussi est allé en Espagne. Il y a même été grièvement blessé[1].

---

1. Voir *Libertad !*, *op. cit.*

Il raconte à son ami qu'il a proposé ses services
à l'armée française. La réponse est venue quelques
heures plus tard : à l'aube, cinq agents de police ont
enfoncé sa porte.

Lorsqu'ils ont découvert les cicatrices sur le corps
de ce héros d'Espagne, les pandores se sont figés en
un garde-à-vous respectueux. Regler a affiché ses
états de service : seize éclats d'obus franquistes.

Les policiers lui ont offert un café-rhum avant de
l'embarquer à son tour salle Lépine.

Le soir du troisième jour, les deux écrivains sont
poussés dehors, entre deux rangées de gardes mobiles.
Les femmes d'un côté, les hommes de l'autre. Ils sont
conduits à Roland-Garros où ils restent une semaine,
dormant sur la paille en compagnie de plusieurs centaines d'étrangers au statut aussi indéfini que le leur :
pas vraiment ennemis, comme les Allemands ou les
Autrichiens, mais tout de même indésirables.

La plupart de leurs compagnons partagent la même
histoire. Beaucoup sont des militants ou d'anciens militants communistes. Tous ont été brisés par le pacte
germano-soviétique. En ces circonstances particulièrement dramatiques, aucun ne voit de lueur poindre à
l'horizon. Berlin les cherche. Moscou ne les sauvera
pas. Les plus optimistes espèrent que cet accord contre
nature est une manœuvre tactique imaginée par Staline.
Koestler, lui, n'en croit rien.

Ils sont menés à la gare sous bonne escorte. Des
wagons de troisième classe ont été accrochés au cul
de l'express pour Toulouse. On les y entasse. Six
cents prisonniers convoyés comme du bétail.

A Toulouse, une nouvelle locomotive les conduit sur les voies serpentantes de l'Ariège. Douze heures après avoir quitté Paris, les prisonniers arrivent en gare du Vernet. L'un de ses camarades aborde Gustav Regler et lui demande s'il a dormi dans la farine.

« Pourquoi ? » demande l'écrivain.

Il s'approche d'un wagon et regarde son reflet dans la vitre. En une nuit, ses cheveux sont devenus blancs. La peur…

Contrairement aux autres camps édifiés dans les Pyrénées pour « accueillir » les cinq cent mille républicains espagnols battus par les armées franquistes, le camp du Vernet a été construit longtemps avant la guerre civile. Mais, comme les autres, il abrite les vaincus. Avec une différence cependant : c'est un camp disciplinaire. Y sont parqués des individus que les autorités considèrent comme récalcitrants. Ceux-là côtoient quelques centaines d'anciens des Brigades internationales qui ne peuvent regagner leur pays sans risquer la mort.

A peine débarqués des wagons, Koestler et ses camarades mesurent ce qui les attend. Comme ils s'engagent sur les chemins conduisant au camp, ils croisent une file de prisonniers surveillés par des gardes mobiles armés de nerfs de bœuf. Les hommes ont l'air fourbus. Ils portent chacun une pelle à l'épaule. Ils marchent au pas cadencé, sans un regard pour les nouveaux arrivants qui les observent avec une sympathie terrifiée. Voilà ce que sont devenus les héros de la liberté ! Les volontaires accourus quelques années plus tôt des quatre coins du monde

pour secourir l'Espagne ensanglantée ! Voici ce que
la France en a fait ! Des prisonniers ! Des bagnards !
Des forçats au crâne rasé !

> *Les spécialistes des prisons du monde entier connais-*
> *sent l'extraordinaire effet psychologique que produit sur*
> *un homme le crâne de forçat (...) Voilà pourquoi dans les*
> *pays plus éclairés les prisonniers politiques en sont*
> *exemptés*[1].

Voilà pourquoi aussi, dans une première et ultime
revendication, Arthur Koestler et Gustav Regler refusent de se rendre chez le coiffeur. Ils y sont hélas
contraints. Le lendemain de leur arrivée, comme les
autres, ils descendent, pelle à l'épaule, escortés par des
gardes mobiles qui les obligent à aller au pas jusqu'au
chantier dévolu aux prisonniers du camp du Vernet :
la fabrication de routes totalement inutiles.

Pendant les quelques semaines où il va rester
enfermé, Koestler découvre des conditions de
détention très dures. Les prisonniers sont frappés,
fouettés. A peine soignés lorsque, par moins vingt
degrés en hiver, leurs doigts gèlent. Deux mille
hommes qui savent d'expérience ce que l'enfer-
mement signifie. La majorité d'entre eux a connu
d'autres prisons, d'autres camps. Ceux qui sont
passés entre les mains de la Gestapo ou entre
celles de la police soviétique résistent mieux que
les « novices ». Ils ont moins peur. Ils font des
comparaisons avantageuses :

---

1. Arthur Koestler, *la Lie de la terre*, Robert Laffont, 1994.

*Au Vernet, les coups étaient un événement quotidien ;
à Dachau, ils duraient jusqu'à ce que mort s'ensuive. Au
Vernet, les gens étaient tués par manque de soins médi-
caux ; à Dachau, ils étaient tués volontairement[1]...*

Ils cauchemardent, aussi. Et ce sont les mêmes
atrocités : tortures, exécutions. Lorsqu'un hurlement
réveille un baraquement au cours de la nuit, chacun
sait que l'homme endormi est aux prises avec la Gestapo. On le secoue. On le rassure :

« Tu n'es plus en Allemagne ! Tu es en France ! »

Après quoi, tous les rêves sont permis.

Pour Koestler, qui souffre du cœur depuis la grève
de la faim entamée trois ans plus tôt dans les prisons
franquistes, la situation en France est pire que celle
qu'il a connue en Espagne : là-bas, il mangeait mieux
et n'était pas obligé de travailler. Ici, il ingurgite des
pois chiches. Ces pois chiches ont été donnés au début
de 1939 à la France par l'armée républicaine défaite.
La France remercie en renvoyant le cadeau, mêlé aux
vers et à la pourriture, aux « héros de Madrid et de
Teruel qui les avaient offerts de bon cœur[2] ».

Les anciens des Brigades internationales, désormais
misérables, malades, battus, maudissent Staline, qui
leur a fermé les portes de la vie en même temps que
ses frontières, les abandonnant à la misère et à l'humi-
liation. Ils maudissent le gouvernement français qui,
après avoir trahi le *Frente popular*, se conduit avec

---

1. Arthur Koestler, *ibid.*
2. Arthur Koestler, *ibid.*

ses derniers survivants comme un bourreau parmi d'autres. Et qui fera pire encore, quelques semaines plus tard, lorsqu'il ouvrira les portes des camps aux chiens nazis venus y chasser leurs proies.

Le 17 janvier, grâce à une forte pression de l'opinion publique britannique – celle-là même qui lui avait permis d'éviter le peloton d'exécution en Espagne –, Koestler est libéré. Peu après, Gustav Regler est élargi à son tour. Ecœuré, devenu l'ennemi des staliniens depuis qu'il les a vus à l'œuvre à Madrid, bouleversé par le pacte germano-soviétique, l'écrivain allemand prendra le train pour Saint-Nazaire et de là un bateau pour les Etats-Unis. Il ira au Mexique. Son destin l'éloignera à tout jamais de cette Europe à laquelle il avait offert ses forces et son courage, et qui succombait sous les coups portés par les ennemis du droit et de la liberté qui avaient déjà frappé en Espagne.

Arthur Koestler, lui, revient à Paris. Il y retrouve son amoureuse et quelques amis. Il est soumis au régime de l'éloignement, qui lui impose de renouveler sans cesse une autorisation de séjour précaire. Plusieurs fois par semaine, il attend de sept heures du matin à quatre heures de l'après-midi devant la préfecture de police.

Il tente de s'enrôler dans l'armée française. Refusé. A la Croix-Rouge, comme ambulancier. Refusé. De nouveau dans les troupes de Sa Très Gracieuse Majesté. Refusé.

Un matin, pour la seconde fois, on l'arrête. Comme d'habitude, sa valise est prête. A son contenu habituel, il a ajouté une bouteille d'alcool. Contre la

peur. Car l'automne et sa drôle de guerre sont loin.
Désormais, les nazis sont aux portes. La seule question qui importe, et que se posent tous les réfugiés,
libres ou enfermés, c'est de savoir s'ils auront le
temps de fuir avant d'être pris au collet.

Au stade Buffalo, où il est conduit sous bonne
escorte, Arthur Koestler boit. Cela ne le rassure pas,
mais lui confère le culot dont il aurait certainement
manqué à jeun. Interrogé par un fonctionnaire de
police, il présente son passeport et sa carte de journaliste.

« Je suis attendu au ministère de l'Intérieur »,
déclare-t-il avec force.

Bluffé, le flic le laisse partir.

Il se cache. D'abord rue de l'Odéon, dans la librairie d'Adrienne Monnier, puis au Pen Club (de *Pen*,
« plume »). Quand Guderian lance ses chars contre
les Ardennes, il décide de fuir et choisit la première
direction venue : Limoges. Là, il apprend l'entrée
des Allemands dans Paris. Puis la capitulation, pro-
noncée par un vieillard cacochyme. Le piège se
referme. Les issues se bouchent les unes après les
autres. Il faudrait aller plus au sud, mais comment
faire ? Et sous quel nom ?

Le 17 juin, Arthur Koestler se présente à la caserne
de la Visitation, à Limoges. Quand il en sort, une heure
plus tard, il n'est plus ni hongrois, ni journaliste, ni écrivain. Il s'appelle Albert Dubert. Il est suisse, ancien
chauffeur de taxi. Il est devenu légionnaire. Engagé
pour une durée de cinq ans, doté d'une feuille de route
pour le dépôt de Lyon-Sarthonay, il est sûr, désormais,
qu'aucun gestapiste ne le reconnaîtra.

L'ennemi étant entré dans Dijon, le voyage jusqu'à Lyon est condamné. Koestler se plante à la sortie de la ville, pouce tendu. Il rejoint la caserne Bugeaud à Périgueux. Là, il revêt l'uniforme du 15e tirailleurs algérien, se coiffe d'une chéchia rouge, saute le mur pour retrouver sa fiancée, quitte Périgueux et tente de rallier Bordeaux. Mais c'est Bayonne qui l'accueille. Puis Bergerac. Les Allemands progressent irrésistiblement. La course est inégale. Koestler s'entête : seul un navire, à condition d'aller vite, le sauvera. Or, Bordeaux est un port. Il faut donc aller à Bordeaux.

Le 23 juin, il quitte la caserne de Bergerac et déserte. Lorsque son uniforme ne le protège plus car les soldats, à leur tour, sont arrêtés, il enfile le manteau de sa fiancée. Jusqu'à Bordeaux. Enfin. Où le dernier bateau est parti.

C'est le coup de grâce. Il n'y a plus rien à faire. Chassé de partout, Koestler a parcouru l'Europe du nord au sud. Il ne lui reste plus aucun espoir.

Je sentis qu'il n'y avait plus de raisons de vivre[1].

Par chance, alors que le désespoir le submerge, il croise un ami journaliste, correspondant d'un journal de Chicago qui vient d'acheter la voiture du consul britannique.

« Partons, propose le reporter.

— Où ? demande Koestler.

— En Espagne. Par Bayonne, Biarritz, Saint-Jean-de-Luz.

---

1. Arthur Koestler, *ibid.*

— Impossible. Je ne passerai jamais en Espagne. »
Mais, comme la rumeur assure que les Allemands
sont sur la Garonne, Koestler n'a plus le choix : il
monte en voiture.

A Biarritz, une patrouille l'arrête. Il est embarqué
à la gendarmerie : le Suisse Albert Dubert est déser-
teur de la Légion. Il est libéré peu après car la Wehrmacht entre dans la ville. Dégoûté, Arthur Koestler
regarde passer les chars et l'artillerie de cette armée
qu'il aurait tant aimé combattre : les servants de
mitrailleuses trop bien huilées, les tankistes en noir
sortis de leurs tourelles, les drapeaux déployés, les
croix gammées…

> *Ils m'ont poursuivi tout le long du chemin, de Berlin à*
> *Paris, via Vienne et Prague, jusqu'à la côte atlantique,*
> *dans l'ultime coin de la France où, à la fin, ils m'ont*
> *rattrapé*[1].

Il en vomit, dégoût, désespoir, panique mêlés.
Il repart vers l'est. Une voiture le conduit à
Lourdes. Il franchit la ligne de démarcation dans la
nuit, quelques heures seulement avant que les Alle-
mands prennent la position. Il marche à l'aveugle.
Il lui faut un port.
Marseille.

---

1. Arthur Koestler, *ibid.*

Marseille

Marseille, dernier refuge d'une élite intellectuelle menacée par la barbarie nazie, une ville inconnue où se trouvaient mêlés vainqueurs et vaincus, victimes et bourreaux, traîtres et patriotes, faussaires et honnêtes gens, bravoure et couardise, héroïsme et crapulerie.

Edmonde CHARLES-ROUX.

En cet été tragique, des milliers de réfugiés déambulent sur la Canebière. Ils sont allemands, autrichiens, tchèques, polonais, belges, anglais parachutés ou rescapés de Dunkerque… De tous milieux, de toutes origines. Ils viennent du nord. Poussés par l'avancée des troupes nazies. Bloqués par la mer. Femmes, enfants, hommes, vieillards. Communistes, sociaux-démocrates, soldats, anciens des Brigades internationales, aviateurs tombés. Tous vont et viennent entre le port et les cafés. Tous cherchent des combines pour fuir. Tous espèrent un guide, une embarcation, une voiture, un passeur… Une somme de miracles. Inéluctablement, les rêves finissent en cauchemars. Les rescapés des voyages, trop crédules, se retrouvent dépouillés.

La ville est nerveuse. Jusqu'au printemps, les bateaux ont appareillé, emportant des milliers de réfugiés au large de l'Europe ensanglantée. A partir du mois de juin, les départs se sont raréfiés. Aujourd'hui, les navires restent à quai. Dans quelques jours, en vertu de la convention d'armistice, ils seront contrôlés par l'occupant. Il faudra fuir plus loin.

Mais où ?

Et comment ?

Telles sont les deux questions qui bruissent sur toutes les lèvres. Chacun les pose. Dans les bars du Vieux-Port, où Jacques Schiffrin, le créateur de la Pléiade, se détourne avec dégoût d'un Lucien Rebatet hirsute qui vilipende les Juifs. Dans les bureaux de la revue *la Croix du Sud*, mis à la disposition des réfugiés. Aux terrasses des restaurants du quai des Belges, où entre Roland Dorgelès, membre de l'académie Goncourt (et futur pétainiste mou), quand le poète Lanza del Vasto et l'écrivain Luc Dietrich en sont partis. A la gare Saint-Charles, encombrée de valises, de ballots, de cartons, de voyageurs hébétés de fatigue.

Le 15 août, à neuf heures du matin, Arthur Koestler se fraie un passage sur les quais. Il porte un sac à dos sur son uniforme de légionnaire. Après avoir quitté la gare, il demande le chemin du fort Saint-Jean, dépôt de la Légion étrangère. Sur la route, il croise le docteur Breitscheid, ancien ministre de l'Intérieur de la république de Weimar. Celui-ci l'invite à boire un café dans sa chambre de l'hôtel de Normandie. Il lui propose de partir pour New York : on parle d'une filière américaine qui aiderait les réfugiés menacés. Koestler refuse : il se reprocherait toute sa vie d'avoir quitté l'Europe en berne.

« Où voulez-vous donc aller ? demande l'ancien ministre.

— A Londres. »

Un homme frappe à la porte de la chambre : le docteur Hilferding, ancien député du Reichstag et ministre des Finances de la république de Weimar. Il est en robe de chambre. Lui aussi s'est réfugié à Marseille. Lui aussi cherche un bateau pour plus loin.

Sur le port, le lendemain, Arthur Koestler sourit en apercevant, au loin, un homme affublé comme lui de la tenue de la Légion étrangère. Certes, l'uniforme est taché, déchiré ; il date sans doute de la Première Guerre ; mais celui qui le porte ne peut être que Manès Sperber.

C'est Sperber, en effet. Autrichien. Ecrivain. Assistant du psychanalyste Alfred Adler. Professeur de psychologie à Berlin. Jadis, membre du parti communiste. Arrêté puis relâché par les nazis en 1933. Depuis, réfugié en France. Le jour de la déclaration de guerre, comme beaucoup d'antifascistes (et d'Espagnols ayant fui leur pays), Sperber s'est enrôlé dans la Légion étrangère. Le 16 août, démobilisé, il se retrouve à Marseille. Il connaît intimement Koestler avec qui il a partagé quelques amitiés (notamment celle de l'écrivain Alfred Döblin, leur aîné de trente ans, à qui ils ont souvent rendu visite ensemble à Paris), des complicités éditoriales chez Gallimard et, surtout, la terrible désillusion qu'a constituée pour tous les antinazis du monde le pacte germano-soviétique. Bien qu'en rupture de ban avec les communistes, les deux hommes ont été anéantis par l'alliance entre les fascistes et les staliniens :

> *Pour l'ensemble du mouvement antifasciste, pour la gauche tout entière, le pacte de Staline-Hitler signifiait la plus grande défaite politique et morale qui leur eût jamais été infligée[1].*

Sperber a lu le manuscrit du *Zéro et l'Infini* avant sa publication. Il fait partie de ceux qui ont encouragé Koestler à le publier. Il admire son ami. Autant pour son œuvre littéraire que pour son courage, son esprit d'aventure, les risques qu'il n'a jamais cessé de prendre afin de défendre ses idées. Entre mille autres, sur le port de Marseille, il l'eût reconnu. Ce n'est pas la moustache que le Hongrois s'est laissé pousser pour ne pas être identifié qui l'abuserait. Malgré les circonstances, le légionnaire n'a rien perdu de son air d'adolescent. Il a conservé un regard d'enfant, bleu, ironique et curieux.

Ils s'étreignent. Ils se parlent. Ils se donnent des nouvelles des uns et des autres. Kokoschka n'est plus à Prague, mais à Londres. Otto Dix a été arrêté. Klee et Kandinsky ont quitté l'Allemagne. Max Ernst se trouve à Marseille ainsi que la pianiste Clara Haskil. Heinrich Mann vient d'arriver. Alfred Döblin est là

---

1. Manès Sperber, *Au-delà de l'oubli*, Calmann-Lévy, 1979.

également. Ainsi que Léger et Dufy. Armand
Salacrou ne sait pas où dormir. On a vu Blaise Cendrars filer vers Aix-en-Provence dans son Alfa
Romeo rouge. Victor Serge se trouve sur les bords
de la Méditerranée. Le poète Carl Einstein s'est tranché les veines, et l'écrivain Ernst Weiss s'est empoi-
sonné à Paris.

Quant à Walter Benjamin, il est là. Campé sur un
quai désert, à attendre un navire pour quelque part.
Il est vêtu d'une tenue de marin, avec le béret à
pompon. Il serre contre lui un cartable en cuir noir
dans lequel il a enfermé son dernier manuscrit dont
il ne sait s'il sera publié en Espagne, au Portugal,
aux Etats-Unis... Il scrute la mer lointaine. Il a beau
être écrivain, critique, traducteur, philosophe, porter
des lunettes d'intellectuel, des cheveux blanchis par
l'expérience, il doit bien convenir qu'il s'est fait gru-
ger : il a payé sa place pour un paradis inexistant.
Aucun navire ne l'emportera au large de cette
Europe défaite.

C'est ce qu'il explique posément à son ami Koestler, qu'il n'a pas revu depuis quelques mois. A Paris,
rue Bénard, les deux hommes étaient voisins. Le
samedi soir, ils jouaient souvent au poker ensemble.
Ils se racontaient l'exil. Benjamin a quitté l'Allemagne en 1933. Il avait quarante et un ans. Il est
venu en France. Il n'a pu y rester, faute de moyens.
Il a vainement sollicité une bourse de l'université de
Jérusalem. Il est parti pour le Danemark. Puis il est
revenu. Il est passé d'une chambre d'hôtel à une
autre. La dernière, il l'appréciait particulièrement :
elle était dotée d'une baignoire.

Un rêve.

Il voulait partir pour les Etats-Unis : la guerre l'en a empêché. Cependant, il n'a pas renoncé. C'est pourquoi il se trouve à Marseille : avec un peu de chance…

Mais il n'a pas de visa de sortie. A défaut du bateau attendu, espéré et payé, il ne reste plus que l'Espagne. Il ira donc.

« Ton cœur résistera à la traversée ? » demande Arthur Koestler.

Walter Benjamin souffre d'une faiblesse cardiaque.

« Je n'ai pas le choix. Et je suis plus costaud qu'avant : je ne fume plus. »

L'hiver précédent, tandis que Koestler moisissait au Vernet, le philosophe a été enfermé dans un camp près de Nevers.

« Je me suis obligé à arrêter de fumer. C'était une manière de moins souffrir pour le reste. »

Il pose un regard interrogateur sur Manès Sperber.

« Où vas-tu aller ?

— A Nice. J'y retrouverai peut-être des amis. Et sans doute Malraux qui est par là-bas. »

Les trois réfugiés estiment tous André Malraux. Outre son combat en faveur de la République espagnole, il a largement ouvert les portes de son appartement parisien aux bannis d'Allemagne et d'Europe centrale[1].

« Moi, déclare Koestler, je retourne au fort Saint-Jean. On m'a parlé d'un sous-officier qui vend des papiers…

---

1. Voir *Libertad !*, *op. cit.*

— Je t'accompagne », décrète Walter Benjamin.

Sur le chemin, il s'arrête, ouvre sa valise et tend une plaquette pharmaceutique au Hongrois : des pilules de morphine.

« J'en ai soixante-quatre. J'en garde la moitié. Cela devrait suffire en cas de problème. »

Koestler accepte le « cadeau ». A Paris, il avait partagé son propre poison avec Manès Sperber. Il l'a perdu depuis.

Pendant les quinze jours suivants, chargé par le bureau de la Légion étrangère de porter des messages à la commission allemande de surveillance du port, Koestler sillonna la ville. Il noua des contacts avec les autorités et se lia avec trois officiers et un sous-officier britanniques évadés. Il leur procura des faux papiers grâce auxquels les fuyards et lui-même se firent passer pour des légionnaires yougoslaves. Moyennant cinq cents francs versés à un sous-officier de l'armée française, ils obtinrent des certificats de démobilisation et des feuilles de route les autorisant à rallier Casablanca via Oran. A Casablanca, un agent secret anglais les aida à embarquer sur un bateau de pêche où une cinquantaine de personnes avaient déjà pris place.

Quatre jours plus tard, les fugitifs arrivaient à Lisbonne. Faute de visa d'entrée, Koestler ne put se rendre en Angleterre. Il erra pendant deux mois, cherchant des combines pour fuir le Portugal. La peur ne l'avait pas quitté : s'ils découvraient son identité réelle, les sbires de Salazar le livreraient à l'Espagne où le garrot l'attendait.

Il apprit la mort de quelques-uns de ses camarades, fusillés ou suicidés. Un soir, désespéré, il avala
les pilules que lui avait données Walter Benjamin.
Rétabli, il décida d'entrer clandestinement en Grande-
Bretagne. Il embarqua sur un appareil de la KLM
qui le déposa à Bristol. De là, il fut transféré à
Londres où il resta six semaines en prison. Lorsqu'il
sortit, il se rasa la moustache. « J'avais toujours souffert d'un aspect ridiculement juvénile ; cette fois,
enfin, mon visage avait rattrapé mon âge[1]. »

1. Arthur Koestler, « Hiéroglyphes », *Œuvres autobiographiques*,
Robert Laffont, 1994.

Un Juste américain

> Le ciel de l'Europe par des nuits obscures, en de rares et brefs moments, ouvre d'étroites lucarnes, toujours aléatoires, dans la contrainte des couvre-feux et des ausweis.
>
> David ROUSSET.

Le 14 août 1940 dans l'après-midi, un homme d'une trentaine d'années se présente à la réception de l'hôtel du Louvre et de la Paix, sur la Canebière, à Marseille. Il est jeune, mince, il porte de fines lunettes à monture métallique. Il demande à parler à M. ou Mme Mahler. C'est sous cette identité que Franz Werfel et sa femme se sont inscrits.

Depuis leur arrivée, ils se cachent. Les Allemands de la Commission d'armistice traînent dans la ville. Lorsqu'ils apparaissent, le concierge les prévient ; alors, les Werfel s'enferment dans leur chambre et ne sortent pas.

« Qui dois-je annoncer ? demande le réceptionniste.

— Varian Fry. Dites-leur que je suis américain.

— Cela s'entend ! »

Quelques minutes plus tard, Fry est introduit dans la chambre des Werfel. Franz porte une robe de chambre et des pantoufles. Alma boit de la bénédictine. Varian Fry peine à imaginer que ce quinquagénaire suant et soufflant, cette femme un peu grosse furent des héros pour toute une génération d'admirateurs.

« J'arrive d'Amérique, explique-t-il. Je suis envoyé par l'Emergency Rescue Committee. »

En anglais, avec un accent épouvantable, Werfel demande ce qu'est ce comité. Fry explique qu'il s'agit d'une association fondée par quelques intellectuels allemands réfugiés aux Etats-Unis, dont Albert Einstein, Hermann Broch, Thomas Mann et sa fille Erika. Le but de l'Emergency Rescue Committee consiste à venir en aide à des artistes et à des hommes politiques menacés par les nazis.

Alma Mahler esquisse une grimace sceptique.

« Et vous-même, qui êtes-vous ?

— Un ancien journaliste sorti de Harvard, répond Fry. Envoyé par l'Emergency Rescue Committee pour accomplir cette mission secrète. »

Il connaît l'Allemagne nazie pour s'y être promené quelques années auparavant. A son retour aux Etats-Unis, il a témoigné contre Hitler et ses satrapes. Il a également rassemblé des fonds pour aider à lutter contre les SA.

« Comment êtes-vous venu jusqu'à nous ? s'enquiert Werfel.

— Je suis arrivé au Portugal après une escale aux Açores. J'ai rencontré votre sœur à Lisbonne. »

Il explique la mission dont il est chargé. Les réfugiés des nations européennes se trouvant à New York ont établi une liste de deux cents personnalités très menacées que Varian Fry doit aider à fuir. Elles iront à New York. Les autorités les soutiendront.

« Quelles autorités ?

— Eleanor Roosevelt, la femme du Président, est très active. Elle a le bras long...

— Mais en attendant, il faut partir », soupire Alma.

Ils disposent d'un visa pour l'Amérique qu'ils ont retiré à l'ambassade. Ainsi que d'une multitude de lettres émanant d'autorités diverses demandant aux diplomates d'Espagne et du Portugal de leur faciliter le passage. Quelques personnalités françaises catholiques ont même écrit en leur faveur, ainsi que le consul tchèque, qui assure que Franz doit donner des conférences aux Etats-Unis. Pour autant, cela ne suffit pas : la France leur a refusé un visa de sortie. Malgré tous les papiers que les autorités américaines ont délivrés à la demande pressante de Thomas Mann.

« Comment faire ?

— Je ne sais pas encore », répond Varian Fry.

Le soir, ils dînent au restaurant de l'hôtel. Le champagne aidant, Franz Werfel se laisse aller à quelques confidences. Alma l'interrompt d'une pression de la main sur le genou. En allemand, elle lui demande de se montrer plus discret : après tout, rien ne prouve que le jeune Américain qui leur fait face n'est pas un traître envoyé par le IIIe Reich. Varian

Fry sourit, ôte ses lunettes et répond, dans un allemand parfait :

« N'ayez crainte. Vous pouvez avoir confiance en moi. »

Werfel manque s'étouffer sous les bulles de la honte. Alma rit vert. Fry s'esquive : il a du travail.

Le Centre américain de secours, façade légale et marseillaise de l'Emergency Rescue Committee, s'installe à l'hôtel Splendide, proche de la gare. Cinquième étage, la queue dans le couloir. Dans les jours qui ont suivi son apparition, Varian Fry a écrit à toutes les personnes inscrites sur ses listes. La nouvelle de son arrivée s'est répandue comme une traînée de poudre. Il est devenu une sorte de messie. De toutes les villes du Sud, les réfugiés affluent. Ils sont épuisés. Ils cherchent de l'argent, des soutiens, un passeport, des visas magiques… Fry les reçoit tous. Une secrétaire bénévole tape des noms, des adresses, des dates de naissance sur une machine à écrire installée dans le bidet de la chambre. Aux plus nécessiteux, Fry distribue une partie des trois mille dollars qui lestaient ses poches le jour de son arrivée. Il les installe dans des logements provisoires, chambres de bordel ou pièces inoccupées cédées par des proches généreux. Il s'est assuré les services d'un psychologue qui soutient les plus désespérés. Deux Américaines l'assistent : Miriam Davenport et Mary Jayne Gold. Cette dernière est une personne très étonnante : elle est jeune, ravissante, milliardaire. Elle est venue en Europe aux commandes de son avion personnel, un Vega Gull, pour découvrir les magnificences de Paris et de Venise. A la déclaration de la guerre, elle a décidé de rester. Installée désormais dans la chambre de Varian Fry, elle pose mille questions aux réfugiés pour tenter de les aider : Avez-vous de l'argent ? Des soutiens ? En France ? A l'étranger ? Dans quel pays ? Vos papiers sont-ils en règle ? S'il sont faux, cela est-il visible ?

Il n'est pas de salut sans passeport. Le plus important consiste à en obtenir un. Avec de l'argent, on y parvient. Mais un passeport sans visa ne sert à rien. Il faut posséder une autorisation pour émigrer dans un pays qui accepte d'ouvrir ses portes.

L'Amérique donne, mais parcimonieusement. Fry ne cesse de télégraphier à New York pour demander aux membres de l'Emergency Rescue Committee de l'aider à trouver des garanties en faveur de ceux qui veulent partir. Mme Eleanor Roosevelt a beau ouvrir son cœur, les autorités renâclent. Il faut entretenir de bonnes relations avec le gouvernement de Vichy. A Marseille, le consul veille au grain de l'entente cordiale. Il n'adhère pas à la cause défendue par son compatriote Fry. Mieux vaut, donc, s'adresser au vice-consul, celui qui a déjà beaucoup fait pour Lion Feuchtwanger.

Le matin, dès l'aube, des centaines de réfugiés attendent dans les jardins du consulat. L'endroit est comme un point de convergence vers lequel dérivent les âmes perdues. Ceux qui s'y retrouvent se serrent la main sans joie, ce qui attriste l'écrivain allemand Alfred Döblin :

*Il n'existe pas de solidarité entre nous autres, exilés.
Auparavant déjà, nous menions notre vie privée de manière
très privée ; maintenant, nous nous calfeutrons tout spécialement (…) On gardait son secret. Par méfiance, par
peur que l'autre aille s'adresser au même endroit et passe
avant nous*[1].

Ils racontent leurs échecs, ils taisent leurs espoirs.
Ils ont peur des nazis, ils ont peur de l'autre. A qui
se confier ? Pourquoi faire confiance ?

Lorsqu'un fonctionnaire arrive, on se précipite. Il
reçoit derrière une table, dans un bureau dont les
portes restent ouvertes. Il demande à ceux qui veulent partir s'ils ont des amis ou des connaissances
en Amérique. Souvent, il les renvoie. Parfois, il les
prie de revenir. Il ordonne rarement à une secrétaire
installée dans un bureau voisin de dactylographier
le sésame. Celui-ci, au reste, n'est valable que pour
une durée de six mois. A l'expiration du terme, il
faudra quitter le pays.

« Etes-vous disposé à prêter serment ? »

On jure. L'important, c'est de partir. On verra
bien sur place.

Quand l'Amérique résiste, on peut essayer d'aller
frapper à la porte d'autres pays. Même ceux que
l'Allemagne occupe, comme la Tchécoslovaquie et la
Pologne : en attendant la fermeture programmée des
ambassades, certains fonctionnaires aident. Sinon, le
Congo, la Chine et Cuba donnent également. Le

---

1. Alfred Döblin, *Voyage et Destin*, Editions du Rocher, 2002.

Mexique se montre très généreux à l'égard des républicains espagnols et des anciens volontaires des Brigades internationales.

Il faut prendre garde aux escrocs qui vendent de faux visas. S'ils sont bien imités, les risques ne sont pas considérables. Sinon, le refoulement est à craindre.

L'Espagne et le Portugal ne sont pas prêteurs. On insiste cependant, Lisbonne étant le seul port desservant les lignes américaines. Pour avoir une chance d'être reçu au consulat du Portugal, il convient de venir la nuit. Et d'attendre. Pour obtenir un visa, il faut une carte d'embarquement ou un billet de transport. C'est à cette condition seulement que les autorités laissent passer : on ne veut pas de clandestins chez soi.

Les demandeurs qui ignoraient cette disposition particulière sortent des files d'attente pour rejoindre la Canebière où se trouvent la plupart des compagnies de navigation. Généreuse, l'agence Cook délivre des cartes d'embarquement pour la modique somme de trois mille francs. Encore ne s'agit-il que d'un acompte sur le prix d'un billet, lequel devra être réglé en dollars, monnaie introuvable. On peut aussi se satisfaire d'un billet factice vendu un peu moins cher. Il y a un risque, cependant : il n'est pas sûr que les autorités portugaises laissent aller le voyageur muni d'un ticket pour la Chine ou le Congo : Lisbonne n'est pas nécessairement le meilleur endroit pour y partir. Par ailleurs, un douanier portugais lisant le chinois découvrirait sur certains visas une mention précisant qu'« il est interdit au détenteur du document de fouler le sol chinois ».

Ceux qui ont passé avec succès les premières étapes d'un gymkhana infernal doivent ensuite se présenter aux portes du consulat d'Espagne. Le gouvernement de Madrid se montre relativement généreux avec les voyageurs qui bénéficient d'un visa de transit sur le territoire portugais. Il est recommandé de disposer également d'un visa de sortie délivré par les autorités françaises. C'est là le plus difficile. Car Vichy ne donne rien. Ou alors des papiers valables une semaine seulement, ce qui oblige les privilégiés qui en disposent à tout recommencer à l'expiration du terme. Enfin, une fois les autorisations en poche, il faut trouver de l'argent. Quand les parents et les amis ne répondent pas aux télégrammes d'appel au secours, si la Croix-Rouge et les organisations humanitaires se dérobent, comment faire ?

De guerre lasse, la plupart des candidats au voyage décident de partir quand même, quitte à franchir les frontières clandestinement.

C'est cette solution que Varian Fry propose aux Werfel quelques semaines après les avoir rencontrés. Les deux réfugiés ont frappé à toutes les portes pour tenter d'obtenir un visa de sortie du territoire français. En vain. Ils ont envisagé de recourir à une filière de démobilisation semblable à celle dont a bénéficié Arthur Koestler. Mais Franz n'a ni l'allant ni la jeunesse d'un militaire, fût-il en perdition. Aussi se résout-il à entreprendre la traversée des Pyrénées que lui propose l'Américain.

Ils ne seront pas seuls. Heinrich Mann, sa femme et son neveu Golo (le fils de Thomas) seront également du voyage. Lion Feuchtwanger devait venir lui aussi, mais au dernier moment les Espagnols ont décidé de fermer leurs frontières aux apatrides. Werfel, qui est tchèque, passera. De même les Mann, déchus de la nationalité allemande mais faits citoyens d'honneur de la Tchécoslovaquie. Feuchtwanger partira plus tard.

Le 12 septembre 1941, à cinq heures du matin, la petite équipe se retrouve devant la gare Saint-Charles. La veille, Franz a brûlé ses notes et quelques papiers compromettants. Alma a préparé les valises. Il y en a une douzaine. Sans compter le sac qu'elle serre précieusement contre elle et qui contient ses derniers bijoux. Elle est chaussée de sandales légères inadaptées à la traversée. Mais il est trop tard pour les changer.

Varian Fry observe avec inquiétude ces étranges voyageurs : deux femmes plus habituées aux tapis des salons qu'à la marche dans les montagnes sous un soleil de plomb ; deux hommes qui respirent avec peine, dont l'un (Heinrich) a soixante-dix ans.

Ils montent dans le train. Première étape : Perpignan. Tout comme à Marseille, les réfugiés remplissent les rues de la ville. Là aussi, des trafiquants et des marchands de rêves proposent des guides, des voitures, des bateaux pour ailleurs. Les voyageurs ne cèdent pas aux sirènes. Ils attendent interminablement un train qui doit les conduire à Cerbère. Ils y arrivent le soir. Le salut est à moins de dix kilo-

mètres. Port-Bou. Entre les deux villes, passe la frontière.

Ils tentent leur chance auprès des douaniers. Il
arrive que ces derniers ferment les yeux sur des
papiers improbables. Mais pas cette fois. Seul Fry,
qui dispose d'un visa de sortie, est autorisé à quitter
la France.

Ils dorment à l'hôtel et essaient de nouveau le lendemain. Les douaniers se montrent toujours intrai-
tables. L'après-midi, réunis dans une chambre, ils
tiennent un conseil de guerre. Doit-on partir le jour
même, un vendredi 13 ? L'objection est balayée avec
un soupir. Fry se chargera des bagages ; il les emportera avec lui, dans le train. Il attendra les fuyards à
la gare de Port-Bou.

Heinrich Mann, devenu Heinrich Ludwig sur ses
papiers, se débarrasse de toutes les pièces qui pourraient dévoiler son identité. Il gratte ses initiales inscrites en lettres d'or sur la doublure de son chapeau.
Chacun se prépare pour l'escalade. On ne connaît
pas les chemins des montagnes, mais on n'a pas le
choix : il faudra improviser.

Lorsque tout est prêt, les fuyards déposent leurs
valises à la gare. Puis ils achètent des cartouches de
cigarettes avec lesquelles ils comptent amadouer les
douaniers ou les forces de l'ordre s'ils en rencontrent.

Tandis que Varian Fry charge les bagages – il y
en a dix-sept – dans le tortillard qui le conduira en
Espagne, les artistes traqués filent vers le cimetière,
longent son mur d'enceinte et s'attaquent aux premiers contreforts. Au départ, l'opération n'est pas

trop pénible : il suffit de suivre les sentiers. Et puis le paysage est magnifique. Les fragrances enivrent. Pour un peu, on se croirait dans un rallye champêtre. Bientôt cependant, le soleil commence à cogner plus lourdement sur les nuques. Les chemins disparaissent. Les ronces se font plus agressives. Personne ne sait plus quelle direction suivre. Heinrich est épuisé ; il faut le porter. Golo se dévoue. Franz souffle. Alma n'en peut mais. Pour un peu, elle ferait demi-tour. Elle maudit cet Américain de malheur à qui elle a accordé sa confiance et qui les a entraînés dans une épreuve qui pourrait finir tragiquement.

Après deux heures de marche, tous sont prêts à partager ce point de vue. D'autant qu'un peu plus loin, dans le contre-jour d'une crête, deux képis apparaissent. Il est trop tard pour se dissimuler. Les fuyards avancent donc crânement à la rencontre de la maréchaussée. S'ils sont pris, ils seront ramenés à Marseille et livrés aux nazis. Leur voyage s'arrêtera là, à quelques mètres seulement d'une Espagne qui leur apparaît encore comme un havre et un paradis.

Mais un miracle se produit. Les gendarmes français en patrouille acceptent les cigarettes offertes et indiquent la route à suivre pour traverser la frontière. En sorte que, quelques minutes seulement après s'être crus perdus, les voyageurs arrivent en vue de la guérite des douanes.

Nouvelle inquiétude, nouvelle chance : l'un des douaniers espagnols reconnaît Golo Mann.

« J'admire beaucoup votre père », dit-il en ouvrant la barrière.

Ils sont sauvés. Sur la route de Port-Bou, ils retrouvent Varian Fry qui, inquiet de leur retard, s'était avancé à leur rencontre.

A la gare frontalière, ils sont interrogés puis fouillés. Enfin, ils montent dans un train qui va les conduire jusqu'à Barcelone. Ils voyagent dans des voitures bringuebalantes de 3ᵉ classe, compressés au milieu d'une foule de paysans qui se rendent sur les marchés de la ville. Mais c'est mieux que n'importe quel sleeping ralliant Berlin à Vienne. Et les paysages, dévastés par la guerre civile – mer d'un côté, ruines de l'autre –, valent tous les Ring et toutes les portes de Brandebourg. Ils ont la vie sauve. Ils ne possèdent plus rien, ils doivent tout reconstruire, mais ils sont là. Loin des camps où périssent tant de leurs compagnons. Loin des salles de torture et des poteaux d'exécution. En route pour cet eldorado qui, un an auparavant, les attirait à peine : l'Amérique.

Ils dorment à Barcelone, chez des habitants généreux, puis, le lendemain, repartent pour Madrid. Trois jours encore, et ils sont à Lisbonne où Feuchtwanger les rejoindra bientôt. Pour eux, la guerre est finie.

La route Lister

> Quand je naquis, il vint à l'esprit de mes parents que, peut-être, je pourrais devenir écrivain. Il serait bon, alors, que tout le monde ne remarque pas d'emblée que je suis juif.
>
> Walter BENJAMIN.

Tandis que Varian Fry revient vers Port-Bou, Walter Benjamin arrive à Port-Vendres. A Marseille, des amis lui ont parlé d'une jeune femme qu'il a connue en Allemagne et qui, avec son mari, aide les réfugiés à franchir clandestinement la frontière.

Le 25 septembre, il frappe à sa porte. Lisa Fittko lui ouvre. Elle est brune, pétillante, d'un courage exceptionnel. Elle a quitté l'Allemagne en 1933. Elle a été en Tchécoslovaquie puis en France. Au début de la guerre, comme tous les étrangers parisiens d'origine allemande, elle a été arrêtée et emprisonnée au Vél' d'Hiv'. Puis elle a été embarquée pour le camp de Gurs, dans les Pyrénées-Atlantiques, où se trouvait aussi Martha Feuchtwanger. Le camp a été construit en 1939 par les anciens membres des Brigades internationales et les républicains espagnols fuyant la dictature franquiste. A partir de mai 1940, Gurs s'est ouvert aux Allemandes et aux Autrichiennes qui ont été relâchées après que la Wehrmacht eut enfoncé les lignes françaises. Lisa a alors retrouvé Hans, son mari, à Marseille. Tous deux ont décidé d'aider les réfugiés qui, comme eux, étaient restés bloqués en France. Un an auparavant, ils s'étaient livrés à une activité comparable en faisant passer clandestinement la frontière à des opposants nazis fuyant l'Allemagne pour la Hollande.

Lorsque Walter Benjamin vient lui demander son aide, Lisa est à Port-Vendres. Ce village proche de Banyuls se trouve à seize kilomètres de Cerbère, où le passage de la frontière est devenu très risqué : désormais, les contrôles sont plus fréquents. Les nazis de la Commission d'armistice rôdent.

Le maire de Banyuls, M. Azéma, un homme de gauche, a parlé à Lisa et Hans Fittko d'un passage jadis fréquenté par les contrebandiers et, plus récemment, par le général Lister, qui l'emprunta avec son armée pendant la guerre d'Espagne. Ce passage présente l'avantage d'être absolument invisible des hauteurs. Inconvénient : il est beaucoup plus éprouvant que le chemin Cerbère-Port-Bou emprunté par les Mann et les Werfel.

Walter Benjamin n'a pas le choix. Certes, il souffre d'une faiblesse cardiaque, mais il s'agit d'une broutille comparée aux sévices que les nazis lui feraient subir s'ils s'emparaient de lui.

« Tentons le passage », déclare-t-il fermement.

Il précise à Lisa qu'il souhaite emmener avec lui une amie et son fils.

L'après-midi même, M. Azéma les reçoit. Il referme la porte à clé derrière eux, griffonne un plan sur une feuille de papier et entraîne ses visiteurs jusqu'à la fenêtre.

« Je vous laisserai le plan, dit-il. Regardez… »

Il tend le bras vers les vignobles, pointe le doigt en direction d'une cabane éloignée.

« Vous devez aller par là. »

Sa main se déporte vers la droite.

« Vous poursuivrez jusqu'à une clairière bordée par sept pins. Puis vous tournerez à gauche, vous marcherez jusqu'à un vignoble et vous arriverez au sommet. Là, vous redescendrez du côté espagnol. Il faut six heures pour atteindre la frontière. »

Il les met en garde contre les taureaux et les contrebandiers. Enfin, il leur donne un conseil précieux : partir en repérage pour bien identifier les lieux, et effectuer le parcours d'une seule traite le lendemain.

Une heure plus tard, Lisa Fittko, Walter Benjamin, son amie et le fils de celle-ci se mêlent aux vignerons qui s'éloignent du village. Ils ne parlent pas. Benjamin a emporté la serviette contenant son manuscrit. Depuis Marseille, et même avant, il ne l'a pas quittée. C'est son seul bien. De toute façon, M. Azéma a été très clair : pas de bagages. Le plus important consiste à passer inaperçu.

Ils grimpent. L'ascension est très difficile. Benjamin marche lentement, mais d'un pas régulier. De temps à autre, il s'arrête, porte la main à son cœur, comme s'il voulait le raffermir. Puis il repart. Il ne

demande rien. Il ne se plaint pas. Il se contente de
confier à Lisa qu'il ne pourrait pas produire le même
effort deux fois. Et lorsque, après trois heures de
marche, ils atteignent la clairière dont le maire a
parlé, il refuse de redescendre. Il est épuisé. Il préfère dormir à la belle étoile, risquer les taureaux et
les contrebandiers. Il se laisse tomber sur le sol.

« Je vous attendrai », murmure-t-il faiblement.

Il ferme les yeux. Les autres redescendent.

Le lendemain, quand ils arrivent à la clairière,
Walter Benjamin les accueille avec un sourire
aimable. Il a retrouvé cette politesse impassible qui
est la marque de son caractère. Son cœur va bien.
Il a dormi convenablement. Il est prêt à repartir.

Ils s'enfoncent sous les arbustes. S'aidant du plan
dessiné par M. Azéma, ils vont, ils viennent, se per-
dent, se retrouvent, marchent vers le nord, le sud,
à droite, à gauche… Walter Benjamin souffre mais ne
dit rien. Sa main est blanche, crispée sur la poignée
de sa serviette. Après six heures d'efforts, ils par-
viennent enfin au sommet de la montagne. L'Espagne
est en bas. Port-Bou les attend. Lisa Fittko les
embrasse et rebrousse chemin : d'autres réfugiés ont
besoin d'elle.

Le petit groupe descend vers le poste de douane.
Nul ne sait encore que le gouvernement espagnol
vient d'ordonner la fermeture des frontières à tous
ceux qui ne détiennent pas de visa de sortie du territoire français. Cette mesure sera assouplie peu
après. Mais ce jour-là, elle frappe Walter Benjamin
en plein cœur. Il ne pourra pas recommencer.

« Il vous faut retourner en France », ordonnent les douaniers.

Benjamin s'éloigne. Du côté français. Mais il ne va pas loin. Il ouvre sa serviette, qui ne contient pas seulement son dernier manuscrit. L'écrivain y a également enfermé la dose de poison dont il a offert la moitié à Arthur Koestler.

Il la prend. Il l'avale. Il s'allonge. Il ferme les yeux.

Pour lui aussi, la guerre est finie.

Autres filières…

L'émigration est une maladie grave.

Alma WERFEL MAHLER.

Un mois après la mort de Walter Benjamin, Lisa et Hans Fittko faisaient le voyage jusqu'à Marseille pour rencontrer Varian Fry. Le Comité de secours avait décidé d'explorer la route Lister. Pendant plus de six mois, celle-ci fut empruntée par des dizaines de réfugiés venus de Marseille et d'ailleurs. Lorsqu'ils arrivaient à Banyuls, les Fittko allaient les chercher à la gare. Ils devaient présenter la moitié d'une feuille de papier dont les guides possédaient l'autre fragment. Les fuyards étaient tantôt des artistes, tantôt des hommes politiques, parfois des aviateurs ou des parachutistes anglais. La règle était la même pour tous : pas de bagages (plus tard seulement, grâce au maire de Cerbère qui possédait une entreprise de transports, les valises pourront être acheminées en Espagne), des visas de transit, du courage et de la résistance. Les plus âgés et les plus fatigués avaient droit à un traitement de faveur : contre une substantielle rétribution, un conducteur de locomotive acceptait de prendre un ou deux voyageurs à son bord ; il les faisait descendre au milieu d'un tunnel où passait la frontière ; les rescapés montaient en France pour descendre en Espagne, à quelques mètres seulement du poste de douane.

Lorsque les Fittko ne pouvaient assurer le passage, quelques bonnes volontés les relayaient. Ainsi Dina Vierny, le modèle préféré du sculpteur Aristide Maillol, « belle, lascive, la voix chaude[1] », qui, rapidement surveillée par la police, dut déclarer forfait[2].

A Marseille, Varian Fry explorait d'autres filières de fuite. Après le départ des Mann et des Werfel, le goulot se referma à la frontière espagnole. On traversait plus difficilement. Tantôt Madrid et Lisbonne laissaient passer les fuyards, tantôt ils les retenaient sans explication. Le consulat du Portugal exigeait dorénavant des visas en bonne et due forme émanant des pays d'accueil, et non plus les autorisations du Congo, du Siam ou de la Chine. Enfin, si le Mexique et Cuba acceptaient encore de délivrer des droits d'entrée, la plupart des pays d'Amérique latine avaient fermé leur frontière.

Fry recourut aux feuilles de démobilisation vendues par des militaires qui n'en avaient plus besoin et qui cédaient également leur uniforme. Cette solution convenait aux hommes encore jeunes. Il leur fallait alors apprendre par cœur des états de service inventés grâce auxquels ils avaient la possibilité de rallier Casablanca. A partir du mois d'octobre cepen-

1. Jean Malaquais, *Journal du métèque*, Phébus, 1997.
2. Daniel Bénédite, *la Filière marseillaise*, Clancier-Guénaud, 1984.

dant, cette filière fut démasquée et, une nouvelle fois, il fallut trouver autre chose.

Les coups de boutoir portés par les autorités n'empêchaient cependant pas les réfugiés d'affluer au Centre de secours. Varian Fry s'entoura bientôt de nouveaux collaborateurs, Jean Gemähling et Daniel Bénédite. Il engagea également un médecin et un avocat : Gaston Defferre. Un comité de patronage faisait office de bouclier entre Fry, son équipe et les différents services de police qui parfois leur cherchaient noise. Il était composé de personnalités aussi diverses que Pablo Casals, François Charles-Roux, Léon Brunschvicg, Georges Duhamel, L.O. Frossard, Emmanuel Mounier, Aristide Maillol, Jean Schlumberger et Henri Matisse[1].

Mary Jayne Gold aidait financièrement cette entreprise altruiste, ainsi que Peggy Guggenheim et quelques autres. Ces subsides permirent à l'organisation de déménager. Elle s'installa tout d'abord rue Grignan puis dans un ancien salon de beauté du boulevard Garibaldi.

Parfois, Varian Fry prenait lui-même son bâton de pèlerin pour proposer son aide aux artistes menacés. Ainsi alla-t-il rendre visite à Chagall, réfugié à Gordes. Le peintre refusa tout d'abord de quitter un pays qui lui avait offert sa naturalisation. Après le vote des lois antijuives, il accepta de suivre Fry. Alors qu'il s'apprêtait au départ, il fut arrêté au cours d'une rafle dans un hôtel de Marseille. L'Américain intervint auprès de Vichy pour le faire libérer.

---

1. Daniel Bénédite, *ibid.*

Raoul Dufy, hospitalisé dans une clinique de Montpellier, refusa de partir : étant totalement apolitique
et se revendiquant comme tel, il estimait ne rien avoir
à craindre.

De même André Gide, réfugié près de Grasse,
anéanti par la défaite, malade, solidement arc-bouté
sur sa volonté de ne jamais collaborer avec Vichy :
il espérait que sa notoriété le protégerait.

Vivant à Roquebrune avec Josette Clotis qui avait
enfin pris la place de Clara[1], André Malraux avait
décidé de rester en France.

Mais le sculpteur Jacques Lipchitz et le peintre Max
Ernst acceptèrent l'aide de Fry. Celui-ci eut moins de
chance avec quelques grandes figures de l'opposition
aux nazis qu'il tenta désespérément de sauver, notamment les anciens ministres Hilferding et Breitscheid qui
seront emmenés à Arles par les séides de Vichy et
emprisonnés à Paris pour être livrés aux Allemands.
Hilferding sera retrouvé pendu dans une cellule de la
Santé, et Breitscheid succombera dans le camp de
Buchenwald. Quant à Largo Caballero, ancien Premier
ministre de la République espagnole, il sera arrêté à la
demande de Madrid puis déporté par les Allemands
sans que Fry et ses amis puissent intervenir. L'Américain ne s'en consola jamais, même si Emanuele Modigliani, le frère du peintre et grande figure de la gauche
italienne, fut sauvé grâce à lui.

Et il ne fut pas le seul.

---

1. Voir *Libertad !*, *op. cit.*

Villa Air-Bel

Un mot qui court : Pétain nous prêche le retour à la terre. A 85 ans, il pourrait bien donner l'exemple.

Jean GALTIER-BOISSIERE.

Le 3 décembre 1940 au matin, deux fourgons de police et quelques voitures noires s'arrêtent devant les grilles d'une propriété située sur les hauteurs de Marseille : la villa Air-Bel. Une demi-douzaine d'inspecteurs en civil poussent la porte et s'engagent dans une allée qui grimpe vers une lourde bâtisse du XIXᵉ siècle. Un rez-de-chaussée, deux étages, dix-huit pièces. Un piano trône dans le salon. Sur le manteau de la cheminée, une horloge aux aiguilles bloquées indique onze heures quarante-cinq. Les murs de la salle à manger sont tapissés de faux cuir. Non loin d'un grand évier en pierre, un poêle brûle dans la cuisine.

Ces messieurs demandent à la femme de ménage de faire descendre les locataires de l'endroit.

Le premier à se présenter est un Américain à lunettes : Varian Fry. Il exige des pandores la présentation d'un mandat. On lui remet un papier aux armes de la préfecture ordonnant la perquisition de tous les lieux susceptibles d'abriter des activistes communistes.

« Pourquoi des communistes se cacheraient-ils ici ? » interroge Fry.

Bonne question. Les occupants de l'endroit seraient plutôt des opposants déclarés au communisme. Mais pour l'admettre, encore faut-il posséder un minimum de culture politique. Ce qui ne semble pas être le cas des fonctionnaires.

Cinq minutes passent. Un premier homme se présente à la porte du salon. Il a une cinquantaine d'années, il est de taille moyenne, il a le front haut, le visage glabre et les traits fins. Il porte des lunettes.

« Nom, prénom, nationalité, profession ? »

Kibaltchiche Lvovitch Victor, alias Victor Serge. Né en Belgique de parents russes. Bolchevik rallié à l'opposition de gauche. Considéré comme trotskiste par les staliniens. Arrêté à Moscou une première fois en 1928, une deuxième fois en 1933. Déporté en Oural. Libéré grâce à une campagne orchestrée en France par les intellectuels, notamment André Gide.

« Anarchiste ?

— Si l'on veut…

— Vous êtes seul ?

— Ma fiancée est ici. Et mon fils, Vladi.

— Quel âge, Vladi ?

— Vingt ans.

— Faites descendre. »

Victor Serge obtempère.

Après l'interrogatoire de routine, la porte du salon s'ouvre sur un nouvel arrivant. Il est accompagné d'une femme blonde, très belle, dont la chevelure s'orne de fleurs et de petits miroirs colorés. Une fillette l'accompagne : Aube Breton, cinq ans.

« Nom, prénom, nationalité, profession ? »

Breton André. Français. Ecrivain, poète, fondateur du mouvement surréaliste, ancien médecin. Mobilisé en septembre 1939 puis, entre janvier et juillet 1940, affecté à Poitiers comme médecin militaire. Démobilisé le 1er août. Entre-temps, a vainement tenté de faire publier son dernier ouvrage : *Anthologie de l'humour noir*. S'est retrouvé loin de Paris, comme tous les surréalistes qui se sont égaillés aux quatre coins de France, de Navarre et d'Amérique. A rejoint sa femme Jacqueline à Martigues. Celle-ci venait de Royan, où elle passait ses vacances chez Picasso et Dora Maar, la dernière fiancée du peintre, dont elle est l'amie. Picasso a aidé Breton en lui offrant une de ses œuvres pour qu'il la vende : le poète n'a plus d'argent.

« Que faites-vous à Marseille ?

— J'attends », répond Breton.

Il attend un bateau pour l'Amérique. Aucune autre issue ne lui paraît possible. La presse de Vichy ne cesse de l'attaquer. La censure l'empêche de publier. A quarante-cinq ans, il n'envisage pas une seconde de rempiler dans l'armée. Il a déjà donné entre 1914 et 1918. Une boucherie. Le surréalisme est né sur les fanges d'un bourbier que la plupart refusent de piétiner encore. Les peintres Tanguy et Matta ont déjà traversé l'Atlantique. Ils s'efforcent d'obtenir les aides nécessaires pour faire venir leur ami et sa petite famille. A New York, le musée d'Art moderne le réclame. Il bénéficie de toutes les cautions financières et morales nécessaires. Il ne manque plus que le visa de sortie.

Heureusement, Varian Fry est là. André Breton, comme Victor Serge, a placé tous ses espoirs dans la débrouillardise et l'entregent de l'Américain.

Le troisième homme qui survient dans le salon où les flics posent des questions est très jeune. Il s'appelle Daniel Bénédite. Il assiste Varian Fry. C'est lui qui a découvert la villa et qui l'a louée pour le Centre américain de secours. Mary Jayne Gold l'a aidé. Lorsque celle-ci entre à son tour, André Breton va vers elle, s'incline, lui prend la main et l'effleure de ses lèvres, selon un rite qui ravit la jeune Américaine, elle dont le cœur est pris par un voyou marseillais.

Pendant ce temps-là, dos au poêle, Fry essaie de brûler quelques papiers compromettants. Victor Serge regarde ailleurs, feignant de se désintéresser de la scène. André Breton grommelle. Mary Jayne s'amuse.

Trois policiers redescendent des étages avec un butin des plus compromettants : une machine à écrire – elle est à Serge ; un petit revolver – il est à Breton. Les deux hommes fournissent les explications demandées. De toute façon, elles n'ont aucune importance : on les aurait emmenés quand même.

Les pensionnaires de la villa Air-Bel sont embarqués dans les deux camionnettes qui stationnent à l'entrée. On les conduit à l'Evêché, où ils rejoignent d'autres inconnus raflés un peu plus tôt. Les heures passent. De nouveaux venus descendent des fourgons qui repartent aussitôt. Le ballet dure toute la nuit. Puis les camions se rassemblent. Les détenus reprennent la route. Direction le port. Ils descendent au pied d'un vieux paquebot, le *Sinaïa*, que Varian

Fry connaît pour y avoir embarqué dans l'autre
sens : de New York vers l'Europe.

Mais on ne part pas. Le bateau est et restera à
quai. Lui et les autres ont été transformés en centres
de détention provisoires pour accueillir quelque vingt
mille internés administratifs susceptibles de troubler
l'ordre public. Pétain arrive à Marseille. Les autorités
ne veulent pas de manifestations hostiles. Pas de
coups de gueule. Pas d'attentats. Aucun mouvement
de foule. La ville doit être expurgée de ses trublions.
C'est pourquoi les prisonniers montent tous sur des
passerelles surveillées de part et d'autre par des
colonnes de gardes mobiles casqués. Les hommes sur
l'entrepont, les femmes dans les cabines. Tous regardent, sidérés, le port se parer de la francisque et des
trois couleurs dérobées. Tous comptent les heures
puis les jours les séparant d'une libération dont ils
ne doutent pas. Tous retrouvent enfin leurs caches
et leurs abris provisoires après le départ du Maréchal-
le-voilà, trois jours d'une visite sans risques.

Fry, Bénédite, Gold, Serge, Breton et leurs
familles réintègrent donc bientôt les pièces froides
de la villa Air-Bel – rebaptisée « Villa Espère-visa »
par Victor Serge, en hommage à l'attente de ceux
qui y habitent. Ils lisent dans la bibliothèque ou se
retrouvent dans les chambres à coucher, toutes équi-
pées d'une armoire et d'un lit double. Serge et Breton s'y réfugient, chacun dans la sienne, lorsque les
discussions dérapent. Le premier se moque du
second pour sa connaissance dans le texte et non
dans la lutte d'une révolution très salonnarde. Mos-

cou, Staline, les camps... Victor connaît. Et aussi Trotski avec qui il rompit après que le commandant en chef de l'Armée rouge eut écrasé par le feu la révolte de Makhno et des anarchistes ukrainiens.

Cela, Breton le supporte mal. Il aime Trotski. Mieux, il le vénère. « Le Vieux » est le seul individu devant qui le pape du surréalisme se soit jamais incliné. Il l'a rencontré en 1938, au Mexique, envoyé là-bas par le ministère des Affaires étrangères pour y faire une série de conférences sur la peinture et la littérature européennes. Jacqueline et Aube l'accompagnaient. Ils logeaient à Veracruz, chez le peintre Diego Rivera. La femme de celui-ci, Frida Kahlo, peintre également, jeune, belle, infirme, avait une liaison avec le vieux leader bolchevik. Diego l'ignorait. Natalia en souffrait. Breton ne s'en préoccupait pas. Avec Trotski, ils parlaient art et politique. Ils pêchaient. Ils se promenaient et admiraient la nature. La compagnie du poète français éloignait (provisoirement) le révolutionnaire russe des terribles démons qui le hantaient : ses amis et compagnons anéantis puis fusillés au cours des macabres procès de Moscou ; son fils, Léon Sedov, assassiné quelques semaines plus tôt à Paris ; sa femme et lui-même sans cesse menacés malgré les gardes, les chiens, les mitrailleuses disposés en protection autour d'eux.

Certes, Breton et Trotski n'étaient pas d'accord sur tout – loin s'en faut. Comment peut-on préférer Zola à Lautréamont ? se désespérait le surréaliste. Par quel mystère un tribun politique aussi extraordinaire que Léon Trotski, ami de Lénine, organisateur de 1917, fondateur de l'Armée rouge, pouvait-il s'émouvoir devant un chien et lui prêter autant d'émotions qu'à un être humain[1] ?

Cependant, au-delà de quelques incompréhensions et désaccords somme toute secondaires, Breton admirait le courage de Trotski, son opposition définitive au stalinisme. Mieux encore, il l'aimait (il éclata en sanglots, le 21 août 1940, en apprenant sa mort) et ne s'en cachait pas. Cet engouement gênait passablement le fondateur de l'Armée rouge, qui y voyait comme une déférence, une illumination malvenue. Pour autant, cela ne l'empêcha pas de fonder avec son visiteur la Fédération internationale de l'art révolutionnaire indépendant (FIARI), dont ils rédigèrent ensemble le manifeste que Diego Rivera signa en lieu et place de Léon Trotski. Ce mouvement avait pour but de faire pièce à l'Association des écrivains et artistes révolutionnaires, créée quelques années plus tôt mais dominée par Moscou.

L'une des premières manifestations de la FIARI avait été la publication d'un tract qui se voulait une réponse aux accords de Munich et s'ouvrait sur ce slogan très symbolique de la position des surréalistes face aux événements : *Ni de votre guerre ni de votre paix !*

De retour à Paris, Breton avait créé la revue *Clé*, organe de la Fédération. Deux numéros avaient paru au début de 1939, qui prenaient la défense des pacifistes emprisonnés. La publication, cependant, avait fait long feu. Les événements s'étaient chargés de mettre un terme à l'aventure. De toute façon, les col-

---

1. Pierre Broué, *Trotsky*, Fayard, 1988, et Luis Buñuel, *Mon dernier soupir*, Robert Laffont, 1994.

laborateurs manquaient. La plupart des mousquetaires du surréalisme s'étaient éloignés, fuyant le rigorisme de Breton. Soupault, Crevel, Tzara, Prévert, Eluard, Desnos n'étaient plus là.

Ces derniers, divergences obligent, ne passaient donc pas dans les jardins de la villa Air-Bel où venaient quelques visiteurs amis et à peu près fidèles que l'on conviait le dimanche pour jouer à des jeux surréalistes : Marcel Duchamp, qui attendait lui aussi l'embarquement pour un mirage américain ; René Char, voisin provençal ; Hans Bellmer, Marc Chagall, Jan Arp, Oscar Dominguez, Victor Brauner (dont l'œil fut crevé par le précédent au cours d'une « joyeuse beuverie[1] »), André Masson, Adamov, Pierre Herbart (bientôt résistant), Jean Malaquais, Jacques Hérold... L'un des visiteurs les plus assidus était Benjamin Péret, fidèle entre les fidèles, également en transit, que sa vocation libertaire avait conduit du syndicat des correcteurs aux brigades espagnoles du POUM puis dans la colonne Durruti avant qu'un pacifisme intempestif le menât en prison pour distribution de tracts antiguerre. Les Français l'avaient collé au trou ; les Allemands le libérèrent. Maladroit, Péret fit l'apologie de ceux qui l'avaient élargi. A Marseille, il se reprit. Il partira bientôt pour le Mexique.

En attendant un exil que tous espéraient proche, les locataires de la villa s'occupaient avec les distractions qu'ils trouvaient sur place. Ils se promenaient dans le jardin à la française, admiraient les serres où

1. Jean Malaquais, *Journal du métèque, op. cit.*

poussaient de riches palmiers, prenaient des bains
dans de vraies baignoires pourvues d'eau chaude,
d'eau froide et de robinets.

Quand il faisait beau, on débouchait quelques
bouteilles que l'on buvait autour de tables dressées
dans le parc. Parfois, on organisait des expositions
où les amis étaient conviés. On chantait des chansons paillardes, préludes à des confessions intimes à
caractère sexuel – selon la coutume surréaliste. Entre
une séance de papiers collés et une autre de cadavres
exquis, on se préoccupait un peu de la guerre. On
ne pouvait l'oublier : le café national, à base de
glands et sucré à la saccharine, rappelait que les
temps étaient durs. Mais les récréations étaient nombreuses. Il suffisait qu'André Breton montrât sa collection d'insectes ou qu'il s'envolât dans un palabre
brillant pour que les jeunes filles américaines tombent en pâmoison, impressionnées. On goûtait aussi
au spectacle des crapauds et des grenouilles dont on
découvrait les us et les coutumes dans les mares du
parc. Là encore, Breton était à la manœuvre : il adorait observer le manège des batraciens. Il eût aimé
convertir sa fille à son goût, mais celle-ci préférait
tempêter ailleurs, et bruyamment. Certains la jugeaient
insupportable. Mal élevée en tout cas. Son père n'en
disconvenait pas qui, quelques mois auparavant, assis
à une table des Deux Magots, avait menacé son
enfant de l'emmener à l'église Saint-Germain-des-
Prés si elle ne changeait pas de façons[1].

1. Cité par Mark Polizzotti, *André Breton*, Gallimard, 1999.

Breton s'était défaussé de la guerre d'Espagne, refusant de s'engager « à cause d'une enfant, la mienne, qui venait de naître et qui n'eût eu aucun moyen de vivre sans moi[1] ». Désormais, il se souciait moins de sa fille que de Jacqueline, sa deuxième épouse. Entre eux, l'amour fou s'en était allé. On se chipotait, on se bagarrait un peu, on se demandait ce qu'on allait devenir. On attendait beaucoup de Varian Fry et de l'Amérique qui, peut-être, serait le nouvel eldorado des passions.

Tandis que les garçons ratissaient le gravier, leur messie s'activait. Il obtint un visa mexicain pour Victor Serge et un visa américain pour André Breton. Au début de l'année 1941, un espoir sembla luire du côté des colonies. Vichy, en effet, avait livré aux nazis les victimes exigées. Celles qui restaient n'intéressaient plus personne. Pourquoi garder sur le territoire national des bouches inutiles qui volaient le pain des bons citoyens ? Qu'ils partent ! Qu'ils aillent au diable – c'est-à-dire loin. Le chemin des colonies s'ouvrit à nouveau. Avec un avantage indéniable sur les autres destinations : il ne fallait pas de visa pour rejoindre les Antilles. Dès lors, le problème des autorisations de transit espagnole et portugaise ne se posait plus. Il suffisait d'arriver à bon port et, de là, de repartir pour les Etats-Unis ou l'Amérique du Sud.

Ayant compris quel pactole pouvait enrichir leurs caisses, les compagnies maritimes mirent la main à la pâte : elles renflouèrent des navires qui n'avaient pas

---

1. André Breton, *Entretiens* avec André Parinaud, Gallimard, 1969.

pris l'eau depuis des mois. Et soudain, tout devint très simple. En février, un premier bateau partit pour la Martinique. Peu après, Varian Fry réunit les occupants de la villa Air-Bel : le prochain départ serait le leur.

Ils s'apprêtèrent. En mars, l'Américain découvrit un vapeur affrété pour la Martinique par la Compagnie des Transports maritimes : le *Capitaine Paul Lemerle*. Le 25, surveillés par une escouade de gardes mobiles qui séparaient les voyageurs des amis et des parents venus les accompagner, les locataires de la villa Air-Bel embarquèrent enfin. Le rafiot ne payait pas de mine. Trois cent cinquante personnes se partageaient deux cabines, sept couchettes et des châlits agrémentés de paillasses alignés dans les profondeurs des cales. Des toilettes grossières avaient été construites à bâbord et à tribord. Les hommes d'un côté, les femmes de l'autre. Sur le pont, André Breton rencontra un ethnologue déjà fameux invité par la New School for Social Research de New York : Claude Lévi-Strauss. Celui-ci s'amusa de l'apparence de son nouvel ami : « vêtu de peluche, il ressemblait à un ours bleu[1] ».

Les passagers allaient voyager dans des conditions d'hygiène déplorables. Mais peu leur importait : ils savaient qu'un mois plus tard ils arriveraient à Fort-de-France. Loin de l'enfer et de l'Europe en flammes. Cette perspective valait bien quelques désagréments. Après tout, ils avaient sauvé leur vie.

---

1. Claude Lévi-Strauss, *Tristes tropiques*, Plon, 1955.

Le peintre et la milliardaire

On craignait, maintenant, on espère.

Tristan BERNARD.

Quelques jours après le départ des premiers occupants de la villa Air-Bel, la relève fut assurée par deux nouveaux arrivants : Consuelo de Saint-Exupéry et Max Ernst. Ils prirent les chambres laissées vacantes par Victor Serge et André Breton. Lequel nourrissait jadis une petite passion pour la femme d'Antoine, et une véritable amitié pour le peintre allemand en dépit d'une gêne morale due à la fréquentation triolique de l'intéressé avec Paul Eluard et sa Gala d'amour[1].

Max Ernst a cinquante ans. Lassé par les querelles surréalistes à propos du communisme, du trotskisme, du traître Aragon et du renégat Eluard, il s'est éloigné de Breton et du mouvement. Ce qui ne l'a pas empêché, lorsque le Pape s'y trouvait, de participer à des expositions à caractère surréaliste dans les jar-

---

1. Voir *Bohèmes*, Calmann-Lévy, 1998, et Le Livre de Poche, n° 30695.

dins de la villa, où ses toiles étaient accrochées dans les arbres.

Il porte une cape noire des plus romantiques. Ses cheveux sont très blancs, ses yeux très bleus. Ils ont fait chavirer le cœur bicéphale de Gala à l'époque où elle était encore avec Paul Eluard, puis les sens de Marie-Berthe Aurenche, qu'il a épousée en 1927. Pour l'heure, il se remet du départ de Leonora Carrington, qu'il a rencontrée à Londres trois ans plus tôt. Il a été fasciné par l'indépendance de cette artiste de bonne famille à la fois peintre et écrivain qui, en toutes circonstances, faisait la nique à son milieu d'origine.

Elle avait été renvoyée de toutes les institutions scolaires où ses parents l'avaient placée – y compris d'un couvent dont elle s'était échappée avec force cris. Elle fréquentait la cour d'Angleterre où elle faisait scandale. Devant des invités médusés, elle se déchaussait et se badigeonnait les pieds à la moutarde. A Paris, où Max Ernst la conduisit aussitôt après l'avoir rencontrée, elle séduisit les cercles surréalistes. On l'adopta. Max quitta Marie-Berthe Aurenche.

Un an avant la déclaration de guerre, le peintre s'installa à Saint-Martin-d'Ardèche, près d'Avignon, dans une maison achetée par Leonora Carrington. Ils y restauraient des ruines dont ils peignaient les façades.

En septembre 1939, comme tous les sujets allemands, Max Ernst fut arrêté et interné au camp des Milles. Deux mois plus tard, Eluard le fit libérer. En mai 1940, il fut de nouveau interpellé. Leonora devint folle de douleur. Pendant plusieurs semaines, elle refusa de s'alimenter. Poussée par une amie qui la conjurait de fuir avant l'arrivée des Allemands, elle céda sa maison au patron de l'hôtel du Touriste, à Saint-Martin-d'Ardèche, et s'enfuit en Espagne. Réfugiée à l'ambassade d'Angleterre de Madrid, elle hurlait qu'elle allait assassiner Hitler. Elle fut internée en Espagne pendant quelques semaines.

Max Ernst, quant à lui, parcourut le même périple que ses compatriotes : errance jusqu'à Lourdes, transfert au camp de Saint-Nicolas, près de Nîmes, évasion, Marseille. Grâce à la générosité de Marie-Berthe Aurenche, qui accepta de taire leur divorce, il obtint un permis de séjour.

A Marseille, sa route croisa celle de Peggy Guggenheim, l'héritière de la lignée du même nom qui, après avoir déposé sa Talbot à Megève, avait emprunté elle aussi les chemins du Sud.

Peggy était venue en France l'année précédente pour se reposer après un avortement. Pendant la drôle de guerre, grâce à Marcel Duchamp qui l'avait introduite au cœur des ateliers de la rive gauche, elle avait accru sa collection d'œuvres contemporaines en achetant quelques bronzes à Brancusi, plusieurs toiles à Kandinsky, des rayogrammes à Man Ray, un Dalí, trois Max Ernst, un Léger… Les Allemands approchant, elle s'était employée à protéger sa collection d'œuvres contemporaines, que les Musées nationaux avaient refusé de prendre sous leur aile. De Vichy, elle avait fait transiter ses trésors jusqu'au musée de Grenoble. Elle les avait emballés dans des caisses qu'un transporteur spécialisé dans l'exporta-

tion des œuvres d'art accepta d'envoyer aux Etats-
Unis. Peggy avait pris en charge une partie des
risques en payant de sa personne, pour le plus grand
plaisir du convoyeur.

Il n'était pas le premier.

Lorsqu'elle rencontra Max Ernst, la nièce de Solomon Guggenheim, quarante-trois ans, du charme, du
chien et de la fortune, avait déjà une solide réputation de croqueuse d'hommes. Tenait-elle cette appétence de son père, disparu sous les mers avec le
Titanic au bras d'une jeune maîtresse ? Ou bien
compensait-elle par une existence faite d'aventures
et de libertés un complexe qu'elle nourrissait depuis
l'enfance, elle qui avait souffert de n'être pas une
vraie Guggenheim jusqu'au moment où, majorité
oblige, elle toucha l'héritage paternel ?

L'argent empoché, elle collectionna les voyages,
les fêtes et les amants.

Le premier lui donna deux enfants : c'est lui
qu'elle retrouva à Megève pour tenter de le faire passer aux Etats-Unis.

Le deuxième était alcoolique. Il accompagna sa
maîtresse à Paris, Londres et Venise, sur la Riviera
et dans toutes les boîtes à la mode, avant de suc-
comber à sa faiblesse coupable.

Le troisième était proche du parti communiste
anglais. Lorsque les assiettes volaient bas dans le
couple, il traitait sa compagne de trotskiste. Il
accepta son argent pour le seul bénéfice de la cause :
Peggy donnait aux communistes britanniques.

Le suivant était grand et maigre. Peggy le rencontra à Paris, en 1937. Elle tomba amoureuse de ses

yeux verts et les emporta chez elle, rue de Lille, après un dîner très arrosé. L'hôte s'appelait James Joyce ; l'amant était Samuel Beckett. Il buvait large : champagne à chaque étreinte. Son goût de la liberté déplaisait à sa maîtresse, qui eût souhaité se l'attacher pour un petit toujours. Mais Beckett s'échappait sans cesse. Lorsqu'elle insistait pour le voir, il lui proposait un de ses amis. L'histoire tourna court.

Peggy se consola dans les bras de Tanguy. Ce que la femme du peintre n'appréciait pas.

Elle s'en fut ensuite avec Roland Penrose, peintre et photographe anglais (futur mari de Lee Miller), grand collectionneur d'œuvres surréalistes, amateur de pratiques sado-masochistes qui n'enchantaient pas l'Américaine.

Elle défendit l'Espagne républicaine la main dans celle d'un peintre anglais qui l'initia à la cause.

A Grenoble, en attendant la venue de sa collection, elle se divertit l'esprit et les sens avec un coiffeur de la ville. Elle se lia au sculpteur Jean Arp, Alsacien violemment antinazi qui coupait le poste lorsque Beethoven et Mozart donnaient de la voix.

C'est à Grenoble qu'elle reçut une demande d'aide émanant de ses relations américaines au bénéfice de cinq personnes : Max Ernst, André Breton, sa femme et sa fille, le peintre Victor Brauner, et un médecin proche des surréalistes.

Elle se rendit une première fois à Marseille où elle rencontra Varian Fry. Elle lui donna de l'argent. Elle croisa également son ancien professeur de russe dont elle avait été amoureuse : Jacques Schiffrin. Lorsqu'il avait créé les Editions de la Pléiade, elle l'avait aidé en payant son imprimeur. Cette fois encore, elle le soutint auprès de Varian Fry pour qu'il l'aidât à partir.

De retour à Grenoble, elle écrivit à Max Ernst pour l'informer qu'elle consentait à payer son voyage en échange d'un tableau. Il lui envoya la photo d'une œuvre qu'il acceptait de lui céder. Elle en préféra une autre.

Lorsqu'elle revint à Marseille, Breton et sa famille venaient de partir. Peggy renoua avec Max Ernst, qu'elle n'avait pas revu depuis deux ans. Elle connaissait sa peinture et avait acheté quelques-unes de ses toiles lorsqu'il se trouvait au camp des Milles. Il lui montra ses nouvelles œuvres. Elle acquit quelques tableaux pour deux mille dollars. Max lui offrit en plus des collages et une collection de livres. Ils passèrent une première nuit à l'hôtel, plus une deuxième et une troisième… Au bout de dix jours, Peggy repartit pour Megève où son premier mari, la femme de celui-ci et ses enfants l'attendaient. Elle était amoureuse du peintre allemand.

Elle le retrouva quelques jours plus tard. Cette fois, elle avait regagné Marseille en compagnie des siens pour le grand voyage : elle comptait bien rallier New York au plus vite. Le visa de Max Ernst n'étant plus valable, il lui fallut attendre encore. Tandis que ses enfants et leur père partaient pour le Portugal, Peggy resta avec son amant. Celui-ci retrouva une ancienne maîtresse, Leonor Fini, dont il semblait encore quelque peu amoureux.

Ils finirent par quitter la villa Air-Bel puis la France. Lisbonne leur ouvrit les bras. Ils s'y retrouvèrent tous, accueillis par Leonora Carrington qui s'y était réfugiée depuis longtemps. Peggy Guggenheim suivait d'un œil courroucé les allers et retours de Max Ernst, qui passait ses journées en compagnie de celle qu'il appelait « la mariée du vent » pour la délaisser le soir lorsqu'elle retrouvait un Mexicain avec qui elle s'était acoquinée. En sa compagnie, il faisait à Peggy l'effet d'un grand-père... ce qui ne l'empêchera pas d'épouser son papy après leur arrivée à New York, en juillet 1941.

Huit jours après leur départ, André Masson embarquait pour la même destination. Puis d'autres réfugiés suivirent, tous aidés, soutenus, encouragés par le Centre de secours. La plupart avaient quelque raison de penser que leur travail et leur vie étaient menacés. Juifs, antinazis ou qualifiés de dégénérés par le régime nazi, ayant vu leurs œuvres interdites ou brûlées au cours d'autodafés, ils choisirent de s'expatrier. Duchamp, Tanguy, Mondrian, Matta, Zadkine, Lipchitz, Chagall, Léger, Maritain, Péret, Malaquais, Green, Jules Romain, Jouvet, Duvivier, Jean Renoir, René Clair, Gabin, Michèle Morgan, Jean-Pierre Aumont, Dalio... Ils quittèrent l'Europe en berne pour le continent américain. Beaucoup durent leur salut à Varian Fry et à son organisation.

Hélas, le jeune Américain allait bientôt se trouver confronté à de nombreuses difficultés dues à la politique du département d'Etat américain. Celui-ci finit par considérer que le Centre nuisait aux bonnes relations que Washington souhaitait entretenir avec Vichy. Quelques mois après le départ de Max Ernst, un nouvel ambassadeur fut nommé, qui refusa de renouveler le passeport de Varian Fry. En mars 1941, le gouvernement de Vichy donna le coup de grâce à l'organisation. Une loi fut promulguée, qui ordonnait l'évacuation des étrangers proches des zones frontalières, à commencer par ceux qui traînaient du côté de la frontière espagnole. Sur le port de Marseille, les Allemands de la Commission d'armistice furent chargés de veiller à la stricte application des nouvelles lois.

En août 1941, Varian Fry fut arrêté. Il fut aussitôt reconduit à la frontière espagnole. Contraint et forcé, il dut à son tour emprunter la route de Lisbonne sur laquelle il avait conduit tant de fugitifs. Peu après, Mary Jayne Gold et Miriam Davenport quittèrent à leur tour la France occupée. Puis ce furent Lisa Fittko et son mari.

Les adjoints de Varian Fry, Daniel Bénédite et Jean Gemähling, poursuivirent l'action du Centre américain jusqu'au 2 juin 1942. Ce jour-là, la police ferma définitivement les bureaux d'une organisation altruiste qui, en une année, avait soutenu matériellement plus de six cents personnes et en avait sauvé près de deux mille.

Le réseau de Varian Fry fut certainement le premier à s'opposer efficacement à la déferlante nazie. Ainsi que l'écrivit Victor Serge, il constitua la première forme de résistance. Même si le mot n'était pas encore employé.

II
OCCUPATIONS

Les uns et les autres

> Je crains bien que les juifs ne soient un peu mis à l'écart, eux qui étaient partout, dans les plus hautes fonctions. Voilà ce que c'est que d'abuser, de se croire les maîtres du jour au lendemain, par exemple le ministère Léon Blum, avec ses 35 juifs, rien que cela.
>
> Paul LEAUTAUD.

Vichy, le 3 octobre 1940.

Nous, Maréchal de France, chef de l'Etat français, le conseil des ministres entendu,

Décrétons :

Article 1er. – Est regardé comme juif, pour l'application de la présente loi, toute personne issue de trois grands-parents de race juive ou de deux grands-parents de la même race, si son conjoint lui-même est juif.

Art. 2. – L'accès et l'exercice des fonctions publiques et mandats énumérés ci-après sont interdits aux juifs :

1. Chef de l'Etat, membre du Gouvernement, conseil d'Etat, conseil de l'ordre national de la Légion d'hon-

neur, cour de cassation, cour des comptes, corps des mines, corps des ponts et chaussées, inspection générale des finances, cours d'appel, tribunaux de première instance, justices de paix, toutes juridictions d'ordre professionnel et toutes assemblées issues de l'élection.

2. Agents relevant du département des Affaires étrangères, secrétaires généraux des départements ministériels, directeurs généraux, directeurs des administrations centrales des ministères, préfets, sous-préfets, secrétaires généraux des préfectures, inspecteurs généraux des services administratifs au ministère de l'Intérieur, fonctionnaires de tous grades attachés à tous services de police.

3. Résidents généraux, gouverneurs généraux, gouverneurs et secrétaires généraux des colonies, inspecteurs des colonies.

4. Membres des corps enseignants.

5. Officiers et sous-officiers des armées de terre, de mer et de l'air. (...)

6. Administrateurs, directeurs, secrétaires généraux dans les entreprises bénéficiaires de concessions ou de subventions accordées par une collectivité publique, postes à la nomination du Gouvernement dans les entreprises d'intérêt général.

Art. 3. – L'accès et l'exercice de toutes les fonctions publiques autres que celles énumérées à l'article 2 ne sont ouverts aux juifs que s'ils peuvent exciper de l'une des conditions suivantes :

a) Etre titulaire de la carte de combattant 1914-1918 ou avoir été cité au cours de la campagne 1914-1918 ;

b) Avoir été cité à l'ordre du jour au cours de la campagne 1939-1940 ;

c) Etre décoré de la Légion d'honneur à titre militaire ou de la médaille militaire.

Art. 4. – L'accès et l'exercice des professions libérales, des professions libres, des fonctions dévolues aux officiers ministériels et à tous auxiliaires de la justice sont permis aux juifs, à moins que des règlements d'administration publique n'aient fixé pour eux une proportion déterminée. Dans ce cas, les mêmes règlements détermineront les conditions dans lesquelles aura lieu l'élimination des juifs en surnombre.

Art. 5. – Les juifs ne pourront, sans condition ni réserve, exercer l'une quelconque des professions suivantes :
Directeurs, gérants, rédacteurs de journaux, revues, agences ou périodiques, à l'exception de publications de caractère strictement scientifique.
Directeurs, administrateurs, gérants d'entreprises ayant pour objet la fabrication, l'impression, la distribution, la présentation de films cinématographiques ; metteurs en scène et directeurs de prises de vues, compositeurs de scénarios, directeurs, administrateurs, gérants de salles de théâtre ou de cinématographie, entrepreneurs de spectacles, directeurs, administrateurs, gérants de toutes entreprises se rapportant à la radiodiffusion.
Des règlements d'administration publique fixeront, pour chaque catégorie, les conditions dans lesquelles les autorités publiques pourront s'assurer du respect, par les intéressés, des interdictions prononcées au présent article, ainsi que les sanctions attachées à ces interdictions.

La mise au pas voulue par Vichy et par les autorités d'occupation commença dès le mois de juillet. Elle toucha les Juifs, les hommes de gauche, les émigrés. C'est ainsi que le cinéaste René Clair (René

Chomette de son vrai nom), l'écrivain-diplomate
Saint-John Perse (Alexis Léger), le journaliste Pierre
Lazareff et les citoyens français ayant quitté le ter-
ritoire furent déchus de la nationalité française.

En septembre, Georges Huisman, directeur des
Beaux-Arts, René Cassin, professeur à la faculté de
droit de Paris, Jean Cassou, très fraîchement nommé
conservateur adjoint du musée d'Art moderne, furent
révoqués.

L'historien Marc Bloch, cofondateur avec Lucien
Febvre des *Annales d'histoire économique et sociale*,
professeur à la faculté de Strasbourg puis à la Sorbonne, fut à son tour exclu de la fonction publique.
Son appartement parisien fut réquisitionné et ses
livres confisqués par les Allemands.

L'épuration se poursuivit dans tous les domaines
de la vie sociale et culturelle. Les fonctionnaires et
les membres des professions visées par le texte du
3 octobre 1940 furent contraints de signer un papier
par lequel ils juraient qu'ils n'appartenaient ni à « la
race juive » ni à une société secrète. Les directeurs
de théâtre furent obligés de déposer une déclaration
d'aryanité, d'expulser leur personnel juif et de soumettre aux autorités les programmes des saisons à
venir : les auteurs et les comédiens juifs étaient interdits. A la Comédie-Française, au terme d'une longue
bataille, l'administrateur Jacques Copeau, fondateur
du théâtre du Vieux-Colombier, remplaça Edouard
Bourdet, considéré comme trop proche de l'ancien
Front populaire. Tout d'abord soutenu par Charles
Dullin et Louis Jouvet, metteurs en scène à la Comédie-
Française, Copeau fut désavoué par eux lorsqu'il fit

allégeance à Vichy en sollicitant l'arbitrage du ministre de l'Education nationale. Cette attitude provoqua le départ de deux membres éminents du comité d'administration : Pierre Dux et Fernand Ledoux. Le 11 novembre 1940, ayant « oublié » de baisser le rideau de son théâtre lors d'une manifestation étudiante hostile au nazisme, Jacques Copeau fut remercié par les Allemands et remplacé par Jean-Louis Vaudoyer, critique d'art et ancien conservateur du musée Carnavalet.

Dans le domaine musical, les artistes furent également contraints d'attester sur l'honneur qu'ils n'étaient ni juifs ni francs-maçons. Les droits d'auteur des musiciens juifs leur furent confisqués. De même pour ceux qui avaient fui, comme Darius Milhaud.

Il en alla semblablement dans le cinéma. Dès le mois d'octobre 1940, les Juifs furent interdits de production, de distribution, de fabrication et de mise en scène : ils ne pouvaient plus être techniciens, scénaristes, opérateurs, réalisateurs, administrateurs... Les salles leur appartenant furent fermées (elles rouvriront placées sous le contrôle d'administrateurs provisoires). Les noms des collaborateurs juifs furent supprimés des génériques. Pour entrer dans les studios, il fallait présenter une carte professionnelle précisant que son détenteur n'était pas juif.

Des producteurs (dont les frères Hakim, Jacques Haïk, Simon Schiffrin), des cinéastes (Anatole Litvak, Max Ophuls...), des comédiens (Jean-Pierre Aumont, Marie Dubas, Pierre Dac...) furent ainsi mis à l'index. Et d'autres, parce qu'ils étaient des antinazis déclarés (Erich von Stroheim, Charles Boyer), parce qu'ils avaient tourné dans des films américains (Marlene Dietrich), parce qu'ils avaient épousé des femmes juives (René Clair, Julien Duvivier).

Dès l'été 1940, les films antiallemands furent interdits ainsi que toutes les œuvres tournées pendant le Front populaire (les films anglo-américains suivront en mai 41). Le drapeau tricolore ne devait plus apparaître sur les écrans. Certaines scènes furent coupées par la censure (et parfois rejouées), surtout quand elles étaient interprétées par des acteurs juifs ou ennemis du nouveau régime. Ainsi, Dalio fut gommé du film *Entrée des artistes* (de Marc Allégret) ; de même Erich von Stroheim, dans *Pièges* (de Robert Siodmak, avec Maurice Chevalier et Marie Déa) ; dans *Macao l'enfer du jeu* (de Jean Delannoy), il fut remplacé par Pierre Renoir[1]. Plus de deux cents films furent retirés des circuits de distribution. Certains s'en réjouirent, comme Claude Autant-Lara et Marcel L'Herbier, lequel alla jusqu'à affirmer qu'il n'avait jamais connu de conditions de travail plus agréables ni plus libres.

Ce qui n'était pas le cas de Harry Baur. Cet immense comédien de théâtre et de cinéma, qui avait tourné avec les plus grands cinéastes d'avant guerre (Abel Gance, Julien Duvivier, Marcel L'Herbier, Maurice Tourneur), fut accusé par la presse de droite d'avoir dissimulé ses origines juives. Il s'agissait là d'un « crime » d'autant plus grave que l'acteur avait tourné en Allemagne. Le journal *Aujourd'hui*

---

1. Stéphanie Corcy, *la Vie culturelle sous l'Occupation*, Perrin, 2005.

l'avait même montré écoutant un discours du Führer
à Berlin. Harry Baur publia un rectificatif dans les
colonnes de *Je suis partout*. Pour prouver sa qualité
de goy patenté, il accepta un rôle dans un film produit par la société allemande Continental (*l'Assassinat du Père Noël*, de Christian-Jaque). Pour autant,
il ne parvint pas à enrayer la « calomnie ». En
mai 1942, il fut arrêté. Libéré quatre mois plus tard,
terriblement éprouvé, il mourut en avril 1943. Il
avait soixante-trois ans.

Les galeries de peinture furent contrôlées dès
l'été 40. Les collections des marchands juifs furent
pillées et embarquées pour l'Allemagne. Les galeries Bernheim-Jeune, Granoff, Loeb, Rosenberg et
Wildenstein furent fermées. Daniel-Henry Kahnweiler
échappa à la mise sous séquestre en confiant sa galerie à sa belle-sœur, Louise Leiris.

Dans l'édition, les maisons juives – comme Calmann-
Lévy et Fernand Nathan – furent dépecées. Deux
mois après leur entrée dans Paris, les Allemands exi-
gèrent du Syndicat national des éditeurs qu'il veillât
à l'interdiction de toute littérature antiallemande, y
compris celle écrite par des auteurs émigrés. En
août, la liste Bernhard, établie en Allemagne, mettait
à l'index cent quarante-trois ouvrages. En attendant
la liste Otto.

Pour le reste, et pour un certain nombre, tout
allait bien. Certes, Paris avait changé de visage. Les
voitures se faisaient rares, le carburant – mélange
d'alcool et d'essence – n'était pas de première qua-

lité, il fallait une autorisation pour circuler avec un véhicule à moteur, les autobus fréquentaient plus la banlieue que la place de la Concorde.

Mais les bicyclettes et les vélos-taxis pullulaient. Chers, d'accord, mais moins que les fiacres. On y gagnait en silence ; la qualité de l'air était meilleure.

Bien sûr, le couvre-feu, fixé à vingt et une heures en juin 40, à vingt-trois heures en juillet et à minuit en novembre, obligeait à rester chez soi jusqu'à cinq heures du matin ; et il fallait prendre garde que les lumières des appartements ne fussent pas repérées par les policiers veillant dans les rues.

Mais si on était un privilégié, il suffisait de rester dehors. Certaines boîtes de nuit refusaient de lâcher sur le trottoir une clientèle qui avait mieux à faire qu'à rentrer chez elle à minuit sonnant. Dans son cabaret la Vie parisienne, Suzy Solidor, par exemple, s'était acoquinée avec un postier autorisé à circuler la nuit ; contre monnaie sonnante et trébuchante, le brave homme déposait les noctambules devant chez eux à l'heure choisie. Ainsi ne couraient-ils pas le risque d'être ramassés sur la voie publique, délit qui pouvait conduire de simples retardataires à endosser le terrible habit d'otage.

La plus grande partie de la population avait froid, mangeait mal, fumait du topinambour, de l'armoise ou du tilleul. Dès le mois d'août 1940, les prix augmentèrent de vingt-cinq pour cent. Le pain, le sucre et les pâtes furent rationnés. Puis ce furent les pommes de terre, les œufs, la viande, le poisson, les fromages et les fruits. On faisait la queue pour obtenir quelques rutabagas ou un maigre morceau de pain. On mangeait du chat, du requin, des légumes nouveaux et innommables.

Heureusement, pour quelques élus, il y avait les restaurants. Le canard au sang de la Tour d'argent restait fameux. Près de la place de la Madeleine, Larue offrait à ses meilleurs clients des toasts au caviar. Sur les Champs-Elysées, le Fouquet's était plein. Lapérouse, Drouant, le Grand Véfour, Maxim's recevaient autant d'occupants que d'occupés. Cette clientèle très particulière se fournissait au marché noir et ne manquait de rien. Elle n'avait pas besoin de ramasser les mégots de cigarettes aux terrasses des bistrots non plus que de trafiquer pour obtenir suffisamment de tickets d'alimentation. « Avec du fric, beaucoup de fric, on peut toujours s'en fourrer jusque-là », constatait joyeusement le journaliste Jean Galtier-Boissière (fondateur du *Crapouillot*, sa plume polémique avait trempé dans les encriers du *Canard enchaîné*, du *Merle blanc*, de *la Flèche* et d'*Aujourd'hui*). Fine gueule, il ajoutait : « Les beef-steaks interdits sont dissimulés sous des œufs sur le plat[1]. »

Les nuits sombres, éclairées par les ampoules bleuâtres des réverbères, ne dérangeaient pas ces troubles privilégiés. Peu leur importait que le dernier métro passât à vingt-trois heures. C'est à peine s'ils avaient besoin de lire les grands panneaux en bois indiquant les directions familières en allemand : ils connaissaient tous les lieux de réjouissances et s'y

---

1. Jean Galtier-Boissière, *Journal*, Quai Voltaire, 1992.

rendaient le plus souvent accompagnés par des officiers en vert-de-gris. Ils passaient devant le Grand
Palais, transformé en garage pour les camions allemands, non loin du Luxembourg, QG de la Luftwaffe,
aux abords de l'hôtel Majestic, devenu le siège de
l'administration militaire. Les sentinelles casquées
montant la garde devant les édifices se raidissaient
parfois à l'approche de ces importantes personnes.

Où allaient-elles ?

A l'Opéra, où *la Damnation de Faust* avait repris
deux mois à peine après l'entrée des nazis dans Paris.
Et où Hitler vint en juin 1940, Goebbels en juillet,
accueillis avec moult courbettes par Serge Lifar qui
dansait sur ses pointes.

A Pleyel, où Alfred Cortot pianotait génialement
sur des blanches et des noires couleur kaki.

Aux concerts Pasdeloup et à la Société des
concerts du Conservatoire, très fréquentés.

Dans des loges tapissées de velours que Herbert
von Karajan, jeune chef de la Staatskapelle de Berlin,
enchantait des accents de *Tristan et Isolde* (contrairement à Wilhelm Furtwängler, grand maître de
l'Orchestre philharmonique de Berlin, qui refusa de
jouer à Paris, ville qu'il aimait et respectait).

A l'Alcazar, rue du Faubourg-Montmartre, devenu
le Palace par respect pour les franquistes de Tolède
qui ne pouvaient plus danser depuis que les républicains espagnols leur avaient mené la vie dure.

Aux Folies-Bergère, aux Variétés, aux Deux Anes,
dans les cabarets et les music-halls parisiens, où
Noël-Noël, Charles Trenet, Edith Piaf, Fréhel,

Django Reinhardt, Maurice Chevalier et Mistinguett réjouissaient leurs adorateurs.

Au Casino de Paris, dont l'accès était interdit aux chiens et aux Juifs.

A Drouot ou dans d'autres salles des ventes, où les amateurs fortunés pouvaient réaliser de bonnes affaires.

Ici et là, dans la ville occupée où la plupart crevaient de faim et de misère, où les Juifs n'avaient pas droit aux spectacles, où les communistes étaient pourchassés. Dans une ville où la Résistance n'existait pas encore bien que, sur les murs, semblables à des signaux d'espoir, quelques « V » de la victoire fleurissaient à côté des premières croix de Lorraine.

Les trois coups

> Disons que nous sommes des externes surveillés.
>
> Jean COCTEAU.

D'un côté, il y avait ceux qui souffraient et n'acceptaient pas. De l'autre, ceux qui souffraient et acceptaient.

Il y avait aussi ceux qui acceptaient sans souffrir, comme la frange des maréchalistes, doriotistes, nazillards, qui rendraient des comptes cinq ans plus tard. Et ceux qui, trop nombreux, décidèrent de « faire avec », acceptant de se mouvoir sur la petite surface octroyée par l'envahisseur. Pas vraiment salauds, pas du tout héroïques. Composant afin de vivre presque comme avant, sinon mieux. En tout cas, exposant, publiant, se produisant, fermant les yeux sur les misères et les tragédies des voisins.

L'un des grands maîtres de cette école pour qui tout allait bien était le directeur du théâtre de la Madeleine : Sacha Guitry.

La drôle de guerre l'avait effleuré à Dax, où l'Artiste se reposait. L'année avait été rude. Très rude. Pour la troisième fois, il avait fallu divorcer. Les séparations invitant à de nouvelles noces, on avait passé la bague au doigt de Geneviève de Séréville, promue quatrième Mme Guitry.

Epuisant.

On avait aussi joué à Londres, devant Leurs Majestés le roi George et la reine Elisabeth. A Paris, on avait été élu à l'académie Goncourt. On avait créé trois comédies. On avait déjeuné avec le président Albert Lebrun. Des mains du prince Louis de Monaco, on avait reçu la médaille de commandeur de l'ordre de Saint-Charles. A Joinville, aux studios Pathé, on avait tourné *Ils étaient neuf célibataires.* Au théâtre de la Madeleine, on était présent lors de la première de *Florence.* A Bruxelles, au théâtre royal du Parc, on avait donné une série de représentations. A Dax, le 28 juin 1940, on s'était caché derrière les fenêtres de sa chambre d'hôtel lorsque les Allemands étaient arrivés.

Puis, tout comme Henri Bergson – qui se trouvait là lui aussi –, on avait souhaité partir.

Après avoir hésité quelques heures entre sa villa du Cap-d'Ail, sa propriété de Saint-Cyr et son hôtel particulier parisien, Sacha Guitry avait finalement choisi celui-ci tout en programmant une étape dans celle-là. Il s'était aussitôt rendu à la mairie, salle des mariages, et avait pris sa place dans la queue. Lorsque son tour arriva, il adressa un large sourire à la personne qui le recevait.

« Bonjour madame, je voudrais deux sauf-
conduits pour me rendre à Paris.

— A quels noms, s'il vous plaît ?

— Henri Bergson et Sacha Guitry. »

A l'évidence, la dame n'avait jamais entendu parler ni de l'un ni de l'autre.

« Etes-vous des réfugiés ? demanda-t-elle.

— Non », répondit Guitry.

Lui qui aimait jouer les Grands Hommes au
cinéma (Louis XIV, Louis XV, Napoléon III) était là
relégué à la condition commune.

« Alors je ne peux rien faire pour vous. Les sauf-
conduits ne sont délivrés qu'aux réfugiés.

— Suis-je bête ! s'exclama le comédien. Bien sûr
que nous sommes des réfugiés ! »

Ses papiers en main, il se rendit à l'hôtel Splendid,
investi depuis quelques heures par ces messieurs de
la Kommandantur. Là, les noms des deux voyageurs
n'étaient pas inconnus. Un officier lui remit deux
laissez-passer rédigés en allemand ainsi qu'un bon
d'essence de cent litres renouvelables jusqu'à Paris.

Tandis que Henri Bergson montait dans sa propre
voiture pour rejoindre son appartement du boulevard Beauséjour (où il allait bientôt mourir), Sacha
Guitry s'installait sur les sièges molletonnés de sa
très puissante et très remarquable automobile américaine.

Le 2 juillet 1940, vers onze heures du matin, il
cornait à la grille du parc de sa propriété de Saint-
Cyr. Elle fut ouverte par des Germains en uniforme.
O rage, ô désespoir ! Une compagnie entière occupait la place. L'artiste en fut réduit à un demi-tour

presto qui le conduisit, une heure plus tard, devant un hôtel particulier de l'avenue Elisée-Reclus.

Chez lui.

Son père, Lucien Guitry, avait fait construire la demeure en 1911. Lui aussi était comédien. Les deux hommes avaient partagé de nombreuses aventures dont l'une, presque commune, s'appelait Charlotte Lysès. Le père l'adorait, mais ce fut le fils qui convola. Une brouille s'ensuivit, qui s'effaça définitivement lorsque Sacha épousa Yvonne Printemps, en 1919 ; outre Lucien Guitry, les témoins du couple s'appelaient Sarah Bernhardt, Tristan Bernard et Feydeau.

La maison familiale était une caverne d'Ali Baba emplie de trésors. Sacha se flattait qu'elle fût connue dans le monde entier. Au milieu du jardin, un buste féminin sculpté par Rodin saluait les visiteurs. A l'intérieur, des tableaux de maîtres s'exposaient sur tous les murs. Dans le bureau, une bibliothèque emplie de livres précieux faisait face à un bureau sur lequel quelques photos étaient encadrées : Claude Monet, Lucien Guitry, Benito Mussolini – cette dernière avec dédicace. Les cendriers traînaient à côté des premières éditions des œuvres de Molière et sous une aquarelle de Rembrandt. Trois téléphones stridulaient avec allégresse. Tantôt c'était Sacha qui décrochait, tantôt sa secrétaire. Crayon en main, elle notait toutes les paroles de l'artiste : scènes, répliques, idées…

Car l'auteur était prolifique. A seize ans, il écrivait sa première opérette, qui fut montée au théâtre des Mathurins : *le Page.* Trois ans plus tard, il jouait son premier rôle au théâtre. Depuis lors, il avait enchaîné succès sur succès, ne cessant pas de jouer, d'écrire, de mettre en scène, de tourner… Sans compter la peinture, qu'il pratiquait assidûment, et la direction théâtrale à laquelle il sacrifiait avec plaisir. Il s'était produit partout dans le monde – en Europe, en Asie, en Amérique. Son bureau témoignait de la richesse et de la diversité d'un homme né cinquante-cinq ans plus tôt à Saint-Pétersbourg.

Quant à sa chambre à coucher, elle était presque celle d'un moine. Au-dessus du baldaquin, un trou avait été creusé qui faisait songer à un passe-plat. Le lit de sa quatrième femme se trouvait de l'autre côté du mur. « Un peu étroit pour vous, maître ! » s'était un jour exclamé un visiteur passablement courtisan. « Il faut payer l'honneur d'être Mme Guitry ! » avait très aimablement répliqué l'avant-dernière élue. Le propriétaire des lieux s'était contenté de regarder son auriculaire où brillait une énorme bague marquée à son chiffre : S.G.

Après avoir fait le tour de son domaine, Sacha Guitry décida de commettre un acte de résistance. Il reprit son automobile et se rendit au musée Rodin. Là, il acheta un buste de Clemenceau sculpté par Auguste. De retour chez lui, il le plaça au centre de son cabinet de travail, « témoignant ainsi de ma tendresse et de ma vénération pour celui qui avait sauvé la France et vaincu l'Allemagne[1] ».

---

1. Sacha Guitry, *Quatre ans d'occupations*, L'Elan, 1947.

Le lendemain, à la première heure, il coiffa sa casquette de président de l'Union des arts. Il empoigna ses téléphones, feuilleta ses carnets d'adresses, s'en fut frapper aux portes les plus officielles. Enfin, après avoir obtenu l'accord de la Propagandastaffel, il prépara la réouverture de son théâtre.

Le théâtre de l'Œuvre l'avait précédé. Il fut le premier à donner les trois coups avec une pièce de Jean Bassan créée en 1938 : *Juliette.* Deux semaines plus tard, le théâtre des Ambassadeurs présentait *Trois heures de fou rire* (l'époque s'y prêtait). En novembre, Jean-Louis Barrault interprétait *le Cid* à la Comédie-Française. Bientôt, on y jouerait Molière et Musset. Et Daudet à l'Odéon. Charles Dullin préparait *l'Avare* au théâtre de Paris. Gaston Baty s'intéressait aux *Caprices de Marianne* pour le théâtre Montparnasse. A l'Athénée, Louis Jouvet s'apprêtait à reprendre *l'Ecole des femmes.*

Des classiques, encore des classiques, très souvent des classiques : la censure, qui visait les textes une première fois sur livret et une seconde lors de la répétition générale, ne pouvait guère soupçonner Molière, Corneille, Racine, Feydeau et Labiche d'avoir écrit contre l'Allemagne !

Alors qu'il n'en fut pas de même pour Sacha Guitry. Le 31 juillet 1940, il rouvrit le théâtre de la Madeleine avec une pièce créée en 1919 : *Pasteur.* Le choix de cette œuvre n'était pas anodin : l'auteur y exaltait la grandeur des scientifiques français et la défiance du premier d'entre eux à l'égard de l'Allemagne pendant la guerre de 1870. Au reste, nul ne s'y trompa : ni le public, qui fit de la première un triomphe ; ni la censure, qui demanda à l'auteur quelques modifications.

Quinze jours plus tard, dans le même théâtre, Sacha Guitry projetait un film documentaire muet : *Ceux de chez nous*. Il s'agissait d'un reportage tourné en 1915 dans lequel apparaissaient Monet, Renoir, Saint-Saëns, Rostand, Mirbeau, Lucien Guitry, Anatole France et Sarah Bernhardt. Après onze représentations, la Propagandastaffel demanda à Sacha de supprimer Sarah Bernhardt ou d'interrompre les projections : bien que baptisée, la tragédienne était juive.

Guitry choisit de renoncer. Un an plus tard, il soumit le même film à la censure. Mais, dans la note d'intention qu'il joignit à sa demande, il cita tous les artistes apparaissant sur la pellicule, sauf Sarah Bernhardt. Opération réussie : « Je m'honore de l'avoir maintenue néanmoins dans mon film. » Après accord de la Propagandastaffel, *Ceux de chez nous* réapparut donc au théâtre de la Madeleine.

Bien que très introduit dans les milieux de la collaboration, Sacha Guitry n'était pas à l'abri de tous les dangers. En septembre 1941, le journal *le Pilori* écrivit que le dramaturge s'appelait en réalité Wolff, et que sa mère était russe (ce qui était vrai) et juive (ce qui était faux). Dans sa loge du théâtre de la Madeleine, Guitry reçut la visite d'un envoyé de la Propagandastaffel venu lui demander s'il était aryen. A l'en croire, Guitry refusa de répondre. Peu après, il fut convoqué par un officier allemand à qui il dut assurer qu'il n'était pas juif. Quelques semaines plus tard, *la France au travail* reprenait les « accusations » du *Pilori*. De nouveau convoqué, Guitry jura qu'il était aryen. Pour le prouver, il dut réunir les extraits de naissance et l'ensemble des actes démontrant qu'il était au-dessus de tout soupçon. Il lui manquait un document : le certificat de baptême de sa grand-mère maternelle, sœur de l'évêque du Mans. A défaut de ce document, et toujours à l'en croire, il s'en alla voir le grand rabbin (il ne précise pas lequel) à qui il demanda :

« Suis-je juif ?

— Hélas non », répondit l'autre.

A l'en croire encore, le goy quitta la synagogue muni d'un certificat d'aryanité en bonne et due forme...

En 1941, Guitry attaqua *la France au travail* devant la 12ᵉ chambre correctionnelle. Le conflit se termina à l'amiable : le journal publia un démenti, s'excusa (!), et l'offensé retira sa plainte.

Pendant l'Occupation, un dessin humoristique circulait sous le manteau. Il montrait le vestiaire d'un grand restaurant dans lequel étaient accrochées plusieurs dizaines de casquettes appartenant à des soldats allemands. Il n'y avait qu'un seul couvre-chef civil, et il était aux armes de S.G. Ce dessin montre combien, malgré ses contorsions, celui que Paul Léautaud appelait « le Molière au petit pied » avait, pour beaucoup, choisi son camp. Certes, comme tous les artistes qui travaillèrent bien et beaucoup pendant l'Occupation, Guitry dut biaiser avec la censure, imaginer des répliques au sixième degré susceptibles de galvaniser muettement des foules

patriotes, coudre la couverture du moment et imaginer les franges du lendemain. C'est-à-dire des jus-
tifications. Oui, il donna de l'argent aux œuvres et
aux artistes nécessiteux, oui, il défendit les prisonniers, oui, il fit sortir du cachot son ami Tristan
Bernard (tout en « oubliant » qu'Arletty l'avait
accompagné dans ses démarches) et Maurice Goude-
ket, le mari de Colette, juifs tous deux (Tristan Bernard à sa femme, quand ils arrivèrent au camp de
Drancy : « Ma chère amie, notre position s'améliore ;
hier nous vivions dans l'angoisse ; à partir de maintenant nous vivrons dans l'espérance[1]... »). Oui
encore, il refusa que ses œuvres fussent présentées
en Allemagne, il put s'enorgueillir d'avoir joué pendant un an une pièce à double sens, *Vive l'Empe-
reur !* (les Allemands refusèrent son titre original : *le
Soir d'Austerlitz*)... Mais il se produisit à Vichy. Mais
il écrivit un livre dont le titre à lui seul ne vaut pas
le déplacement : *De Jeanne d'Arc à Philippe Pétain*.
Mais il fut reçu par le maréchal Goering. Mais il
était l'ami du critique de *Je suis partout*, Alain
Laubreaux, et aussi celui du sculpteur Arno Breker.
Mais il fut épinglé en août 1942 par le magazine *Life*,
qui publia une liste d'artistes français promis à la
peine de mort après la guerre : Maurice Chevalier,
Céline (« le prodigieux Céline, splendide pourfen-
deur d'Israël », selon Rebatet) et Sacha Guitry.

Pour toutes ces raisons, le comédien fut arrêté en
1944. Il passa deux mois en prison. Mais en 1945,

---

1. Rapporté par Jean Galtier-Boissière, *Journal, op. cit.*

le commissaire du gouvernement prit une décision de classement, signifiant que les accusations portées contre Sacha Guitry étaient infondées. Il fut donc lavé de toute accusation. Notamment celle d'antisémitisme. Ce qui, d'après son argumentation, n'est que justice :

> *Me dire antisémite – alors qu'en trente-neuf j'avais pour avocat Pierre Masse, pour médecin Wallich et pour producteur Sandberg ! Me dire antisémite, alors qu'en somme je confiais ma santé, mes intérêts et mon honneur à trois juifs* [1] *!*

Oui. Les meilleurs amis de Sacha Guitry étaient juifs...

1. Sacha Guitry, *op. cit.*

Le livre

> En 1940, j'ai observé de très près ce qui
> s'est passé et il est indéniable, à moins
> d'être de mauvaise foi, qu'après leur vic-
> toire les Allemands auraient pu nous trai-
> ter plus mal.
>
> Marcel Jouhandeau.

Le 27 août 1940, à huit heures du matin, des policiers français frappent aux portes des maisons d'édition, des librairies et des bibliothèques de la zone
occupée. Ils sont encadrés par des détachements de
la Geheimpolizei, police secrète du Reich spécialisée
dans le contre-espionnage. Ces messieurs sont porteurs d'une liste d'ouvrages à détruire : la liste Bernhard. Celle-ci, établie à Berlin avant l'invasion de la
France, répertorie les œuvres hostiles à l'Allemagne
ainsi que quelques trublions des lettres nationales mal
vus de l'autre côté du Rhin – comme Aragon, Duhamel et Malraux. Elle est transmise aux responsables
des établissements visités ; ceux-ci sont priés de
remettre aux autorités les ouvrages incriminés. A la
fin de la journée, vingt mille ouvrages seront retirés

de la vente dans les librairies parisiennes, et entassés
dans un garage de l'avenue de la Grande-Armée.

Première mission réussie. La flicaille nazie se féli-
citera du zèle de son homologue française, aux
ordres et coopérative.

Le deuxième acte de la prise de contrôle de la
librairie française se déroule un mois plus tard. Il
est orchestré par l'ambassade d'Allemagne, sise rue
de Lille, et par la Propaganda-Abteilung, installée à
l'hôtel Majestic. La Propaganda-Abteilung dépend
de la Wehrmacht et obéit aux ordres du ministre de
la Propagande Goebbels. Ses différentes sections (ou
Staffeln) sont basées à Angers, Bordeaux, Dijon,
Saint-Germain et Paris (après l'invasion de la zone
sud, Lyon comptera la sienne). Son rôle consiste à
pourchasser les ennemis de la puissance germanique,
à obtenir tous les renseignements utiles, à contrôler
l'opinion publique et à diffuser une image paradi-
siaque de l'occupant. C'est elle qui, le 28 septembre,
publie une nouvelle liste d'ouvrages interdits : la liste
Otto. Plus de mille titres choisis par les fonctionnaires allemands épaulés par le responsable du service de la Librairie Hachette, Henri Filipacchi,
contraint de s'exécuter. Ainsi passent à la trappe un
certain nombre d'auteurs présentant au moins une
tare héréditaire – juif, marxiste, germanophobe,
déchu de la nationalité allemande – sinon plusieurs,
voire toutes : Aragon, Barbusse, Benda, Béraud,
Blum, Carco, Claudel, Dorgelès, de Gaulle, Einstein,
Freud, Loti, Kessel, Malraux, Thomas et Heinrich
Mann, Marx, Maurois, Serge, Trotski, Werfel,
Zweig... Sans oublier Adolf Hitler, auteur de *Mein*

Kampf, dont l'édition intégrale avait été publiée par les Editions Sorlot alors que le Führer avait interdit que fussent diffusées des versions non expurgées des passages hostiles et insultants à l'égard des pays traducteurs. Une question d'image…

La liste Otto fut imprimée à quarante mille exemplaires et communiquée aux éditeurs. Ceux-ci furent priés d'épurer eux-mêmes leur fonds et de faire livrer les livres interdits aux portes du garage de l'avenue de la Grande-Armée qui avait déjà recueilli les volumes de la liste Bernhard. Des camions furent mis à la disposition de ceux qui ne disposaient d'aucun moyen de transport, des prisonniers de guerre se chargeant de la manutention. Ainsi, par un habile tour de passe-passe, les Allemands se débarrassèrent d'une partie de leurs prérogatives en en confiant l'exécution à leurs victimes. Ce cadre devait présider aux relations entre l'occupant et les éditeurs pendant toute la durée de la guerre. Les maisons d'édition étaient comptables et responsables de leur fonds autant que de leurs publications ; à charge pour elles de détruire les œuvres susceptibles de déplaire à la Propaganda ou à l'ambassade, et de ne pas éditer celles qui, pour les mêmes raisons, provoqueraient l'ire des maîtres. Le 28 septembre, une convention de censure était signée entre le chef de l'Administration militaire allemande en France et le président du Syndicat des éditeurs. L'article 1er précisait :

> *Chaque Editeur français est entièrement responsable de sa propre production. Pour cela l'Editeur doit prendre soin que les ouvrages publiés par lui :*

a) Ne puissent, ni ouvertement, ni d'une manière dis-
simulée sous quelque forme que ce soit, nuire au prestige
et aux intérêts allemands ;
b) Ne soient l'œuvre d'aucun auteur dont les œuvres
sont interdites en Allemagne.

Article 2 :

En application des directives énumérées ci-dessus, une
action a été entreprise pour l'élimination des ouvrages
indésirables.
Les Editeurs français prennent l'engagement d'exami-
ner à nouveau et avec tous les soins possibles leurs cata-
logues et leurs stocks, y compris les stocks éventuels chez
leurs imprimeurs et relieurs.
Les ouvrages à supprimer après nouvel examen seront
à livrer, accompagnés d'une liste, à la Propagandastaffel.

Article 3 :

Les Editeurs français sont tenus de remettre à la
Propagandastaffel (Section des Publications, Gruppe-
Schrifttum) deux exemplaires, comme exemplaires
d'archives, de toutes leurs réimpressions et nouveautés.

La liste Otto sera complétée une première fois au
cours de l'été 1941. Les nouveautés anglo-américaines
seront alors interdites ainsi que la réimpression
d'ouvrages écrits en anglais et publiés après 1870.
Une troisième liste datant du printemps 1942 et une
quatrième rédigée un an plus tard affineront les deux
premières, interdisant notamment les biographies
consacrées à des Juifs et les ouvrages traduits du

russe et du polonais. Elles répareront en outre une erreur commise à propos d'auteurs considérés malencontreusement et antérieurement comme juifs (Blaise Cendrars, Luc Dietrich, Daniel Halévy), rétablis dans leur intégrité et leurs pleins droits – du point de vue nazi, s'entend.

En zone nord, plus de deux millions d'ouvrages furent ainsi soustraits aux librairies, maisons d'édition et bibliothèques. C'était un premier pas. Pendant toute la durée de la guerre, les Allemands effectuèrent des contrôles dans les librairies, se heurtant le plus souvent à une opposition sourde des commerçants qui, dans leur majorité, refusaient de placer en devanture les ouvrages « conseillés ».

En zone sud, les nouvelles publications passaient sous les Fourches Caudines des bureaux de censure établis à Vichy et à Clermont-Ferrand. Elles étaient ensuite soumises au contrôle allemand pour une publication en zone nord.

Une fois réglé le problème des interdictions, les Allemands se penchèrent sur une seule question complémentaire : comment promouvoir la saine littérature ? Indépendamment de la bonne volonté des éditeurs eux-mêmes, qui mirent sur le marché des correspondances entre Wagner et Liszt, le théâtre de Goethe, les œuvres d'Ernst Jünger – lu et prisé des Français –, bref, de quoi complaire à l'occupant, l'Institut franco-allemand, sous l'égide de son directeur, le francophile Karl Epting, se chargea de réunir quelques fonctionnaires venus de l'autre côté du Rhin et une représentation des éditeurs français. Ceux-là remirent à ceux-ci une nouvelle liste d'ouvrages, dont certains à traduire, qu'il convenait de diffuser aussi largement que possible : la liste Matthias. Elle comprenait un millier d'augustes plumes choisies dans le vivier de la collaboration, des sommités aussi prestigieuses que Jacques Benoist-Méchin, auteur d'une solide *Histoire de l'armée allemande* (merci Albin Michel), *le Maréchal Pétain* (merci Berger-Levrault), Pierre Béarn pour *De Dunkerque à Liverpool* (merci Gallimard), Abel Bonnard et Georges Blond (merci Grasset), Robert Brasillach pour son grand succès *Notre avant-guerre* (merci Plon), Adolf Hitler pour ses *Discours* (merci Denoël) ainsi que Pierre Benoit, Henry de Montherlant, Jean Giono, Jacques Chardonne, Lucien Rebatet. Un millier de titres pour une centaine d'auteurs qui bénéficièrent non seulement des faveurs de la censure et de la presse aux ordres, mais aussi de la bienveillance des distributeurs de papier.

Car celui-ci manquait. Il était attribué par l'Office central de répartition des produits industriels, qui accordait chaque mois une certaine quantité aux éditeurs. Les plus riches d'entre eux disposaient de stocks souvent importants datant d'avant la guerre. Mais ils n'avaient le droit d'en prélever qu'une infime partie – preuve s'il en est besoin que le contingentement du papier permettait aux Allemands d'exercer une autre censure sur la publication. Les dispensateurs offraient d'autant plus et d'autant mieux à leurs interlocuteurs qu'ils faisaient preuve de soumission, choisissant par exemple des œuvres dont les critères répondaient aux vœux du vert-de-gris. Ainsi, après un premier tirage à vingt

mille exemplaires des *Décombres* de Lucien Rebatet,
Denoël obtint une rallonge de papier qui lui permit
d'imprimer soixante-cinq mille exemplaires supplé-
mentaires. Grâce à quoi, ses nombreux admirateurs
se délectèrent de phrases de ce genre :

> *Je n'ai jamais touché le F.M.4. A peine ai-je contre
> mon épaule la merveilleuse petite arme que je me sens
> un homme nouveau, invincible. O mitrailleuse si sou-
> vent caressée en rêve, devant les ignobles troupeaux du
> Front populaire, les estrades de Blum, de Thorez, de
> Daladier, de La Rocque, les ghettos dorés et les Sodo-
> mes des fêtes bien parisiennes ! Cent fusils-mitrailleurs
> bien pointés*[1]...

Tout est dit. *Les Décombres* furent l'un des plus
grands succès de l'Occupation.

La pénurie de papier contraignit les éditeurs à
diminuer le nombre de titres publiés et à en réduire
le tirage. Situation paradoxale : alors que le marché
du livre était florissant, que la demande des libraires
n'avait jamais été aussi forte (on lut beaucoup pendant la guerre), les éditeurs ne pouvaient faire face.
Lorsque certains auteurs choisirent de publier en
Suisse (comme Malraux pour *les Noyers de l'Altenburg*,
première partie de *la Lutte avec l'ange*), où le papier
n'était pas contingenté, la situation devint carrément
alarmante. Vichy décida alors d'entrer dans la
bataille. Si l'on peut dire.

---

1. Lucien Rebatet, *les Décombres*, Pauvert, 1976.

En avril 1942, le gouvernement du maréchal Pétain créa une Commission de contrôle du papier composée d'auteurs et d'éditeurs. Toute publication nouvelle – journaux, revues et livres – devait lui être soumise. La tâche étant d'une ampleur considérable, la commission recruta une quarantaine de lecteurs choisis parmi un contingent d'auteurs proposés par le Syndicat des éditeurs, la Bibliothèque nationale et le rectorat de Paris. Parmi eux, Brice Parain, Paul Morand, Ramon Fernandez, Dionys Mascolo et Mlle Donnadieu, devenue Mme Antelme, puis connue, plus tard, sous le nom de Marguerite Duras.

Après lecture, la commission émettait un avis concernant la publication de l'œuvre soumise. Elle transmettait cet avis accompagné d'une demande de papier à la Propaganda, laquelle acceptait ou refusait – après consultation éventuelle du commandement militaire allemand.

Ainsi, par diverses mesures, l'édition se trouvat-elle rapidement livrée pieds et poings liés à l'occupant. La plupart des éditeurs tentèrent de sauver ce qui pouvait l'être. Quelques-uns résistèrent, qui se comptent sur les doigts d'une main aux phalanges repliées. La grande majorité d'entre eux se comportèrent ni mieux ni plus mal que les gens de théâtre, de cinéma, de music-hall, les musiciens, les peintres, les galeristes. Il s'agissait en priorité de sauver l'eau de sa fontaine. Quitte à vaguement s'entraider lorsque certaines bornes étaient franchies. Le tout était de se mettre d'accord sur la présence et la taille de la borne.

Sauve qui peut !

La collaboration, c'est : Donne-moi
ta montre, je te dirai l'heure.

Jean GALTIER-BOISSIERE.

En octobre 1940, quelques semaines après son ins-
tallation dans les locaux de l'hôtel Majestic, la Propaganda avait exigé la fermeture de quelques
maisons : les Editions de la Nouvelle Revue critique,
à qui il était reproché d'avoir publié trop d'œuvres
antiallemandes, les Editions de la Nouvelle Revue
française, accusées d'être juives, franc-maçonnes et
de gauche, et, bien entendu, tous les établissements
dont les noms trahissaient des origines insupportables : Ferenczi, Calmann-Lévy, Fernand Nathan.
Après l'exclusion de leurs dirigeants, ces maisons
devaient être dirigées par des commissaires gérants.

En octobre 1940, prévoyant l'avenir, Fernand et
Pierre Nathan tentèrent de sauver leur entreprise. Ils
la vendirent à une association d'imprimeurs, de
papetiers et d'éditeurs (dont Hachette, Larousse,
Armand Colin, Gautier-Languereau et Masson) qui

s'étaient engagés à la restituer à ses propriétaires à la fin de la guerre. Par malchance, la Propaganda eut vent de la manœuvre et refusa d'entériner la vente. S'ensuivit une série de combinaisons au terme desquelles les Editions Nathan furent rachetées par le groupe initialement choisi, désormais coiffé par un actionnaire majoritaire : Albert Lejeune, administrateur de nombreux journaux et collaborateur dévoué des Herren de l'ambassade. La maison d'édition devint l'« Ancienne Librairie Fernand Nathan ».

Calmann-Lévy fut aryanisée selon une méthode comparable. En 1940, encouragées par le Syndicat des éditeurs, les neuf plus grandes maisons françaises proposèrent de racheter ce fleuron des lettres nationales, fondé en 1836. Devant le refus des autorités allemandes, chacun tenta de réaliser l'opération pour son propre compte. Gallimard et Fayard suggérèrent le même directeur – Paul Morand, très apprécié par la Propaganda, auréolé d'un titre rarissime pour l'époque : présent dans les services de l'ambassade de France à Londres en 1940, il avait refusé de rencontrer le général de Gaulle et avait exigé de rentrer en France.

Sa candidature fut refusée. Soutenu par l'ambassade, Albert Lejeune fit à son tour une proposition. Il était épaulé par quelques participants de poids, notamment le groupe Hibbelen qui agissait en sousmain pour accroître son emprise sur l'édition et la presse françaises. Il fut accepté. Sans que le Syndicat des éditeurs eût réellement perçu la réalité de la situation, les Editions Calmann-Lévy passèrent sous contrôle allemand et furent rebaptisées Editions Balzac.

Loin de se satisfaire de cette pêche pour eux miraculeuse, les nazis tentèrent de mettre la main sur d'autres groupes, fleurons de l'édition française. Ils s'attaquèrent à Hachette. Ils usèrent de mille intermédiaires, se firent tantôt enjôleurs tantôt menaçants, brandirent les spectres de la réquisition, de la nationalisation, recoururent à des relais dans la presse aux ordres pour salir l'entreprise convoitée. En vain. Les dirigeants de Hachette jouèrent si astucieusement la partie qu'ils firent capoter tous les plans adverses, parvenant à prolonger la manche jusqu'à la Libération.

A ce jeu, les Editions Denoël se montrèrent beaucoup moins habiles. En 1940, des scellés furent posés sur la porte d'une maison considérée comme ennemie en raison d'un catalogue regroupant un grand nombre d'auteurs hostiles à l'Allemagne. La présence de Céline ne compensait pas celle de Duhamel. Elle avait déjà provoqué le départ de Bernard Steele, jusqu'alors associé à la firme de la rue Amélie, qui, refusant de cautionner l'antisémitisme de l'auteur du *Voyage au bout de la nuit*, avait pris le large dès 1937. Depuis, la situation financière de Denoël était fragile. En l'amputant d'un tiers de ses titres, la liste Otto la plaçait dans l'obligation de recapitaliser ou de mettre la clé sous la porte. Celle-ci fut adroitement poussée par un éditeur allemand qui plaça dans la société l'argent frais que les organismes financiers nationaux avaient refusé d'investir. Andermann prit 49 % des parts de Denoël.

Quelques mois plus tard, une filiale naissait, les Nouvelles Editions françaises, qui développait une collection inédite : « Les Juifs en France ». En novembre 1940, paraissait le premier titre, *Comment reconnaître le Juif ?* En décembre, le deuxième était mis en vente : *la Médecine et les Juifs*. Bientôt viendraient Rebatet dans ses œuvres, et Hitler dans ses discours.

Tandis qu'au mois d'août, à Vichy, René Julliard créait également une collection – « La France nouvelle » –, Bernard Grasset songeait à la sienne. Lui aussi traînait ses guêtres dans les couloirs d'une station thermale où l'eau trouble dégoulinait de tous les robinets. Il avait quitté Paris à la tête d'un petit convoi que fermait un camion emportant contrats, archives et employés. Depuis, un seul désir l'animait : revenir ; retrouver une maison qu'il avait fondée en 1907, accroître encore le prestige d'un catalogue où Proust, Radiguet et Louis Hémon voisinaient avec Cocteau, Mauriac, Maurois, Malraux, Chardonne, Morand – et beaucoup d'autres.

Le rêve de Bernard Grasset eût été de se faire accréditer par Vichy auprès des Allemands. Il prônait une « amnistie de l'esprit » par laquelle les éditeurs accepteraient de se soumettre à la censure des vainqueurs dans le seul domaine de la politique. En échange, on pourrait refuser les ordres de publication. Apparemment assez naïve, la démarche supposait une alliance idéologique avec l'occupant. Ce qui ne troublait pas Bernard Grasset. Ecrivant à un conseiller de l'ambassade d'Allemagne pour proposer ses services, il précisait :

> *J'ai de l'autorité un sentiment très voisin de celui qui inspire les actes de votre gouvernement (...) J'ai le même mépris pour ce régime de désordre qui a conduit la France à l'abîme*[1].

Raison pour laquelle, s'adressant cette fois à Alphonse de Châteaubriant, prix Goncourt 1911, prix du roman de l'Académie française 1923, fervent catholique tombé en pâmoison devant Hitler, Grasset lui proposa de reprendre l'hebdomadaire phare de la collaboration qu'il venait de créer, *la Gerbe* :

> *Vous savez, mon cher Châteaubriant, que je suis un Français authentique, sans nul de ces alliages malsains que l'Allemagne condamne à juste titre*[2].

A son tour, Bernard Grasset créa une collection nouvelle. Elle s'intitulait « A la recherche de la France », se proposait de publier des ouvrages consacrés à l'« ordre français », et lui-même s'en fit le troubadour en ouvrant le bal avec un volume regroupant ses propres articles. Chardonne, Drieu la Rochelle, Abel Bonnard et Doriot suivirent. Bien lancé sur une voie où il tenait parfaitement la route, Grasset écrivit à l'éditeur allemand du docteur Goebbels pour lui suggérer de publier en français

---

1. Cité par Jean Bothorel in *Bernard Grasset, vie et passions d'un éditeur*, Grasset, 1989.
2. Jean Bothorel, *ibid.*

le livre du maître de la propagande nazie, *Vom Kaiserhof zur Reichskanzlei* :

> *Je viens d'achever la lecture du livre du Dr Goebbels :* Du Kayserhof à la Chancellerie. *Inutile de vous dire que j'ai pris un grand intérêt à cette lecture et que je suis persuadé que ce journal tenu en pleine lutte portera beaucoup. Donc, j'en suis de grand cœur l'éditeur pour la France.*

Malgré une offre financière déraisonnable pour l'époque (avance payée sur dix mille exemplaires), l'accord ne fut pas conclu. En un sursaut aussi imprévu qu'imprévisible, Bernard Grasset refusa de se rendre à Weimar en octobre 1941, à l'occasion d'un Congrès national des écrivains où vinrent Drieu la Rochelle, Abel Bonnard et Brasillach (qui sera fusillé après la guerre). Les Allemands ne lui pardonnèrent pas cette défection. Ils se vengèrent en lui supprimant sa voiture puis, l'année d'après, en réquisitionnant sa maison de Garches. L'éditeur quitta la campagne pour la rue de l'Estrapade à Paris, dans le Ve arrondissement. Chaque matin, se rendant à pied à son bureau, il provoquait la stupeur des quidams croisés. Beaucoup changeaient de trottoir. Parce que, pour son plus grand malheur, Bernard Grasset portait une moustache rase et une frange lui tombant sur le front. Il ressemblait à Hitler.

Le 11 novembre du Sonderführer

> S'il fallait trouver une excuse ou du moins une explication à la « collaboration », il conviendrait de dire qu'elle fut, elle aussi, un effort pour rendre un avenir à la France.
>
> Jean-Paul SARTRE.

Le 9 novembre 1940, gare du Nord, à cinq heures du matin, un homme descend du train en provenance de Berlin. Il a la tête un peu lourde : la veille, il a fêté ses trente et un ans. Pour se remettre du voyage et célébrer la nouvelle vie qui l'attend, il gagne le buffet et commande un cognac. Sur les quais, des hommes jeunes proposent aux voyageurs de retour d'exode d'emporter leurs valises jusqu'au métro, et de là à leur domicile : ainsi se nourrissent les chômeurs.

L'homme découvre le Paris de l'Occupation. La ville est silencieuse. Il n'y a plus ni taxis, ni voitures particulières, ni autobus dans les rues. Quelques vélos passent. Saint-Germain et Passy sont vides : dans les quartiers bourgeois, les Parisiens ne sont pas encore rentrés de leurs maisons de campagne. Les Allemands se promènent en groupes. Dans le métro – qu'ils ne paient pas –, ils occupent les voitures de première classe. Les restrictions n'ont pas encore tendu les relations entre eux et les Parisiens.

A l'ouverture des bureaux, l'homme passe la porte du 52 de l'avenue des Champs-Elysées, siège de la Propagandastaffel. Il est reçu par son supérieur hiérarchique qui lui explique ce qu'on attend de lui : il devra surveiller les activités des éditeurs français, accorder ou non les autorisations de publier, distribuer le papier en fonction de critères idéologiques simples – qui sont nos amis, où se trouvent nos ennemis ? –, veiller à ce que les auteurs juifs, francsmaçons et antiallemands soient réduits au silence, vanter les charmes de la grande Allemagne dans les milieux culturels autorisés...

Pendant toute la durée de la guerre, le Sonderführer Gerhard Heller va être le grand manitou des lettres françaises sous contrôle germanique. Soutenu et encadré par l'Institut allemand et les services de l'ambassade, il va naviguer dans les moiteurs de la censure et de la propagande.

Il a été choisi pour sa connaissance du français : il a étudié la littérature à la faculté de Toulouse, il connaît du monde à Paris, il est aussi francophile qu'Otto Abetz, ambassadeur du grand Reich. Ce qui, évidemment, n'empêche pas le jeune homme d'avoir adhéré au parti nazi en 1934 et d'être d'une fidélité à toute épreuve (fût-elle, dira-t-il, éclairée) à son pays, son peuple, son Führer. *Sieg Heil !* D'ailleurs, pour preuve de son indécrottable patriotisme, sitôt les présentations faites avec le personnel de son service, le Sonderführer se fait conduire à la Chambre des députés. Pas pour honorer cette France qu'il aime tant : pour participer à une cérémonie à la gloire du putsch de Munich, raté par Hitler dix-sept ans plus tôt. Comme il est d'une nature sensible, il verse une larme à la vue des oriflammes nazies bâillant dans l'hémicycle. Pas parce qu'elles s'y trouvent : parce que les trois couleurs françaises lui manquent.

Deux jours plus tard, Herr Heller va donner une preuve de son grand amour pour la France. Le 11 novembre, les étudiants et les lycéens parisiens ont décidé de célébrer la victoire de 1918. Bien que tout rassemblement ait été interdit et que les autorités aient refusé de considérer le 11 novembre comme un jour férié, la jeunesse s'est donné rendez-vous place de l'Etoile. Il n'y a pas de meneurs, pas de banderoles, aucun porte-voix. Un cortège remonte l'avenue Victor-Hugo derrière un drapeau tricolore. D'autres groupes se forment sur les Champs-Elysées. Les flics français, pèlerines roulées autour du bras, essaient de disperser la manifestation. En vain.

Heller ramasse un tract et lit :

Etudiant de France,

Le 11 novembre est resté pour toi un jour de fête nationale.
Malgré l'ordre des autorités opprimantes, il sera jour de recueillement.

Tu iras honorer le soldat inconnu à 17 h 30.

Tu n'assisteras à aucun cours.

Le 11 novembre 1918 fut le jour d'une grande victoire.

Le 11 novembre 1940 sera le signal d'une plus grande encore.

Tous les étudiants sont solidaires pour que

Vive la France.

Recopie ces lignes et diffuse-les.

Devant un cinéma, une vingtaine de lycéens chantent *la Marseillaise.* D'autres entonnent *le Chant du départ.* On crie *Vive la France ! Vive de Gaulle ! A bas Pétain !* Pour la première fois depuis l'entrée des Allemands dans la ville, la population estudiantine manifeste en grand. Elle se regroupe le long des avenues menant à la tombe du Soldat inconnu. Le Sonderführer regarde, interloqué. Il voit les camions des troupes nazies surgir des rues adjacentes, les voitures foncer sur les trottoirs pour disperser les rassemblements. Les vert-de-gris chargent à la matraque et à la crosse de fusil. Ici et là, des mitrailleuses sont mises en batterie. Les jeunes crient toujours. Ils tendent le poing. Ils fuient, ils reviennent. Cela dure deux bonnes heures. On tire au ras du sol. Heller souffre. Il n'en peut mais. « Mon cœur, qui les comprend, bat très fort d'autant plus que les arrestations vont bon train[1]. »

---

1. Gerhard Heller, *Un Allemand à Paris*, Editions du Seuil, 1981.

Les nervis du 52 ont jailli des murs de la Propaganda. Ils donnent la main à leurs camarades et arrêtent à tour de bras. Un petit groupe d'étudiants est confié au Sonderführer. Solidement encadrés, les jeunes gens sont poussés dans l'ascenseur : Heller les interrogera au cinquième étage. Au troisième, il craque : il demande au liftier de stopper la manœuvre. Il fait ouvrir les portes.

« Filez ! » commande-t-il aux patriotes.

Sa conscience est pure et limpide.

A la fin de la guerre, cet homme au grand cœur tentera de s'absoudre et de se faire absoudre par les gens de lettres. Il assurera avoir protégé la littérature française, sauvé quelques-uns de ses plus éminents représentants, soutenu les plus pauvres…

C'est surtout lui qui aidera à bannir quelque sept cents auteurs juifs des catalogues, des dizaines d'antinazis, des communistes après la rupture du pacte germano-soviétique. Qui autorisera Albert Camus à publier *le Mythe de Sisyphe* en 1942, à condition d'enlever un chapitre consacré à Franz Kafka. Qui donnera le même accord aux éditeurs de Saint-Exupéry après qu'ils se seront engagés à supprimer une allusion malveillante à Hitler dans *Pilote de guerre* (« Hitler qui a déclenché cette guerre démente »), et à condition que l'ouvrage ne soit pas tiré à plus de 2 100 exemplaires – et qui reviendra sur son avis pour ne pas attiser la haine des journaux d'extrême droite. Lui encore qui accordera un blanc-seing à Aragon une fois biffés les passages concernant l'affaire Dreyfus dans *les Voyageurs de l'impériale*.

Qui, enfin, passant un jour de novembre 1938 devant une synagogue incendiée à Berlin, s'écriait :

> *Que se passe-t-il donc en Allemagne ? Comment peut-on en venir là ? Quelle erreur gigantesque, quelle folie que de frapper ainsi une religion qui est une des sources mêmes de notre culture*[1] *!*

Bref, un ami.
Prétendait-il.
« Un appât », rectifia Jean Giraudoux.

L'autre « grand ami » de la France occupée était l'ambassadeur Otto Abetz. Ancien professeur de dessin au lycée de Karlsruhe, il avait adhéré à la SS en 1934 puis au parti nazi. Sa femme était française. Lui-même avait fondé le comité France-Allemagne, qui prônait l'amitié entre les deux peuples et réunissait d'éminentes consciences : Robert Brasillach, Jacques Bainville, Charles Maurras, Henry de Montherlant, Henry Bordeaux, auxquels il convient d'ajouter Bertrand de Jouvenel et quelques excellentes plumes de la non moins fameuse publication *Je suis partout.* En 1939, Otto Abetz avait été expulsé de l'Hexagone pour activités et propos antinationaux.

Il revint donc en 1940 avec les panzers. Il s'installa rue de Lille, dans les locaux de l'ancienne ambassade d'Allemagne. Il dépendait directement du ministre des Affaires étrangères, Joachim von Ribbentrop, ce

---

1. Gerhard Heller, *ibid.*

qui ne l'empêchait pas de se heurter aux amis de Goebbels et de Goering qui reprochaient à M. l'Ambassadeur de mener une politique jugée trop courtoise à l'égard des milieux culturels français. Sans doute visaient-ils les déjeuners mondains de la rue de Lille où s'empressaient nombre de collaborateurs qui maniaient plus volontiers la plume que la mitraillette. Quoi qu'il en soit, Abetz fut rappelé une fois à Berlin ; le Führer lui-même lui tira les oreilles, et ce fut là son plus grand titre de gloire (ce qui ne l'empêcha pas d'être condamné à une peine de vingt ans de travaux forcés à la Libération pour crimes de guerre). Bref, tout comme Gerhard Heller ou Karl Epting (le directeur de l'Institut allemand), tous deux considérés comme de grands francophiles, Otto Abetz aimait certainement la France. Mais la France de droite et de la défaite.

L'ermite de Fontenay

> Léautaud a peu de chose à dire, parfois rien, mais il le dit bien.
>
> Maurice MARTIN DU GARD.

Le 3 décembre 1940, un homme se réveille dans un petit pavillon de Fontenay-aux-Roses. Il a près de soixante-dix ans. Il vit là depuis 1911. Il est secrétaire de rédaction au *Mercure de France*, connu pour sa dent dure, ses chroniques théâtrales impitoyables, et un roman publié en 1903 qui fit un certain bruit dans le milieu littéraire et qu'il prétend vouloir réécrire depuis quarante ans : *Le Petit Ami.* Paul Léautaud est surtout l'auteur d'une œuvre en cours, son *Journal littéraire* dans lequel, entre 1893 et 1956, il consignera tout ce qui touche à son existence et à la vie culturelle de son époque.

Ainsi : « J'ai rêvé cette nuit que je faisais minette au Fléau (...) Je m'étonnais de trouver sous ma bouche tant de poil, un poil laineux, très doux. »

Le Fléau, Mme Cayssac pour l'état civil, est sa
vieille maîtresse. Mais le poil qu'il découvre sous
sa langue n'est pas le sien ; c'est celui d'un de ses
chats, qui dort sur l'oreiller. Les autres se pré-
lassent sous les couvertures. Un chien somnole
au pied du lit. La chienne est sur le divan, la guenon sur le radiateur. Pour lutter contre le froid,
d'autant plus terrible en cet hiver glacé que les
restrictions raréfient le charbon, Léautaud a réuni
toute sa famille dans sa chambre : vingt-cinq bestioles. Par chance, le bouc n'est plus là, et le singe
s'en est allé un peu avant les poules, les canards
et les oies. Le jardin est un véritable cimetière ani-
malier. Il faut un plan pour s'y retrouver et se
recueillir.

Léautaud aime les bêtes. Plus que les humains,
maîtresses comprises. Un dompteur tué par un lion
le plonge dans un état extatique. Le spectacle de
l'exode l'a surtout ému pour les animaux que les
fuyards abandonnaient. Surtout les chats, « pauvres
êtres[1] ». Quelques années avant la guerre, ayant lu
dans la presse qu'un cultivateur qui voulait se
débarrasser de son chat s'était trompé de cible et
avait tué son fils, il prit sa plume pour exprimer le
fond de sa pensée à l'assassin : « En voulant tuer
un chat, vous avez tué votre enfant. Je suis ravi. Je
suis enchanté, je trouve cela parfait. Cela vous
apprendra à être à ce point cruel à l'égard d'une
malheureuse bête. Encore tous mes compliments. »

---

1. Paul Léautaud, *Journal littéraire*, tome 13, Mercure de France,
1962.

Puis, pour lui-même : « Cet enfant tué ? La même graine probablement que le père. Pas une grande perte[1]. »

Léautaud est irascible, méprisant, courageux dans ses écrits, moins face à l'adversaire. La présence des Allemands ne le dérange d'aucune façon. Il aime leur élégance et admire leur teint frais, signe d'énergie et de santé. Les premiers temps, il les abordait autour du jardin du Luxembourg. Il leur indiquait les bonnes adresses parisiennes, les pâtisseries, les librairies… Il prétend qu'il n'est ni de droite ni de gauche. Ce qui ne l'a pas empêché de se ranger du côté des franquistes pendant la guerre d'Espagne, « par haine et dégoût de tout ce qui vient d'en bas[2] ». Après la signature de l'armistice, il affirmait qu'on aurait dû fusiller « les Daladier, Reynaud, Mandel et consorts, canailles et incapables réunis ». Et que « l'intérêt de la France, c'est la collaboration, l'entente, l'accord avec l'Allemagne ». Il plaint un peu les Juifs, mais moins que les chats.

C'est donc cet homme-là qui, le matin du 3 décembre, s'habille pour se rendre aux Editions du Mercure de France. Il glisse du papier journal entre peau et chemise, enroule un chiffon puis une écharpe de mousseline de soie jaune autour de son cou, enfile deux costumes élimés l'un par-dessus l'autre, ajuste ses besicles, se coiffe d'un chapeau de clown défoncé, d'un manteau troué, chausse des

---

1. Paul Léautaud, *Journal littéraire*, tome 11, Mercure de France, 1961.
2. Paul Léautaud, *ibid.*

escarpins vernis, salue ses bestioles et s'en va vers
Paris. Il marche tête basse pour ne pas être contrarié
par la vue d'une connaissance : il n'aime pas saluer.

Dans le métro, il croise trois soldats de la Wehrmacht impeccablement sanglés dans leur uniforme.
Ils passent devant un Français, sans doute un soldat
démobilisé. Il a « le visage stupide, complètement
ivre ». D'où :

> *La tare du bas peuple français, c'est l'alcoolisme. Ce*
> *besoin qu'ont les gens du peuple d'aller à chaque instant*
> *prendre un verre. Tout leur individu s'en ressent : l'air*
> *du visage, la mauvaise tenue, l'odeur qu'ils dégagent, et*
> *ensuite, les enfants qu'ils font* [1].

Au Mercure de France, rue de Condé, la population est mieux mise. Même le chauffeur du camion
qui s'arrête devant la maison d'édition. Il est précédé
par un jeune officier qui parle parfaitement le français, quoique avec un accent, note Léautaud. C'est
Gerhard Heller. Il vient chercher les volumes du
dernier ouvrage de Georges Duhamel, l'auteur de la
Chronique des Pasquier : *Lieu d'asile.*

Pourquoi ? demande-t-on.

Heller explique que, bien qu'ayant été partisan
d'un rapprochement franco-allemand avant la
guerre, Duhamel est passé dans le camp de l'ennemi
lorsqu'il a pris position contre les accords de
Munich. Il est devenu un adversaire de l'Allemagne.
Le fait que Jacques Bernard, directeur du *Mercure,*

---

1. Paul Léautaud, *ibid.*

se soit aimablement proposé de publier les bonnes feuilles de *Mein Kampf* [1] ne change rien à l'affaire : il aurait dû respecter la règle édictée par le traité signé entre les éditeurs et l'autorité occupante, et ne pas faire paraître.

Les livres, entreposés au dernier étage de l'hôtel particulier, sont balancés par-dessus la rampe. Paul Léautaud observe le spectacle, ricanant *in petto* : « Duhamel aurait été là, il aurait pu faire une fois de plus sa "triste figure". » Au rez-de-chaussée, Heller ouvre un paquet de livres, en prend trois pour sa collection personnelle, puis il veille à l'embarquement des volumes. Ils iront rejoindre ceux de la « bibliothèque interdite » dans le garage de l'avenue de la Grande-Armée.

Avant de partir, le Sonderführer salue Paul Léautaud. Quand il le connaîtra mieux, il appréciera ce « bohème grondeur et parfois crasseux [2] ». Surtout quand il apprendra que ce bohème admire Ernst Jünger. Mais ce jour-là, Heller n'a pas le temps de lier connaissance avec l'employé du *Mercure*. Il est attendu ailleurs. Très exactement au numéro 5 de la rue Sébastien-Bottin. Au siège des Editions Gallimard.

---

1. Paul Léautaud, *Journal littéraire*, tome 13, *op. cit.*
2. Gerhard Heller, *Un Allemand à Paris*, *op. cit.*

Gilles

> J'aimerais voir la gueule des gens de la NRF, du *Figaro*, de la radicaille, de la juiverie, de tout ce qui m'a humilié et navré.
>
> Pierre DRIEU LA ROCHELLE.

Les nazis estiment que les Editions Gallimard ont causé un tort irréparable à l'image que les Français se font de l'Allemagne. A cela une raison très simple : les auteurs publiés sont souvent juifs, de gauche, francs-maçons. Ils considèrent que ce n'est pas un hasard si la maison de la rue Sébastien-Bottin est celle qui compte le plus d'œuvres interdites. La presse collabo confirme cette évidence : elle ne cesse d'attaquer les écrivains Gallimard qu'ils honnissent – Aragon, Breton, Cassou, Eluard, Gide, Malraux, Romains...

Gaston Gallimard est rentré à Paris à la fin du mois d'octobre 1940. Les Allemands lui ont proposé une prise de participation afin de contrôler sa maison : 51 % des parts seraient rachetées par une entreprise germanique. Gallimard a refusé. Le

9 novembre, des policiers allemands sont venus poser des scellés sur la porte de l'entreprise. Trois semaines plus tard, après avoir quitté le Mercure de France, Gerhard Heller fait arrêter sa traction devant le numéro 5 de la rue Sébastien-Bottin. Il ordonne d'ouvrir les portes. Il grimpe dans les étages, pousse la porte d'un bureau et téléphone à Pierre Drieu la Rochelle.

« Je suis chez Gallimard, dit-il, vous pouvez venir : la maison est rouverte. »

Cette décision a été prise par son prédécesseur, le Dr Kaiser. Le 28 novembre, ce dernier écrivait à Gaston Gallimard :

> *En se basant sur le passé de votre maison d'édition et, particulièrement, en raison de la production très importante et dans son genre particulièrement venimeuse et antiallemande, les autorités allemandes ont été dans l'obligation de fermer votre maison d'édition le 9 novembre et, à la suite, de considérer avec vous quelles garanties vous pouvez donner pour que, à l'avenir, nulle production inadmissible aux intérêts de la collaboration entre les deux peuples et du Reich allemand, conclue entre le Führer de la Grande Allemagne et le Chef de l'Etat français, ne sorte plus de votre maison (...)*
>
> *Nous avons été instruits entre-temps que vous vous êtes déclaré prêt, à la suite de tractations (...) à réserver pour une durée de cinq ans à M. Drieu la Rochelle, l'éditeur de votre publication, des pouvoirs étendus pour la totalité de l'exécution de la production spirituelle et politique de votre maison (...)*
>
> *Nous vous informons en outre que votre maison d'édition sera ouverte à nouveau sur-le-champ et que pour cette*

raison vous pouvez reprendre à nouveau toutes vos fonctions[1].

Cette lettre laisse clairement entendre que la réouverture des Editions Gallimard fut négociée en échange de la présence de Drieu la Rochelle non seulement à la tête de la *NRF*, mais encore au sein même de la maison, comme garant d'une politique éditoriale favorable à l'Allemagne.

Pierre Drieu la Rochelle. Un grand blond élégant, très british d'apparence. Neurasthénique et orgueilleux. De son propre aveu, meilleur à l'écrit qu'à l'oral. Au point que l'on se demande, à le lire, s'il n'a pas compensé une capacité à rougir et à se taire sous l'offense par une plume trempée dans la haine et le vitriol.

Son fascisme déclaré revient de loin. Blessé pendant la guerre de 14, Drieu a rallié Dada puis le surréalisme. Il y a amené son ami Emmanuel Berl. Il a participé à l'écriture des plus grandes pages du mouvement : procès Barrès, avec Péret et Tzara ; rédaction d'*Un cadavre*, lors de la mort d'Anatole France, aux côtés de Breton, d'Eluard, de Delteil, de Soupault, d'Aragon ; collaborations littéraires aux journaux dirigés par Breton et ses amis[2]...

J'ai rencontré cette prodigieuse troupe de jeunes hommes et de poètes qui, je le crois fermement, est le

---

1. Lettre de la Propagandastaffel adressée à Gaston Gallimard le 28 novembre 1940. In Pascal Fouché, *l'Edition française sous l'Occupation*, Editions de l'IMEC, 1987.
2. Voir *Bohèmes, op. cit.*

groupe le plus vivant dans le monde actuel. Vous pensez bien que je parle d'André Breton, de Louis Aragon, de Paul Eluard et de leurs amis. Cela a été, pour moi, cette rencontre, un événement énorme comme celle de Rimbaud à travers Claudel, comme celle de la mort à travers la guerre[1].

Drieu la Rochelle était surtout le plus grand ami d'Aragon. Ils ont partagé leurs journées, leurs nuits, quelques femmes, des plaisirs, de nombreuses complicités. Ils se sont offert des livres, Drieu ayant dédié son premier publié, *l'Homme couvert de femmes*, à celui qui lui avait réservé son *Libertinage*. Emmanuel Berl a témoigné de l'admiration que son ami et lui-même portaient à Aragon, virtuose de l'écriture, capable de commencer un chapitre très complexe, d'aller se baigner et de revenir à sa table de travail pour achever le passage commencé sans la moindre rature[2].

Pendant dix ans, Aragon fut le premier confident d'un homme épris des femmes, tombeur réputé, amoureux passionné capable d'envisager le suicide (et de le rater) pour l'une ou l'autre, peut-être l'une et l'autre car souvent pilotant en double sinon en triple. Il connut Colette Jeramec, fille d'un banquier juif, qui assura le gîte, le couvert et l'argent de poche à ce mari antisémite qu'elle pourvut longtemps après

1. Interview accordée aux *Nouvelles littéraires,* janvier 1925, reprise in Pierre Andreu, *Drieu, témoin et visionnaire*, Grasset, 1952.
2. Patrick Modiano - Emmanuel Berl, *Interrogatoire,* Gallimard, 1976.

leur divorce. Et Olesia, Victoria, Christiane (la femme de Louis Renault), les autres… Fut-il lui aussi amoureux de Denise Naville, la cousine de Simone Breton qu'Aragon aima éperdument (et platoniquement) avant de lui prêter les traits de Bérénice dans *Aurélien*, chef-d'œuvre écrit pendant les heures les plus sombres de la guerre ? Sans doute pas. Si Aragon a reconnu qu'Aurélien était partiellement inspiré de Drieu, il s'agissait moins du Drieu séducteur que de l'homme revenu de Verdun, l'ancien combattant incapable de trouver sa place dans une société apaisée.

A l'époque où Aragon écrivait *Aurélien,* les deux amis étaient brouillés. Affaire sentimentale – ou sexuelle –, a-t-on dit, Aragon ayant été l'amant d'une femme dont Drieu avait été amoureux. Affaire politique, surtout, née au moment de la guerre du Maroc, après que les surréalistes s'étaient rapprochés des communistes. Aragon, alors, avait-il décelé le fascisme naissant chez son camarade de jeux ?

La transformation ne s'est pas opérée d'un bloc. Pendant longtemps, Drieu la Rochelle a cherché une synthèse improbable entre droite et gauche.

> *C'est en partie ce qui m'a arrêté aussi devant le communisme, il y a quelques années : sur le papier, je vois la nécessité actuelle des internationales, mais pratiquement, charnellement, j'en reste au stade des patries* [1].

Il prônait le développement d'un socle commun fondé sur le renforcement de l'Europe, l'abolition

---

1. Pierre Drieu la Rochelle, *Journal*, Gallimard, 1992.

du parlementarisme, le développement d'énergies conjointes mises au service d'un chef. Celui-ci devait être un mélange de Déat, de Doriot et du colonel de La Rocque. La force seule sauverait l'Europe décadente.

Drieu se trouvait à Berlin avec Bertrand de Jouvenel, admirant les défilés des Jeunesses hitlériennes tandis qu'au même moment Gide et Malraux tentaient d'obtenir du nouveau chancelier Hitler la libération du communiste bulgare Dimitrov, accusé d'avoir ordonné l'incendie du Reichstag. Quelques mois plus tard, Marcel Jouhandeau le croisait place de la Concorde au milieu des ligues attaquant la « Gueuse ». Ce jour-là, Drieu la Rochelle bascula définitivement du côté du fascisme. Deux ans plus tard, il adhérait au PPF, fondé par Jacques Doriot, maire de Saint-Denis, après son exclusion du parti communiste. Il avait enfin trouvé le chef tant attendu : un fils du peuple adversaire de la démocratie et du système parlementaire. « C'est un mâle ! » s'écria-t-il en présence de Maurice Martin du Gard[1]. Le seul qui lui semblait capable d'abattre la démocratie et le capitalisme.

En France. Car en Allemagne Drieu la Rochelle avait découvert son maître. En 1935, à Nuremberg, il avait assisté au congrès du parti national-socialiste. Brasillach était là aussi. Ainsi qu'un nouvel ami, qui leur faciliterait grandement la vie quelques années plus tard : Otto Abetz.

---

1. Maurice Martin du Gard, *les Mémorables*, Gallimard, 1999.

Hitler le fascina autant que le congrès. Jamais Drieu n'avait vu cérémonie si grandiose, si exaltante, si enivrante – mise au service d'un seul chef. Le lendemain, il visitait le camp de concentration de Dachau. Il n'en dit rien. La semaine suivante, il arrivait en URSS. De retour en France, il avait définitivement choisi son camp.

Il couvrit la guerre d'Espagne du côté franquiste. Il fut munichois. Il quitta le PPF en 1939 (mais y revint en 1942). Le 10 mai 1940, alors que les Hollandais, les Belges et les Français dégringolaient vers le Sud, il notait dans son *Journal* : « La guerre commence enfin sur le front occidental[1]. » Il venait de publier *Gilles,* amputé par la censure ; il le rééditera en 1942, dépourvu cette fois des blancs imposés par les ciseaux des surveillants généraux de la littérature.

Lorsque Otto Abetz, devenu ambassadeur d'Allemagne à Paris, lui proposa de reprendre la NRF afin d'établir un pont entre le nouveau régime et les intellectuels français, Pierre Drieu la Rochelle signait dans *la Gerbe* et *Je suis partout* (Lucien Rebatet, dans le même journal, considérait que Drieu était « acquis entièrement à la révolution national-socialiste »). Il ne s'était pas encore rendu à Weimar en compagnie de Jouhandeau, de Brasillach, de Chardonne et de quelques autres. Mais il s'agissait là d'un petit pas qui, auprès de la démarche générale, ne changerait pas grand-chose à l'affaire Drieu. Lui qui, à la fin

1. Pierre Drieu la Rochelle, *op. cit.*

de l'année 1942, rendait hommage à sa première femme, Colette Jeramec, en des termes choisis :

> *Je hais les juifs. J'ai toujours su que je les haïssais.*
> *Quand j'ai épousé Colette Jeramec je savais ce que je fai-*
> *sais et quelle saloperie je commettais. Je n'ai jamais pu la*
> *baiser à cause de cela.*

Mais il vécut dans l'aisance grâce à elle. Une gouvernante préparait les repas dans son appartement du neuvième étage de l'avenue de Breteuil où venait la haute crème de la collaboration, Heller et Abetz en tête. Et quand il ne recevait pas, Monsieur sortait : il disposait d'un ausweis qui l'autorisait à circuler la nuit.

Rue Sébastien-Bottin

> Ils m'estiment à demi et me détestent entièrement.
>
> Pierre DRIEU LA ROCHELLE.

À la veille de la Première Guerre mondiale, l'écrivain Paul Bourget déclarait que trois puissances dirigeaient l'Europe : l'Académie française, le Vatican et l'état-major allemand. D'après Jean Paulhan, l'ambassadeur Otto Abetz aurait repris ce mot, attribuant trois gouvernements à la France : le communisme, la grande banque et la *NRF*.

On sait ce qu'il en fut du communisme et de la grande banque : le premier fut violemment combattu, et la seconde pillée. Quant à la *NRF*, passant sous la coupe de Drieu la Rochelle, elle fut mise au service de la collaboration.

Avant la guerre, la *NRF* était la plus prestigieuse des publications littéraires françaises. Fondée en 1908 par André Gide, Jacques Rivière, Jean Schlumberger, Jacques Copeau, Henri Ghéon, Michel Arnauld et André Ruyters, elle avait rassemblé dans

ses colonnes les plumes les plus brillantes des quarante premières années du siècle : Claudel, Fargue,
Alain-Fournier, Larbaud, Giraudoux, Proust, Valéry,
Roger Martin du Gard... La *NRF* n'était pas seulement une revue. Elle était aussi un pôle de création,
de réflexion et d'échanges qui tournaient autour de
deux lieux : le théâtre du Vieux-Colombier et
l'abbaye de Pontigny où, une fois l'an, se réunissaient en colloques des auteurs français et étrangers.

En 1911, la revue avait donné naissance aux Editions de la NRF, devenues Librairie Gallimard huit
ans plus tard.

Après la Première Guerre mondiale (et quatre ans
d'interruption), la *NRF* avait reparu sous la direction
de Jacques Rivière. Proustien convaincu, celui-ci
s'était efforcé de dégager la revue de l'emprise de
ses fondateurs, Gide le premier. Il l'avait ancrée sur
une voie rédactionnelle qui ferait bientôt sa réputation : une curiosité insatiable en matière de littérature, une neutralité idéologique et religieuse jamais
prise en défaut, un vivier potentiel pour tous les
auteurs que Gaston Gallimard souhaitait attraper
dans ses filets.

A la mort de Rivière, en 1925, le secrétaire de la
revue, Jean Paulhan, était devenu rédacteur en chef.
Puis directeur, dix ans plus tard. Il était membre
depuis longtemps du comité de lecture des Editions
Gallimard. Gaston lui avait confié plusieurs collections, notamment la Bibliothèque des Idées (fondée
avec Bernard Groethuysen en 1927). Il avait rassemblé autour de lui des écrivains de la génération
nouvelle, notamment Marcel Arland, Benjamin Cré-

mieux, Henry de Montherlant, Louis Guilloux,
André Malraux, Jean Giraudoux, Georges Duhamel,
Ramon Fernandez, ainsi que beaucoup d'autres qu'il
attirait chez Gallimard en publiant les bonnes
feuilles de leurs ouvrages dans ses colonnes. Ainsi
Julien Green, André Maurois, Julien Benda. La ligne
officielle de la revue était défendue dans ses pages
par Jean Guérin, pseudonyme opaque de Paulhan
soi-même, parfois également utilisé par Arland,
Benda ou Crémieux.

L'exode avait jeté le personnel de la rue Sébastien-
Bottin sur les routes. En septembre 1940, Drieu
la Rochelle avait rencontré Gaston Gallimard à
Vichy. Le fasciste rallié à la cause de l'occupant
n'éprouvait aucune estime particulière pour l'éditeur. Il lui reprochait d'être lâche et d'avoir placé à
la tête de la *NRF* « un petit pion, un petit fonctionnaire, pusillanime et sournois, oscillant entre le surréalisme hystérique et le rationalisme gaga de la
République des professeurs » : Jean Paulhan.
Régnant sur la maison, il espérait mettre au pas non
seulement le patron mais aussi l'« amas de juifs, de
pédérastes, de surréalistes timides, de pions francs-
maçons » qui encombraient les couloirs et qu'il
rêvait de voir « filer le long des murs, la queue entre
les jambes »[1]. Il pensait particulièrement à Louis-
Daniel Hirsch, directeur commercial des Editions
depuis 1922, à Jacques Schiffrin, Benjamin Crémieux
(qui sera déporté pour faits de résistance et mourra

---

1. Pierre Drieu la Rochelle, *Journal, op. cit.*

à Buchenwald) et quelques autres que les lois antijuives se chargeraient bientôt d'éloigner pendant
toute la durée de la guerre.

Gaston Gallimard questionna Gide, Martin du
Gard et, surtout, Paulhan, l'âme de la revue, sur la
question de la reparution. Tous donnèrent leur
accord. Mais Paulhan refusa la codirection qui lui
était proposée : il ne souhaitait pas diriger une publication qui rejetait les plumes juives. Pour les autres,
il se souvenait qu'en janvier 1940 Drieu lui avait
reproché d'avoir publié Aragon et Elsa Triolet, ce
qui ne laissait rien augurer de bon. Il accepta cependant de jouer un rôle qui lui convenait parfaitement :
celui d'éminence grise.

Drieu fit le tour des rédacteurs pressentis : non
seulement ceux qui trottaient sur les plates-bandes
de la collaboration, mais aussi ceux qui contribue-
raient à donner une bonne image de la nouvelle
NRF. Selon ses goûts personnels, il eût exclu sans
discussion Mauriac, « perfide » et trop indulgent à
l'égard des communistes, Duhamel, « onctueux et
patelin », Morand, « anglomane », Malraux, trop
communiste, Aragon, Benda, Montherlant, brave
mais porté sur « la frime ». Il n'était pas question
de coopter Brasillach, pédéraste et à moitié juif. Mais
ceux qu'il considérait comme tièdes – Brice Parain,
Thierry Maulnier – pourraient faire l'affaire, ainsi
que Giono et Céline qui s'entendaient bien avec les
Allemands.

Le 1er décembre 1940, paraissait le premier
numéro de la *Nouvelle Revue française* façon Drieu

la Rochelle. La France était à l'honneur : citée à chaque page. Les signataires : Jacques Chardonne, Charles Péguy, Audiberti, Marcel Aymé, Marcel Jouhandeau, Paul Morand, Jean Giono, Ramon Fernandez, Alain, Georges Auric… Le texte de Chardonne, « L'été à la Maurie », fit scandale : il présentait des Allemands très sympathiques accueillis par des paysans charentais qui leur offraient du cognac.

« Abject de faiblesse et de lèche[1] », commenta Paulhan.

Qui, dans une lettre adressée à Francis Ponge le 20 novembre 1940, établissait ainsi l'état des lieux :

> *La NRF conserve :* Gide, Jouhandeau, Valéry, Audiberti, etc.
> *perd ses juifs :* Benda, Suarès, Eluard, Wahl, etc.
> *et ses antinazis :* Claudel, Bernanos, Romains, etc.
> *acquiert quelques nazis :* Fabre-Luce, J. Boulenger, Bonnard, Châteaubriant[2].

Marcel Arland signa plus tard, ainsi que Lucien Combelle, Léon-Paul Fargue, Henri Thomas, Paul Valéry, Kléber Haedens, Paul Léautaud, Henry de Montherlant… Gide, après avoir critiqué l'article de Chardonne dans *le Figaro*, se retira très vite, et Malraux refusa sa collaboration. Introduit par Jean Paulhan, Maurice Blanchot fut coopté comme secré-

---

1. Jean Paulhan, Lettre à André Gide, mars 1942. In *Choix de lettres, 1937-1945*, tome 2, Gallimard, 1992.
2. Jean Paulhan, Lettre à Francis Ponge, novembre 1940. In *Choix de lettres, 1937-1945*, *op. cit.*

taire de rédaction : ses états de service solidement
balisés à l'extrême droite avant la guerre plaidaient
pour lui. Il assura cette fonction pendant trois mois
sans parvenir à augmenter la diffusion de la revue,
fragilisée par une baisse des abonnements. Drieu la
Rochelle tenta vainement d'enrôler Jean Paulhan
sous sa bannière, publiant en novembre 41 puis en
janvier 42 deux études sur ses *Fleurs de Tarbes*
(parues en 1941). Malgré tous ses efforts, il ne parvint jamais à le faire écrire dans ses pages.

Après deux ans de bons et loyaux services, Drieu
en eut assez. Il voulut démissionner de son poste.
Cette perspective affola Gaston Gallimard, pour qui
Drieu représentait une caution grâce à laquelle la
maison pouvait poursuivre ses activités. Il lui proposa de rester directeur en titre mais sans la fonction. Celle-ci serait assumée par un comité de
rédaction composé d'Arland, de Giono, de Jouhandeau, de Montherlant et de Paulhan. La *NRF*
deviendrait strictement apolitique, se contentant de
traiter des arts et de la littérature. On coopterait des
écrivains allemands (bien sûr), et on analyserait la
littérature anglaise, russe, américaine.

Paulhan refusa la présence de Montherlant, dont
la signature apparaissait au fronton des journaux collabos : « Je ne suis certes pas capable, ni nos amis,
de lui serrer la main. » Il accepta de se charger de
la réalisation de la revue à condition que Gide,
Valéry, Claudel et Fargue participent à un conseil
de direction où lui-même aurait sa place. Il sonda
les intéressés – et quelques autres. Valéry voulait
bien de Gide, mais ni de Montherlant, ni de Jou-

handeau, ni de Drieu. Mauriac et Duhamel étaient d'accord pour venir, mais sans Drieu. Guéhenno refusait toute participation à une revue prônant la neutralité.

Le marchandage se poursuivit avec les Allemands. On soumit les diverses propositions au lieutenant Heller. Qui considéra que Gide, Claudel et Valéry seraient les bienvenus, mais opposa un veto catégorique à la présence possible d'Aragon ou d'un auteur juif.

Finalement, devant la complexité de la situation, poussé par les Allemands qui l'encourageaient à poursuivre ce « travail inférieur » pour la beauté du geste collaborationniste, Drieu la Rochelle resta à son poste quelques mois encore.

En juin 1943, il décida de saborder définitivement la revue. Au cours de toutes ces années, selon son propre aveu, il s'était totalement reposé sur Jean Paulhan, dont le bureau était voisin du sien. C'était Paulhan qui corrigeait les articles, veillant ainsi sur la bonne tenue de la revue. Paulhan, dont Drieu disait : « Ce qui est comique, c'est qu'il est communisant et que je souhaite sa collaboration[1]. »

Jean Paulhan qui, tout en tirant les ficelles d'une publication protégée par les Allemands, utilisait son autre main à des tâches plus nobles, plus dangereuses et moins littéraires.

---

1. Pierre Drieu la Rochelle, *op. cit.*

Un libre penseur

> ... A propos du maréchal : je suppose
> qu'il dit de temps en temps à Hitler : « Si
> c'est comme ça, je m'en vais. » A quoi
> Hitler répond : « Si vous le prenez sur ce
> ton, je retire mes troupes, vous serez bien
> embêté. »
>
> Jean PAULHAN.

Jean Paulhan est un homme double, voire triple,
sinon quadruple. Du genre complexe et insaisissable.
Une sorte de furet dissimulé derrière des piles de
livres, des brassées de manuscrits, une cohorte de
visiteurs qu'il reçoit, sans rendez-vous, dans son
bureau, chez Gallimard. Les uns attendent sur des
sièges que les autres aient fini de s'entretenir avec
lui ; ce n'est guère confortable, surtout pour ceux
qui préfèrent la discrétion, mais ainsi est Jean Paulhan : il aime placer ses interlocuteurs le cul entre
deux chaises. C'est d'ailleurs la place qu'il affectionne le plus. Pour lui-même autant que pour les
autres. « Jean Paulhan, le souterrain », selon Paul
Eluard.

Il est nîmois. Fils d'un philosophe fondateur de
l'école française de psychologie scientifique. Famille
républicaine et franc-maçonne.

A vingt-quatre ans, licencié en lettres et en philosophie, il part enseigner à Tananarive. Cependant,
il ne se contente pas d'apprendre le français, le latin,
le grec, la philosophie, l'histoire et la gymnastique à
ses élèves. Il recrute une petite équipe et, descendant
les rivières à la recherche de paillettes magiques, il
se fait chercheur d'or. Cette activité nourrissant mal
son homme, il revient en France. Dans l'entourage
de Malraux, certains prétendront qu'il a fui Mada-
gascar après avoir tué un homme, ce qui paraît peu
probable et reste parfaitement infondé. Quoi qu'il
en soit, c'en est fini du temps des aventures. A
Paris, Jean Paulhan entre comme professeur de
malgache aux Langues orientales. Il fait la guerre
au 9ᵉ zouaves, les recruteurs ayant confondu Mada-
gascar et l'Algérie. Après l'armistice, il est engagé
comme gratte-papier au ministère de l'Instruction
publique.

Quand il entre à la *NRF,* nommé secrétaire de
Jacques Rivière, il met entre parenthèses une carrière
littéraire qu'il avait commencée avec la publication
(à compte d'auteur) du *Guerrier appliqué,* qu'il pour-
suivra avec *les Fleurs de Tarbes* et quelques ouvrages
remarquables sur le langage. Gallimard lui ouvre une
voie à laquelle il va consacrer sa vie : éditeur. A la
tête de la *NRF,* mais collaborant à d'autres revues,
membre incontournable du comité de lecture de la
maison de la rue Sébastien-Bottin, mais apportant
des ouvrages à des éditeurs dissidents... En quelques

années, Jean Paulhan devient un personnage incontournable du paysage littéraire français.

On l'aime autant qu'on le craint. Ses avis sont attendus comme des oracles. On ne les comprend pas toujours car il adopte souvent le genre sinueux, commençant par un extraordinaire compliment qui s'achève en coup de trique. Ou encore, il fausse le jeu de la discussion en se montrant tel qu'on ne l'attend pas. Il déstabilise. A Jean-Paul Sartre, qui vient le voir pour la première fois, il explique qu'une œuvre ne tient que par ses pages grisâtres, voire ennuyeuses, qui font ressortir les moments forts – et qu'à cet égard, *la Nausée* est admirable.

A Simone de Beauvoir, qui le rencontre chez lui rue des Arènes pour l'entendre parler de son roman *Légitime Défense* (qui deviendra *L'Invitée*), il reproche un style jugé « trop neutre ». Et il lui suggère de récrire complètement le livre !

> « *Ça me serait impossible !* s'écrie Simone de Beauvoir : *j'ai déjà passé quatre ans dessus !*
>
> — *Eh bien ! enchaîna Paulhan, dans ces conditions, on le publiera tel quel. C'est un excellent roman.* »
>
> *Je ne démêlai pas s'il me faisait un compliment, ou s'il entendait que mon roman était de ceux que l'on considère commercialement comme bons*[1], conclut l'auteur.

Paulhan heurte. Il blesse. Certains vont même jusqu'à l'accuser de sadisme. Etiemble, Francis Ponge et quelques autres souffrent de la sévérité

---

1. Simone de Beauvoir, *la Force de l'âge*, Gallimard, 1960.

de ses jugements. Les plus humiliés sont ceux qui ont répondu par l'affirmative à une question qu'il pose souvent : « Connaissez-vous Piovick Grassino-vitch ? »

Car il s'agit d'un piège : Piovick Grassinovitch n'existe pas.

Il aime, il se fâche, il renoue. Il a gardé des pratiques surréalistes une fougue dont André Breton, plus qu'aucun autre sans doute, a pu mesurer la violence – égale à la sienne. Les deux hommes se sont rencontrés à la fin de la Première Guerre mondiale. Bien qu'ayant toujours gardé ses distances avec le mouvement, Paulhan apparaît sur le tableau de Max Ernst, *Au rendez-vous des amis.* Il est en bonne compagnie : Crevel, Soupault, Péret, Aragon, Desnos, De Chirico et, parmi d'autres encore, son meilleur ami de l'époque, Paul Eluard.

En 1927, dans les colonnes de la *NRF,* paraît un article signé Jean Guérin. Dissimulé derrière cette identité qui permet d'énoncer les positions officielles de la revue, Paulhan se saisit d'un différend qui oppose Antonin Artaud aux surréalistes pour critiquer ces derniers :

> *Une seule conviction demeure aussi bien commune aux surréalistes et à leurs plus violents adversaires : la haine ou le mépris de la littérature (...) Alors même qu'ils traitent du communisme, c'est sur le terrain de la littérature que les surréalistes posent d'abord la question. C'est ce terrain qu'il s'agit, pour eux, de fuir*[1].

----

1. Jean Guérin, in *NRF,* décembre 1927.

Paulhan accuse donc Breton et ses amis de mépri-
ser la littérature. Il leur reproche surtout de se rapprocher des communistes. Breton répond par une
lettre insultante dans laquelle il traite Paulhan de *con*
et de *lâche,* de *pourriture,* d'*enculé d'espèce française.*
Paulhan envoie ses témoins. Breton se défile : pourquoi se battrait-il contre *une vieille merde coiffée
d'un bidet et mouchée d'un grand coup de bite* ? Le
duel n'aura pas lieu. Dix ans plus tard, Paulhan lui
tendra de nouveau la main.

Car il est violemment anticommuniste. Prêt à
rompre avec ses amis qui, à l'instar de Gide, célè-
brent la patrie du Petit Père des Peuples. Avec
d'autres, il refuse de parler politique. Ainsi Bernard
Groethuysen, ancien professeur de sociologie en
Allemagne, philosophe marxiste naturalisé français
en 1937 (« une des meilleures têtes métaphysiques
d'Europe ») qu'il héberge en 1939 dans sa maison
de Châtenay-Malabry, avec qui il évite d'aborder la
question du pacte germano-soviétique, de l'interdiction du parti communiste et de la désertion de Maurice Thorez.

Dans sa jeunesse, ses sympathies allaient plutôt
à l'anarchisme. Il fréquentait Jean Grave, qui avait
une cordonnerie rue Mouffetard. Dans les années
1930, il était antifasciste. Il ouvrit les colonnes de
la *NRF* à ceux qui, comme Malraux, Benda ou
Suarès, attaquaient les défenseurs de Mussolini et
de Hitler. Il s'opposa longtemps aux pacifistes,
notamment à son ami Jean Guéhenno qui les soutenait dans la revue *Europe.* Il notait une contra-
diction à propos d'Eugène Dabit, valable à ses

yeux à propos de tous les pacifistes : « L'on ne *peut* être à la fois révolutionnaire *et* pacifiste (...), vouloir (tout de même) un certain massacre, et refuser les coups[1]. »

En décembre 1939, il publia dans la *NRF* un article de Jean Giono contre la guerre. Le texte était assez puéril, et Paulhan l'assortit d'un commentaire assassin : « simpliste » et « irritant ».

Il ne respectait que les pacifistes qui partaient au front en 1914, et les écrivains qui se déclaraient contre la guerre la poitrine bardée de décorations militaires : eux, au moins, avaient déjà tenu une arme dans la boucherie de Verdun. Pour lui, un pacifiste ne refusait pas systématiquement de se battre ; simplement, « il veut choisir la guerre où il se battra[2] ». Il relevait que les pacifistes de 1914 avaient changé d'avis en 1939, Romain Rolland le premier : ils voulaient désormais combattre le fascisme (même si Rolland, qui devait mourir en 1944 à près de quatre-vingts ans, resta silencieux durant toute la guerre).

Il soutint le Front populaire. Il fut même élu conseiller municipal à Châtenay-Malabry sur une liste de la SFIO emmenée par Jean Longuet, le petit-fils de Karl Marx. Après la défaite de la gauche, il reprocha à celle-ci de ne pas avoir aidé la République espagnole et dressa un constat désabusé des années Blum :

---

1. Jean Paulhan, Lettre à Jean Blanzat, septembre 1939. In *Choix de lettres, 1937-1945, op. cit.*

2. Jean Paulhan, *les Incertitudes du langage*, Gallimard, 1970.

L'on voit assez clairement que le Front populaire a obtenu dans tous les domaines le contraire exactement de ce qu'il cherchait.

Les 200 familles enrichies (par la spéculation sur 2 dévaluations) et les petites classes diminuées.

Les Etats fascistes infiniment fortifiés (…) Les Etats démocratiques ou non-fascistes infiniment affaiblis (l'Espagne, l'Autriche, l'Angleterre)[1].

Pour autant, jusqu'à Munich, il tint soigneusement la *NRF* à l'écart du bruit et de la fureur politiques. Au point que la publication passait pour réactionnaire à qui défendait un point de vue de gauche, et marxiste à qui louait les ligues et les Croix-de-Feu. Jean Paulhan revendiquait une ligne que Gide eût pu qualifier d'*extrême milieu*. La littérature, première cause à défendre, prévalait sur tout.

Mais Munich le révolta. Il ouvrit les colonnes de la revue à toutes les plumes que heurtait une lâcheté pourtant approuvée par la majorité de la population : selon l'un des premiers sondages apparus en France, 57 % de l'opinion était favorable à la livraison de la Tchécoslovaquie à Hitler, contre 37 % qui s'y opposait (6 % ne sachant pas). Benda, Schlumberger et Petitjean tiraient à vue sur les accords. Francis Ponge approuva la nouvelle ligne éditoriale ; Emmanuel Berl et Thierry Maulnier s'offusquèrent (le premier offrira sa plume à Pétain, le second

---

1. Jean Paulhan, Lettre à Armand Petitjean, février 1938. In *Choix de lettres, 1937-1945, op. cit.*

l'avait livrée depuis longtemps à l'extrême droite) ;
Roger Martin du Gard, heurté dans ses convictions
pacifiques, s'éloigna. En 1940, lorsque Paulhan
publia Aragon – les bonnes feuilles des *Voyageurs
de l'impériale* après quelques poèmes parus un an
plus tôt –, Drieu la Rochelle claqua la porte. On sait
par quelle issue il reviendra.

Ayant refusé de conduire une revue dont les Juifs
ont été exclus, Jean Paulhan joue donc les seconds
couteaux. Dans l'ombre. Il ne veut pas que la grande
œuvre de Rivière, dont il a repris le flambeau, tombe
dans l'abjection la plus totale. Installé dans le bureau
voisin de celui de Drieu, il veille au grain. Etrange
semence. D'un côté, il encourage Marcel Jouhandeau
à écrire dans la *NRF,* il soutient la candidature de
Maurice Blanchot – dont les sympathies d'extrême
droite sont connues – au poste de secrétaire de la
revue. De l'autre, il conseille à certains auteurs –
Queneau, Malraux, Wahl – de publier ailleurs.

Il est très lié à Marcel Jouhandeau, antisémite
notoire. Il dîne avec le lieutenant Heller. Il fréquente
tous les salons où le Paris occupé trinque avec le
vert-de-gris mondain. Il collabore aux Editions Col-
bert, bien vues de la Propagandastaffel ; il y pousse
même l'un de ses amis résistants, l'écrivain Jean
Blanzat, fils de facteur, socialiste (il recevra le Grand
Prix du roman de l'Académie française en 1942 pour
l'Orage du matin, paru chez Grasset).

Dans le même temps, il reste l'ami d'André
Malraux et de Bernard Groethuysen. Il met sa maison (il habite rue des Arènes, dans le Ve arrondis-

sement depuis 1940) au service de ses camarades résistants qui viennent y ronéoter les pages des premières feuilles rebelles. Lui-même y écrit contre les auteurs à qui il a proposé de donner des articles à la *NRF*. Il est pile et il est face. Hautement considéré par les Allemands et les collabos, il va pourtant devenir l'un des pivots de l'opposition intellectuelle au nazisme. Ainsi est Jean Paulhan : secret, divisé, dissimulé, insaisissable. A l'interrogation posée par Proust dans son questionnaire : quel est pour vous le comble de la misère ? il répondait : être en évidence.

Résistance

> Depuis que tu es « occupé », ils pa-
> radent en ton déshonneur. Resteras-tu
> à les contempler ? Intéresse-toi plutôt
> aux étalages. C'est bien plus émouvant,
> car, au train où ils emplissent leurs ca-
> mions, tu ne trouveras bientôt plus rien
> à acheter.
>
> Jean TEXCIER

La première forme de résistance est une histoire
de lettres. Quelques jours seulement après l'arrivée
des Allemands, le *V* de la victoire apparaît sur les
murs des grandes villes. Le groupe Valmy, qui rassemble des enseignants, colle des papillons hostiles
à l'envahisseur dans les couloirs du métro parisien.
Des tracts sont glissés dans les boîtes aux lettres,
sous les porches, ou abandonnés dans les lieux
publics. *Le Nouvel Alphabet français* réjouit les lit-
térateurs – et les autres – qui le reçoivent :

La nation A.B.C.
La gloire F.A.C.

Les places fortes O.Q.P.
Les provinces C.D.
Le peuple E.B.T.
Les lois L.U.D.
La justice H.T.
La liberté F.M.R.
Le prix des denrées L.V.
La ruine H.V.
La honte V.Q.
Mais l'espoir R.S.T.

Dès juillet 1940, le journaliste socialiste Jean Texcier, futur cofondateur de Libération-Nord, écrit ses *Conseils à l'occupé.* Il s'agit d'une feuille tapée à la machine dans laquelle l'auteur recommande à ses lecteurs quelques règles élémentaires de mauvaise intelligence avec l'ennemi : lui parler le moins possible, feindre d'ignorer sa langue, refuser ses invitations, boycotter les commerçants qui fraient avec lui, profiter du couvre-feu pour rentrer et écouter Radio-Londres... Ces conseils, magnifiquement écrits, seront recopiés et diffusés à des milliers d'exemplaires, puis, en août 1940, édités en un petit fascicule. Ils constituent le premier ouvrage clandestin publié sous l'Occupation.

D'autres vont bientôt apparaître. Ici et là, dans les cercles artistiques et intellectuels (ceux qui nous occupent ici), quelques groupes se constituent. L'une des premières sociétés littéraires se réunit rue de l'Abbaye, chez les frères Emile-Paul, éditeurs du *Grand Meaulnes.*

« Les Amis d'Alain-Fournier » se comptent sur les doigts des deux mains : Claude Aveline (écrivain, ancien journaliste), Jean Cassou (ex-conservateur adjoint du musée d'Art moderne), Marcel Abraham (inspecteur de l'Education nationale), Simone Martin-Chauffier, Agnès Humbert et quelques électrons libres… tel Jean Paulhan.

Assis dans le bureau des Editions Emile-Paul, sous l'œil d'une horloge que les éditeurs ont refusé d'aligner sur l'heure allemande, cette poignée de rebelles rédige et diffuse des tracts tout en envisageant la création d'un journal clandestin. Pour l'heure, il s'agit d'un désir émergeant d'une cellule tout juste en formation : l'énergie et les bonnes volontés sont là ; manquent encore les structures et le matériel.

Agnès Humbert va établir le lien entre Les Amis d'Alain-Fournier et un autre groupe qui travaille à quelques encablures de la rue de l'Abbaye. La jeune femme est historienne au musée des Arts et Traditions populaires. Elle connaît Jean Cassou, mais aussi Paul Rivet, directeur du musée de l'Homme. Naguère, celui-ci était président du Comité de vigilance des intellectuels antifascistes. En mai 1935, il a été élu conseiller municipal du Ve arrondissement de Paris sur une liste d'union de la gauche préfigurant le Front populaire. Depuis l'occupation de Paris, il ouvre la porte à tous ceux qui organisent des actions dans les sous-sols de son établissement.

Il a mis à la disposition de son personnel la ronéo électrique qui servait dans les années 1930 à reproduire les textes hostiles aux ligueurs et aux cagoulards dont beaucoup battent désormais le pavé du pouvoir. Le directeur du musée de l'Homme n'ignore pas que Yvonne Oddon, bibliothécaire, Jacqueline

Bordelet, secrétaire, René Creston, sociologue, Anatole Lewitsky, anthropologue, font œuvre de résistance sous le commandement d'un linguiste lui aussi attaché au musée.

Boris Vildé.

Il est jeune, mais il sait depuis longtemps où se trouve son camp. Vildé est né en Russie quelques années avant la révolution. Il a vécu à Berlin où ses idées antinazies, affichées haut et fort, lui ont valu la prison. Il a quitté l'Allemagne après que Hitler eut pris le pouvoir. André Gide l'a logé dans une chambre de service dépendant du Vaneau. Il a reçu un diplôme de langue japonaise à l'École des langues orientales, et un diplôme d'allemand à la Sorbonne. Le Front populaire lui a accordé la nationalité française. En 1937, Paul Rivet lui a confié la charge du département des civilisations arctiques au musée de l'Homme. Avant la guerre, ses missions l'ont conduit en Estonie et en Finlande. Fait prisonnier par les Allemands dans les Ardennes en juin 1940, il s'est évadé, a regagné Paris où il a aussitôt créé le Comité national de salut public. Celui-ci va bientôt devenir le réseau du musée de l'Homme et entrer sous ce nom dans l'histoire. Le premier groupe structuré de la Résistance. Le premier à tomber.

En août 1940, Boris Vildé et ses compagnons tirent et diffusent des tracts. Ceux-ci sont composés d'extraits des discours de Churchill et de Roosevelt. Paul Rivet traduit ; sa secrétaire tape et ronéote ; tous les membres du réseau diffusent et cherchent des correspondants afin d'étendre le mouvement.

Les libraires parisiens constituent les principales boîtes aux lettres.

Vildé et Lewitsky voyagent. Ils recrutent en zone libre, dans le Nord et en Bretagne. Ils recherchent des renseignements d'ordre stratégique que leurs correspondants vont bientôt leur fournir : les plans d'installations militaires, portuaires et sous-marines, aussitôt transmis à Londres. Grâce à de multiples complicités, ils font passer en Espagne puis en Angleterre des soldats rescapés, des agents britanniques, des volontaires de la France libre. La baronne Edwina Halsey de Kerdrel cache des fuyards dans son château de Bretagne et ses appartements parisiens. La comtesse Elisabeth de La Bourdonnais met à la disposition du réseau ses propriétés du Midi. Le professeur Debré, médecin et universitaire éminent, rédige quelques tracts que Vildé diffuse. Tous mettent la main à la poche.

Les mois passant, le réseau s'agrandit. De nouveaux volontaires rejoignent les piliers du Trocadéro, auxquels se sont joints Germaine Tillion, les avocats André Weil-Curiel et Léon-Maurice Nordmann, le photographe Pierre Walter, qui travaille pour les services secrets anglais.

Le 6 janvier 1941, dans une maison de repos tenue par un psychiatre de Châtenay-Malabry qui aime réunir amis et connaissances dans son parc, Boris Vildé et Anatole Lewitsky rencontrent Jean Paulhan. Les trois hommes se connaissent : en 1938, Paulhan a commandé aux deux Russes du musée de l'Homme des ouvrages qu'il comptait publier à la *NRF*.

Le linguiste sonde l'éditeur. Il lui faut quelques minutes seulement pour le recruter : Jean Paulhan entre au comité de rédaction du journal *Résistance*, dont les deux premiers numéros sont parus un peu plus tôt.

Résistance se présente comme le bulletin officiel du Comité national de salut public. Il est né de la rencontre entre les groupes de Claude Aveline et de Boris Vildé. Agnès Humbert en est la secrétaire de rédaction. Yvonne Oddon, Anatole Lewitsky et Boris Vildé sont responsables de la première page ; Marcel Abraham, Jean Cassou et Claude Aveline se chargent des trois autres. Il est entendu entre tous que le journal ne dépend d'aucun parti politique, qu'il ne doit refléter aucune opinion particulière sinon celle que tous partagent : la lutte contre l'envahisseur. Ses articles reposent sur les informations envoyées au musée de l'Homme par les correspondants du réseau. Ils traitent également de la presse collabo, transmettent quelques informations entendues sur les ondes radiophoniques de la France libre, attaquent les nazis et leurs serviteurs. Le premier numéro s'achève par un couplet de *la Marseillaise*. Il est tiré à quatre mille exemplaires.

Le comité de rédaction se réunit chez Simone Martin-Chauffier. Les stencils sont tapés par des volontaires. Le journal est imprimé sur la ronéo du musée de l'Homme qui, pour l'occasion et par mesure de sécurité (la machine est bruyante), a été démontée et transportée dans la camionnette du musée jusqu'à un appartement vide. Les pages sont assemblées dans les sous-sols du Trocadéro puis distribuées aux diffuseurs et sympathisants. Les stencils servent également pour un autre tirage effectué sur une ronéo d'appoint enfermée dans un aéro-club d'Aubervilliers. Les membres du club impriment, rassemblent, réunissent les journaux par paquets de vingt-cinq et les distribuent à des sympathisants dont ils possèdent les adresses.

Le deuxième numéro de *Résistance* paraît le 30 décembre 1940. Il se termine lui aussi sur un couplet de *la Marseillaise*. Sans doute les rédacteurs espéraient-ils poursuivre longtemps ce travail clandestin. Il n'en sera rien. Car le 31 décembre, alors que les sympathisants se retrouvent à l'aéro-club d'Aubervilliers pour assurer l'impression puis la distribution du troisième numéro du journal, les voisins remarquent ces jeunes gens qui semblent transporter de lourds paquets. Ils préviennent les autorités. La police encercle l'aéro-club, découvre des listes d'adresses, dont celles de Léon-Maurice Nordmann et de Paul Rivet. Celui-ci est alerté. Bien que révoqué de l'université (tout comme Jean Cassou et Agnès Humbert, renvoyés du musée d'Art moderne et du musée des Arts et Traditions populaires), le directeur du musée de l'Homme avait conservé son logement de fonction, situé au dernier étage du bâtiment. Il le quitte précipitamment, se cache et cherche une filière pour fuir en Amérique du Sud. Il la trouvera et aura la vie sauve. Il sera l'un des rares du réseau à ne pas être pris.

Léon-Maurice Nordmann est arrêté le premier. Puis Yvonne Oddon, la bibliothécaire. La comtesse de La Bourdonnais, Weil-Curiel, Agnès Humbert (ces quatre-là sauveront leur peau). Le photographe Pierre Walter. Anatole Lewitsky, qui avait remplacé Boris Vildé, réfugié en zone libre. Vildé lui-même qui, bien que sachant quelles tenailles se refermeraient sur lui, avait tenu à revenir à Paris afin de ne pas laisser ses camarades seuls.

Avant de tomber aux mains des Allemands, le chef du réseau avait demandé à ses troupes encore en liberté d'assurer la parution du quatrième numéro de *Résistance* : il pensait que, démontrant que la fabrication du journal pouvait se faire sans eux, cet exemplaire disculperait les accusés.

À la veille de son arrestation, pressentant le drame, Lewitsky avait ordonné le déplacement de la ronéo. On l'avait de nouveau démontée, chargée en pièces détachées dans la camionnette du musée de l'Homme puis transportée, déménagée et remontée au deuxième étage d'une maison de la rue des Arènes : chez Jean Paulhan.

Pierre Brossolette, qui tenait une librairie en face du lycée Jeanson-de-Sailly, fut nommé en catastrophe rédacteur en chef du journal. Il assura à lui seul la rédaction du cinquième numéro. Ce fut le dernier. En mars 1941, donné par un traître infiltré, le réseau du musée de l'Homme était décapité.

Rue des Arènes

Résister ! C'est le cri qui sort de votre cœur à tous, dans la détresse où vous a laissés le désastre de la Patrie. C'est le cri de vous tous qui ne vous résignez pas, de vous tous qui voulez faire votre devoir.

Résistance, 15 décembre 1940.

Un jeudi du mois de mai 1941, une traction avant noire s'arrête devant la maison de Jean Paulhan, 5, rue des Arènes. Une grappe d'Allemands se fait ouvrir la porte et se rue dans les étages. Ils ne jettent pas un seul coup d'œil sur les toiles de Ernst, Klee, Masson, Fautrier et Michaux accrochées aux murs. Ils ne disent pas un mot à Germaine Pascal, la seconde femme de Paulhan qui, atteinte par la maladie de Parkinson, est couchée dans sa chambre. Ils cherchent une ronéo. Par chance, par miracle, elle n'est plus là. Pressentant le danger, Paulhan a fait appel à son ami et voisin Jean Blanzat, bâti comme un roc. Des fenêtres de chez l'un, on distingue celles de l'autre. Ils sont convenus qu'un mouchoir rouge accroché derrière une vitre signalerait un danger.

Au premier appel, Blanzat a accouru. Les deux amis ont démonté la machine et en ont jeté les pièces dans la Seine.

Après trois heures de fouille – infructueuse –, les nazis embarquent Paulhan rue des Saussaies. Un capitaine l'interroge :

« Où est la machine ? »

Paulhan ne comprend pas de quoi on lui parle.

« Connaissez-vous Anatole Lewitsky ? »

Paulhan ignore le nom, le prénom, et donc la personne.

« Nous savons que Lewitsky a caché chez vous la ronéo qui servait à imprimer le journal *Résistance*. »

Paulhan n'a jamais lu, ni vu, ni entendu parler de cette publication.

« Nous savons aussi que vous n'avez écrit aucun article. J'ai donné ma parole d'officier à Lewitsky que vous seriez libre dès que nous saurions où se trouve cette machine.

— Je n'ai rien à dire », s'entête Paulhan.

On le conduit dans un couloir. Là, un homme lui touche l'épaule. Il se retourne : Lewitsky. L'anthropologue a le visage marqué. Il explique qu'il a tenté de s'évader au cours d'un transfert, qu'il a été rattrapé et frappé.

« J'ai tout reconnu et tout endossé, chuchote le Russe. Vous ne risquez rien. Avouez pour la ronéo. Ce n'est pas une faute très lourde, et ils m'ont promis que vous seriez relâché… »

Paulhan en doute. Il estime que son silence aidera les membres du réseau arrêtés. Alors il se tait. Le soir, il est conduit à la Santé. Il y reste quelques jours au secret. Sans souffrance particulière. Bien au contraire :

> *L'épreuve... il faut avouer qu'elle m'a laissé un bon souvenir. Ce n'est pas du tout me punir que me mettre en cellule, mais au contraire*[1].

Au bout d'une semaine, il demande à parler au capitaine qui l'a interrogé rue des Saussaies. Il a bien réfléchi : outre qu'il ne pense pas que le recel d'une ronéo vaille en effet une lourde peine, il estime qu'en avouant il ne chargera pas Lewitsky puisque celui-ci est pris et déjà considéré comme coupable.

Il reconnaît donc avoir abrité une ronéo chez lui et l'avoir jetée dans la Seine après l'arrestation de Lewitsky. Il est aussitôt libéré. Rentré chez lui, il écrit un mot à l'adresse de Drieu la Rochelle :

> *Mon cher Drieu,*
> *Je crois bien que c'est à vous seul que je dois d'être rentré tranquillement ce soir rue des Arènes. Alors, merci. Je vous embrasse*[2].

Jean Paulhan ne se trompe pas : c'est bien le directeur de la *Nouvelle Revue française* qui l'a fait libérer. Et qui, ainsi, lui a probablement sauvé la vie. Un jour de 1941, Drieu la Rochelle avait

---

1. Jean Paulhan, *Choix de lettres, 1937-1945, op. cit.*
2. Jean Paulhan, Lettre à Pierre Drieu la Rochelle, 20 mai 1941, in *Choix de lettres, 1937-1945, op. cit.*

dit au lieutenant Heller qu'il recevait à dîner chez lui :

> *Veillez à ce qu'il n'arrive jamais rien à Malraux, Paul-*
> *han, Gaston Gallimard et Aragon quelles que soient les*
> *allégations dont ils feraient l'objet*[1].

En mars 1941, Gerhard Heller ne connaît pas encore personnellement l'éminence grise de la *NRF*. Au début de l'année, il a autorisé la publication des *Fleurs de Tarbes*, mais il ne rencontre Jean Paulhan que six mois après sa sortie de la prison de la Santé. Les présentations sont faites par les deux Marcel : Arland et Jouhandeau.

L'éditeur et le Sonderführer déjeunent ensemble au Père Louis, rue de Ponthieu, où Paulhan a tôt fait de troquer sa casquette de résistant contre le chapeau claque des collabos assis aux meilleures tables. Ainsi est-il : électron libre autour de ses seules convictions. Antinazi en même temps que farouche défenseur de sa revue.

Son interlocuteur est loin de savoir que l'homme qui déjeune en face de lui est passé maître dans l'art de changer de costume. Heller ne connaît que le personnage rayonnant sur un milieu dont lui-même souhaite découvrir les clés, les us, les coutumes et les acteurs. Quelle eût été sa réaction s'il avait découvert que le même (évidemment sous le couvert de l'anonymat) était l'auteur de quelques lignes assassines parues dans le dernier numéro de *Résistance* à pro-

---

1. Cité par Gerhard Heller in *Un Allemand à Paris, op. cit.*

pos d'auteurs publiés par la revue (Fabre-Luce, Bonnard et Chardonne) ?

> *Du puéril à l'ignoble, du naïf au cynique, ces échan-*
> *tillons représentent assez bien la qualité de ce qui est chez*
> *nous la pensée collaborante. Toutefois, l'on remarque à*
> *tout moment que ces messieurs se contredisent. C'est*
> *affaire à S.E. Abetz de choisir entre leur témoignage et de*
> *décider si les Français sont à la fois si intelligents et si*
> *bêtes, si lâches et si hardis, c'est affaire à la propagande*
> *nazie de se représenter la France selon l'un ou selon*
> *l'autre. (Mais cette petite nation dégénérée vaut-elle seule-*
> *ment la peine d'un tel effort ?) Nous savons, pour nous, ce*
> *que la France demeure et ce qu'elle devient chaque jour*
> *plus sûrement. Elle est partout où l'on ne consent pas*[1].

A en croire Gerhard Heller, une véritable idylle se
noua peu à peu entre l'exécuteur des basses œuvres
de Goebbels et l'écrivain-éditeur. Ils s'offraient des
cadeaux. Ils se retrouvaient pour déjeuner ou pour
dîner dans des restaurants interdits à la valetaille, parfois à la mosquée de Paris, près de la rue des Arènes.
Souvent, ils étaient seuls. De temps à autre, des invités
se joignaient à eux : Paul Valéry, Bernard Groethuysen, Marcel Jouhandeau... On parlait art et littérature.
Le jeune Allemand était fasciné par la prodigieuse
culture de son aîné, capable de prestidigitations culturelles inouïes : latin, grec, malgache, chinois, histoire,
philosophie... Le meilleur dans la louange confinant
souvent au pire, Heller, dans ses confidences écrites

---

1. *Résistance*, n° 4, 1ᵉʳ mars 1941.

longtemps après la guerre, finit par s'oublier. Voulait-il, rétrospectivement, parfaire l'image qu'il souhaitait laisser à la postérité ? Celle d'un ami des lettres françaises qui aurait agi au mieux des intérêts culturels du pays qu'il avait pour mission d'asservir ? Ce qu'il admirait surtout chez Paulhan, c'était « ce respect, cet amour du langage, des mots, non seulement pour ce qu'ils signifient, mais aussi pour leur être même, leur corps, leur chair vivante, colorée et sonore[1] ».

Ultime confidence : « J'ai tout appris de lui. Il fut mon maître, à la fois exigeant et malicieux, ironique et tendre. »

Un maître se montrant parfois incapable de raisonner l'élève. Car, malgré ses multiples dénégations, ce dernier obéissait tout de même à une idéologie dont les fondements étaient très éloignés des exigences d'un Jean Paulhan. Gerhard Heller restait un antisémite notoire. Certes, plus tard, il jura qu'il réprouvait vaguement les excès du nazisme. Cela ne l'empêchait pas, alors, de considérer que les Juifs méritaient largement ce qui leur arrivait. A Berlin, expliqua-t-il un jour à son grand ami français, ils avaient tant colonisé la vie culturelle qu'il était temps de mettre un holà à leurs excès. Patient, Paulhan expliqua, contredit, et finit par montrer la juste voie au jeune homme :

> *Ce n'est que progressivement et en grande partie sous l'influence de Paulhan que je pus me libérer moi-même de toute trace d'antisémitisme[2].*

---

1. Gerhard Heller, *op. cit.*
2. Gerhard Heller, *ibid.*

Jusqu'à un certain point seulement : Heller n'autorisa jamais les auteurs juifs à remettre les pieds rue
Sébastien-Bottin. Au grand dam, évidemment, de
son « maître ».

Le silence de la mer

Je dessinais comme on écrit son testament.

VERCORS.

Le 23 décembre 1940, un homme remonte le boulevard Saint-Germain. Un peu au-delà de Raspail, son œil est attiré par un groupe de passants qui regardent une affiche. Tous paraissent graves. L'homme s'approche. Il découvre le premier avis d'exécution en deux langues placardé par les Allemands : Jacques Bonsergent, vingt-huit ans, ingénieur, a été condamné à mort le 6 décembre par le tribunal militaire allemand pour avoir frappé un soldat de l'armée allemande ; il a été fusillé le matin même. Plus loin, l'affichette est piquée de quelques fleurs, hommages silencieux de Parisiens anonymes.

L'homme ne connaît pas Jacques Bonsergent. Il ignore que, le 10 novembre, l'ingénieur revenait d'un mariage en compagnie de quelques amis lorsqu'une patrouille allemande les interpella. Bonsergent fut frappé, arrêté, transféré à la prison du Cherche-Midi.

Les premiers moments d'une cohabitation acceptable sont passés. L'époque de l'attentisme et des politesses est bel et bien révolue. Depuis l'automne, les magasins sont vides. Il faut des cartes d'alimentation pour obtenir de maigres rutabagas, quelques grammes de pain, un peu de sucre... Les denrées indispensables se sont raréfiées et profitent d'abord aux troupes d'occupation, dont l'entretien est payé par l'Etat. Ces frais ruinent le pays autant que le pillage des richesses et des matières premières envoyées en Allemagne. La population a froid, elle meurt de faim, elle est totalement asservie.

Les étudiants ont été les premiers à monter au front. Trois jours avant la manifestation du 11 novembre place de l'Etoile, ils se sont regroupés devant le Collège de France pour protester contre l'arrestation de Paul Langevin, écarté en même temps que Paul Rivet et nombre d'enseignants juifs ou suspectés d'antigermanisme. L'Université a été fermée. Peu après, le pays tout entier s'est réjoui du renvoi de Laval, considéré comme le représentant de Hitler à Vichy. Les tracts et les slogans hostiles se sont multipliés. Devant la montée des tensions, l'occupant a décidé de frapper afin de montrer sa force. Jacques Bonsergent a payé pour l'opinion. Il est le premier innocent fusillé à Paris.

L'homme s'éloigne. Tout comme les autres badauds, il a songé à arracher l'affiche. Un avis l'en a dissuadé : *La Préfecture de police informe que la lacération et l'endommagement d'affiches de l'autorité*

occupante seront considérés comme acte de sabotage,
et punis des peines les plus sévères.

S'il faut se battre, autant le faire avec des armes
plus dangereuses.

Oui, mais lesquelles ?

L'homme a trente-huit ans. Il s'appelle Jean Bruller. Il est diplômé d'une école d'ingénieurs. Avant
la guerre, il était dessinateur et travaillait dans la
publicité. En 1935, il composa un album illustré
(publié en 1936) qui annonçait, à deux jours près,
la date de l'offensive allemande ainsi que la stratégie
d'attaque. Par quel miracle ? Il suffisait d'un peu de
réflexion – laquelle manqua cruellement aux stra-
tèges du ministère de la Guerre. Bruller estimait
alors qu'il faudrait encore quatre ou cinq ans à Hitler pour achever le réarmement de l'Allemagne ; il
attaquerait aux beaux jours, entre le printemps et
l'été ; il éviterait de cogner son armée sur les for-
tins de la ligne Maginot, choisissant de passer par la
Belgique, moins bien défendue ; bousculée par une
offensive qu'elle avait imaginée ailleurs, l'armée française plierait devant l'assaut. Ainsi, cinq ans avant
l'invasion, Jean Bruller avait-il pu écrire : « Le 12 mai
1940, au cours de la défense de Bapaume, le énième
bataillon d'infanterie est anéanti. »

Moins de cent kilomètres séparent Bapaume de la
frontière belge.

Jusqu'à la guerre d'Espagne, Bruller était plutôt
pacifiste. Il dessinait pour *Vendredi*, le journal de
Martin-Chauffier, Chamson et Guéhenno. Concerné
mais pas engagé. En juin 1938, un événement devait

le faire changer d'avis. Il se rendait à Prague avec la délégation française du Pen Club. Claude Aveline, Benjamin Crémieux, Jules Romains et quelques écrivains devaient participer à un congrès international créé par ce groupe apolitique prêchant la paix, la tolérance et la liberté. Le choix de Prague comme lieu de rassemblement était assez courageux car chacun savait qu'après l'Autriche c'était la Tchécoslovaquie que Hitler voulait avaler. La minorité allemande des Sudètes demandait son rattachement au Reich.

On passa l'Allemagne, tendue de croix gammées. L'ambiance à Prague était à la liesse. Il semblait que la menace nazie se fût un peu éloignée. C'était jour de fête nationale. Et puis, le congrès du Pen Club n'apportait au pays que des amis fidèles à Beneš et hostiles aux nazis. D'ailleurs, ce n'était pas un hasard si ces derniers le qualifiaient de « congrès des gangsters ».

Les premières motions furent votées à l'unanimité. Elles condamnaient les autodafés pratiqués en Allemagne, la censure et les violences exercées contre les intellectuels opposés au régime. Puis un écrivain proposa d'adopter une nouvelle résolution condamnant l'antisémitisme. Ses pairs approuvèrent chaleureusement. Sauf un : H.G. Wells. L'auteur de *la Machine à explorer le temps*, président honoraire et représentant de la Grande-Bretagne, pesait d'un poids considérable sur la société. Il monta à la tribune pour expliquer que le Pen Club défendait toutes les opinions, y compris celle-ci. Après qu'il eut regagné sa place, ceux qui lui succédèrent exprimèrent tous un avis contraire. Mais quand Wells

revint à la tribune, ce fut pour dire que si la motion
était acceptée, il démissionnerait aussitôt.

Cette défection, si elle se réalisait, offrirait un
extraordinaire argument aux nazis. Ils auraient beau
jeu d'affirmer ensuite que même un écrivain de la
stature de Wells avait refusé de condamner l'antisémitisme – et donc le régime hitlérien.

Jules Romains, président en exercice du Pen Club,
prit la parole à son tour. Ne parvenant pas à faire
revenir l'écrivain anglais sur sa décision, il lui proposa de rédiger lui-même la résolution qui préser-
verait la liberté d'opinion si chère à son cœur. Wells
accepta. Ces discours sémantiques, qui avaient occupé
une partie des débats, scandalisèrent nombre de participants. Fallait-il passer par toutes ces circonlo-
cutions pour répondre aux exigences des uns et des
autres ? Etait-ce là le prix de la paix ?

Passablement démoralisé, Jean Bruller le fut plus
encore après la signature des accords de Munich.
Pour lui, le pacifisme n'était plus de saison.

Il fit la guerre, fut démobilisé, se réfugia avec sa
famille dans une maison charentaise, près de Saintes.
Il se fit menuisier dans la journée, écrivant et dessinant le soir. De temps à autre, il revenait à Paris.
Ecœuré par les compromissions des milieux littéraires et artistiques, il fuyait les brasseries à la mode,
Lipp et le Flore, où se retrouvaient, parmi d'autres,
les écrivains dont les signatures apparaissaient dans
la presse vichyste ou collabo : Colette, Léautaud,
Fargue, Jacques Laurent, Blondin, Kléber Haedens... Il n'éprouvait aucun respect pour les cent
quarante éditeurs qui avaient accepté de s'autodis-

cipliner sous la férule nazie – c'est-à-dire, selon lui,
tous, à la glorieuse exception près des frères Emile-
Paul. Le jour où il découvrit l'annonce de l'exécution de Jacques Bonsergent, il ressentit comme une
consolation le fait que des passants anonymes eussent déposé des bouquets de fleurs sous les affiches.
C'était un signe. Il montrait que la population
n'acceptait plus de subir. Les Français relevaient la
tête. Pas tous, mais suffisamment peut-être pour
qu'une action collective fût possible.

Jean Bruller s'en alla frapper à la porte de son
ami Pierre de Lescure. En 1935, Lescure avait publié
sous pseudonyme des romans policiers parus chez
Gallimard. Il connaissait Giono, Paulhan et la plupart des écrivains phares de la rue Sébastien-Bottin.
Venu de la droite nationaliste, Lescure s'était rapproché de la revue *Commune* et du Comité de vigilance des intellectuels antifascistes. Son fils François
dirigera la fédération des étudiants communistes.

Dès 1940, Lescure avait pris contact avec les
Anglais de l'Intelligence Service. Il était l'un des
rares intellectuels parisiens à connaître l'activité du
réseau du musée de l'Homme. Sa tâche consistait à
transmettre des renseignements militaires à Londres
et à exfiltrer des agents et des pilotes britanniques
tombés en France. Jean Bruller accepta de l'aider
dans cette dernière activité.

Cependant, ce n'est pas comme passeur qu'il allait
prendre les plus grands risques et entrer de plain-pied
dans l'histoire de la Résistance intellectuelle. Le hasard
voulut que Pierre de Lescure lui montrât une feuille
clandestine, *Pantagruel*, dont les quatre pages n'étaient

qu'appels à la résistance et critiques contre l'Occupation. Il lui donna une autre publication, *la Pensée
libre*, cinquante feuillets manifestement rédigés par
des proches du parti communiste. Dans la France asservie, il était donc possible d'éditer et de distribuer
sous le manteau des feuilles qui, certes, n'étaient pas
des journaux, mais qui offraient à quelques centaines
de lecteurs une expression indépendante ?

Au cours de l'hiver, Jean Bruller reçut une lettre
du maire de Villiers-sur-Morin, commune de la Brie
où il possédait une maison. Le fonctionnaire municipal lui annonçait que les Allemands qui avaient
réquisitionné son domicile s'apprêtaient à le libérer.
Le dessinateur était donc invité à revenir dans une
demeure qui lui appartenait depuis 1931.

Lorsqu'il franchit la grille, Bruller croisa l'officier
qui avait occupé les murs de sa maison. L'Allemand
déménageait. Il se montra d'une parfaite civilité. Il
expliqua au propriétaire des lieux qu'il regrettait de
devoir partir et espérait que ses hommes et lui-même
n'avaient pas abîmé l'endroit.

Bruller trouva un travail de menuisier. Dans la
journée, il posait du parquet. Le soir, il écrivait. Il
se chauffait grâce à un poêle Godin dans lequel,
faute de charbon, il enfournait des bûches. Celles-
ci produisaient de l'oxyde de carbone qui provoquait
d'intenses migraines. Bruller se soignait à l'aspirine
et au rutabaga.

Chaque jour, il faisait la queue dans la neige et le
froid afin d'obtenir quelques denrées en échange de
ses tickets d'alimentation. Chaque jour, il croisait
l'officier de la Kommandantur. Contrairement aux

habitants du village, qui s'accommodaient assez naturellement de sa présence, le menuisier refusait de le saluer. Il lui arrivait de se reprocher d'offenser cet homme. Mais il ne revint jamais sur la décision qu'il avait prise, et jamais ne répondit au salut de l'officier allemand.

Chaque semaine, Bruller retrouvait Jean de Lescure à Paris. L'idée d'une publication faisait son chemin chez l'un comme chez l'autre. Pourquoi n'entreraient-ils pas en contact avec l'équipe de *la Pensée libre*, apportant des textes que Lescure demanderait aux écrivains de l'écurie Gallimard qu'il connaissait ? Et pourquoi n'écriraient-ils pas eux-mêmes ?

De retour à Villiers-sur-Morin, Bruller lut un ouvrage dont la presse collaborationniste et les milieux littéraires parlaient avec extase : *Jardins et routes*, d'Ernst Jünger. Il s'agissait du journal de campagne d'un jeune officier apparemment aimable et bien élevé, qui aimait la France, son peuple, sa culture, ses jardins et ses routes. Le livre était dangereux en ceci qu'il présentait un personnage ouvert et sympathique susceptible de laisser croire qu'une harmonieuse cohabitation était possible entre occupants et occupés. Le profil de Jünger rappela à Bruller celui de cet officier allemand travaillant à la Kommandantur qu'il croisait régulièrement dans les rues de Villiers-sur-Morin sans jamais le saluer.

Jünger et cet officier inspirèrent à Jean Bruller l'histoire de l'Allemand du *Silence de la mer* qui tente en vain de susciter l'amitié d'un homme et de sa nièce dont il occupe la maison. En dépit de tous ses efforts, il ne parvient pas à briser le silence de ses « hôtes » : ceux-ci ne tombent pas dans le panneau de la propagande qui voudrait promouvoir l'amitié entre les deux peuples.

Bruller écrivit la nouvelle en quelques semaines. De retour à Paris, il suggéra à Jean de Lescure de la publier dans *la Pensée libre.* Mais l'imprimeur de la revue venait d'être arrêté. Cette circonstance dramatique conduisit les deux amis à unir leurs compétences et à envisager la création d'une maison d'édition. Pierre de Lescure en assurerait la partie éditoriale tandis que Jean Bruller se chargerait de la technique : ayant travaillé dans la publicité avant guerre, l'imprimerie, la photogravure et la typographie ne lui étaient pas inconnues.

Il chercha dans le cercle étroit de ses anciennes relations professionnelles. Sa première visite fut pour l'imprimeur avec qui il collaborait naguère. Ernest Aulard employait une cinquantaine de personnes dans le quartier de la Contrescarpe. Bruller lui demanda s'il accepterait d'imprimer quelques nouvelles d'Edgar Poe à une douzaine d'exemplaires. Comme l'autre le dévisageait sans trop comprendre, le dessinateur devenu menuisier puis auteur clandestin justifia cette demande par un souci matériel :

« Je les vendrai à des amateurs éclairés. Cela mettra du beurre dans les rutabagas.

— Pas de problème », répondit Aulard.

Ils parlèrent de la guerre, de l'Occupation, de Londres et de la Résistance. Après quoi, jugeant qu'il pouvait se permettre d'aller un peu plus loin, Jean Bruller demanda timidement à l'artisan s'il accepterait de recevoir quelques-uns de ses amis qui envisageaient d'éditer des textes plus subversifs qu'Edgar Allan Poe.

« Quel genre de textes ? »

Bruller se fit comprendre.

« Je peux vous aider, répondit Aulard.

— Impossible, objecta Bruller en montrant les ouvriers qui s'activaient autour des rotatives : vous employez trop de monde. Notre activité doit rester secrète.

— *Votre* activité ? »

Bruller garda le silence.

« Quelle sera votre première publication ?

— Une longue nouvelle. Elle fera une centaine de pages et doit être impeccablement éditée. Beaux caractères, beau papier, belle couverture. Il faut qu'elle se distingue de tous les autres écrits clandestins. Cela doit être un événement : la renaissance de l'édition libre.

— Combien d'exemplaires ?

— Trois cents pour commencer. »

L'imprimeur nota quelques chiffres sur un carnet.

« Je peux fournir le papier. Je vous offre celui de la première œuvre publiée. »

Il fit une addition, deux multiplications, une division et ajouta :

« Les autres vous reviendront à trois mille francs par ouvrage. Je ne prends évidemment aucune marge.

— Trouvez-moi d'abord un imprimeur discret qui accepte mes textes et votre papier.

— Revenez dans huit jours. »

Huit jours plus tard, les deux hommes se retrouvè-rent sous les oriflammes à croix gammée de l'hôpital de la Pitié-Salpêtrière. L'endroit avait été réquisitionné par les Allemands. Ils y soignaient leurs blessés.

« Vous ne trouverez pas meilleure couverture », déclara Aulard à un interlocuteur stupéfait.

Ils traversèrent le boulevard de l'Hôpital. En face, coincée entre deux échoppes, se trouvait une boutique minuscule coiffée d'un panonceau : *IMPRIMERIE.*

« Mon copain s'appelle Georges Oudeville. En temps normal, il ne s'occupe que de faire-part. Mais les temps normaux sont révolus depuis longtemps. »

Ils entrèrent. Oudeville travaillait seul sur une petite presse. Il lui faudrait un trimestre pour imprimer feuille après feuille un livre de cent pages. Les trois hommes établirent un plan d'action. Aulard fournirait le papier. Oudeville composerait puis imprimerait. Chaque semaine, Bruller apporterait huit pages du premier livre de la maison d'édition. Il corrigerait celles qui sorti-raient des presses puis les emporterait sur sa bicyclette jusqu'au Comité d'organisation du bâtiment, boulevard Raspail, où une amie de Lescure les réceptionnerait. Plus tard viendrait une camarade de Bruller, Yvonne Desvignes, qui récupérerait les feuillets, les plierait, les assemblerait et les coudrait.

« Pourquoi pas votre femme ? demanda Aulard.

— Elle ne doit pas savoir.

— Quel sera le premier livre de votre maison d'édition ?

— L'auteur ne nous a pas encore communiqué son titre.

— Qui est cet auteur ?

— Un provincial », éluda Bruller.

Il n'avait trouvé ni le titre de son ouvrage ni le pseudonyme sous lequel il se dissimulerait. Il avait refusé que sa femme se chargeât du brochage car, lisant le roman, elle reconnaîtrait tout et identifierait aussitôt l'auteur.

« Qui paie ?

— Un banquier. »

C'était le sien.

Rapidement brûlé, le Comité d'organisation du bâtiment fut remplacé par un bistrot proche de la Salpêtrière où les feuillets s'empilèrent bientôt. Pendant trois mois, Bruller vint chaque semaine chez Oudeville. Il apportait la nouvelle copie, corrigeait puis récupérait l'ancienne. Il l'arrimait sur le porte-bagages de son vélo et la déposait dans les caves du bistrotier complice.

Lorsque tous les feuillets furent imprimés, une voiture amie les emporta chez Yvonne Desvignes, près du Trocadéro. Trois jeunes femmes se chargèrent du brochage. Utilisant ses connaissances acquises dans la menuiserie, Bruller fabriquait la colle dans la cuisine de l'appartement. Seul Pierre de Lescure connaissait le nom de plume qu'il s'était choisi, en souvenir d'un massif montagneux qu'il avait traversé avec son unité au début de la guerre : Vercors. Quant à la maison d'édition commune, elle devait son identité à deux titres d'ouvrages, l'un de Georges Duhamel – *la Confession de minuit* –, l'autre de Pierre Mac Orlan – *la Tradition de minuit*.

Les Editions de Minuit venaient de naître.

Watt

> Et cette pauvre vieille pouilleuse de
> vieille terre, la mienne et celle de mon
> père et de ma mère et du père de ma mère
> et du père de la mère de mon père et de
> la mère du père de ma mère...
>
> Samuel BECKETT.

Au moment où apparaissaient les Editions de
Minuit, deux futurs et illustres auteurs se rencontraient pour la première fois.

Dix ans plus tard, Nathalie Sarraute et Samuel
Beckett deviendraient les piliers de cette école qua-
lifiée de Nouveau Roman par un critique littéraire.
En 1942, ils se cachaient dans une petite maison de
la vallée de Chevreuse. Nathalie Sarraute, russe,
juive, avocate radiée du barreau par les lois nazies,
y était arrivée la première avec son mari et ses
enfants. Beckett y vint en 1942, fuyant Paris et les
Allemands.

Samuel Beckett se trouvait en France longtemps
avant la déclaration de la guerre. Il aurait pu profiter
de sa nationalité irlandaise pour décamper en 1939.

Il n'en fit rien. Il était venu à Paris pour la première fois en 1926. Il y retourna deux ans plus tard. Il était alors diplômé d'une université irlandaise, Trinity College, qui avait conclu un accord avec l'Ecole normale supérieure : elle enverrait l'un de ses meilleurs élèves qui serait employé comme lecteur d'anglais pendant deux ans, après quoi il reviendrait en Irlande afin d'y enseigner le français.

Samuel Beckett fut donc nommé lecteur d'anglais à l'Ecole normale en 1928. Il rencontra James Joyce, qui avait vingt-cinq ans de plus que lui et le fascina. Une étrange relation se noua entre les deux hommes, faite d'admiration et de dépendance. Joyce employait son compatriote à des tâches très diverses. Beckett faisait les courses, la lecture (Joyce devenait aveugle), quelques travaux de traduction et apportait sa connaissance récente de l'Irlande à son compatriote qui y puisait les éléments dont il avait besoin pour l'écriture de *Finnegans Wake.*

Au sein d'un noyau d'admirateurs fidèles, Beckett devint rapidement l'un des plus proches de la famille. D'autant que la fille de Joyce, Lucia, tomba amoureuse de lui. Passion non partagée dont Beckett eut le plus grand mal à se défaire. La jeune fille le poursuivait d'une assiduité tenace, encouragée par son père qui envisageait sans déplaisir une alliance entre sa fille chérie et celui qui passait pour son disciple. A l'époque, Beckett était si fasciné par l'auteur d'*Ulysses* qu'il se vêtait comme lui, parlait comme lui, s'obligeait à des silences semblables – habitude qu'il conserva sa vie entière, opposant un mutisme obtus à tous ses détracteurs. Les assauts de Lucia devenant insupportables, il la repoussa, suscitant une dépression qui plongea la jeune fille dans l'angoisse et la détresse. Joyce mit son compatriote à la porte.

Après deux ans passés à Paris, Beckett retourna en Irlande. Avec un écœurement grandissant, il s'acquitta de sa mission à Trinity College. Il souffrait de crises d'angoisse et de maux divers (notamment des furonculoses aiguës) qui le conduisirent à entamer une psychanalyse en Angleterre. Il rompit le contrat qui le liait à Trinity, ce qui lui valut de se fâcher avec sa famille. Sans ressources, il écrivit un essai sur Proust qui fut publié dans son pays en 1931, mais pas en France : il semblait impossible à son auteur de traduire dans sa langue un écrivain aussi fondamental que Marcel Proust.

Beckett revint à Paris. Il retrouva Joyce qui lui demanda de l'aider à corriger les épreuves de *Finnegans Wake*. En 1933, après la mort de son père, Beckett devint dépendant financièrement de sa mère, qui lui attribuait une rente mensuelle insuffisante. Il essayait d'arrondir ses fins de mois en traduisant des poèmes. Il allait et venait entre la France et son pays. En 1934, il commença la rédaction de son premier livre, *Murphy*, qui fut rejeté par quarante-deux éditeurs avant d'être accepté par le quarante-troisième qui le publia à Londres. Raymond Queneau refusa de le faire traduire pour Gallimard, considérant que la tâche était impossible (Beckett s'en chargera lui-même un peu plus tard).

Le soir de Noël 1937, alors qu'il dînait avec la famille Joyce au Fouquet's, Beckett rencontra Peggy Guggenheim. Elle tomba aussitôt amoureuse de cet homme grand et sec, un peu voûté, mal habillé, dont le regard vert exprimait plus et mieux que sa bouche, désespérément close. Elle l'emmena dans son lit, le saoula au champagne, et ils restèrent ensemble le temps que les bulles s'évaporent. Ils partagèrent quelques jours d'ivresse, puis Beckett s'éloigna, lassé par le caractère volcanique de la riche héritière.

En 1938, dans des circonstances très particulières, il rencontra celle qui allait devenir sa femme. Il fut abordé par un maquereau qui lui proposa une partenaire contre quelques espèces sonnantes et trébuchantes. Beckett refusa. L'autre insistant, il le repoussa et le fit tomber. Le souteneur se releva et poignarda l'écrivain. Une femme passait : Suzanne. Elle appela une ambulance, qui emporta Beckett à l'hôpital. La lame l'avait touché à la poitrine. Suzanne enseignait le piano. Elle avait sept ans de plus que l'Irlandais. Elle l'aima, l'emporta sur sa rivale – et le garda sa vie entière.

Beckett écrivit des poèmes en français, dont certains seront publiés par *les Temps modernes* après la guerre. A la demande de l'éditeur Jack Kahane, il entreprit de traduire *les Journées de Sodome*.

En 1940, il se porta volontaire comme ambulancier. Sa demande fut repoussée. Suzanne à son bras, il quitta Paris pour Vichy, où Joyce et sa femme s'étaient réfugiés. Beckett n'avait plus un sou. Joyce écrivit un mot à son traducteur, Valery Larbaud, lui demandant d'aider son ami. Larbaud reçut le futur Prix Nobel assis sur un fauteuil roulant. Il était paralysé et ne parlait plus. Sa femme prenait la parole à

sa place. Il prêta une somme conséquente à son visiteur, qui la lui rendit beaucoup plus tard.

Beckett et Suzanne retrouvèrent Marcel Duchamp
à Arcachon. Les deux hommes jouèrent aux échecs
jusqu'à ce que le second s'en fût pour les Amériques
tandis que le premier rejoignait Paris. C'est alors que
Beckett entra dans la Résistance. Ayant lu *Mein
Kampf*, il n'ignorait rien de l'idéologie nazie. Il la
combattit en adhérant au réseau Gloria, que dirigeait
Jeannine Picabia, la fille du peintre. Sa tâche consistait à réceptionner les messages qui lui parvenaient
de toute la France, indiquant l'état des troupes allemandes, leurs positions et leurs mouvements. Il tra-
duisait ces dépêches, les tapait à la machine et les
transmettait à un agent qui les microfilmait. Elles
passaient ensuite entre les mains de la mère de Jeannine, Gabrielle Buffet-Picabia, alerte sexagénaire qui
les apportait en zone sud, d'où elles partaient pour
Londres.

En janvier 1941, à Zurich, Joyce mourut d'une
perforation du duodénum. Six mois plus tard, le
réseau Gloria tombait. Marie Reynolds, l'amie de
Duchamp, cacha Beckett et Suzanne dans Paris, puis
ils trouvèrent refuge auprès de la famille Sarraute,
dans la petite maison de la vallée de Chevreuse.

Les relations entre les deux futurs auteurs des Editions de Minuit ne furent pas des plus cordiales.
Incompatibilités de rythmes et d'humeurs. Se levant
tard, Beckett et Suzanne traversaient la salle à manger familiale à l'heure du déjeuner, tous deux portant leur seau d'aisances pour le vider au fond du
jardin. Les fragrances se mêlaient mal. Nathalie

reprochait une froideur confinant à l'arrogance au futur prix Nobel, lequel jugeait la future lauréate du Grand Prix national des lettres bavarde et désobligeante.

Il fallut donc partir.

Affublé d'une moustache, doté de faux papiers, Beckett franchit la ligne de démarcation et se réfugia avec Suzanne à Roussillon, près d'Apt. Il se déclara comme citoyen d'une nation neutre (l'Irlande n'avait rejoint aucun camp), ce qui le protégeait. Il s'engagea comme ouvrier agricole, loua une petite maison, et se remit à la rédaction d'un ouvrage commencé à Paris : *Watt*. Celui-ci devait être le dernier qu'il écrirait en anglais.

A Roussillon, Beckett rencontra Henri Hayden, peintre juif d'origine polonaise qui se cachait aussi. Ils devinrent amis inséparables.

Le village était enchâssé dans un paysage fait de grottes et de montagnes inaccessibles. Il devint la base arrière des maquis du Lubéron. Les résistants y cachaient les armes et le ravitaillement. En mai 1944, Samuel Beckett rejoignit les maquisards qui tendaient des embuscades aux Allemands. Il est l'un des rares artistes étrangers à avoir reçu la croix de guerre et la médaille de la Reconnaissance.

Le Castor et le petit mari

J'admettais enfin que ma vie n'était pas une histoire que je me racontais, mais un compromis entre le monde et moi.

Simone DE BEAUVOIR.

Tandis que Vercors édite clandestinement *le Silence de la mer* et que Nathalie Sarraute et Samuel Beckett se cachent, Simone de Beauvoir dîne chez ses parents. Ce soir-là, elle compte rentrer tôt pour relire les pages de *l'Invitée* qu'elle a écrites dans la journée au Dôme. Elle a commencé ce livre en octobre 1938 et espère bien l'achever au cours de l'été qui arrive.

Nous sommes en mars 1941. L'Occupation pèse sur les épaules de la jeune professeure de philosophie, mais pas trop. Il fait très froid (elle porte des collants de ski sous ses pantalons), on mange peu et mal, Sartre est prisonnier en Allemagne, mais Simone a un travail, et donc un peu d'argent : huit heures de cours par semaine au lycée Camille-Sée en échange d'un plein salaire.

Suivant une habitude bien ancrée, elle vit à l'hôtel : rue Vavin, hôtel du Danemark. Elle partage souvent sa chambre avec l'une de ses anciennes élèves, Nathalie Sorokine, tombée sous le charme de sa professeure (et à qui sera dédié *le Sang des autres*). Elle n'est pas la première et ne sera pas la dernière. A Rouen, une dizaine d'années plus tôt, Olga Kosakiewicz avait déjà succombé : une jolie blonde qui attendait sa philosophe préférée à la sortie des classes pour l'accompagner jusqu'à sa chambre d'hôtel…

Alors, Simone de Beauvoir faisait déjà scandale. Et pas seulement en raison de ses amours saphiques. Elle enseignait Gide et Proust – invertis ! – à ses élèves. Elle n'exigeait pas d'eux qu'ils lisent des ouvrages de philosophie. Elle parlait psychanalyse, leur conseillait de se rendre à Sainte-Anne et de visiter des hôpitaux psychiatriques. Elle buvait, fumait, travaillait au café, osait affirmer qu'une femme allaitant la dégoûtait. En plus, elle était jeune, jolie – pourtant mal fagotée, portant des bas troués et un turban. Fascinante de culture et de savoir, elle était capable de faire cours pendant deux heures sans aucune note ; elle demandait souvent des exposés à ses élèves, ce qui ne s'était encore jamais vu… Bref, de quoi attiser l'ire des parents bien-pensants.

Un peu plus tard, au lycée Molière (Paris), elle rencontra une Juive polonaise, Bianca Bienenfeld, qui, à son tour, s'éprit de sa professeure. Elles couchèrent ensemble à la fin de l'année scolaire. Jean-Paul Sartre, qui passait par là, séduisit à son tour la jeune fille tandis que Simone se consolait entre les

bras de Jacques-Laurent Bost, ancien élève de Sartre
du temps où il enseignait au Havre. Elle avait vingt-
neuf ans, lui vingt et un. Leur liaison resta secrète,
Bost étant le compagnon officiel d'Olga Kosakiewicz, d'une nature jalouse.

Sartre fut très amoureux d'Olga. Il ne parvint
jamais à la séduire. Il se consola avec sa sœur,
Wanda. D'abord réticente en raison de sa laideur,
la jeune fille céda après deux années d'une cour
intensive. L'intelligence de Sartre finissait presque
toujours par éclipser les obstacles constitués par sa
disgrâce physique. Compensant ici ce qui manquait
ailleurs, il l'emportait par le magnétisme qu'il exer-
çait sur ses auditoires. A cette époque, un seul
homme était capable d'assembler autour de lui des
cours aussi fidèles, aussi fascinées : Picasso.

Le couple fonctionnait en trio. Aux mauvaises langues qui prétendaient que Simone de Beauvoir
rabattait pour Sartre, elle objectait qu'elle voulait
seulement le protéger du chagrin que lui causait sa
laideur. Il était petit ; il avait perdu l'usage de son
œil droit dès l'enfance ; ses cheveux étaient clairse-
més ; il était nerveux, bourré de tics, s'habillait
mal… Mais, d'une voix métallique et captivante, il
était capable d'envolées rhétoriques exceptionnelles.
Il était d'une culture prodigieuse, d'une intelligence
confondante. Simone de Beauvoir, elle-même, en
convenait : lorsqu'elle l'avait croisé la première fois
dans les couloirs de la Sorbonne, elle l'avait trouvé
laid. Elle était alors courtisée par un condisciple
de Sartre et de Nizan à l'Ecole normale supérieure
de la rue d'Ulm : René Maheu (c'est lui, et non

Merleau-Ponty, qui attribua à la future auteure du *Deuxième Sexe* ce surnom de Castor, *Beaver* en anglais, qui devait lui rester sa vie entière – en hommage à cet animal connu pour ses grandes capacités de travail). Sartre, qui fut le premier homme qu'elle embrassa sur la bouche, l'emporta sur son rival grâce à son incroyable séduction intellectuelle. Comme beaucoup d'autres, Simone tomba sous le charme, elle qui, pourtant, n'avait rien à lui envier sur ce chapitre : à l'agrégation de 1929, elle avait été reçue deuxième et lui premier, avec deux points de plus (Nizan était cinquième), mais on prétendit que le jury avait inversé le classement non seulement parce que Sartre était un homme (à l'époque, le podium était plus souvent occupé par eux), mais aussi parce que sa ténacité prouvait son sérieux (il avait échoué à sa première tentative et avait suivi la filière hypokhâgne, khâgne, Ecole normale, alors qu'elle venait plus simplement de la Sorbonne).

Quoi qu'il en soit, elle prit – et conserva – la première place dans le choix de leurs maîtresses. Ils ne couchaient plus ensemble depuis longtemps, ce qui leur évitait les pincements de la jalousie. Depuis le début de leur histoire, ils avaient décidé que leur liaison, fondamentale et nécessaire, n'empêcherait pas les amours contingentes, et qu'ils se raconteraient tout, sans dissimulation ni mensonge.

Avec toutes celles qui étaient passées, plus celles qui passeraient un jour, ils formaient une famille. Sartre et Beauvoir assumaient sur tous les plans : intellectuel et financier. Après qu'Olga eut échoué à ses examens de médecine, ils lui enseignèrent la philosophie. Elle, sa sœur, Bianca, Nathalie, Jacques-Laurent Bost... tous étaient hypnotisés par ce couple généreux, brillant, qui ne ménageait pas sa peine pour aider et soutenir l'un des leurs. Une famille, mais une famille choisie.

Avant la guerre, ils logeaient sous la même enseigne, c'est-à-dire dans les mêmes hôtels. La mobilisation avait quelque peu bousculé les habitudes. Le 2 septembre, Simone avait aidé Sartre à retrouver sa musette et ses chaussures militaires : il était muté à Nancy, dans une station météorologique. A quatre heures du matin, ils étaient passés devant le Dôme, occupé par une clientèle en uniforme. Ils s'étaient séparés gare de l'Est. Simone était revenue à Montparnasse. Elle avait le cœur lourd. Pour se consoler, elle était entrée dans une salle de cinéma. Au programme : *Blanche-Neige.* Appréciation : « C'est fade[1]. »

Sartre fit sa drôle de guerre en suivant la direction des vents. Sa tâche consistait à lâcher des ballons météorologiques, à les suivre à la lorgnette puis à téléphoner aux officiers artilleurs afin de leur communiquer leur trajectoire. Il passait le reste de son temps à écrire : à Bianca, à Wanda, à Simone... Quand il revenait à Paris, il rédigeait avant de partir quelques lettres d'avance, les numérotait et priait ses camarades de les envoyer à celles qui ignoraient ses permissions[2].

1. Simone de Beauvoir, *la Force de l'âge, op. cit.*
2. Annie Cohen-Solal, *Sartre,* Gallimard, 1985.

Il retrouvait Simone de Beauvoir dans une brasserie de l'avenue du Maine où il lui lisait l'œuvre en cours – le premier tome des *Chemins de la liberté* –, prenait connaissance des corrections qu'elle avait apportées sur les feuillets qu'il avait envoyés par la poste, puis il lui faisait part des activités qui seraient les siennes au cours de ses heures de liberté : rompre avec Bianca, partir quelques jours avec Wanda...

Tout cela pesait d'un bien faible poids comparé aux responsabilités de Simone, qui devrait consoler Bianca, faire avorter Olga, enceinte d'un amant de passage, ne pas blesser Nathalie Sorokine (que Sartre appelait Natacha : ça faisait joliment russe), coucher avec Bost sans que les autres le sachent... Une drôle de guerre, en effet...

En mai, l'offensive allemande bouscula ces équilibres. Lorsque les cours furent suspendus, Simone quitta Paris avec Bianca. Le 21 juin, elle apprit que Sartre avait été fait prisonnier et que la convention d'armistice stipulait que les captifs resteraient en Allemagne jusqu'au terme de la guerre. Elle revint à Paris à la fin du mois après avoir effectué une partie du voyage à l'arrière d'un camion allemand (les soldats lui parurent aimables et élégants). Elle retrouva le Dôme et Montparnasse, s'installa chez sa grand-mère puis rue Vavin, à l'hôtel du Danemark. Bost, blessé en mai, prit une chambre avec Olga dans un hôtel de la rue Jules-Chaplain où Wanda les rejoignit. Nathalie Sorokine força la porte de Simone, l'obligeant à la garder auprès d'elle après que l'heure du couvre-feu fut passée. Elle organisa rapidement un trafic de bicyclettes, vendant aux uns celles qu'elle volait aux autres dans les rues désertes. Elle apprit à Simone l'art et la manière de pratiquer la petite reine. Juchée sur son cadre, Simone passait une fois par semaine des collines de Montparnasse à celles de Montmartre où elle retrouvait Bost dans un hôtel discret. Les apparences étant sauves, elle pouvait déjeuner chaque jour avec lui sans défrayer la chronique de cette petite famille rapidement recomposée.

Sartre manquait, mais on lui écrivait chaque jour, on lui postait des livres, du tabac, de l'encre, on corrigeait et on faisait dactylographier les feuillets manuscrits qu'il envoyait. Enfermé dans un stalag près de Trèves, il avait entamé la rédaction de *l'Etre et le Néant*. Simone se rendait quotidiennement à la Bibliothèque nationale, rue de Richelieu, où elle relisait Hegel et Heidegger afin d'aider son complice à écrire cet ouvrage dont elle pressentait qu'il marquerait une date importante dans l'histoire de la philosophie. Afin d'être entièrement disponible, elle avait interrompu la rédaction de son propre roman.

Au stalag, Sartre souffrait du jugement des Tchèques et des Polonais. Les premiers reprochaient aux Français de les avoir abandonnés en 1938, les seconds les méprisaient pour leur incurie militaire. Il découvrait la honte secrète qui tourmentait les prisonniers :

Leurs souffrances étaient sèches et aigres, déplaisantes, empoisonnées par le sentiment où ils étaient de les avoir méritées. Ils avaient honte devant la France. Mais la France avait honte devant le monde. Il est doux de pleu-

rer un peu sur soi. Mais comment aurions-nous pu trou-
ver de la pitié pour nous-mêmes quand nous étions
entourés par le mépris des autres [1] *?*

Il se soulageait en philosophant et en écrivant des
pièces de théâtre. Il apprenait la boxe et le bridge.
Il jouait aux échecs. Il envoyait régulièrement des
lettres à Simone et à Wanda, qu'il signait « votre
petit mari ». Il leur racontait les mille et une occupations du stalag. Tout allait bien. Il se satisfaisait
pleinement de son sort. Sa seule interrogation
concernait la date de sa libération : quand viendrait-
elle ? Cette question-là, toute la famille se la posait.

1. Jean-Paul Sartre, *Situations III*, Gallimard, 1949.

Prise de conscience

> L'occupation, ce n'était pas seulement
> cette présence constante des vainqueurs
> dans nos villes : c'était aussi sur tous les
> murs, dans les journaux, cette immonde
> image qu'ils voulaient nous donner de
> nous-mêmes.
>
> Jean-Paul SARTRE.

Un soir de mars 1941, Simone de Beauvoir dînait donc chez ses parents. Lorsqu'elle revint à son hôtel, un mot l'attendait : *Je suis au café des Trois Mousquetaires.*

Elle s'y rendit aussitôt.

Sartre était là.

Contrairement à la légende, il ne s'était pas évadé. Contrairement aux calomnies qui ne tarderaient pas, il n'était pas rentré dans les wagons des nazis. Muni d'un faux certificat médical fabriqué par un prisonnier attestant qu'il souffrait de troubles de l'équilibre provoqués par son œil malade, il était passé devant une commission médicale qui l'avait libéré pour raison de santé. Ni plus ni moins.

Pour le reste, il n'avait rien à raconter qu'elle ne sût déjà : ils s'étaient longuement écrit.

Mais elle ? Et la famille ? Et la vie parisienne ?

Elle lui raconta tout. Il lui reprocha beaucoup. Notamment de profiter des avantages du marché noir que lui offrait Nathalie Sorokine. Et, surtout, d'avoir été réintégrée au lycée Camille-Sée après avoir signé cette attestation infamante par laquelle elle assurait n'être ni juive ni franc-maçonne.

Elle se défendit en disant que sans ce papier elle n'aurait pas obtenu de poste, donc pas de tickets de rationnement ; elle fût restée sans ressources, elle qui, n'ayant rien publié, n'était connue de personne.

Comprenait-il ?

Il s'insurgea.

Pourtant, il retrouva à son tour son poste de professeur de philosophie au lycée Pasteur de Neuilly, où il enseignait avant la guerre. A la rentrée d'octobre, il intégra le lycée Condorcet comme professeur de khâgne chargé de préparer ses élèves au concours de l'Ecole normale supérieure. Il succédait à Ferdinand Alquié, nommé à Henri-IV et à Louis-le-Grand. Un an plus tôt, Alquié avait remplacé temporairement Henry Dreyfus - Le Foyer, petit-neveu du capitaine Dreyfus, révoqué en vertu du premier statut des Juifs promulgué par le gouvernement de Vichy, et entré depuis dans la Résistance.

A l'en croire, Sartre n'eut pas à signer la déclaration infamante : un inspecteur général de l'Education membre de la Résistance lui aurait épargné une telle abdication[1]. Cette thèse, qui reste la sienne, est, aujourd'hui encore, sujette à caution : personne n'a jamais retrouvé l'inspecteur résistant.

Quoi qu'il en fût, s'il l'avait voulu, sa notoriété lui eût permis de quitter l'enseignement. En 1941, il était beaucoup plus connu que Simone de Beauvoir. En 1938, en même temps que son condisciple Nizan, qui publiait *la Conspiration*, il avait édité *la Nausée* (dédié au Castor). On avait parlé des deux titres pour le prix Goncourt. Un an plus tard sortait le recueil de nouvelles *le Mur* (dédié à Olga). Paulhan avait envoyé le manuscrit à André Gide accompagné de ce commentaire : « Avez-vous lu *le Mur* de Sartre ? Ce sera quelqu'un[2]. »

Sartre, avant la guerre, était un écrivain dont tous les cercles littéraires parlaient. Au retour du stalag, s'il n'avait pas repris son poste, il eût évité les critiques dont il fut l'objet pendant et après la guerre. Vladimir Jankélévitch, parmi d'autres, lui reprocha de ne pas avoir levé le petit doigt pour protéger ses collègues juifs, de ne pas s'être soucié de leur sort alors que le millier de postes « libérés » par les lois racistes creusait un vide dans l'Education nationale qu'aucun professeur ne pouvait ignorer (Jankélévitch estimait que les engagements frénétiques de Sartre après la guerre visaient à compen-

1. In Ingrid Galster, *Sartre, Vichy et les intellectuels*, L'Harmattan, 2001.
2. Jean Paulhan, Lettre à André Gide, 21 juillet 1937, in *Choix de lettres, 1937-1945*, *op. cit.*

ser ses silences pendant les sombres années de l'Occupation).

De même, ni lui ni Beauvoir ne s'étaient préoccupés du sort de leur amie et maîtresse commune, Bianca Bienenfeld, qu'ils abandonnèrent sans grand scrupule en ces années tragiques :

> *A présent, le triangle était totalement brisé. J'étais lamentablement larguée, et cette double exécution se passait en 1940. A l'effondrement du pays sous le poids de l'armée hitlérienne, à la soumission abjecte des autorités de Vichy aux lois nazies, répondait, sur le plan personnel, une tentative délibérée de m'anéantir moralement. Ce que je peux dire, maintenant que tant d'années sont passées sur cette blessure, c'est qu'en dépit des apparences, en dépit de la faculté que j'avais à me « rétablir » et à construire une existence nouvelle, j'ai porté toute ma vie le poids de cet abandon[1].*

Certes, en découvrant les lois antisémites et les affiches interdisant aux Juifs l'accès à certains établissements, Beauvoir se reprocha d'avoir un jour déclaré à son amie Bianca que les Juifs n'existaient pas : elle considérait qu'il n'y avait que des hommes. « Combien j'ai été abstraite ! » reconnut-elle. Au point de ne jamais prendre de mesures concrètes pour les aider, ou la plume pour dénoncer les persécutions dont ils souffraient.

Il faut admettre qu'elle n'avait pas plus soutenu

---

1. Bianca Lamblin, *Mémoires d'une jeune fille dérangée*, Balland, 1993.

les réfugiés allemands, espagnols et italiens venus en
France avant la guerre pour échapper aux dictatures.
De son propre aveu, Beauvoir avait été aveugle à
toute politique pendant les années 1930. Les émeutes
du 6 février 1934 ? Ni vu ni connu. Le fascisme s'ins-
tallant aux quatre coins de l'Europe ? Elle ne s'en
alarma point, vivant « dans la paix éternelle[1] ». Les
conflits et les classes sociales ? Loin, si loin… Tandis
que Hitler grondait, elle visitait l'Allemagne avec
Sartre. Et l'Italie sous Mussolini, la Grèce sous
Metaxas. Ils étaient allés en Angleterre, en Espagne,
avaient fait du ski en Savoie, découvert le Pays
basque, chiné au marché aux puces, dansé au bal
Blomet, dévoré Faulkner, Hemingway et Dos Passos.
Pendant ce temps-là, Gide, Malraux, Guéhenno,
Simone Weil montaient sur les estrades des Comités
de vigilance antifascistes, attaquaient Hitler, Franco,
Mussolini, prenaient la plume ou les armes pour
défendre la République espagnole… Sartre et Beauvoir, eux, restèrent muets. Le drame qui se déroulait
de l'autre côté des Pyrénées les bouleversa, mais, pas
une seconde, ils ne songèrent à partir : « Rien dans
notre vie ne nous disposait à ce coup de tête[2]. »
Sartre considérait que les accords de Munich étaient
une faute mais, pour autant, il n'ouvrit pas la bouche
pour les condamner. Beauvoir, bien que présente à
Paris, ne participa à aucune des manifestations rassemblant élèves et enseignants contre l'expulsion de
Paul Langevin, pas plus qu'elle ne se rendit place

---

1. Simone de Beauvoir, *la Force de l'âge, op. cit.*
2. Simone de Beauvoir, *ibid.*

de l'Etoile le 11 novembre 1940. Sartre et elle étaient encore, ainsi qu'elle le reconnut, des intellectuels petits-bourgeois « sincères et appliqués » ; des fonctionnaires protégés et dépourvus de charges familiales, vivant avec de l'argent gagné sans grand effort. Jusqu'à la guerre, leur « entêtement schizophrénique au bonheur » résultant des reliquats d'un idéalisme bourgeois les empêcha de se mobiliser. Au reste, Sartre se montra si avare de prises de positions et d'écrits subversifs que son nom n'apparaît pas sur la liste Otto.

De retour de captivité, il découvrit une population qui avait brisé tout lien avec le passé. Les traditions, les habitudes n'existaient plus. Il n'y avait plus d'autos, plus de passants : la vie, le monde s'étaient transformés.

> *Un peu de vie provinciale s'était accroché aux angles de la capitale ; il restait un squelette de ville, pompeux et immobile, trop long et trop large pour nous : trop larges les rues qu'on découvrait à perte de vue, trop grandes les distances, trop vastes les perspectives : on s'y perdait, les Parisiens restaient chez eux ou menaient une vie de quartier, par peur de circuler entre ces grands palais sévères que chaque soir plongeait dans les ténèbres absolues*[1].

Rien de tout cela ne lui convenait. Le discours des collabos, présent dans toutes les têtes, le dégoûtait. Ce discours assurait qu'il fallait reconnaître ses

---

1. Jean-Paul Sartre, *Situations III, op. cit.*

fautes et se montrer beau joueur : avant la guerre, victime de ses vices, la France était en pleine décomposition.

> *A peine relevions-nous la tête que nous retrouvions en nous nos vrais motifs de remords. Ainsi vivions-nous, dans le pire désarroi, malheureux sans oser nous le dire, honteux et dégoûtés de la honte*[1].

L'Occupation lui paraissait pire que la guerre. Celle-ci permettait d'exprimer une opposition ; celle-là interdisait d'*agir* et même de *penser*. Face à cette impossibilité, à cette honte qui engluait le pays et les hommes, Sartre proposait que chacun assume, « dans le délaissement le plus total, son rôle historique ». Que chacun, à travers sa propre liberté, choisisse la liberté de tous.

Bref, il ne supportait plus les leurres et les mensonges qui avaient gouverné leur existence jusqu'alors. Un matin, il annonça à Simone qu'il avait décidé de créer un groupe de résistance ; du seul point de vue de l'éthique, ils ne pouvaient guère faire autrement : « Sa nouvelle morale, basée sur la notion d'authenticité, et qu'il s'efforçait de mettre en pratique exigeait que l'homme "assumât" sa "situation" ; et la seule manière de le faire c'était de la dépasser en s'engageant dans une action[2]. »

Comment ?

Selon Sartre, en devenant résistant : « Les meilleurs

---

1. Jean-Paul Sartre, *ibid.*
2. Simone de Beauvoir, *op. cit.*

d'entre nous sont entrés dans la Résistance par besoin de racheter le pays. »

Certes, il s'agissait de solutions individuelles qui, à ses yeux, ne changeraient pas essentiellement le cours des événements : « Sans elle [la Résistance] les Anglais auraient gagné la guerre, avec elle ils l'auraient perdue s'ils avaient dû la perdre. Elle avait surtout, à nos yeux, une valeur de symbole[1]. »

Cette phrase, qui fut largement contestée après la guerre, vaut surtout pour l'importance que Beauvoir et Sartre accordaient à leur propre engagement : il ne fut que symbolique. Au mieux.

---

1. Jean-Paul Sartre, *op. cit.*

Un plaisant sentiment d'aventure

> Il ne faut pas laisser les intellectuels
> jouer avec les allumettes.
>
> Jacques PREVERT.

Sartre a donné rendez-vous à un instituteur du
XIIIe arrondissement dans un café de la rue Gay-
Lussac. Il s'appelle Maurice Nadeau, et nul ne le
connaît encore comme le journaliste et le grand éditeur
qu'il deviendra. Pour l'heure, et c'est cela qui intéresse
Sartre, il est militant trotskiste, membre de la Fédération internationale de l'art révolutionnaire indépendant
(FIARI), donc proche des surréalistes. Et les surréalistes, Sartre aimerait bien les rallier à sa cause.

« Surtout Paul Eluard », précise-t-il.

Nadeau, qui n'a jamais rencontré le poète, promet
qu'il essaiera.

« Mais que dois-je lui dire ?

— Que nous montons un groupe de résistance
regroupant des écrivains et des professeurs.

— Des intellectuels ?

— Oui, des intellectuels. »

Sartre se penche pour ne pas être entendu par des oreilles indiscrètes.

« La première chose que nous ferons, c'est de prendre position contre Vichy et contre les Allemands. Ensuite, on s'organisera. »

Sartre ne sait pas encore pour quoi faire, mais il connaît la méthode :

« Nous formerons des groupes de cinq personnes très hermétiques. Chacun connaîtra les quatre autres éléments formant son groupe, pas plus. »

Nadeau acquiesce. Sartre lui demande alors de ne pas chercher à le contacter.

« C'est moi qui viendrai chez vous. »

Il vient, en effet, quelques jours plus tard. Et c'est ainsi que Maurice Nadeau se retrouve un soir dans une chambre d'hôtel où Beauvoir et Sartre ont réuni l'embryon du réseau qu'ils veulent créer. Outre le noyau « familial » sont présents Jean Pouillon, un ancien élève de Sartre, Jean Toussaint Desanti et sa femme Dominique, François Cuzin, Jean Kanapa et quelques autres.

De quoi parle-t-on ? Des sujets du jour : situation politique et militaire, Churchill, de Gaulle, Roosevelt, Staline, que faire et comment ?

« Dans un an, dit Sartre, nous devons avoir élucidé la nature de l'Etat édifié par Vichy[1]. »

Nadeau s'étonne :

« Qu'importe la nature de l'Etat de Vichy ! Pétain et Laval sont loin, alors que les Allemands sont là[2] ! »

---

1. Maurice Nadeau, *Grâces leur soient rendues*, Albin Michel, 1990.
2. Maurice Nadeau, *ibid.*

Certes.

On en reparlera le moment venu.

Le groupe se baptise « Socialisme et Liberté ». Il fusionne avec une autre organisation, « Sous la botte », fondée par Merleau-Ponty, professeur à l'Ecole normale (il succédera à Sartre au lycée Condorcet).

Bientôt, ils sont une cinquantaine d'intellectuels cherchant une troisième voie entre les communistes et les gaullistes : il s'agit d'inventer une doctrine nouvelle pour la gauche.

Un beau matin, Maurice Nadeau découvre un mot glissé sous sa porte : *Entrevue annulée. Je vous ferai signe. Amitiés. J.-P.S.* Il ne participe donc plus aux réunions au cours desquelles les membres de Socialisme et Liberté font des plans sur la comète de l'après-guerre, tapent des programmes qu'ils ronéotent dans les couloirs de l'Ecole normale, rédigent des tracts que Natacha/Nathalie Sorokine dissimule dans les paniers accrochés à sa bicyclette. Les amis de Sartre aimeraient communiquer des informations cruciales aux Anglais, mais ils ne disposent pas d'informations cruciales et ne savent pas vraiment comment communiquer avec les Anglais.

Pourtant, Sartre ne ménage pas ses efforts. Par l'intermédiaire d'Alfred Préon, professeur à Buffon, il rencontre le philosophe Jean Cavaillès, fondateur du mouvement Libération (il mourra fusillé en février 1944). Ils se voient une première fois à la Closerie des Lilas, une seconde dans les jardins du Luxembourg. Sartre voudrait faire plus, participer à des actions de sabotage, devenir un *vrai* résistant. Mais on ne veut pas de lui. Il est trop connu. Il parle trop. Il fréquente des cafés où viennent les Allemands. Personne ne peut assurer qu'il ne craquerait pas au premier interrogatoire. Et puis, pour les communistes, Sartre est d'abord et avant tout l'ami de Paul Nizan, ce traître qui a rendu sa carte après la signature du pacte germano-soviétique.

Il insiste, cependant. Et comme rien ne se présente, il décide de franchir le pas, c'est-à-dire la ligne de démarcation. Simone récupère deux bicyclettes auprès de Nathalie Sorokine, on les apprête, on les gonfle, on les charge, on les envoie à Roanne par le train. Puis, au cours de l'été 1941, Simone et Jean-Paul passent en zone sud afin de lancer le deuxième étage de leur fusée résistante. Ils comptent entrer en relation avec d'autres mouvements et toquer à la porte de deux écrivains célèbres et silencieux qu'ils espèrent rallier à leur cause : Gide et Malraux.

Ils prennent le train jusqu'à Montceau-les-Mines. Là, ils descendent, entrent dans un café où ils restent tout un après-midi à observer les allées et venues des consommateurs. Simone éprouve « un plaisant sentiment d'aventure[1] ». Une femme leur propose, pour un prix raisonnable, de leur faire franchir la ligne de démarcation le soir même. Ils acceptent. Ils passent et se retrouvent de l'autre côté, dans une auberge où d'autres voyageurs clandestins se sont regroupés. « Parce que j'avais enfreint un interdit, il me semblait avoir reconquis la liberté », confiera Simone.

---

1. Simone de Beauvoir, *la Force de l'âge, op. cit.*

Ils récupèrent leurs vélos à la gare de Roanne puis partent à l'aventure. Les bicyclettes sont rouillées, les pneus lisses et fendillés, mais c'est plus amusant que la marche à pied. Sartre va devant. Simone s'épuise dans les côtes. Il l'attend sur terrain plat, ils se rejoignent dans les descentes. Parfois, ils tombent. Elle est si heureuse d'avoir retrouvé son homme que les ecchymoses ne la font même pas souffrir.

Le premier jour, ils parcourent quarante kilomètres. Ils sont épuisés. Ils s'arrêtent dans un hôtel. Le lendemain, ils repartent. Ils ne s'éloignent jamais des villages car la fumée des bistrots les revigore. Elle leur rappelle les nuages du Dôme. D'ailleurs, Sartre écrit sur les tables des cafés sans aucun problème d'acclimatation. Il a plus de mal, en revanche, à monter la tente que Bost leur a prêtée : les affaires de camping, ce n'est pas son fort. Quant à la nourriture, elle leur paraît infiniment moins bonne qu'en zone occupée. Il faut dire que Sartre déteste les tomates, qu'on trouve à profusion sur les marchés.

Ils s'arrêtent à Lyon où ils voient des films américains. Puis ils descendent jusqu'à Marseille où ils s'offrent trois séances par jour. Entre deux projections, Sartre rencontre Daniel Mayer, représentant du parti socialiste. A l'étape suivante, il voit Pierre Kaan, professeur de philosophie qui refuse de s'associer au groupe Socialisme et Liberté (il sera déporté en 1943). Ils poursuivent en direction de Gide, qu'ils espèrent joindre à Vallauris et qu'ils retrouvent finalement à Grasse, dans un café.

Mais Gide, qui fut jusqu'à la guerre le Voltaire de son siècle, Gide est devenu un vieil homme. Il a soixante-douze ans. Il a quitté son Vaneau parisien pour la côte méditerranéenne, où ses proches l'ont suivi : sa fille Catherine, dix-huit ans, Elisabeth, la maman, fille de la Petite Dame, l'amie indéfectible de l'écrivain, Pierre Herbart, l'ancien amant de Gide devenu le mari d'Elisabeth... Bref, une famille étrange, décomposée, recomposée dans tous les sens[1], un peu comme celle de Sartre/Beauvoir, les enfants en plus...

Après avoir cru en Pétain (le temps de quelques jours seulement), Gide s'en est détourné. Malgré l'insistance de Gaston Gallimard, venu faire pression sur place et à plusieurs reprises, il a clamé un *non* définitif à Drieu la Rochelle et à ses tentatives d'approche-séduction (ce qui a grandement étonné Emmanuel Berl qui pensait que l'antisémitisme de Gide le conduirait sur les chemins de la collaboration). Dans un article publié par *le Figaro*, il a exprimé son refus d'écrire dans les colonnes de la *NRF* nouvelle manière.

Il rencontre Jean-Paul Sartre : vingt minutes dans un café, deux lignes dans les cahiers soigneusement tenus par Maria Van Rysselberghe, alias la Petite Dame, aucune allusion dans son *Journal*. En somme : ni vu ni connu.

Oui, André Gide a beaucoup vieilli. Il a livré tant de combats que celui-ci, qui pourrait être le dernier, n'aura pas lieu. En mai 1941, deux mois après la

---

1. Voir *Libertad !*, *op. cit.*

visite de Sartre, il tentera de faire une conférence sur l'écrivain Henri Michaux, qu'il admire, à l'hôtel Ruhl de Nice. Quelques heures avant de prendre la parole, il recevra une lettre de menaces venue d'un groupe d'anciens combattants. Il lira cette lettre dans une salle comble puis se retirera sans avoir parlé de Michaux. Un an plus tard, il quittera la France pour la Tunisie où il restera jusqu'à la fin de la guerre.

Après Gide, cap sur Malraux. De lui, on peut espérer une réponse plus positive. D'abord, il est jeune : la quarantaine seulement. De plus, il a été de tous les combats antifascistes, un héros en Espagne, un tribun engagé, l'une des premières figures de la gauche intellectuelle des années 30. Bien que dessillé sur les humeurs du grand Staline, il a refusé de condamner publiquement la signature du pacte germano-soviétique afin de ne pas affaiblir ce camp-là. Fidèle à ses engagements, il s'est occupé des réfugiés espagnols internés dans les camps français. En 1940, il a été appelé à Provins dans les chars comme troufion de base, lui qui avait été colonel dans l'armée républicaine espagnole. Il s'est évadé en juin 1940. Bref, un héros.

Notre couple d'aventuriers descend de bicyclette au Cap-d'Ail, près de Saint-Jean-Cap-Ferrat, où vivent André et Josette Clotis – celle qui a succédé à Clara[1]. Malraux les accueille dans la villa où il prend l'air et le soleil avec fiancée et enfant : Pierre Gauthier,

---

1. Voir *Libertad !*, *op. cit.*

alias Bimbo, est né en octobre. On admire la mer depuis les transats du jardin, on parle un peu littérature, puis on passe à table. C'est Luigi qui sert. Luigi est l'homme de peine en veste blanche attaché à la maison. Grâce à lui, on mange à peu près convenablement : la nuit, il enfourche son vélo, traverse la frontière italienne et revient muni de salamis et de richesses introuvables dans les contrées soumises à l'autorité de Vichy. Question boissons, la cave est bien pourvue : André a racheté celles des demeures voisines, la plupart abandonnées. Non qu'il roule sur l'or – au contraire. Mais Gallimard verse ce qu'il faut, *Life* commande parfois des piges bien rémunérées, et Varian Fry s'est entremis avec Random House, l'éditeur américain de Malraux, pour faciliter la fonte du beurre sur les maigres épinards.

Ce jour-là, Luigi dépose un poulet grillé à l'américaine sur la table. Josette sert aimablement ses hôtes, plus froidement le père de Gauthier. Sartre et Beauvoir perçoivent bien une tension, mais sont incapables de se l'expliquer. C'est que la belle Josette est d'une jalousie maladive. Elle ne supporte pas que son grand homme ne lui donne pas ce qu'il a naguère offert à Clara : le mariage. Car pour se marier, encore faut-il divorcer, et, sur cette question, André se montre pour le moins indécis. A Paris, il avait chargé Mᵉ Garçon de cette affaire puis, sur l'insistance de Josette (soucieuse de la lenteur de l'avancée des travaux), il a choisi un nouvel avocat : Gaston Defferre, de Marseille. Or, il vient de décider que le moment d'une séparation officielle n'était pas encore venu. Son argument : on ne divorce pas d'une

Mme Goldschmidt en pleine Occupation. Cela, Josette peut le comprendre. Mais pourquoi avoir laissé traîner la situation ? Et pourquoi cette Clara reste-t-elle aussi présente alors que le couple qu'elle formait avec Malraux n'existe plus depuis plusieurs années ?! Elle envoie quand même des photos de leur petite fille, Florence ! Elle réclame des objets auxquels Josette s'était attachée, depuis le temps ! En plus, elle souhaitait partir pour New York avec sa fille, et le père s'y est opposé ! Quel égoïsme !

Bref, en dépit du poulet à l'américaine, tout ne va pas pour le mieux dans le meilleur des mondes conjugaux.

« Mais la guerre ? questionne Sartre.

— Oh, la guerre ! » gémit Malraux.

Il allume une cigarette faite de mégots mélangés à des fleurs séchées du jardin.

« La guerre, on m'en parle beaucoup... »

A Roquebrune, où il habitait avant (chez les parents de Josette) et où il retournera bientôt, quelques visiteurs sont venus, qui lui ont tous posé la même question : veut-il se rallier à une Résistance, certes encore embryonnaire, mais qui grandit chaque jour ? Boris Vildé, Roger Stéphane, Emmanuel d'Astier de La Vigerie, Claude Bourdet... A tous, il a exposé le point de vue qu'il défend une fois encore devant ses visiteurs : cette guerre n'est pas une mince affaire ; d'un côté il y a des chars soviétiques, de l'autre des avions américains ; qu'a-t-on à leur offrir ?

« Rien... Avez-vous des armes ?

— Non, répond Sartre.

— Alors je vous répète ce que j'ai dit à ceux qui vous ont précédés : revenez quand vous aurez des armes. »

Bien le bonjour, messieurs-dames.

Éconduits une nouvelle fois, Sartre et Beauvoir enfourchent leur bicyclette. Eux qui, quelques mois plus tard, deviendront, et pour longtemps, les figures d'un engagement jamais démenti, se sont fait claquer la porte au nez par ceux dont ils prendront bientôt la place.

Tandis qu'André Malraux relit les dernières pages de *la Lutte avec l'ange* (qui sera bientôt publiée en Suisse), notre couple de professeurs prend la route des Alpes en direction de leur amie Colette Audry. Ils ont compris que leur mission est un échec, et que, de retour à Paris, ils seront bien obligés d'annoncer à la famille la mort de Socialisme et Liberté. Tristes et déçus, ils s'apprêtent à regagner leurs pénates. Ils s'arrêtent en haut d'un col, font étape dans un café où ils se rafraîchissent d'un verre de vin blanc. Ils repartent. Et là, patatras, Simone tombe de vélo. Ultime lueur : « C'est donc ça, la mort[1] ! »

Elle ne mourut point : « Quand j'ouvris les yeux, j'étais debout, Sartre me soutenait par un bras, je le reconnaissais mais il faisait nuit dans ma tête. »

Il l'emmena dans une maison où on lui fit boire un petit verre de marc qui la rétablit presque aussitôt. Son visage dans la glace l'effraya : elle avait

---

1. Simone de Beauvoir, *ibid.*

perdu une dent, gagné un œil tuméfié et de nouvelles ecchymoses.

Ils passèrent la ligne en Bourgogne, s'arrêtèrent à Auxerre où un mandat amical les attendait. De quoi se sustenter avant de reprendre le train pour Paris.

Où Simone tira l'ultime conclusion du périple résistant par ces mots : « J'avais fait une expérience dont l'effet devait se prolonger pendant deux ou trois ans : j'avais touché la mort[1]. »

---

1. Simone de Beauvoir, *ibid.*

Cartons d'invitation

> Il s'est fait en moi un doux et paisible
> *détachement.*

Roger MARTIN DU GARD.

André Malraux n'a pas jugé utile de préciser à
Sartre et à Beauvoir que si lui-même ne résiste pas
à l'occupant, d'autres, dans son entourage, s'en
chargent avec quelque noblesse. A commencer par
Clara Malraux, qui transporte des tracts et des faux
papiers de zone sud en zone nord. Et ses deux frères,
Claude et Roland Malraux, qui travaillent pour le
SOE britannique. Roland, que Josette apprécie particulièrement car grâce à lui Pierre Gauthier n'est
pas le fils de personne : Roland l'a reconnu, en lieu
et place de son frère André, empêché car marié
ailleurs.

Josette aime aussi beaucoup Drieu la Rochelle, le
parrain de l'enfant. Il lui a procuré les autorisations
nécessaires lorsque, après avoir accouché, elle a dû
franchir la ligne de démarcation pour rejoindre ses
parents. Et puis elle le trouve beau et agréable. Plus

jeune, en tout cas, que les habitués de la maison : tous des vieillards !

André Gide est le plus assidu. Quand il vient, il s'agit de bien se tenir. Respectable, le Grand Homme doit être respecté. Il n'est pas question de sourire quand il prend la pose, c'est-à-dire tout le temps. Il écrit son Journal partout, un pied en terre dans le jardin, adossé à une porte, à table, chaque fois qu'une idée, telle une mouche, bourdonne autour de lui. Personne ne relève le gant quand il le jette au nez d'une assistance confondue. Par exemple lorsque, découvrant un costume rouge brique sous son pardessus prestement dégagé, il déclare :

« Cadeau de Staline ! »

Avant d'ajouter, deux tons au-dessous :

« Avant la publication de mon *Retour de l'URSS*, bien sûr ! »

On passe à table. Au menu : saucisson sauvage aux truffes, mérou… Le Grand Invité parle avec le Grand Hôte. Personne ne comprend rien à ce qu'ils se disent. L'un est tout ouïe, l'autre fume cigarette sur cigarette, s'agite de tic en tic, alignant les propos les plus enfiévrés à propos de tout et de n'importe quoi, politique, culture, philosophie, littérature, arts premiers, Clara et sa fille, la guerre vue de ma porte… Tout cela très péremptoire et ne laissant aucune issue respiratoire à qui se trouve en face, la Petite Dame en témoigne :

Tout y a passé : ce qu'il a fait, ce qu'il a enduré, ce qu'il a vu, ce qu'il a entendu, les notions techniques, idéologiques, l'expérience personnelle, les réactions géné-

rales, tout cela trop net, trop tranché, sans flottement ni incertitude possibles, comme décanté par l'intelligence et présenté par l'artiste, illustré par des anecdotes bien épinglées, sans redites, qu'on sent inventées au besoin mais dans le sens des faits[1].

Après quoi, café. Puis Malraux lit à Gide quelques passages de l'œuvre en cours, soit *les Noyers de l'Altenburg* (qui mettent en scène son père et son grand-père), soit des extraits d'une biographie de T.E. Lawrence, qui le fascine depuis qu'il a lu *les Sept Piliers de la sagesse* (le texte ne verra jamais le jour). Gide n'aime pas vraiment, mais ne souffle mot. Il préfère Michaux, ce qui hérisse le poil de son vis-à-vis :

« On ne meurt pas pour Henri Michaux ! » clame-t-il, reprochant à Gide d'avoir risqué quelques plumes de ses abattis pour cet auteur de second ordre.

Sans doute Josette Clotis se remémore-t-elle cette anecdote rapportée par elle ne sait plus lequel de ses invités. Un jour, Malraux, Drieu la Rochelle, Gide et Giono ont déjeuné ensemble dans un restaurant parisien. Les deux premiers se sont livrés à une joute verbale qui a laissé les autres dix pas en arrière. Cela a duré jusqu'à dix-huit ou dix-neuf heures. Giono et Gide n'ont pas prononcé un seul mot. Sauf pour apprécier la situation, à l'issue de l'épreuve.

« Je n'ai rien compris à ce qu'ils se sont dit, a avoué Giono.

— Moi non plus », a concédé Gide.

1. Maria Van Rysselberghe, *les Cahiers de la petite dame*, Gallimard, 1975.

Puis, après un court silence :
« Et à mon avis, eux non plus. »

Quand ce n'est pas Gide, c'est Manès Sperber qui vient de Cagnes (il partira bientôt pour la Suisse), les Martin-Chauffier, Lacan qui arrive de Nice avec une ancienne comédienne du groupe Octobre légèrement enceinte – Sylvia Bataille, ex de Georges Bataille, future Mme Jacques Lacan –, Emmanuel Berl et sa Mireille de chanteuse, ou Roger Martin du Gard. Celui-là est le plus vieux d'entre les vieux. Auteur des *Thibault*, Prix Nobel, ce qui ne gâche rien. De gauche avant la guerre, dégoûté depuis, après avoir accepté *momentanément* Vichy. Il se désespère d'une passivité qu'il ressent partout, à commencer en lui-même, surtout à propos du *problème juif*.

> *Que peut un isolé comme moi ? J'écris à divers amis. Je suis prêt à rompre mon silence, et à me joindre à une protestation directe et respectueuse, mesurée et solennelle, adressée personnellement au maréchal, qui ne sait peut-être pas comment sont exécutés ses ordres* [1].

Le grand souci de Roger Martin du Gard, hormis le *problème juif*, est parfaitement et minutieusement consigné dans son *Journal* à partir du 25 février 1941 :

> *C'est un coup de massue que je viens de recevoir. Depuis ce dernier semestre, j'enregistrais certain léger affaiblissement des fonctions urinaires. Peu de chose :*

---

1. Roger Martin du Gard, *Journal*, Gallimard, 1993.

*diminution du pouvoir d'expulsion. Fréquence un peu
plus grande des émissions...*

Deux semaines plus tard :

*J'ai vécu tous ces jours, depuis le 25 février, cherchant
à m'acclimater à l'idée que je n'échapperais pas à mon
destin.*

Après huit jours :

*Et tout à coup, le pénible cauchemar est totalement
dissipé ! J'imagine ce que doit éprouver le naufragé qui a
coulé à pic, et qui, brusquement, d'un coup, comme une
bulle d'air, remonte à la surface, et respire de nouveau...*

Le médecin vient de vérifier que le sondage ne
donnait rien et que tout était normal au toucher :
« Vous n'avez absolument rien à la prostate ! »

André Gide et Maria Van Rysselberghe s'étaient
alarmés :

*Notre inquiétude a beau n'être pas aussi déraisonnable
que la sienne, nous sommes épouvantés à l'idée des
ravages que doit faire en lui la peur des souffrances
morales et physiques[1].*

Dans ces conditions, en effet, comment faire la
guerre ?

---

1. Maria Van Rysselberghe, *op. cit.*

Alfred et le cinéma

> Telle est la méthode de répression des Allemands qu'il n'est pas un Français qui bientôt ne sentira sa dette envers les Juifs et les communistes, emprisonnés, fusillés pour nous, véritables hosties du peuple.
>
> Jean GUEHENNO.

On s'amusait assez sur la Côte d'Azur en ces temps d'occupation. Pas tout le monde, bien entendu, mais quelques privilégiés dansaient encore sur la Croisette ou buvaient des drinks sur les velours de l'hôtel Négresco. Un magnum de champagne valait le prix de plusieurs bicyclettes, ce qui n'empêchait pas Maurice Chevalier de trinquer à la santé de Tino Rossi avec Charles Trenet et Edith Piaf. Suzy Prim applaudissait à l'élection de Miss Cinéma puis rejoignait Abel Gance et Raimu à un thé dansant organisé sur la Promenade des Anglais. Car le septième art avait déserté la capitale pour les bords de la Méditerranée. Jusqu'en avril 1941, aucun certificat professionnel n'étant exigé en zone sud, les bannis de la zone occupée pouvaient espérer y trouver du travail. A Paris et au nord de la ligne de démarcation, les Allemands contrôlaient en effet toute la production cinématographique. Les autorisations de tournage étaient délivrées par le Comité d'organisation de l'industrie cinématographique (dirigé par Raoul Ploquin, spécialiste des coproductions franco-allemandes avant guerre) après consultation du synopsis du film, du budget, de la liste des techniciens et de celle des comédiens. Aucune diffusion en salles n'était possible sans l'accord de la puissance occupante, qui menaçait les exploitants de fermeture en cas de trouble de l'ordre imposé : il arrivait que les spectateurs expriment des réactions hostiles aux actualités allemandes présentées à chaque séance. Quant aux actualités françaises, elles transportaient rarement l'assistance : aucun cinéaste de talent n'avait accepté de devenir le chantre de la propagande nazie[1].

La Continental-Films, maison de production germanique, était dirigée par Alfred Greven. Celui-ci, producteur à la UFA allemande avant la guerre, pouvait s'enorgueillir d'au moins un titre de gloire : il avait produit *le Juif Süss*. Tout comme Otto Abetz et Gerhard Heller, il passait pour un francophile convaincu.

La politique de la Continental avait été tracée par le Dr Goebbels. Elle était claire : l'Allemagne devait promouvoir un cinéma local de mauvaise qualité (« des films légers, vides et, si possible, stupides[2] »),

1. Témoignage de Louis Daquin, in Jacques Debû-Bridel, *la Résistance intellectuelle*, Julliard, 1970.
2. Joseph Goebbels, cité par Georges Sadoul, in *Histoire du cinéma mondial*, Flammarion, 1972.

le plus éloigné possible d'un nationalisme coupable. A charge pour la Continental de faire appliquer le programme édicté à Berlin.

La firme dominait une grande partie de la production des films français. Elle s'adjugeait les meilleures pellicules, payait cher ceux qui acceptaient de collaborer avec elle. Elle était financée grâce aux frais d'occupation. Par le biais de sociétés d'exploitation filialisées, elle avait racheté une quarantaine de salles à travers la France. Ainsi Alfred Greven se trouvait-il au centre d'une toile d'araignée gigantesque dans laquelle quelques cinéastes se prirent les pattes. Ils furent cependant minoritaires, le septième art étant resté dans son ensemble hostile au nazisme.

Quelques chefs-d'œuvre furent produits pendant la guerre, parmi lesquels *les Enfants du paradis, les Visiteurs du soir* (Marcel Carné)*, Lumière d'été* et *Le ciel est à vous* (Jean Grémillon)*, Goupi Mains rouges* (Jacques Becker), *l'Eternel Retour* (Jean Delannoy et Jean Cocteau), *Pontcarral, colonel d'Empire* (Jean Delannoy), *le Corbeau* (Henri-Georges Clouzot). Car, étrangement, la période de la guerre fut très féconde. On tourna beaucoup sous l'Occupation : deux cent vingt films furent produits (dont trente par la Continental, et seulement une douzaine d'inspiration franchement collaborationniste[1]). Les scénarios ne traitaient pas de leur époque, fuyaient le réel, oubliaient la guerre pour s'attarder sur des périodes anciennes ou

---

1. Georges Sadoul, *ibid.*

visiter des univers oniriques : ainsi échappait-on à la censure.

Jean-Pierre Aumont, Jean Gabin, Victor Francen, Michèle Morgan, René Clair, Julien Duvivier, Jean Renoir avaient quitté la France pour les Etats-Unis. Jacques Feyder s'était réfugié en Suisse. Ces défections, jointes à celles des techniciens, et à celles, contraintes, des Juifs empêchés de travailler, permirent à une nouvelle génération de s'asseoir sur les strapontins désertés. Ainsi apparurent des auteurs et des metteurs en scène jusqu'alors peu connus – Claude Autant-Lara, Jacques Becker, Robert Bresson, André Cayatte, Henri-Georges Clouzot, Christian-Jaque, Louis Daquin – qui, pour certains d'entre eux, durent leurs premiers titres de gloire à Alfred Greven et à sa Continental. Celle-ci, en effet, produisit des films aussi importants que *Au bonheur des dames* (André Cayatte), *l'Assassinat du Père Noël* (Christian-Jaque), *les Inconnus dans la maison* (Henri Decoin), *L'assassin habite au 21* et *le Corbeau* (Henri-Georges Clouzot).

Alfred Greven usa de tous les moyens à sa disposition pour recruter la crème des scénaristes, des metteurs en scène et des comédiens du moment. Par amour autant que par naïveté, Danielle Darrieux tomba dans ses filets. A vingt-cinq ans, elle était une starlette connue dans le monde entier : elle avait tourné avec Anatole Litvak, Billy Wilder, Robert Siodmak, Maurice Tourneur, et son premier mari, Henri Decoin. C'est sous sa direction qu'elle joua dans un film produit par la Continental *(Premier Rendez-Vous)*. En 1942, elle se remaria avec un diplomate dominicain, play-boy invétéré accusé d'espionnage contre le Reich et emprisonné en Allemagne. Greven utilisa cette situation pour faire pression sur elle et l'obliger à tourner dans deux films produits par sa compagnie : *Caprices* (Léo Joannon) et *la Fausse Maîtresse* (André Cayatte). Danielle Darrieux se rendit à Berlin en même temps que Suzy Delair, Viviane Romance, René Dary, Junie Astor et Albert Préjean, obtint la libération de son mari puis rompit avec Greven. Il la consigna en résidence surveillée à Megève, et elle fut interdite de plateau.

Edwige Feuillère fut elle aussi victime des pressions d'Alfred Greven. Avant la guerre, la comédienne avait signé un contrat avec une société de cinéma qui fut rachetée par la Continental. Greven convoqua Edwige Feuillère et son impresario :

> *Nous nous trouvâmes confrontés avec une sorte de mannequin de grand bourgeois, qui nous reçut avec une politesse glaciale et, prenant immédiatement de la hauteur, m'assura que je n'avais aucun moyen « juridique » de me soustraire à l'engagement qui était en sa possession (…) Il me fit comprendre qu'il y avait en Allemagne d'excellents refuges pour les « incompréhensifs » de mon espèce*[1].

Edwige Feuillère fut obligée de tourner *Mam'zelle Bonaparte*, de Maurice Tourneur, avec Raymond Rouleau.

Usant d'arguments sonnants et trébuchants, la Continental engagea Christian-Jaque, Maurice Tour-

---

1. Edwige Feuillère, *les Feux de la mémoire*, Albin Michel, 1977.

neur, André Cayatte, Fernandel, Pierre Fresnay, Louis Jouvet. D'autres artistes firent la fine bouche avant de se détourner. Quelques-uns n'usèrent d'aucune manière pour se boucher le nez et passer leur chemin. Ainsi Marcel Pagnol, qu'Alfred Greven rêvait de convertir à ses vues.

Depuis *César* (1936), *Regain* (1937) et *la Femme du boulanger* (1938), Pagnol était très populaire en Allemagne. Greven caressait un espoir dont il mesurait la fragilité : pour quelle raison Pagnol eût-il accepté d'aller tourner outre-Rhin alors que ses propres studios, édifiés dans la garrigue marseillaise, employaient des acteurs aussi fameux que Jouvet, Raimu, Fresnay et Fernandel, lesquels servaient admirablement ses propres œuvres ?

En mai 1940, Pagnol avait commencé le tournage de *la Fille du puisatier*. Il avait dû l'interrompre au mois d'août mais l'avait repris quelques semaines plus tard après avoir modifié le scénario pour qu'il intégrât les événements nés de la guerre. Raimu, Fernandel et les acteurs du film interprétaient donc des rôles familiers aux spectateurs. Ceux-ci, d'ailleurs, ne s'y trompèrent pas : *la Fille du puisatier*, qui fut présentée en zone sud à la fin de l'année 1940, connut un grand succès.

Alfred Greven avait une autre bonne raison pour tenter de se rapprocher de Marcel Pagnol : celui-ci disposait d'une infrastructure enviable. Alors que les studios de la Victorine, à Nice, ne possédaient pas de machines de montage, Pagnol pouvait tourner deux films à la fois dans ses propres locaux, enregistrer les bandes musicales dans son auditorium, développer dans ses laboratoires, mixer, monter, et même distribuer grâce à sa propre société de distribution. Cet équipement lui avait permis de reprendre le tournage de ses films alors que la production nationale restait encore paralysée (elle ne redémarra qu'en novembre 1940 en zone sud et en février 1941 en zone nord). De plus, France-Actualités lui confiait ses bobines à développer.

En 1941, alors que Pagnol avait commencé le tournage de *la Prière aux étoiles* (avec Pierre Blanchar, Julien Carette, Pauline Carton), Greven le sollicita. La manœuvre dura quelques mois. Elle tourna court lorsque le réalisateur décida d'abandonner le film. Puis, estimant que la meilleure façon de se prémunir contre les pressions consistait à quitter le terrain, il vendit ses studios, ses laboratoires et sa société de distribution à Gaumont. Après quoi, il acheta un domaine sur la commune de La Gaude (le domaine de l'Etoile), encouragea les techniciens de ses studios à se convertir à l'horticulture (ce qui leur évita de partir en Allemagne au titre du STO) et attendit la fin de la guerre pour se planter de nouveau derrière une caméra.

Alfred Greven tenta également sa chance auprès de l'ancien assistant de René Clair et de Jacques Feyder, Marcel Carné. Croqué avec brio comme « turbulent, têtu, agité, rapide et fureteur » par Henri Jeanson, cet enfant de Montmartre « à l'air d'un mécano endimanché » qui, « s'il y avait la guerre, ne s'en apercevrait même pas »[1], avait vu ses films interdits par Vichy. Le cinéaste, en effet, présentait une

---

1. In *Cinémonde,* 1939, rapporté par Claude-Jean Philippe, *le Roman du cinéma*, Fayard, 1986.

double tare : outre que ses producteurs étaient juifs, les acteurs principaux de ses derniers films – notamment Jean Gabin et Michèle Morgan – avaient émigré aux Etats-Unis. *Le jour se lève* avait finalement été autorisé après que la censure eut découpé aux ciseaux une scène montrant Arletty nue sous la douche.

Marcel Carné accepta la proposition de Greven à une double condition : qu'il restât libre de choisir les sujets de ses films, et que ceux-ci fussent tournés en France. On dansa autour du pot pendant quelques semaines, le temps de se désaccorder sur tous les sujets proposés. La mort dans l'âme, Greven renonça à prendre d'assaut la forteresse qui avait élaboré *Drôle de drame*, *Quai des brumes* et *Le jour se lève*.

Les visiteurs du soir

> Il y a de grandes flaques de sang sur
> le monde
> Où s'en va-t-il tout ce sang répandu ?
> Est-ce la terre qui le boit et qui se saoule ?
>
> Jacques PREVERT.

La forteresse Carné comptait un troubadour d'une nature insolente qui, après avoir été réformé pour angoisse, palpitations, hyperémotivité, spasmes gastriques et intestinaux, exophtalmie, asthénie, amaigrissement, tachycardie et goitre, avait quitté Paris en bande quelques heures seulement avant l'arrivée des Allemands. Il avait embarqué avec lui sa nouvelle amoureuse, sa première femme, ses trois amis hongrois – Brassaï, Alexandre Trauner et Joseph Kosma (le décorateur et le musicien de Marcel Carné) – puis, une valise dans une main, du courage dans l'autre, il avait emmené tout son petit monde vers une destination des plus aléatoires : le Sud.

Ils étaient partis à pied, avaient rejoint Jurançon, non loin de Pau, où se trouvaient déjà Consuelo de Saint-Exupéry, Jacques Lacan et Sylvia – lui, mondain, brillant, profitant de son statut de médecin pour rouler à tombeau ouvert entre Paris et Marseille à bord de sa Citroën, s'occupant tout à la fois de sa future ex-femme et de celle de demain, toutes deux enceintes, trop admirateur des maîtres et des dictateurs pour envisager un engagement dans la Résistance[1].

Puis Jacques Prévert avait rallié les bords de la Méditerranée où avaient fui la plupart de ses camarades du cinéma. Il s'était débrouillé pour trouver gîte et couvert à ses amis Joseph Kosma et Alexandre Trauner. L'un était compositeur, ancien pianiste dans la troupe de Bertolt Brecht, directeur d'orchestre congédié de l'Opéra de Berlin, réfugié en France depuis 1933. L'autre était peintre et décorateur de théâtre. Tous deux juifs, hongrois, fidèles de Marcel Carné.

Ils se retrouvèrent tout d'abord dans un hôtel de Cannes, puis Jacques Prévert emmena ses protégés à l'intérieur des terres, près de Saint-Paul-de-Vence et de Tourrette-sur-Loup. Interdits d'emploi, obligés de se cacher, Kosma et Trauner vivaient grâce à la générosité de leur ami, qui avait accepté divers travaux de scénariste pour nourrir la communauté. Ils subsistaient plus mal que Henri Alekan, ancien assistant d'Eugen Schüfftan (et futur grand opérateur du cinéma français), qui travaillait aux studios de la Victorine grâce à des faux papiers ; et sans doute guère mieux que Max Douy, décorateur de Max Ophuls

---

1. Elisabeth Roudinesco, *Jacques Lacan,* Fayard, 1993.

et de Jean Renoir, qui restaurait des tableaux, ou
que Jean-Paul Le Chanois, de son vrai nom Jean-
Paul Dreyfus, scénariste et assistant de Julien Duvivier, Alexandre Korda, Maurice Tourneur et Jean
Renoir, obligé de gagner sa vie en vendant des radia-
teurs[1].

Quand la misère devenait trop noire, Kosma descendait à Marseille où il emballait des bonbons pour
les Croque-Fruits. Ceux-là, issus également du groupe
Octobre, avaient constitué une coopérative ouvrière
qui aidait les réfractaires et les fugitifs sans ressources. Elle avait été fondée par Sylvain Itkine, fils
d'immigrés juifs lituaniens devenu comédien (il
tourna dans *Gueule d'amour* de Jean Grémillon et
dans *La vie est à nous, la Chienne, le Crime de Monsieur Lange* et *la Grande Illusion*, de Jean Renoir).

Itkine faisait partie de la bande à Prévert. Anar
lui aussi, juché sur les planches ouvrières pendant
les grèves de 1936, maître de sa troupe de théâtre,
le Diable écarlate, complice des surréalistes, ami de
Francis Lemarque, de Paul Eluard et de Max Ernst,
il pratiquait l'agit-prop quand ce terme était encore
peu répandu. En 1940, il avait traîné dans les couloirs de la villa Air-Bel. A Marseille, sur le Vieux-
Port, il avait croisé les apatrides, les réfugiés, les
fuyards de toutes les dictatures qui cherchaient vainement un chemin de fuite. Et une idée lui était
venue. Une idée bizarre en temps de guerre : fabriquer des bonbons. On était sur les bords de la Médi-

_____

1. Jean-Pierre Bertin-Maghit, *le Cinéma français sous l'Occupation*, Perrin, 2002.

terranée, pays des amandes, des dattes, des noix et des noisettes – le terrain était donc propice.

Il sollicita son frère, qui était chimiste. Ils inventèrent « le fruit mordoré », également baptisé « Croque-Fruit ». Il suffisait de varier les produits, les proportions et les mélanges pour obtenir des friandises aux goûts différents, toutes pourvues de cette richesse qui manquait cruellement ailleurs : les calories. Un emballage attrayant attirerait le chaland. L'illustrateur Jean Effel fut chargé de cette mission.

Itkine emprunta l'argent nécessaire à la location d'un petit appartement rue des Treize-Escaliers. Une machine y fut entreposée. Elle permit de fabriquer les premières friandises. On goûta, on enveloppa, on organisa une habile campagne de bouche-à-oreille : « Croque-Fruit, l'aliment qui réjouit, la friandise qui nourrit. »

Le succès fut immédiat. On perfectionna : mille bonbons à l'heure. On embaucha : salaire unique et suffisant pour vivre très convenablement. Deux cents travailleurs œuvrèrent dans cette coopérative d'un genre particulier qui employait une main-d'œuvre parlant toutes les langues, hommes de plume et de pinceau, théâtreux, musiciens sans notes, Juifs pourchassés... Kosma ne fut pas le seul à rouler, casser, dénoyauter, emballer les Croque-Fruits. Il donna la main à Sylvia Bataille, Pierre Brasseur, Loleh Bellon, José Corti... En 1942, hélas, les Allemands occupant Marseille, il fallut fermer boutique. Sylvain Itkine gagna Lyon où il entra dans la Résistance. La Gestapo l'abattit en 1944.

Kosma et Trauner se cachaient à Tourrette-sur-Loup, à une dizaine de kilomètres de l'endroit où Prévert et Claudy Carter, sa très jeune compagne (elle avait vingt-cinq ans de moins que lui, qui en avait plus de quarante), avaient élu domicile : un hôtel proche d'une petite auberge qui ferait bientôt parler d'elle : la Colombe d'or.

Dans sa chambre, Prévert avait renoué avec quelques-unes de ses habitudes parisiennes. Il travaillait en musique, choisissant de préférence Vivaldi et les *Carmina burana* (par Carl Orff). Il inscrivait ses rendez-vous de la semaine sur sept grandes feuilles punaisées au mur, ornées chacune d'un dessin différent. Lorsque midi sonnait, il sifflait Dragon, un bouvier des Flandres noir, et retrouvait ses amis à l'auberge du village.

C'est non loin de là, dans un hôtel du cap d'Antibes, que Marcel Carné vint le trouver, un jour de 1942. N'ayant pas réussi à monter *Juliette ou la Clé des songes,* avec Jean Marais devant la caméra et Jean Cocteau derrière son stylo, il cherchait un rôle pour un comédien qu'il avait découvert à l'Atelier : Alain Cuny. Il était descendu dans le Sud muni d'un rouleau de pellicule sur lequel il avait impressionné les essais du jeune homme. Prévert fut emballé. Aussitôt, le cinéaste et son scénariste partirent à la recherche d'un sujet. Pour franchir le cap de la censure, il devrait s'inscrire dans une époque lointaine. Le Moyen Age attirait Prévert sans rebuter Carné. Ils décidèrent donc que l'action des *Visiteurs du soir* se déroulerait au XVᵉ siècle, que les personnages principaux en seraient le diable (Jules Berry)

et deux de ses émissaires (Arletty et Alain Cuny).
Aidé d'un complice critique de cinéma (Pierre
Laroche), Prévert se mit au travail. Carné remonta
à Paris, convainquit le producteur André Paulvé,
copropriétaire des studios de la Victorine, à Nice,
de mettre la main au portefeuille, puis il revint en
Provence pour mesurer l'avancement du travail.

Fidèle à lui-même et à ses proches, Prévert exigea
que le créateur des décors des *Visiteurs du soir* fût
le même que celui de *Drôle de drame, Quai des
brumes* et *Le jour se lève* : Alexandre Trauner. Quant
à la musique, personne ne la composerait aussi bien
que Joseph Kosma. Ainsi fut constitué le quatuor qui
avait et allait produire tant de chefs-d'œuvre du
cinéma français.

Il y avait cependant une difficulté à contourner,
et elle était de taille : Juifs, clandestins, Trauner et
Kosma n'avaient pas le droit de pousser la porte
d'un studio. Comment feraient-ils pour travailler
alors qu'il leur était impossible de quitter Tourrette-
sur-Loup, de signer des contrats, d'être vus dans une
équipe de tournage ?

Il faudrait des hommes de paille. On évoqua
quelques noms. Ayant de nouveau pris le train pour
Paris, Carné se fit l'intermédiaire des bannis. Il
demanda au décorateur Georges Wakhevitch, qui
avait travaillé avec Jean Renoir sur *la Marseillaise* et
la Grande Illusion, s'il accepterait de couvrir son col-
lègue, apparaissant et signant à sa place. Wakhevitch
donna son accord à condition que, pour des raisons
de sécurité, les maquettes du film fussent entrepo-
sées dans son atelier. Quant à Joseph Kosma, il fut

protégé par le compositeur Maurice Thiriet ; il était convenu que Charles Munch enregistrerait la partition.

Ainsi Wakhevitch construisit-il les décors du château des *Visiteurs du soir* d'après les modèles de Trauner sur un terrain attenant aux studios de la Victorine. Outre Jules Berry, Arletty et Alain Cuny, Marcel Carné engagea Marie Déa et Fernand Ledoux. Pour les rôles secondaires, les pages et les princesses notamment, il choisit des silhouettes parmi lesquelles certaines faisaient là leurs premiers pas : Roger Blin, François Chaumette, Jean Carmet, Alain Resnais, et une jeune fille très blonde aux yeux clairs, que le metteur en scène avait croisée au Flore : Simone Signoret.

Le tournage commença en avril 1942. Non sans difficultés. En raison d'une saison anormalement pluvieuse, Marcel Carné retarda de trois semaines le moment prévu pour le premier tour de manivelle. Jules Berry, qui jouait trois rôles simultanément dans trois films différents, arrivait épuisé sur le plateau sans connaître son texte. Par ailleurs, n'étant pas produit par la Continental mais par une société française, le film manquait de moyens. Les figurants devaient être filmés en plan large afin de dissimuler les tissus de piètre qualité des costumes (la soie était réservée aux premiers rôles). Le mélange avec lequel on avait remplacé le stuc des décors (plâtre et herbe au lieu de plâtre et crin) se révélait fragile. Faute d'enduit imperméable à l'humidité, des auréoles apparaissaient, qu'il fallait repeindre entre les prises. La peinture du sol fondait à la chaleur des projec-

teurs en sorte que les semelles laissaient des traces
de plus en plus profondes et de plus en plus visibles.
Enfin, affamés, les comédiens et les figurants se jetaient
sur les plats et les corbeilles de fruits apportés pour
les banquets, créant des mouvements incontrôlés sur
le plateau et des crises de désespoir chez les régis-
seurs qui ne savaient plus à quels saints alimentaires
se vouer. Ils finirent par piquer les mets avec des
seringues contenant du produit purgatif, les rendant
inaptes à la consommation. Ils firent de même avec
les miches de pain, dont les croûtes s'ornaient de
trous laissant passer un doigt, lequel creusait la mie
jusqu'à la faire disparaître, abandonnant sur la table
des coquilles vides.

Un soir, sur le tournage, se présenta un jeune
homme venu de Rome. Les coproducteurs italiens
l'avaient envoyé pour qu'il assistât Marcel Carné à
la réalisation. Les membres de l'équipe le dissuadè-
rent d'en faire même la demande : Carné ne supportait pas qu'on lui forçât la main. Ils lui confièrent
des tâches secondaires, et le jeune homme resta,
muet et tranquille. Il s'appelait Michelangelo Anto-
nioni[1].

Les Visiteurs du soir furent présentés à Paris en
décembre 1942. Le film obtint un succès considérable, presse et public confondus. Il reçut le Grand
Prix du cinéma français. Pendant un an, il resta à
l'affiche du cinéma Madeleine.

---

1. Jeanne Witta-Montrobert, *la Lanterne magique*, Calmann-Lévy,
1980.

Ce succès n'était pas pour plaire à l'homme de la Continental. Un chef-d'œuvre que sa firme n'avait pas produit ! Alfred Greven en vint à penser que s'il s'obstinait à appliquer les ordres du Führer, le cinéma européen échapperait probablement à la domination qu'il s'était efforcé d'asseoir depuis le début de la guerre. Il finit par admettre qu'il était sans doute moins facile qu'il n'y paraissait de se passer des artistes et des techniciens juifs, les Kosma, Trauner, Alekan, Douy, Le Chanois évincés des plateaux pour raisons raciales. Et plus encore, peut-être, de tous les producteurs qui avaient fait naître le cinéma de par le monde. Sans compter les comédiens interdits de caméra, qui, nécessité oblige, avaient laissé la place à des inconnus (François Périer, Serge Reggiani, Alain Cuny, Simone Valère, Danièle Delorme, Suzy Delair, Raymond Bussières, Paul Meurisse...) et aux vedettes déjà consacrées avant guerre (Michel Simon, Raimu, Danielle Darrieux, Louis Jouvet). A se priver ainsi de talents condamnés à l'exil ou au silence, n'abaisserait-on pas la flamme de la Continental, qui devait embraser le monde entier de la puissance productive allemande et qui, après trois ans d'exercice, n'avait produit qu'une trentaine de films ?

Changeant légèrement son fusil d'épaule, Alfred Greven fit appel à Jean Aurenche, le scénariste de Claude Autant-Lara (et frère de Marie-Berthe), lui demandant d'intégrer quelques confrères de talent, juifs s'il le fallait, dans l'équipe de la Continental. Greven n'aurait pas de rapports avec eux, les paierait raisonnablement, ils n'apparaîtraient sur aucun générique, si on lui posait la question il répondrait que non, bien entendu, aucun Juif ne travaillait pour lui.

Yeux fermés, bouche close sur un dégoût irrépressible, Greven engagea une poignée d'éléments juifs qui acceptèrent d'entrer à la Continental afin de porter le ver dans le fruit : en matière de repérages, aucun poste d'observation et d'espionnage ne valait celui-là. C'est ainsi que Jean-Paul Le Chanois fit son entrée dans le saint des saints de la collaboration cinématographique.

Il y retrouva Henri-Georges Clouzot, qui venait de tourner *le Corbeau* (d'après un scénario de Louis Chavance, avec Ginette Leclerc et Pierre Fresnay). Ce film, vilipendé par la presse clandestine pour sa noirceur et la piètre image qu'il donnait d'un petit village français soumis aux lettres menaçantes d'un corbeau, vaudra une suspension d'activité à son auteur en 1945.

Cette promiscuité n'était pas la seule qui fût inconfortable pour un homme qui s'était clairement engagé dans la Résistance. A la Continental, Le Chanois croisait parfois le très antisémite Robert Le Vigan. Avant guerre, le comédien avait tourné avec Gance, Duvivier, Carné, Renoir. En 1943, il adhéra au PPF de Doriot et défendit la cause de l'occupant dans plusieurs émissions de propagande favorables à la collaboration. Lui aussi, mais pour d'objectives raisons cette fois, paiera son écot à la Libération.

En 1936, Jean-Paul Le Chanois avait réalisé *le Temps des cerises*. Il avait été l'assistant de Jean Renoir sur *La vie est à nous* et *la Marseillaise*. Ami de Jacques Prévert depuis les beaux jours du groupe

Octobre, il était un homme de gauche. La guerre n'avait rien changé à ses opinions. En septembre 1941, ayant regroupé plusieurs amis autour de lui, il avait constitué un Comité de salut public du cinéma français. Tout en travaillant comme scénariste pour la Continental, il militait clandestinement dans les rangs du parti communiste. Il distribuait des tracts, collait des affiches et rassemblait des photos utiles aux Alliés qu'il faisait parvenir à Londres.

Le cinéaste Louis Daquin l'aidait. Avec une poignée de techniciens proches du parti communiste, ils fondèrent le département cinéma du Front national. Les réunions se tenaient chez Max Douy. Les comédiens n'y venaient pas, souvent trop connus pour risquer une identification dangereuse. Mais Jacques Becker, Jean Grémillon, Jean Painlevé et d'autres retrouvaient Daquin et Le Chanois. Leur tâche principale consistait à essayer d'empêcher leurs collègues de travailler pour les Allemands. Ils étaient en liaison avec les mouvements embryonnaires de la zone sud.

Le chef opérateur Henri Alekan, qui œuvrait aux studios de la Victorine, avait créé un réseau qui fournissait des faux papiers aux Juifs et aux résistants. Il dessinait les tampons officiels, les faisait reproduire, volait des cartes d'alimentation. Sous couvert de ses activités professionnelles, il promenait ses caméras près de la frontière italienne et filmait d'éventuels objectifs ou des points stratégiques susceptibles d'intéresser les Alliés.

Henri Alekan finit par rejoindre le maquis, où Le Chanois s'était déjà réfugié. Aidé par une poignée de techniciens, celui-ci parvint à filmer les maquisards du Vercors *(Au cœur de l'orage)*, seul témoignage direct de ces hommes des montagnes.

La résistance des artistes du cinéma, si elle s'organisait peu à peu, n'était aucunement comparable à celle des milieux littéraires. La clandestinité, en effet, n'empêchait pas les auteurs d'écrire ni les imprimeurs d'imprimer. Elle rendait leur tâche plus compliquée sans pour autant les priver du moyen d'expression qui était le leur. Le cinéma, à l'inverse, exigeait une collectivité humaine et des moyens matériels impossibles à réunir sans éveiller les soupçons. Le rassemblement que suppose le tournage d'un film était lui-même dangereux. Vercors put créer les Editions de Minuit pendant la guerre : une poignée de collaborateurs suffirent ; les lecteurs découvraient les ouvrages individuellement sans avoir besoin de s'assembler pour des séances de lectures publiques. Aucun producteur ne parvint à réunir sur un plateau clandestin les comédiens, les techniciens, les artistes et les artisans nécessaires à la fabrication d'un film ; aucun public, de toute façon, n'eût été autorisé à entrer dans une salle pour y voir un spectacle interdit. De même au théâtre. Il y eut, ici comme là, des réfractaires à l'ordre nazi. André Clavé, par exemple, fondateur en 1936 des Comédiens de la Roulotte, fut un grand résistant, membre du réseau Brutus. Rejoint par Jean Vilar, il tenta bien d'agir avec sa troupe dans le cadre de l'association Jeune France, fondée en décembre 1940 par le gouvernement de Vichy. Mais Jeune France, tout comme l'école d'Uriage dirigée par le capitaine Dunoyer de Segonzac et toutes les organisations « culturelles » mises en place par Vichy, apparut bientôt pour ce qu'elle était : un levier strictement pétainiste.

Alfred Cortot, Raymond Rouleau, Pierre Schaeffer et beaucoup d'autres s'y brûlèrent les doigts. Emmanuel Mounier faillit y perdre son âme. Le fondateur de la revue *Esprit* croyait aux clubs et aux rassemblements idéologiques. Il vit en Jeune France un moyen de peser sur la politique de Vichy. Avant même la création de l'association, Mounier avait accepté de faire reparaître *Esprit* en zone sud. Ayant obtenu les autorisations nécessaires, il défendit des points de vue en accord avec l'air vicié du temps. En septembre 1940, il rédigea un rapport sur les mouvements de jeunesse qui exaltait le travail, la discipline, les collectifs joyeux. Publié par sa revue en janvier 1941, ce rapport s'accordait assez bien avec des écrits antérieurs dans lesquels Mounier critiquait la démocratie, l'esprit de résistance (« Apprenons d'abord la vertu du silence ») ou l'espoir d'une paix venue de Londres (« Il vaudrait mieux, mes chers Français, bâtir des poèmes vivants avec nos mains, avec notre courage, avec notre fidélité [...] que de chercher derrière un bouton de radio le miracle que notre résolution seule peut réaliser[1] »).

Ayant fait allégeance, Mounier tenta de profiter de son statut pour insuffler des vues moins complaisantes dans les groupes où on écoutait sa bonne

---

1. *Esprit,* janvier 1941, cité par Bernard-Henri Lévy in *les Aventures de la liberté*, Grasset, 1991.

parole. Résultat : il fut exclu d'Uriage et de Jeune France, et *Esprit* fut suspendu. Mounier revint en zone nord, entra dans la résistance, fut arrêté en 1942, libéré quelques semaines plus tard. Après quoi, il renonça à susciter des rassemblements publics où, à l'évidence, il était impossible de prononcer quelque parole résistante que ce fût. Loin de lui désormais, Jeune France et Uriage volèrent en éclats dès 1942 sans avoir permis davantage que l'éclosion ou la rencontre de bonnes volontés individuelles.

Ce qui prouve bien que la Résistance fut d'abord une affaire personnelle de volontés se cherchant les unes les autres, désireuses de s'unir dans un combat qui, hormis pour les gens de lettres, ne passait pas obligatoirement par l'outil habituel de leur expression.

III
AU JOUR LE JOUR

Barbarossa

Si nous ne dormons pas c'est pour
guetter l'aurore
Qui prouvera qu'enfin nous vivons au
présent.

Robert DESNOS.

Le 30 mars 1941, à onze heures, dans la salle du
Conseil de la Chancellerie de Berlin, Hitler réunissait
les principaux généraux des armées de terre, de mer
et de l'air, pour leur annoncer qu'il attaquerait
l'Union soviétique le 22 juin. Il ordonna que la
guerre fût menée rapidement, qu'il n'y eût pas de
quartier, le combat contre Moscou étant de nature
idéologique avant tout.

Le 6 juin, il rédigeait une note confidentielle qui
devait être communiquée verbalement aux comman-
dants des troupes le moment venu : dans la lutte que
le Reich allait entreprendre contre le bolchevisme, il
était inutile d'attendre de l'ennemi qu'il se compor-
tât de façon humaine ; par voie de conséquence, les
soldats allemands n'avaient pas à se conformer au
droit international.

Durant tout le mois de mars, les unités de la Wehrmacht remontèrent vers l'est. Les divisions stationnées en Europe occidentale se mirent en marche. Elles progressaient sur des routes encombrées, des voies de chemin de fer embouteillées. Ce trafic alerta les agents étrangers. Les ambassades alliées avertirent Moscou d'un danger imminent. Staline n'entendit pas. Il considéra ces alertes comme des manœuvres orchestrées par les puissances capitalistes pour déstabiliser les relations entre Berlin et Moscou. Il pensait que jamais son allié ne se retournerait contre lui avant d'avoir mis l'Angleterre à genoux. Les informations reçues émanaient d'agents doubles.

Les frontières soviétiques ne furent pas protégées. Pis encore : ordre fut donné aux divisions de l'Armée rouge de s'en éloigner afin d'éviter de céder aux provocations. Les appareils de la Luftwaffe qui pénétraient sur le territoire pour photographier les futurs objectifs ne furent pas inquiétés. Non plus que les régiments d'assaut qui, ayant pris position, s'apprêtaient à la guerre.

Quelques jours avant la date fixée par Hitler, Staline consentit à décréter l'état d'alerte : son ambassadeur à Londres avait été informé par les autorités britanniques que l'attaque aurait lieu entre le 22 et le 29 juin. Cependant, le Petit Père des Peuples considérait qu'en cas d'agression patente la diplomatie réglerait la question.

Le 22, à trois heures du matin, de la Finlande à la mer Noire, trois millions d'hommes se lançaient à l'assaut de l'Union soviétique. Dans les rues de

Berlin, des milliers de haut-parleurs délivraient le message du Führer :

> *Peuple de l'Allemagne ! Nationaux-socialistes ! L'heure est venue ! Accablé par de graves soucis, condamné à dix mois de silence, je puis enfin vous parler franchement. J'ai décidé aujourd'hui de remettre le destin et l'avenir du Reich allemand entre les mains de nos soldats. Que Dieu nous aide dans ce combat !*

Sur une ligne de près de deux mille cinq cents kilomètres, cent quatre-vingt-dix divisions épaulées par cinq mille avions et cinq cents chars traversaient la frontière et s'enfonçaient dans la steppe comme un couteau au cœur de la pâte molle d'un fromage fait. La guerre entrait dans une phase nouvelle. Les communistes de tous les pays allaient enfin pouvoir se donner la main.

Le plus beau soir du monde

> Trotski assassiné au Mexique. Je perçois – j'entends avec une acuité hallucinante – les borborygmes de félicité gargouiller dans le cloaque qui, chez Staline, tient lieu d'âme.
>
> Jean MALAQUAIS.

Ce 22 juin, dans le sud de la France, un jeune homme est assis dans un autocar à gazogène qui le conduit de Villeneuve-lès-Avignon aux Angles, où viendra bientôt Louis Aragon. Le chauffeur se tourne vers lui et, un sourire aux lèvres, lui apprend la nouvelle : les Allemands viennent d'entrer en Russie.

Le jeune homme éclate en sanglots. Mais ses larmes sont signes de joie : il sait qu'à terme les nazis ont perdu la guerre.

Le jeune homme s'appelle Pierre Seghers. Encore inconnu, il est en passe de devenir l'un des plus grands éditeurs de poésies clandestines.

A une centaine de kilomètres de là, l'écrivain Jean

Malaquais attend Galy, sa fiancée. Il arrive de chez Jean Giono. Celui-ci, « qui idéalise ses bouseux au point d'en camper qui sont collectionneurs d'art et lecteurs de l'Arioste[1] », lui a avoué que ses paysans le haïssaient au point de dénoncer le Contadour comme un repaire de nudistes. Il lui a également raconté la dernière visite de Darius Milhaud. Celui-ci est venu avec son fils. Avant le déjeuner, on lui a montré des moutons. Après le déjeuner, on lui a montré des moutons. Au goûter, on lui a montré des moutons. Puis on lui a présenté Mme Giono. Celle-ci était enceinte. Le fils de Darius Milhaud a montré son ventre du doigt et s'est exclamé : « Ce sera un mouton[2] ! »

Jean Malaquais se trouve sur le port de Marseille. Il sort un livre de sa poche. C'est la traduction en hongrois de son unique roman paru en France, prix Renaudot 1939 : *les Javanais*. En hongrois : *Javaban történ*. Il vient de recevoir le volume par des chemins détournés. Il le feuillette et découvre un mot qui ne se trouve ni dans le manuscrit original ni dans aucune édition : *Trotski*. Intrigué, il tourne les pages. Le nom du leader russe assassiné par Staline en 1940 se retrouve souvent. Il finit enfin par comprendre. A l'époque de la traduction du roman, Budapest et Moscou étaient alliés. En sorte que, pour complaire aux autorités, l'éditeur a échangé le Staline du livre, maltraité par l'auteur, contre le renégat trotskiste.

---

1. Jean Malaquais, *Journal de guerre*, Phébus, 1977.
2. Rapporté par Jean Galtier-Boissière, *Journal*, *op. cit.*

Jean Malaquais referme le livre, consulte sa montre et allume une gauloise, gagnée sur le port de Marseille en jouant aux échecs.

Puis il sort. Sa fiancée, Galy Yurkevitch, est d'origine russe. Donc, depuis quelques heures, une ennemie de l'Allemagne. Lui-même, Juif polonais, n'est guère mieux loti. Mais *Malaquais* sonne mieux que *Malacki.* Son nom et le prix Renaudot le protègent du régime « putainiste », comme il dit. Pour un temps.

Il se rend à l'Evêché, siège de la police marseillaise. Où il apprend que les Russes ont été raflés et enfermés sur le *Providence,* qui mouille dans le port. Prenant ses jambes à son cou, Malaquais fonce à l'Emergency Rescue Committee, boulevard Garibaldi. A cette époque, si André Breton et ses compagnons de la villa Air-Bel sont loin, l'équipe de Varian Fry est encore en place.

Au Comité, Malaquais se fait faire une fausse carte de médecin, se munit d'un brassard de la Croix-Rouge, d'un stéthoscope, d'une trousse de docteur, puis il fonce vers le port. Il repère le *Providence,* monte à bord, bouscule les voyageurs embarqués, découvre sa Galy, l'empoigne par le bras et ordonne à ceux qui l'entourent de s'éloigner : la jeune femme est atteinte de variole, maladie fort contagieuse ; elle s'est échappée de l'hôpital où on la soignait. « Le temps de nous frayer un passage à travers la cohue, nous disparaissions dans le plus beau soir du monde[1]. »

---

1. Jean Malaquais, *Journal du métèque, op. cit.*

Prévoyant des lendemains qui déchantent, Malaquais rentre chez le ferrailleur qui les loge, Galy et
lui, enferme ses papiers dans une boîte de fer-blanc
qu'il enfouit dans le jardin. Puis, la nuit venue, après
avoir déployé l'antenne bricolée d'un vieux poste de
TSF le long d'une gouttière, il branche la radio et
cherche, sur les stations de l'Europe en guerre, des
nouvelles du front russe.

Un an plus tard, Galy à son bras, il quittera Marseille pour le Venezuela.

A Paris, ce 22 juin 1941, Paul et Nusch Eluard
fêtent la nouvelle chez Youki et Robert Desnos.
Assis autour d'une longue table rectangulaire qui
accueille à l'accoutumée une quinzaine d'invités, ils
trinquent à la victoire prochaine. Car il ne fait de
doute pour personne que l'ouverture d'un deuxième
front à l'Est, jointe à la puissance de l'Armée rouge,
obligera l'Allemagne à plier l'échine. A terme, le plan
Barbarossa signe la fin du grand Reich.

Les convives boivent quelques bouteilles d'avant
guerre, soigneusement conservées pour fêter un événement de cette nature. Les rêves éveillés, l'écriture
automatique, tous les jeux qui réunissaient jadis les
compagnons surréalistes sont passés de saison, mais
Eluard et Desnos, qui ne se sont jamais excommu-
niés l'un l'autre, retrouvent la fougue de leur jeunesse pour célébrer l'espoir.

Après le dîner, quelques amis arrivent. Parmi eux,
Georges Hugnet, poète surréaliste en rupture de ban
avec les petits jeunes du mouvement. Sa librairie, sise
boulevard Montparnasse, abrite de multiples trafics

clandestins quand elle ne sert pas de boîte aux lettres à quelques résistances.

Par égard pour la défense passive, on a tiré les rideaux noirs, et on s'éclaire à la bougie. Eluard, la main rendue tremblante par d'anciennes bouteilles trop souvent et trop vite avalées, récite des poésies. Desnos, l'œil couleur d'huître derrière ses grosses lunettes de myope, note quelques aphorismes tout en caressant son chat, Jules. Youki (« Neige rose »), ainsi baptisée par Foujita, son compagnon d'avant Desnos, passe de l'un à l'autre, superbement élégante, comme toujours.

Même pendant cette période brune, la maison Desnos a toujours été accueillante. Elle est située au deuxième étage d'un immeuble de la rue Mazarine. Proche du Flore et des Deux-Magots, où Sartre donne la main droite à *l'Etre et le Néant* et la main gauche à Simone de Beauvoir ; à quelques encablures de la rue des Grands-Augustins, où Picasso expose et officie.

Deux grandes toiles de Foujita veillent sur le salon : l'une montre Youki nue en compagnie d'un lion, l'autre une nature morte. Ailleurs, au pied des murs, Klee, Malkine, Miró et d'autres Foujita sommeillent en attendant d'être accrochés. Dans l'immense bibliothèque qui grimpe jusqu'au plafond, outre des volumes rares et dédicacés, s'entassent les objets que Desnos glane au Marché aux Puces : bouteilles moulées, étoiles de mer, bustes, statuettes… Une collection de pipes à opium témoigne de goûts passés et collectifs. Beaucoup de disques. Beaucoup d'albums illustrés, avec une préférence pour ceux auxquels goûtait Apollinaire, qui a tant inspiré les surréalistes : *Fantômas, les Pieds Nickelés, Nick Carter...*

A l'exception d'Eluard et de quelques autres, la maison Desnos accueille tout ce que le Paris des Arts et des Spectacles compte d'esprits *ni-ni* : ni vraiment collabos ni vraiment résistants. S'accommodant de ce qui se passe avec quelque gêne pour les plus confortablement installés, un peu de dégoût pour les moins bien assis, le cul entre deux chaises pour les autres.

Le plus jeune d'entre tous n'a pas vingt ans. Marcel Mouloudji est le gavroche de la bande. En 1940, il a joué son destin à pile ou face. Si c'était pile, il partait pour l'Angleterre. Face, il restait en France.

Ce fut face.

Depuis l'avant-guerre, il vit ici et là, en fonction des portes que lui ouvrent ses amis et des emplois qu'il trouve. Avec son frère André, il a chanté dans les fêtes populaires et les meetings communistes. Il connaît son *Internationale* sur le bout des doigts. Evidemment, il l'a mise en sourdine. Par les temps qui courent, il fait ce qu'il peut. Lui qui, enfant puis adolescent, a tourné dans une dizaine de films, notamment avec Marcel Carné et Christian-Jaque, erre dans Paris, sans travail et sans le sou. Ses copains Jacques Prévert et Marcel Duhamel ont émigré vers le Sud, et les camarades du groupe Octobre se sont égaillés aux quatre vents. Lorsqu'il se sent seul, il vient chez Youki et Robert, qui l'ont connu quand il avait une dizaine d'années. Il s'endormait dans le lit de Youki, pouce en bouche. Maintenant, il boit avec les autres, chante à voix basse et cherche un peu d'argent, ou un travail. Il a mille cordes à son arc et accepte d'en greffer mille autres. Il a été manutentionnaire, veilleur de nuit, professeur de mime, figurant, doublure lumière, modèle, danseur... Il a joué le rôle d'un lion dans un film, a remplacé Serge Reggiani, de quelques mois son aîné, a été choisi par Henri Decoin pour interpréter un personnage des *Inconnus dans la maison*, a posé en Apollon sans gras ni muscles... Il est devenu l'ami de Jean-Louis Barrault après que celui-ci l'eut engagé pour jouer le rôle d'un enfant dans une pièce adaptée d'un roman de Faulkner, *Tandis que j'agonise*. Il a habité dans son atelier, rue des Grands-Augustins, puis dans la maison de Neuilly où le metteur en scène vit avec Madeleine Renaud.

Couple déjà légendaire. Ils se sont rencontrés en 1936, sur le tournage d'un film de Jean Benoît-Lévy. Elle, la grande bourgeoise vivant dans un hôtel particulier de la rue Desbordes-Valmore, sociétaire de la Comédie-Française, mariée, un enfant, un amant. Lui, plus jeune, anar issu des barricades du groupe Octobre. Gapette et crinoline.

Ils sont aussitôt tombés dans les bras l'un de l'autre et ne se sont plus quittés. La « régie Renaud » (comme on appellera Madeleine dans les couloirs de la Comédie-Française) a peu à peu fait place nette, congédiant les deux hommes de sa vie : l'amant Pierre Bertin et le mari Charles Granval. Elle a divorcé pour épouser Jean-Louis. Ils se sont mariés en juin 1940 à la mairie de Boulogne-Billancourt.

Trois mois plus tard, Jean-Louis entrait à la Comédie-Française.

Eux aussi s'invitent chez Robert et Youki Desnos. Comme Sartre et Beauvoir, André Masson, Picasso et Dora Maar, Henri Jeanson…

Tout ce joli monde venait déjà avant la guerre. On y croisait aussi Antonin Artaud, qui manque à tous. Il déclamait prodigieusement, s'arrêtait soudain pour noter un vers sur un cahier qui ne quittait pas sa poche de veston, chantonnait en dessinant, gémissait, pleurait, trépignait pour un peu de laudanum.

C'est chez Robert Desnos qu'il rencontra le Dr Ferdière, proche des surréalistes et psychiatre à l'hôpital de Rodez. Et là que Desnos le fit transférer, espérant qu'il serait mieux traité que dans les établissements précédents où aucun médecin n'était parvenu à le soulager des troubles nerveux dont il souffrait depuis l'enfance. Robert ignorait que Ferdière le soumettrait à la torture de l'électrochoc, s'entêtant malgré les supplications désespérées du malade. Cette « thérapie » ignoble brisa Antonin Artaud.

Il venait donc, lui aussi, aux temps heureux où la maison Desnos ouvrait ses portes à tous. Il buvait avec les autres, goûtait peut-être un peu à la cocaïne, voire à l'héroïne, parfois à l'opium. Youki pourvoyait aux besoins de chacun. Elle continue, même si l'approvisionnement devient plus difficile. Souvent, elle cherche des substances du côté du Flore et des Deux-Magots. Elle en trouve parfois. Mais l'argent manque. Quand les poches sont vides, elle se rabat sur son pharmacien, qui lui procure un peu d'éther, ou son coiffeur, qui lui offre des shampooings composés à base de la même substance. Elle inhale en cachette de Robert.

La plupart des amis partent quelques minutes avant le couvre-feu. Ceux qui habitent trop loin et qui ont raté le dernier métro dorment là. On empile les coussins et les matelas dans le salon. Youki gagne son lit. Robert grimpe dans la mezzanine qu'il a fait fabriquer en haut de la bibliothèque. Il a besoin de cet espace pour se retrouver lui-même. C'est-à-dire pour écrire quelques lignes personnelles. Il s'y oblige. Ainsi, chaque nuit, avant de s'endormir, se lave-t-il des encriers de compromissions dans lesquels, le jour, il trempe sa plume de poète.

Le Parker de Robert Desnos

> Il était l'amitié, la fraternité, la générosité mêmes… La solitude, le dénuement, la lassitude n'ont jamais pu chasser le sourire de ses lèvres ni entraver son avidité de vivre.
>
> BRASSAÏ.

Il faut bien subsister. Desnos se sent une responsabilité particulière à l'égard de Youki, que Foujita lui a confiée dix ans plus tôt, avant de quitter la France pour fuir le percepteur. Elle s'habillait alors chez Schiaparelli, roulait en Delage décapotable conduite par un chauffeur, habitait une maison particulière du côté du parc Montsouris. Les temps ont changé. Lorsqu'il était mobilisé, le sergent Robert Desnos envoyait des lettres rassurantes à sa femme : elle ne devait pas s'inquiéter, la guerre ne serait pas longue, il trouverait du travail dès son retour… Il la suppliait aussi de fuir le café de Flore et ses poudreuses tentations. Lui-même s'était désintoxiqué de l'opium, qu'il consommait depuis sa liaison platonique avec Yvonne Georges, une

chanteuse de cabaret qu'il aima sans retour jusqu'à
sa mort, en 1930.

Il avait pris Youki entre ses bras peu après. Lui
qui avait connu peu de femmes avant elle s'était vainement efforcé de lui offrir tout ce que Foujita lui
avait donné. Mais les couturiers n'étaient plus aussi
grands, et les soirées dans les boîtes à la mode étaient
devenues plus rares. Sur la ligne d'un front immobile
et invisible, Desnos craignait que sa femme ne com-
mît quelques bêtises en l'attendant. Et même qu'elle
ne l'attendît pas, lui qui l'aimait d'un amour fou et
souffrait tant de l'imaginer entre d'autres bras que
les siens.

Sa drôle de guerre achevée, il reprit la situation
matrimoniale en main. Que pouvait-il faire ? Il commença par chercher du côté de la radio : ils avaient
quasiment fait leurs débuts ensemble, dans les
années 1920 et 1930, lorsque sa voix, reconnaissable
entre mille autres, faisait le bonheur des premiers
auditeurs de Radio-Paris. Il créait des sketches et
des slogans publicitaires. Dans les années qui précédèrent la déclaration de guerre, il était employé dans
une agence, Information et publicité, qui réalisait
des campagnes publicitaires. La plus connue de
toutes fut créée pour le compte du *Petit Journal*. Elle
s'appelait *la Complainte de Fantômas*. Kurt Weill
qui, ayant fui le nazisme, vivait alors à Paris, en composa la musique. Alejo Carpentier, que Desnos avait
connu à La Havane, était responsable de la direction
musicale. Antonin Artaud tenait le rôle de Fantômas,
dont il écrivait les répliques avec Robert Desnos.
L'émission devait provoquer la peur chez l'auditeur.

Ce fut une immense réussite. En son temps, la France entière avait chanté les lamentations du personnage de Souvestre et Allain.

Desnos anima ensuite une émission quotidienne qui fit la joie de milliers d'auditeurs. Cette émission était fondée sur les jeux de mots, les calembours, les exercices humoristiques que le poète avait rodés au cours des années surréalistes. Il créait des scènes, y ajoutait de la musique, lançait des slogans publicitaires au langage incroyablement inventif.

Jusqu'à la déclaration de guerre, il fut responsable d'une émission hebdomadaire, « La clé des songes », dans laquelle les auditeurs racontaient leurs rêves. « La clé des songes » sombra avec la mobilisation de son principal animateur.

A trente-neuf ans, Robert Desnos avait cru pouvoir échapper à la conscription. Autant en raison de son âge qu'à cause d'une myopie incompatible avec l'état militaire. Il fut néanmoins envoyé sur la ligne Maginot. Où, sans tirer un seul coup de feu, il fut fêté comme un héros : sa voix était connue de tous.

De retour dans ses foyers, il dressa un état des lieux de la presse nationale. Il avait écrit dans *Paris-Soir,* où il avait impressionné les dactylographes par la rapidité avec laquelle il dictait ses articles, improvisant des saillies et des traits d'esprit qui constituaient sa signature.

Mais le *Paris-Soir* du groupe Prouvost s'était replié en zone sud. Le même titre, passé à la collaboration, paraissait en zone nord sans l'autorisation des propriétaires.

L'Aube, l'Intransigeant, le Populaire avaient disparu. *Le Matin, le Petit Parisien* (500 000 exemplaires chacun) avaient fait allégeance, tout comme *l'Illustration*. *L'Œuvre* (197 000 exemplaires) était dirigée par le sieur Marcel Déat, qui affichait au frontispice de son torchon : « Tous ceux qui n'ont pas voulu mourir pour Dantzig liront *l'Œuvre*. »

La Gerbe, d'Alphonse de Châteaubriant, portait admirablement son titre. Financé directement par l'ambassade d'Allemagne, chaud partisan de la collaboration, le journal ouvrait ses colonnes à Ramon Fernandez, Paul Morand, Marcel Aymé (« admirable et délicieux » selon Rebatet), Jean Giono, Jean Cocteau, Charles Dullin, Marcel L'Herbier et Henry Poulaille. Parmi d'autres.

Le Pilori était très officiellement antisémite, autant que *Je suis partout*, renommé *Je chie partout* par Jeanson et Desnos. Fondé en 1930 par Arthème Fayard (qui fut, au dire de Lucien Rebatet, « un marchand de papier très ingénieux et très habile[1] »), *Je chie partout* était à l'origine un organe de droite. Disparu du paysage quelques années après sa création, il était revenu dans les kiosques en 1941. Avec, en guise de parrains, Robert Brasillach, Alain Laubreaux, Robert Courtine (alias La Reynière, futur critique gastronomique du *Monde*), Lucien Rebatet, l'académicien et ministre vichyste Abel Bonnard (Emmanuel Berl notait avec humour que Laubreaux avait du ventre, que Rebatet manquait de carrure,

---

1. Lucien Rebatet, *les Décombres, op. cit.*

que Bonnard avait une voix de fausset, tout cela correspondant assez peu aux canons de l'esthétique aryenne !).

Du côté des hebdomadaires, un petit nouveau renaissait : *Comœdia*. Jadis quotidien culturel, sabordé en 1937, il reparut en juin 1941 sous la forme d'un hebdomadaire totalement voué aux Arts et aux Spectacles. On n'y parlait pas politique, mais culture. On y vantait l'Europe, l'Allemagne et ses auteurs. On ne disait pas clairement que l'Institut allemand finançait. On y cultivait une sage ambiguïté. On avait proposé la direction littéraire à Jean Paulhan, qui l'avait refusée, encourageant Marcel Arland à prendre le poste. Ce qui fut fait. Grâce à quoi signèrent des artistes aussi divers que Jean Cocteau, Jacques Copeau, Colette, Charles Dullin, Léon-Paul Fargue, Jean Giraudoux et Jean Paulhan. Lequel encourageait certains auteurs à donner des textes à *Comœdia*, ce que refusaient obstinément Jean Guéhenno et François Mauriac. Pour beaucoup cependant, collaborer à *Comœdia* ne relevait pas de la traîtrise ou de la haute compromission.

Il y avait aussi *Aujourd'hui*, dont Henri Jeanson avait pris les commandes dès 1940 – il ne les garda que deux mois. *Aujourd'hui* avait été fondé à la demande d'Otto Abetz. Il s'agissait, pour les Allemands, de présenter une vitrine rutilante, ouverte et magnanime. En lisant *Aujourd'hui*, les Français occupés respireraient un parfum d'avant guerre grâce auquel ils se croiraient encore assez libres. Ils découvriraient des articles un peu insolents, un peu gouailleurs, un peu drôles. Pour faire passer la pilule,

Abetz s'adressa à Jeanson qui présentait bien des
avantages : scénariste connu pour son humour sar-
castique, emprisonné au début de la guerre, ancien
collaborateur du *Crapouillot* et du *Canard enchaîné*
(sabordés tous deux). Qui plus est, ami du Tout-
Paris des Arts et des Lettres.

Henri Jeanson avait accepté à condition de choisir
son équipe, de travailler en toute liberté, et de recevoir des fonds venus de France et non d'Allemagne.

Abetz avait opiné.

Jeanson avait recruté Jean Galtier-Boissière, Marcel Aymé, Léon-Paul Fargue, Marcel Carné et
Robert Desnos. Outre une chronique quotidienne,
celui-ci était chargé de la critique des livres et des
disques. Il profitait de ses tribunes pour glisser des
peaux de banane sous les pas de la Kommandantur :

Octobre 1940 : *Encore une fois, et nous insisterons
sur ce fait : on nous promettait une révolution, on nous
offre une réaction... Encore une fois, comme au lendemain de 1870, nous sommes sous la domination de
l'Ordre qualifié de moral par euphémisme.*

*Il s'agit simplement de priver la France d'un droit que
les Romains lui avaient reconnu et qui est celui de la justice. (...) La justice sera humaine ou elle ne sera pas.*

Au bout de deux mois et demi d'insolences
publiques, après avoir refusé de célébrer Montoire
et de publier des articles antisémites, Henri Jeanson
fut congédié. Robert Desnos resta. Il défendit de
plus belle les disques de jazz, mal vus et encore plus

mal entendus car venant d'une Amérique hostile. Il attaqua les écrivains collaborateurs, comme Henry Bordeaux et, plus grave, Louis-Ferdinand Céline.

Réponse de l'intéressé :

> *Pourquoi Monsieur Desnos ne hurle-t-il pas plutôt le cri de son cœur, celui dont il crève inhibé : Mort à Céline et vivent les Juifs ! Monsieur Desnos mène, il me semble, campagne philoyoutre…*

Victime de la presse d'extrême droite et de ses affidés, Desnos finit par signer de plus en plus rarement des chroniques toujours incendiaires. En 1941, il fut interdit de texte. N'ayant aucun autre moyen de gagner sa vie, il poursuivit sa collaboration à *Aujourd'hui* en donnant des dessins anonymes. Certains, comme Vercors, qui n'ignoraient rien de ses activités professionnelles, refusaient de le saluer. D'autres, qui en savaient tout autant, lui crachaient dessus. Ainsi Alain Laubreaux, éminent critique de *Je suis partout*. En réponse, Desnos le gifla. Il attendit des témoins qui ne vinrent jamais. Un soir de 1941, entrant dans un bistrot en compagnie de Dominique Desanti, il avisa le secrétaire de Laubreaux qui lisait son journal, assis sous la lampe. Desnos se jeta sur lui, l'insultant, lui et son patron : « Ton *Je chie partout* te conchie le cerveau, mon vieux[1] ! »

---

1. Dominique Desanti, *Robert Desnos, le roman d'une vie*, Mercure de France, 1999.

Vercors se trompait (il le reconnaîtra après la guerre). Car son travail à *Aujourd'hui* n'empêchait pas Desnos d'œuvrer aux côtés d'Eluard et de publier clandestinement, sous les pseudonymes de Cancale, Pierre Andier ou Valentin Guillois, des textes dans *l'Honneur des poètes* et aux Editions de Minuit. Il ne l'empêchait pas non plus de cacher chez lui un jeune homme (Alain Brieux), réfractaire du STO. Ce jeune homme recevait parfois des mains de son hôte des documents qu'il devait photographier (à l'envers pour rester ignorant de leur contenu), développer et tirer avant de détruire les négatifs. Tout cela au cours de la nuit afin que Youki ne remarquât rien.

Avant la guerre, Desnos avait rejoint le Comité de vigilance des intellectuels antifascistes, aux côtés de Nizan, Aragon, Romain Rolland. Il avait soutenu le Front populaire. Il était l'ami de Federico García Lorca. Après l'assassinat de ce dernier, il avait confié à quelques proches qu'il savait désormais que les fascistes voulaient la mort des démocrates et que le devoir de tout homme libre était de les combattre.

Ce qu'il faisait pendant la guerre. Il travaillait pour le réseau Agir, lié à Combat et dirigé par Degliame-Fouché. Il rapportait des documents militaires que sa position à *Aujourd'hui* lui permettait d'intercepter. Il les dissimulait dans des ouvrages de la Bibliothèque nationale, signalait les titres des livres à ses correspondants qui les récupéraient ensuite.

Le 19 février 1944, il retrouva le journaliste (et futur écrivain) Roger Vailland dans un café de la rue du Louvre. Les deux hommes s'étaient connus à la grande époque du surréalisme. Depuis trois mois, ils envisageaient la création d'un journal clandestin qui ressemblerait au *Canard enchaîné* et s'appellerait *les Nouveaux Taons,* en référence satirique et critique aux *Nouveaux Temps,* feuille collabo dirigée par Jean Luchaire. Ils s'étaient réparti les tâches : Vailland se chargerait de trouver des fonds, Desnos recruterait des collaborateurs.

Vailland, profil d'aigle, regard aigu, clandestin depuis de longs mois, accueillit Desnos par ces mots :

« J'ai tout : argent, papier, imprimeur. »

A quoi Desnos, visage rond et regard flou, répondit :

« Je n'ai personne. Les journalistes et les dessinateurs se défilent : ils ont peur d'être reconnus par les boches. »

Il vérifia que nul ne s'intéressait à eux et sortit un dossier de son cartable. Il le glissa entre les mains de Roger Vailland.

« Tu regarderas. C'est la maquette du premier numéro. Je l'ai faite seul.

— Et les articles ?

— Seul également. »

Le journal ne vit pas le jour.

Desnos ne fit pas de la résistance par jeu, écrivit Roger Vailland après la guerre. *Il avait compris, lui aussi, qu'il est des époques où même un poète ne peut pas ne pas prendre parti. Il haïssait et méprisait tout ce qui est fasciste*[1].

Le 22 février 1944, dans la matinée, le téléphone sonna dans la maison Desnos. Robert décrocha. Une voix du journal le prévenait que les Allemands venaient de quitter le bureau pour la rue Mazarine. Desnos ordonna au jeune réfractaire du STO qu'il abritait de disparaître aussitôt. Il lui confia quelques documents à jeter au passage dans le premier égout.

Lui-même attendit. Un mois plus tôt, il avait débarrassé sa bibliothèque de tous les livres interdits qu'elle contenait. Youki le supplia de disparaître. Craignant qu'ils ne l'emmènent à sa place, il refusa. Il attendit les Allemands de pied ferme. Il assista à la perquisition. Le souffle lui manqua lorsqu'ils découvrirent un papier contenant des noms dans la reliure d'un livre qu'il avait oublié de cacher. Le premier d'entre eux était celui d'Aragon. Il tenta de donner le change en parlant d'une liste de critiques d'art. Mais on ne l'écouta point. On lui conseilla de prendre un vêtement chaud, car les nuits seraient longues et froides.

« Où l'emmenez-vous ? » demanda Youki.

Elle portait un sublime kimono, et son regard brillait de larmes retenues.

« Rue des Saussaies. »

1. Article paru dans le journal *Action* de novembre 1949, repris dans Roger Vailland, *Chronique des années folles à la Libération*, Editions Messidor, 1984.

Avant de partir, Robert Desnos prit son Parker dans la poche intérieure de sa veste et le donna à sa femme. Il dit :

« Garde-le-moi, chérie. Je reviendrai le chercher. »

Le poète fut emmené à Compiègne, et de là à Auschwitz, à Buchenwald, à Flöha, à Terezín, en Bohême, où il mourut le 8 juin 1945, persuadé que le critique Alain Laubreaux l'avait dénoncé. En juillet, le journal tchèque *Svobodne-Noviny* annonçait sa mort. Un poème accompagnait la funeste nouvelle : *J'ai tant rêvé de toi.*

> *J'ai tant rêvé de toi,*
> *Tant marché, tant parlé,*
> *Couché avec ton fantôme*
> *Qu'il ne me reste plus peut-être,*
> *Et pourtant, qu'à être fantôme*
> *Parmi les fantômes et plus ombre*
> *Cent fois que l'ombre qui se promène*
> *Et se promènera allègrement*
> *Sur le cadran solaire de ta vie.*

Entartete (Kunst
(œuvres dégénérées)

La peinture d'avant-garde, c'était comme
une voix de la Résistance.

Ernest PIGNON.

Le 27 mai 1943, les promeneurs qui déambulent
dans le jardin des Tuileries suivent du regard une
fumée noire, âcre et enveloppante. On pourrait
croire à un incendie. Ou à une répétition du funeste
mois de juin 1940, quand les cuves de pétrole brû-
laient autour de Paris. Mais il ne s'agit pas de cela.
Il s'agit *seulement* d'un autodafé. Il a été organisé
par les Allemands dans les jardins intérieurs du
musée du Jeu de Paume, à l'angle des Tuileries et
de la place de la Concorde. Après avoir brisé les
cadres et taillé au poignard les œuvres des artistes
qualifiés par eux de « dégénérés », ils les ont rassemblés et y ont mis le feu. Ainsi, par ce bel après-
midi de printemps, brûlent cinq cents toiles d'artistes
aussi vils, corrompus et pervertis que Kisling, Klee,
Léger, La Fresnaye, Picabia, Picasso, Mané-Katz,
Max Ernst, Miró, Valadon...

Aux premiers jours de leur conquête de l'Europe, les nazis se sont intéressés aux œuvres d'art des pays occupés. Et ces derniers, tout comme la France l'avait fait lors de la conférence de Munich puis en 1940, ont tenté de mettre leurs trésors patrimoniaux à l'abri des bombardements et des convoitises. La Tchécoslovaquie, la Pologne, la Belgique, les Pays-Bas et l'Angleterre ont tous déménagé, caché ou enterré leurs plus grandes œuvres.

Sauf en Angleterre, les nazis les ont déterrées.

Au début de la guerre, le Dr Goebbels, ministre de la Propagande du Reich, avait demandé au Dr Kümmel, directeur du musée de Berlin, et à ses collaborateurs, d'établir une liste des œuvres d'art que Berlin exigerait des pays conquis. Cette liste devait répertorier non seulement les biens indûment soustraits à l'Allemagne depuis cinq siècles (par les guerres ou diverses manœuvres diplomatiques), mais aussi celles qui avaient un rapport historique avec le pays. Si elles avaient disparu des musées, elles seraient remplacées par d'autres, choisies unilatéralement.

Le Dr Kümmel avait donc dressé un catalogue très complet – et très secret – des produits que les nazis comptaient enfourner dans leur cabas. Des articles made in Danemark, Norvège, Luxembourg, Hongrie, Grèce, Hollande, Belgique, URSS et France. Heinrich Hoffmann, photographe officiel de Hitler et l'un de ses premiers conseillers artistiques, avait insufflé le rythme et la méthode : il visitait les musées des pays conquis sur une chaise roulante propulsée par un moteur, ralentissait dans les courbes, accélérait dans les lignes droites des couloirs, désignait d'un doigt les tableaux que sa suite avait pour mission d'emporter[1].

En juin 1940, Hitler ordonna que les objets d'art, ceux appartenant aux Etats comme ceux des particuliers, fussent « mis en sécurité » (c'étaient les termes employés). Joachim von Ribbentrop, ministre des Affaires étrangères, se chargea de transmettre le message. En France, il atterrit sur le bureau de l'ambassadeur, Otto Abetz. Ce grand francophile avait été professeur dans une école des beaux-arts. C'est peu dire qu'il prit sa mission à cœur. En amateur distingué, respectueux du pays sur lequel lui aussi plantait ses banderilles, il commença par exiger des propriétaires détenant des œuvres pour une valeur supérieure à cent mille francs qu'ils les déclarent à l'occupant. Puis il organisa la saisie des collections enfermées dans les musées de Paris et de province. Ayant découvert l'existence des dépôts où les Musées nationaux avaient caché leurs pièces les plus précieuses, il exigea que celles-ci rejoignissent leurs premiers abris. Il demanda des listes recensant précisément le contenu des châteaux, des musées et des banques. Enfin, il communiqua à la Gestapo et aux autres officines militaires et policières les noms et les adresses des quinze plus grands marchands juifs parisiens.

Rosenberg, réfugié à New York, avait caché cent soixante œuvres (Bonnard, Braque, Corot, Degas,

---

1. Lynn H. Nicholas, *le Pillage de l'Europe*, Seuil, 1995.

Matisse, Monet, Picasso, Cézanne, Gauguin, Ingres, Renoir, Van Gogh) dans une banque de Libourne, et une centaine d'autres dans un château de Floirac.

Wildenstein avait confié plus de trois cents objets précieux à la Banque de France et en avait abrité une centaine sous l'aile du Louvre ; d'autres se trouvaient encore dans sa galerie de la rue La Boétie ou dans sa maison de campagne.

Les Bernheim-Jeune avaient caché quelques Cézanne, mais la plupart de leurs collections se trouvaient encore dans les appartements qu'ils avaient fuis.

Les Rothschild avaient confié une partie de leur fortune au Louvre, le reste étant disséminé dans les demeures de la famille.

Otto Abetz lorgnait sur ces fortunes. Ainsi que sur d'autres, celles d'Alphonse Kahn, de Seligmann, de Schloss, de David Weill... Une partie d'entre elles trouvèrent asile dans les murs de l'ambassade, rue de Lille. Cependant, au grand désespoir du mécène francophile (et spoliateur), elles n'y restèrent pas. Car tant de richesses suscitaient, on s'en doute, mille convoitises.

L'ordre de Hitler concernant la « mise en sécurité » des œuvres d'art ne fut pas seulement adressé à Ribbentrop et à ses services ; il tomba également sur le bureau du chef du commandement militaire de Paris, qui le transmit au comte Franz Wolff-Metternich, descendant de l'homme d'Etat du même nom, historien d'art, ancien conservateur de musée en Rhénanie-Westphalie, et, surtout, chef de la Commission de protection des œuvres d'art – le Kunst-

schutz – à l'état-major de la Wehrmacht. Le comte
Metternich passait lui aussi pour mécène et francophile. Il l'était certainement plus qu'Otto Abetz
puisque, ayant été informé des actions et exactions
de l'ambassadeur, il s'employa à faire respecter la
convention de La Haye qui exigeait le respect de la
propriété privée par les forces armées. Il interdit
donc que les œuvres d'art fussent déplacées sans son
consentement. Puis, entrant en conflit ouvert avec
la rue de Lille, il envoya l'armée récupérer dans les
locaux de l'ambassade les trésors qui s'y trouvaient.
Les ayant repris, il les fit déposer au Louvre, dans
trois grandes salles du rez-de-chaussée.

Paradoxalement, pour un temps au moins, l'armée
allemande avait sauvé des centaines de tableaux, de
tapisseries, de bijoux et de meubles rares de la
convoitise de ses dirigeants.

Pour un temps seulement.

Les salles du Louvre s'étant révélées trop petites
pour abriter les œuvres deux fois récupérées, les
autorités d'occupation décidèrent de les placer dans
un musée dont l'affectation première et ultime serait
définie par cette magnifique fonction : recevoir tous
les objets volés aux Juifs.

Ce fut le musée du Jeu de Paume.

Où le comte Metternich perdit la partie au profit
du maître de l'Einsatzstab Reichsleiter (ERR), Alfred
Rosenberg, chargé de mettre la main sur les biens
détenus par les Juifs.

Pour justifier ces vols, Rosenberg et son équipe
usaient d'une argumentation haute en couleur nazie,
puisée par ces docteurs en judaïsme dans les textes

du Talmud – affirmaient-ils. Proposition 1 : pour les Juifs, les non-Juifs ne sont rien ; donc, leurs biens sont à prendre. Proposition 2 : nous sommes en guerre contre les Juifs ; donc, nous avons le droit d'utiliser les mêmes armes qu'eux, à commencer par celle du talion. Proposition 3 : spolions.

Les biens cachés par les Juifs ne pouvaient rester ignorés des nazis bien longtemps. Ceux qui se trouvaient dans les appartements étaient susceptibles d'être saisis du jour au lendemain, sans préavis d'aucune sorte. Ceux que les collectionneurs avaient confiés aux musées, espérant une protection d'ordre tutélaire, étaient à l'abri tant que les biens nationaux l'étaient aussi. A partir du moment où les Allemands obtinrent la liste des dépôts et s'y rendirent, c'en était fait des collections, quelles qu'elles fussent : nationales ou particulières. C'est ainsi que les biens des Juifs tombèrent dans l'escarcelle des nazis.

Ils furent donc rassemblés au Jeu de Paume.

Les « œuvres dégénérées » (*Entartete Kunst*, ou *EK*) furent regroupées dans une pièce isolée du musée : Braque, Cézanne, Dalí, Gauguin, Matisse, Manet, Monet, Picasso, Renoir, Soutine… Il n'était pas question qu'elles entrent en Allemagne, sauf pour y rester le temps d'un échange. A la fin de la guerre, Hitler s'étant découvert un brusque intérêt pour les impressionnistes, Courbet, Degas, Manet et Monet purent passer par la petite porte. Les œuvres des autres peintres furent vendues pour financer l'effort de guerre allemand, troquées contre des diamants bruts rapportés du Portugal, ou échangées contre des œuvres qui intéressaient les dignitaires du IIIe Reich. Ainsi le Reichsmarschall Goering se débarrassa-t-il notamment d'un lot comprenant un Cézanne, un Corot, un Degas, trois Matisse et un Picasso contre un portrait masculin de l'école italienne du XVIe siècle et une toile de Jan Weenix[1].

Le commandant en chef de la Luftwaffe (aviation de guerre), également ministre de l'Air, Premier ministre de Prusse, président du Reichstag, Conservateur des forêts, Grand Veneur du Reich, instigateur de l'incendie du Reichstag, successeur désigné du Führer, était tout à la fois le numéro deux de la grande Allemagne et incontestablement le plus grand voleur du royaume.

Sa première femme, la comtesse Carin von Kantzow, issue de la noblesse suédoise, lui avait donné le goût des belles choses. Elle avait également été l'inspiratrice du royaume de Karinhall, en Prusse-Orientale, petit pavillon de chasse devenu vaste comme Versailles, où le Reichsmarschall aimait à recevoir les plénipotentiaires et les chefs d'Etat étrangers. Déguisé en sultan ou en chasseur, les doigts bagués de pierres précieuses, le satrape montrait à ses visiteurs l'étendue de ses richesses volées dans toute l'Europe. Avant la guerre, lorsqu'il n'était encore que Premier ministre de Prusse, Goering s'était habitué à recevoir argent et cadeaux de la part de solliciteurs qui échangeaient la bonne fortune d'un poste contre ces dons en nature que le nazi se gardait bien de transmettre à l'Etat. Il béné-

---

1. Rose Valland, *le Front de l'art*, Réunion des Musées nationaux, 1997.

ficia de subventions qui lui permirent d'agrandir ses propriétés pour y accrocher des œuvres très diverses, trahissant un goût des plus hétéroclites. Il aimait passionnément Cranach et Dürer, beaucoup Rubens et Van Gogh, un peu Degas, Renoir et Boucher, pas du tout Braque et Picasso. Il appréciait les bijoux, particulièrement les émeraudes dont il avait toujours un petit lot dans sa poche, jouant avec comme s'il s'agissait d'osselets. Il en rafla en Autriche puis en Pologne, aux Pays-Bas et en Belgique. En France, dès novembre 1940, il se rendit au Jeu de Paume où de somptueuses expositions étaient organisées en son honneur. Il regardait longuement, choisissait et faisait rapatrier les œuvres volées dans deux wagons accrochés à son train spécial, qui attendait les cargaisons en gare du Nord. Vingt fois pendant la guerre, Goering revint au musée. Vingt fois, il pilla les collections Rothschild, Seligmann ou Wildenstein. Comme il ne souhaitait pas que son goût immodéré pour les œuvres d'art s'ébruitât, ou plutôt que fussent connus ses péchés de gourmandise en la matière, il avait exigé que ses manœuvres fussent tenues secrètes et obtenu que le musée du Jeu de Paume fût gardé par des hommes de la Luftwaffe, dont il était le chef.

A partir de 1942 il perdit un peu la main au profit d'Alfred Rosenberg, puis Hitler lui-même mit son nez dans les affaires artistiques de l'Europe occupée.

A vrai dire, le Führer avait commencé assez tôt, envoyant certains de ses proches – comme Martin

Bormann – visiter les salles et les dépôts. Hitler avait un rêve : créer à Linz, ville de sa jeunesse qui lui avait laissé de bons souvenirs, un musée réputé dans le monde entier. L'édifice compterait plusieurs bâtiments qui accueilleraient non seulement des tableaux, mais aussi des statues. A partir de 1942, le Führer exigea de voir personnellement chaque œuvre destinée à son musée. Il consacra des sommes énormes à l'édification de cet établissement qui abritait huit mille tableaux à la fin de la guerre. Contrairement à son ministre de l'Air, Hitler payait les biens mal acquis ; mais comme les fonds provenaient des rapines organisées dans les pays occupés, la morale nazie était sauve.

Il arrivait que les deux premiers personnages de l'Etat fussent en concurrence pour leurs bonnes œuvres. Ainsi y eut-il un petit litige à propos de la collection Schloss, cachée dans les profondeurs d'un château situé près de Tulle, que le musée de Linz finit par récupérer : trois cents tableaux hollandais et flamands, Bruegel, Rembrandt...

Ribbentrop avait lui aussi certains goûts et beaucoup de désirs en matière d'œuvres d'art. Il organisa quelques échanges, tenta de récupérer au profit des musées de Berlin des toiles qui revinrent à Paris après un bref voyage en Allemagne.

Une fois les tableaux acquis ou sous contrôle, les nazis confisquèrent les biens mobiliers découverts dans les demeures ayant appartenu à des Juifs. En octobre 1943, ils s'attaquèrent aux appartements. Soixante et onze mille portes furent forcées, dont trente mille à Paris[1]. L'opération M-Aktion *(Plan Meuble)* avait commencé. Elle se poursuivit jusqu'à la fin de la guerre. Les nazis raflèrent tout ce qu'ils trouvèrent dans les habitations désertées – literie, vaisselle, lampes, vêtements, meubles. Chaque jour, les sociétés de déménagement françaises mettaient à la disposition de l'occupant cent trente camions et mille deux cents employés. Des ouvriers et artisans juifs spécialisés étaient chargés de remettre en état les objets endommagés. Les biens volés étaient rassemblés au musée du Jeu de Paume puis partaient pour l'Est.

Depuis le premier jour, la direction des Musées nationaux avait tenté de protéger les trésors placés sous sa responsabilité. Par différents canaux liés à la Résistance, M. Jaujard, directeur des musées, avait fait parvenir à Londres une carte recensant l'emplacement des dépôts où les œuvres avaient été cachées. Ainsi, on l'a vu, parvint-il à protéger les sites sensibles des bombardements.

Appuyée par Jaujard, Rose Valland, la conservatrice du Jeu de Paume, voulut établir un inventaire des biens passant par le musée. Les Allemands s'y étant opposés, elle agit clandestinement. Pendant quatre ans, elle nota scrupuleusement tout ce qu'elle vit et entendit : les œuvres, les auteurs, l'identité des spoliateurs, les lieux où ils envoyaient le produit de leurs vols…

---

1. Rose Valland, *ibid.*

Enfin, le personnel des musées de France usa de toutes les tracasseries administratives possibles pour retarder ou empêcher le transfert des biens. On fit jouer des droits de préemption fantaisistes, on usa de faux papiers pour antidater des donations imaginaires, on fit pression sur le gouvernement de Pétain afin qu'il s'oppose au vol du patrimoine national. A plusieurs reprises, Vichy s'affirma face aux Allemands comme administrateur de biens qui pouvaient être considérés comme séquestrés puisque leurs propriétaires légaux, du fait de leur fuite au début de la guerre, avaient été dépossédés de la nationalité française et de leurs droits (lois du 23 juillet et du 5 octobre 1940). Mais jamais les autorités officielles ne condamnèrent les confiscations. Elles blâmèrent même Jaujard pour sa « bonne volonté », et celui-ci ne resta en place que parce que les conservateurs menacèrent de démissionner si leur patron était limogé.

La résistance des musées de France reposait sur une donnée très particulière : elle supposait une présence physique et reconnue sur les lieux mêmes de l'occupation. Pour être efficaces, les conservateurs se devaient de demeurer à leur poste. Ils ne pouvaient rien saboter. Seulement empêcher et chercher l'information. Le maquis leur était étranger. La clandestinité n'était pas pour eux. Paradoxalement, en cette époque noire, ils firent comme la plupart des artistes dont ils protégeaient les œuvres : ils restèrent. Pour eux, c'était la seule manière de résister.

Les peintres, quant à eux, se trouvaient confrontés à une difficulté quasi insurmontable : leur trait était

aisément identifiable. Au début de l'Occupation,
lorsque les Allemands se montraient encore aimables,
ils purent organiser quelques expositions. Ainsi, au
printemps 1941, à Paris, *Vingt jeunes peintres de tradition française* montrèrent des œuvres d'avant-garde
qui s'opposaient aux canons germaniques de l'« art
dégénéré » : Bazaine, Beaudin, Berçot, Bertholle,
Bores, Coutaud, Desnoyer, Gischia, Lapicque, Lasne,
Lucien Lautrec, Legueult, Le Moal, Manessier,
André Marchand, Pignon, Suzanne Roger, Singier,
Tal Coat et Charles Walch.

Le titre de l'exposition avait été choisi pour ne pas
alerter les autorités : la *tradition française* était un
canon vichyste. Il correspondait également à la défi-
nition que les artistes revendiquaient pour eux-mêmes
puisqu'ils considéraient que l'art perçu et attaqué
comme « dégénéré » par les nazis était celui d'une tradition française qu'ils défendaient : Cézanne, Matisse
et Picasso, « judéo-marxistes » avérés.

Quelques mois plus tard, ils organisèrent une nouvelle exposition à la galerie de France. Cette fois, la
presse d'extrême droite ne s'y trompa point, qui les
cueillit avec les insultes habituelles. Après quoi, tout
comme les écrivains silencieux, les peintres qui refusaient de se soumettre s'interdirent d'exposition.

Quelques-uns se regroupèrent autour de Pignon,
de Fougeron et de Goerg dans un Comité des
artistes qui organisa la résistance des Arts plastiques.
Ils donnèrent des illustrations à des feuilles clandestines et créèrent un journal, *l'Artiste français*. En
1944, Amblard, Aujame, Fougeron et Goerg éditè-
rent un album collectif, *Vaincre*, véritable prouesse

technique puisqu'il se composait de plusieurs litho-
graphies fabriquées dans la clandestinité.

Ernest Pignon était le premier animateur du Front
national des artistes. Membre du parti communiste,
il participa à la Résistance dès 1940. Quelques mois
après l'entrée des Allemands dans Paris, il avait diffusé la brochure que Georges Politzer avait rédigée
en réponse au discours prononcé à la Chambre des
députés par le Reichsleiter Rosenberg, dignitaire nazi
qui avait longuement disserté contre les valeurs de la
Révolution française. Pignon vivait au bois de Boulogne, dans l'ancienne maison du sculpteur Lipchitz
qui avait gagné les Etats-Unis au début de la guerre.
Il y cachait les résistants de passage et le matériel qui
permettait de composer *l'Artiste français*.

Dans les colonnes du journal, Pignon, Fougeron,
Gruber et Goerg ne cessaient d'attaquer les peintres
et les sculpteurs collabos qui avaient répondu aux
invitations de Goebbels en Allemagne. Parmi eux,
l'ancien fauve Maurice Vlaminck, que Pignon admirait et qu'il découvrit un jour à la galerie de l'Elysée
vêtu d'un pantalon écossais, trinquant allégrement
avec des officiers nazis. Ce fut un choc. Vlaminck,
il est vrai, n'était pas à un toast près. Lui qui, dans
les années Bateau-Lavoir, portait l'anarchiste Rava-
chol aux nues, avait non seulement retourné sa veste,
mais également trempé sa plume dans l'encrier délétère de la collaboration. Depuis 1940, il tirait à vue
sur son ancien compagnon de chevalet : Pablo
Picasso.

Au Catalan

La vie à Paris est, en 1941, plus aisée
qu'elle ne l'a jamais été et du plus agréable
silence, majesté, fraîcheur. Les dames vont
à bicyclette. Une catastrophe nationale a
donné la vie à un conte de fées.

Un chroniqueur parisien,
cité par Jean Paulhan (*Résistance* n° 4).

Lorsque le chat Jules n'avait plus rien à manger,
Robert Desnos descendait de chez lui, filait le long
de la rue Mazarine, tournait à gauche vers Saint-
Michel, empruntait la rue des Grands-Augustins et
entrait au Catalan. C'était un bistrot fréquenté avant
la guerre par des ouvriers du bâtiment. Le patron
n'était pas très regardant sur les tickets d'alimentation. En ces temps de disette, la nourriture paraissait
bonne à tous. S'approvisionnant à des sources mys-
térieuses, le propriétaire du Catalan, lié aux bou-
chers des Halles, dénichait de la viande rouge qui
faisait le bonheur de sa clientèle. Une fois au moins,
ces agapes furent découvertes et sanctionnées par les
contrôleurs du ravitaillement : pénétrant dans l'éta-

blissement un jour de viande interdite, ils fermèrent la boutique durant un mois.

En temps ordinaire, Robert Desnos poussait la porte du Catalan et lançait son cri de guerre habituel : *Ils sont foutus !* Chacun reconnaissait son éternel manteau de tweed, ses lunettes de myope, ses yeux noirs cernés et, surtout, son rire.

Il rejoignait une table ou une autre, parlait, écoutait, racontait des blagues, buvait quelques verres de vin puis saluait la compagnie et s'en retournait chez lui, de vieux restes pour son chat enfermés dans un sac en papier. Il connaissait les habitués du bistrot pour les avoir beaucoup fréquentés, et depuis longtemps. La fine fleur de la bande de Picasso tenait là ses assises, tous installés à la table du Maître qui rendait ses oracles presque chaque jour, cela depuis son retour de Royan.

L'exode avait surpris Picasso dans cette ville de bord de mer qu'il avait quittée le temps de brèves escapades parisiennes : il manquait de matériel et ses papiers n'étaient pas en règle. Il avait profité de ces séjours pour rassembler une partie de ses œuvres dans des coffres bancaires mieux protégés que l'appartement de la rue La Boétie ou l'atelier des Grands-Augustins.

En avril 1940, il avait fait une demande de naturalisation qui lui avait été refusée en raison de supposées sympathies anarchistes : en 1909, la mort de Francisco Ferrer, fusillé par le gouvernement espagnol, l'avait révolté ; quelques années auparavant, il avait déjà été fiché par la police comme sympathisant anarchiste… Il lavera cet affront en renonçant à la nationalité française.

A Royan, il avait installé Dora Maar à l'hôtel du Tigre et Marie-Thérèse à la villa Gerbier-de-Jonc. La première était sa compagne officielle ; la seconde était la mère de sa fille, Maya, née en 1935. Par chance, ou commodité, l'épouse encore officielle, Olga ex-Kokhlova, était restée à Paris où les ténors du barreau spécialisés dans le divorce étaient à l'œuvre.

Picasso partageait sa vie avec Dora depuis 1936. Elle était de père yougoslave, de mère française, avait grandi en Argentine, s'était liée aux surréalistes, avait été la maîtresse de Georges Bataille, l'amie de Prévert, d'Eluard et de Brassaï, proche de la revue d'extrême gauche *Contre-Attaque*. Elle exprimait ses convictions d'une voix magnifique. C'était une très belle jeune femme brune aux yeux verts, dont le sérieux et la rigueur frappaient tous ses amis. En 1935, elle avait ouvert un atelier photographique. Ses clichés avaient été montrés à l'exposition surréaliste internationale de Londres organisée par Eluard, Breton et Roland Penrose. Dora Maar avait joué un rôle majeur dans la prise de conscience politique de Picasso dans les années 1936-1938. Elle avait photographié chaque étape de la création de *Guernica*, qui avait été exposé dans le pavillon espagnol de l'Exposition universelle de 1937[1]. Pendant leurs années de vie commune, elle fut la seule photographe de son œuvre. Quand Picasso demanda à Brassaï de la remplacer, elle revint à la peinture, qu'elle pratiquait avant sa rencontre avec le peintre.

---

1. Voir *Libertad !*, *op. cit.*

Marie-Thérèse était aussi douce et compatissante que Dora était volcanique et passionnée. Blonde, sportive, pratiquant le vélo et l'aviron, elle protégeait le père de sa fille sans jamais poser de questions sur le mode d'emploi de ses doubles ou triples vies. Au contraire de Dora, elle ne fréquentait ni le Flore ni la brasserie Lipp, moins encore le Catalan. Elle ne connaissait pas Paul Eluard, ignorait ce qu'était le cubisme, vivait là où Picasso le souhaitait, c'est-à-dire à quelques encablures seulement des logements occupés officiellement par le peintre. Ils s'étaient connus en 1926, dans la rue. Marie-Thérèse avait alors à peine dix-huit ans, et Picasso, un peu plus de quarante-cinq. Leur relation était restée secrète. Elle durerait plus de vingt ans.

A Royan, fidèle à ses coutumes, Picasso passait de la chambre de Dora à celle de Marie-Thérèse. Il avait convaincu la photographe que ses tubes et ses pinceaux l'attendaient à la villa Gerbier-de-Jonc, où il avait un atelier. De fait, il peignait sous le regard de sa fille, sur qui veillait sa mère. L'alibi était parfait. Jusqu'au jour où, descendant de voiture en compagnie de Dora, l'artiste tomba sur Marie-Thérèse. Le mâle était fait. Il y aurait bientôt pire.

Tout comme Matisse, Picasso aurait pu rallier l'Amérique. Voire un autre pays. La guerre avait emporté ses marchands : Daniel Henry Kahnweiler se cachait dans la France profonde, et Paul Rosenberg avait sauté le pas de l'Atlantique. Considéré comme un artiste dégénéré, interdit d'affichage et d'exposition, Picasso n'occupait pas la première place d'un podium qu'on lui offrait ailleurs : à

Mexico, Washington, New York, Chicago, ses œuvres étaient partout montrées.

Il choisit de rester. A Paris, il avait ses habitudes et ses amis. Citoyen espagnol, donc neutre, il comptait aussi sur sa notoriété pour le protéger. Il savait que les Allemands n'ignoraient pas qu'il était l'auteur de *Guernica* et, au reste, ne s'en cachait pas. A ceux qui passaient dans son atelier, il offrait des cartes postales de l'œuvre rendant hommage aux victimes du bombardement nazi. A l'un d'eux qui s'exclamait : « C'est donc vous qui avez fait cela ?! », il répondit d'un trait qui ferait plus tard le tour du monde : « Non, c'est vous ! » Il ne se prosterna jamais devant le gouvernement de Vichy, n'oubliant pas que le maréchal Pétain avait été l'ambassadeur de la France auprès de Franco.

Pour autant, contrairement à son ami Eluard ou à d'autres qui passèrent dans son atelier, il ne fit jamais acte de résistance. Il se montrait d'une froideur polaire à l'égard des visiteurs galonnés qui lui rendaient visite pour admirer une œuvre pourtant balancée aux orties par les tenants de la culture du grand Reich. Il refusa le charbon et les avantages en nature qu'ils voulurent lui offrir. Jamais il ne se rendit en Allemagne, et jamais non plus il ne s'inclina jusqu'à terre pour saluer Arno Breker, sculpteur nazi célébré par beaucoup d'autres. Il se montrait très critique à l'égard de ceux qui, dans son entourage, passaient les bornes d'une morale élémentaire.

Il fut attaqué par certains de ses anciens compagnons, à commencer par Vlaminck qui, dans les

colonnes de *Comœdia*, tressa en ces termes la couronne posée sur la tête de son vieux camarade :

> *Pablo Picasso est coupable d'avoir entraîné la peinture*
> *française dans la plus mortelle impasse, dans une indes-*
> *criptible confusion. De 1900 à 1930, il l'a conduite à la*
> *négation, à l'impuissance, à la mort. Car seul avec lui-*
> *même, Picasso est l'impuissance faite homme.*

André Lhote, Jean Cocteau et quelques (rares)
artistes prirent la défense du Malaguène.

Dès l'automne 1940, quelques semaines seulement
après son retour à Paris, Picasso avait été convoqué par
les Allemands qui avaient ordonné l'ouverture des
coffres et des chambres fortes. Sa banque se trouvait
boulevard Haussmann. Il y avait entreposé quelques-
unes de ses œuvres ainsi que d'autres, signées Cézanne,
Renoir, le Douanier Rousseau, Matisse. Il avait estimé
qu'elles étaient plus en sécurité ici que dans sa propriété de Boisgeloup, où les soldats français, passant
par là au cours de la drôle de guerre, s'étaient entraînés
au tir en choisissant ses sculptures comme cibles.

Protégeant les œuvres de Matisse qui se trouvaient
dans la même banque, exécutant des tours de passe-
passe entre toutes les horreurs dégénérées amassées,
Picasso était parvenu à convaincre les esthètes de la
Wehrmacht qu'il n'y avait là pas grand-chose à voir,
et rien à confisquer.

Quelques mois plus tard, il assura avoir reçu la
visite d'occupants belliqueux qui l'insultèrent, donnèrent trois coups de pied dans les toiles présentes,
puis s'égaillèrent pour conter fleurette ailleurs.

Ce furent là les menaces les plus graves que l'Espagnol eut à subir durant les quatre années de l'Occupation.

Encouragé par Dora Maar, il quitta l'appartement qu'il occupait rue La Boétie pour l'atelier des Grands-Augustins, naguère occupé par Jean-Louis Barrault. L'immeuble appartenait (et appartient toujours) à l'Association des huissiers de la Seine. Un vaste escalier conduisait à l'étage où un morceau de carton indiquait : *ICI.*

Ici, nous sommes chez Paul, Diègue, Joseph, François de Paule, Jean, Népomucène, Crépin de la Très Sainte Trinité Ruiz y Picasso. Des plantes vertes habillent l'entrée. Dans le prolongement, de vieux canapés et quelques chaises d'époque accueillent les visiteurs. Livres, journaux, photos, enveloppes décachetées traînent partout. Ainsi que des instruments de musique, guitares et mandolines datant de l'époque cubiste. Le désordre règne en maître. Des objets, tous plus hétéroclites les uns que les autres, sont déposés ici et là, dans des vitrines, sur les étagères des bibliothèques, au sol. Toutes les pièces regorgent des trésors glanés dans les poubelles et les brocantes que Picasso a accumulés depuis l'époque du Bateau-Lavoir : un guidon de bicyclette, de vieilles sculptures, d'innombrables boîtes de cigarettes portant l'empreinte de silhouettes féminines dessinées au crayon, des papillons épinglés, des cadres de tableaux, des outils... Un énorme poêle structure ce bazar fourmillant de richesses imprévisibles. Parmi elles, les moindres ne sont pas des peintures de Cézanne et de Modigliani.

Plus loin, un petit escalier en colimaçon conduit à l'étage. Ici, se trouvent l'atelier et la chambre. Les pièces sont plus basses de plafond : trop petites pour les œuvres de grande taille, comme *Guernica* qui fut peinte sur une toile inclinée disposée à l'étage inférieur. A l'entrée, un grand Matisse côtoie un petit Douanier Rousseau. Partout traînent des toiles vierges ou d'autres qui seront recouvertes. Au début de la guerre, craignant de manquer de matériel, Picasso a écumé les antiquaires à la recherche de toiles anciennes utilisables plus tard, lorsque l'Isorel et les supports manqueraient.

Dans une petite pièce contiguë à l'atelier, Picasso a installé une armoire fermant à clé. Il y entrepose les objets auxquels il tient le plus : statuettes en bronze et en bois, cailloux, un squelette de chauve-souris (dont il admire l'incroyable finesse) et mille autres trésors qu'il conserve précieusement.

La salle de bains est la seule pièce chauffée. Elle a été transformée en atelier de sculpture. C'est là que Picasso a créé la Grande Tête de Dora Maar, hommage posthume à Guillaume Apollinaire, qui ornera plus tard un square de Saint-Germain-des-Prés. Bénéficiant, rare privilège, de l'eau chaude, la pièce accueille aussi les instruments nécessaires au travail de gravure.

Contrairement aux autres pièces, la chambre est nue. Elle a un double usage : sommeil et réception. Avant de se lever, Picasso y reçoit ses proches. Marcel, le chauffeur, monte le courrier. Avant la guerre,

gants blancs posés sur le volant d'une énorme
Hispano-Suiza, il conduisait le peintre sur les routes
de France. Désormais, ses itinéraires sinuent désespérément entre les seuls étages de l'atelier des
Grands-Augustins.

Sa mission accomplie, Marcel s'efface devant les
familiers. Le premier d'entre eux est un écrivain
catalan, ami de toujours : Jaime Sabartés. Les deux
hommes se sont connus quarante ans plus tôt, à Barcelone, dans un café-cabaret qu'ils avaient fondé –
et nommé Els Quatre Gats en hommage au Chat
noir parisien. Ils se sont perdus de vue après l'ins-
tallation de Picasso au Bateau-Lavoir, puis se sont
retrouvés au moment de la rupture avec Olga.
Picasso a demandé à Sabartés de venir vivre chez
lui avec sa femme. Depuis, il est devenu l'incontournable porte d'entrée des Grands-Augustins. C'est lui
qui organise les rendez-vous, s'occupe des papiers,
gère les humeurs de son hôte – avec qui il ne cesse
d'échanger des bons mots en catalan.

Sabartés tend le briquet de la première cigarette.
Bientôt, la chambre se transforme en fumoir. Les
amis entrent, sortent, reviennent, précédant Kazbek,
lévrier afghan efflanqué et débonnaire. Ils s'effacent
quand Picasso se lève. L'œil est aussi noir que par
le passé. La mèche légendaire n'a pas encore été coupée. Les cheveux ont blanchi. Mais l'homme reste
fort, trapu. Il a délaissé depuis longtemps le bleu de
chauffe du Bateau-Lavoir. Il porte désormais la cra-
vate (toujours choisie avec soin) et le costume trois-
pièces. Les poches étant trouées, il accroche sa

chaîne de montre au revers du veston. Le trousseau
de clés, encombrant et tintinnabulant, va à la ceinture, à côté du canif.

Il descend. En fin de matinée, il téléphone à Dora,
qui habite rue de Savoie, à quelques mètres. Il lui
propose de le rejoindre au Catalan. Chaque fois –
c'est-à-dire chaque jour –, Kazbek se secoue joyeusement. C'est là un mystère qui ne cesse d'interpeller
Picasso : grâce à quel sens son chien sait-il quand il
appelle Dora ?

Ils se retrouvent donc au Catalan. Dora, roide,
silencieuse, restant sur son quant-à-soi tandis que
Picasso retrouve avec une joie chaleureuse ses compagnons habituels : le poète Eluard, l'écrivain
Hugnet, le photographe Brassaï, le peintre Dominguez, les comédiens Jean-Louis Barrault et Madeleine Renaud, l'écrivain Michel Leiris et sa femme,
Louise, la belle fille de Daniel-Henry Kahnweiler qui
se fait passer pour sa belle-sœur.

On déjeune d'une nourriture de marché noir –
bonne, chère et rare – tout en parlant de la guerre
et de l'avant-guerre. On regarde qui entre, qui sort,
on commente, on est content. L'Occupation, ici, est
plus douce qu'ailleurs.

Pour digérer, Picasso aime aller au café de Flore.
En route, il s'arrête aux abords des poubelles et
ramasse les choses, trucs, bidules et machins qui
l'intéressent ; ils rejoindront les armoires de ses
objets trouvés.

Quand il arrive au Flore, les garçons se précipitent
pour lui enlever son trench-coat. Le patron lui
allume une cigarette. Le peintre salue la patronne,

éternellement clouée sur son tabouret haut, derrière la caisse. Puis il commande une bouteille d'eau minérale et s'assied à côté d'autres amis : Jacques Prévert, Raymond Queneau, Jean-Paul Sartre, Simone de Beauvoir...

Quand il ne les voit pas au Flore ou ne les retrouve pas chez Lipp, il les convie chez lui. Picasso n'est jamais seul. Il a besoin d'être entouré.

Les visiteurs sont légion. Parfois, ce sont des tapeurs. Lorsque son pays était déchiré par la guerre civile, l'hôte des Grands-Augustins accueillait chaleureusement les républicains de passage. Puis vinrent les réfugiés. Avec eux, Picasso s'est toujours montré généreux. De même, il a beaucoup aidé des amis dans le besoin, peintres ou sculpteurs dont il achetait les œuvres, fixant lui-même le cours et les cotes à des hauteurs déraisonnables. Après son retour de la Légion étrangère, il a donné de l'argent au peintre Hartung (engagé volontaire contre les nazis) pour lui permettre de fuir la France par l'Espagne. Il a aidé Hugnet et Eluard en leur confiant quelques tableaux à vendre. Il a offert des toiles au groupe surréaliste de *la Main à plume*...

Il s'est toujours montré généreux pour des camarades qui ne risquaient pas de lui porter ombrage. De ceux-là, il a beaucoup parlé. Mais pas de Miró ou de Dalí. Matisse, certes, et Braque, à une époque. Mais après s'être longtemps gaussé d'eux. Picasso n'a jamais encouragé les artistes qui pouvaient lui faire de l'ombre. Dans les années 1920, il n'a pas tendu la main à son compatriote Juan Gris qui vivait pourtant dans des conditions misérables. Kahnweiler

et Gertrude Stein ont attesté de sa jalousie à l'égard
de son compatriote.

Sabartés est chargé d'évacuer les visiteurs que le
maître des lieux ne veut pas voir. Certains s'entêtent
et choisissent d'attendre. Ils restent assis pendant des
heures sur les sièges du premier étage tandis que
l'artiste se cache au-dessus. Rares sont ceux qui
jurent qu'on ne les reprendra pas. Hormis Ortiz de
Zarate, vieil ami peintre de Picasso qui avait entre-
pris de portraiturer le Malaguène et qui, après une
première séance de pose, finit par emporter son
matériel en maugréant tout son saoul, la plupart des
visiteurs restent et reviennent. Parmi eux, quelques
jeunes filles qui ne se privent pas pour exprimer la
qualité d'un désir que l'artiste accepte parfois
d'exaucer. Des collectionneurs qui se présentent
avec d'anciens tableaux non signés sur lesquels
Picasso refuse parfois d'apposer son paraphe. Un
fabricant de couleurs qui tente d'échanger une propriété à la campagne contre une nature morte
(d'après Brassaï, il obtint ce qu'il souhaitait)... Tout
ce petit monde, auquel se joignent les amis, crève
de froid l'hiver. Les appareils de chauffage électrique
ne fonctionnent pas plus que les poêles à gaz. Sa
notoriété vaut à l'occupant des lieux des livraisons
de charbon que beaucoup d'autres ne reçoivent pas,
mais les provisions s'épuisent vite. Il faut donc se
contenter de ce que l'on trouve, à commencer par
Picasso lui-même, quand l'artiste a condescendu à
se montrer.

Il parle. Il donne quelques conseils. Il ouvre les
portes de ses habitudes, exigences et pensées. Il dit

qu'une œuvre naît toujours à partir d'idées simples qui s'effacent devant d'autres, jaillies soudain de son imaginaire, qu'il les suit, s'y intéresse, considérant que le premier jet est souvent le plus intéressant. Il dit que, contrairement à Matisse qui recopie et épure inlassablement un premier dessin, il travaille sans brouillon et respecte l'inspiration initiale. Il dit que lorsqu'il dessine un homme, c'est toujours à son père qu'il pense. Il dit qu'il n'a pas connu la naïveté propre aux dessins d'enfants, car ceux qu'il traçait à sept ans étaient déjà parfaitement académiques. Il dit, il dit, il dit… Il parle beaucoup. Il regarde attentivement les œuvres qu'on lui apporte, dont certaines sont signées par des inconnus, d'autres par des maîtres anciens. Un jour, raconte Brassaï, on lui a proposé une toile monumentale du Greco. Elle est arrivée sur une charrette à bois. On l'a arrimée à des cordes pour la hisser à travers le grand escalier jusqu'à l'étage. On l'a débarrassée des couvertures qui la recouvraient, puis on a appelé l'expert. Picasso est arrivé. Dix paires d'yeux le fixaient, puis l'œuvre, puis lui-même. Il a observé longuement la toile. Il n'a posé aucune question. Il n'a même pas demandé à la vendeuse à quel prix elle espérait la lui céder. Il l'a écoutée lorsqu'elle a dit : « Cette œuvre n'est pas un faux : c'est le directeur du Prado qui me l'a assuré. »

Picasso a acquiescé. Puis il a dit que le directeur du Prado, c'était lui. Il a précisé qu'il avait été nommé par la République espagnole. Et il a confirmé : il n'était pas en face d'un faux Greco.

Mais il ne l'achèterait pas. C'était un Greco de commande :

> *Si les bonnes sœurs de Sainte-Thérèse, si les orphelins de Sainte-Ursule lui demandaient quelques larmes de plus, il en ajoutait volontiers. Tant de pesetas par larme... Il faut bien vivre*[1]...

Sur ces mots, il a renvoyé l'œuvre et est passé à ses propres toiles. Car, étant privé d'expositions, il aime les montrer. Parfois, il les vend. La femme de Michel Leiris, Louise, a racheté la galerie de son beau-père, Daniel-Henry Kahnweiler (elle est la fille naturelle de sa femme). Juif et allemand, l'un des premiers grands marchands des cubistes en général et de Picasso en particulier, Kahnweiler se cache en zone sud. Afin d'éviter que Picasso ne vende ses œuvres aux Allemands ou à d'autres, il a demandé à sa belle-fille de les acheter. Ainsi réalise-t-elle deux opérations positives : elle évite les dispersions tout en assurant à son beau-père un portefeuille conséquent pour des lendemains incertains.

En attendant, Picasso expose chez lui. Il se soucie beaucoup de la réaction du public face à son œuvre. Il agence ses toiles selon une architecture qui lui est très personnelle. Il ne représente pas la guerre comme pourrait le faire un photographe ou un artiste figuratif. Mais, comme il le dit lui-même, la guerre est partout présente dans son travail. Les peintures des années 1942-1943 sont très sombres,

---

1. Brassaï, *Conversations avec Picasso*, Gallimard, 1997.

souvent peintes dans des tons noirs et gris. Les natures mortes laissent apparaître les préoccupations de l'époque, la faim, le froid, les restrictions, les contraintes. D'autres œuvres sont plus violentes. La *Femme nue* (1941) traduit un immense désespoir. La *Nature morte avec crâne de bœuf*, peinte dans les mauves violacés, est lugubre. L'*Aubade* (1942) évoque une femme allongée, enfermée, torturée. La *Tête de mort*, sculpture en plâtre bientôt coulée dans le bronze, impressionne Brassaï par la violence qu'elle dégage. Pierre Daix a relevé que le mouvement des bras de la *Femme se coiffant*, silhouette monstrueuse évoquant la guerre, peinte à Royan en 1940, représentait une croix gammée (à quoi Picasso répondit qu'il n'y avait pas songé).

D'autres œuvres paraissent plus légères, moins sombres. Ainsi la *Tête de taureau*, sculpture née de l'union d'une selle et d'un guidon de bicyclette, ou l'*Homme au mouton*, autre sculpture haute de plus de deux mètres, représentant un berger pacifique dressé grâce à la complicité de l'ami Eluard qui a aidé à renforcer la structure au fur et à mesure de l'élaboration. Ou encore *le Buffet du Catalan,* qui illustre si bien la manière Picasso.

Ce buffet se trouvait dans le restaurant où le peintre et ses proches déjeunent presque quotidiennement. Un jour, Picasso décida de le peindre. Quand il revint au Catalan le lendemain, le buffet avait disparu. A Robert Desnos qui s'en étonnait, le peintre confia : « J'ai dû le prendre sans m'en apercevoir en le peignant. »

Du Picasso très pur...

Le coq en sa basse-cour

> Quel temps vivons-nous, cher ami !
> Les peaux de lapin valent plus cher que
> la peau des hommes.
>
> Léon-Paul FARGUE.

Un jour d'avril 1943, le poète Léon-Paul Fargue entre au Catalan. La veille, selon son habitude, il a bu un dernier petit verre au comptoir d'un des bistrots qu'il affectionne. Peut-être le café de Flore où, à en croire Paul Léautaud, il a ses habitudes. C'est-à-dire qu'il entre, choisit une table au milieu d'autres, s'assied et regarde son voisin de droite. Il lui sourit et lance : « Toi, je t'emmerde. » Se retourne sur sa gauche et poursuit : « Toi aussi : je t'emmerde tout autant. » Regarde un peu plus loin et reprend : « Toi, je t'emmerde encore plus. » Puis, se levant, à la cantonade : « Je vous emmerde tous[1] ! »

Ce matin-là, au Catalan, le poète commence sa journée avec un verre de beaujolais. Debout au

---

1. Paul Léautaud, *Journal littéraire*, tome 11, *op. cit.*

comptoir, le couvre-chef bien appuyé sur sa calvitie, le clope assuré dans la main droite, il lève son verre à la santé du monde. Derrière lui, la porte s'ouvre sur Picasso. Hugnet l'accompagne. Fargue connaît mal Picasso, mais un peu mieux le poète surréaliste. Il lui tend une main molle que l'autre esquive : Fargue signe dans les colonnes de la *NRF* de Drieu et dans d'autres journaux plus ou moins collabos.

Fargue n'a pas le temps de se défendre : il s'effondre. L'assistance se précipite. Tandis que le bistrotier appelle une ambulance, Hugnet se penche. Fargue ouvre une paupière.

« Ça va mieux ? Tu veux quelque chose ?

— Oui. Un coup de rouge. »

Quelques minutes plus tard, Fargue est emporté par des ambulanciers qui le conduisent à l'hôpital. Il vient de subir sa première attaque d'hémiplégie : bientôt, paralysé par la maladie, il ne sortira plus de chez lui.

Picasso rejoint sa table habituelle. Dora Maar l'accompagne. Elle ressemble de plus en plus à *la Femme au corsage bleu* ou au *Portrait de Dora Maar à la blouse rayée.* Son visage est marqué, plombé. Il tranche avec le calme et la sérénité qui apparaissent sur les portraits de Marie-Thérèse. Car Picasso peint tantôt l'une, tantôt l'autre, de la même manière qu'il voit tantôt l'une, tantôt l'autre. Le jeudi, il passe la journée avec sa fille Maya, chez sa mère. Il y dort souvent. Il y peint aussi : dans l'appartement de l'île Saint-Louis qu'il lui a fait prendre, il s'est ménagé une pièce-atelier. C'est comme à Royan : il maintient

ses deux femmes à portée de main. Quand il habitait
avec Olga rue La Boétie, il avait déniché un logement pour Marie-Thérèse : rue La Boétie. Quand il
partait en vacances avec l'élue officielle, il emportait
Maya et sa mère dans ses valises, les cachant dans
un hôtel proche du sien.

Il est avec Dora, mais il envoie des lettres d'amour
enflammées à Marie-Thérèse. Il leur offre les mêmes
robes. Un jour, un livreur s'étant trompé d'adresse,
Dora a voulu en avoir le cœur net. Elle s'est retrouvée face à sa rivale. Au début de la guerre, lorsque
Marie-Thérèse habitait la maison de Vollard, au
Tremblay-sur-Mauldre, et que Picasso s'y rendait le
week-end, Dora affrétait un taxi et s'y faisait
conduire. Elle en était réduite à pleurer derrière les
hauts murs, imaginant la vie de son amant avec la
mère de sa petite fille. Cette fois, elles se trouvent
toutes deux dans la même pièce de la rue des
Grands-Augustins. Et Picasso est présent lui aussi.
Il est le coq de la basse-cour. Ce rôle lui sied – et
lui plaît.

« Dites que c'est moi que vous aimez », demande
Dora.

Le coq ne répond pas.

« Dites-le ! »

Marie-Thérèse ne pipe mot. Elle attend. Le coq
vient vers elle et pose une main rassurante sur son
épaule.

« Vous savez bien que vous êtes la seule que j'aime. »

Dora est livide. Marie-Thérèse se pâme. Elle rou-
coule, énamourée, puis se plante au milieu du pou-
lailler.

« Fichez le camp, ordonne-t-elle à sa rivale.

— Je ne partirai pas d'ici. C'est à vous de déguer-
pir ! »

Dora se campe face à Marie-Thérèse, poings sur
les hanches.

« Je ne bougerai pas. »

Marie-Thérèse la pousse. Dora répond par une
gifle. Le coq regarde, intéressé. Pas une seconde il
ne songe à intervenir.

« Vous n'avez pas d'enfant avec lui ! Moi si ! Ma
place est là ! Partez ! »

Les deux femmes s'empoignent. Marie-Thérèse
étant la plus forte, Dora Maar échoue sur le palier.

Et dégringole les marches, en larmes.

A l'étage, le coq emporte la victorieuse dans sa
chambre, la câline et lui montre une armoire :

« Quand je ne serai plus là, tout ce qu'elle contient
sera à toi ! »

Il décroche une clé de sa ceinture et ouvre la
porte. Eberluée, Marie-Thérèse découvre une pile de
lingots d'or. Ce jour-là, comme chaque fois qu'elle
vient rue des Grands-Augustins, elle s'en va avec un
petit réconfort : un panier de charbon.

Sept ans avec Dora, presque vingt avec Marie-
Thérèse. Tous les amis de Picasso connaissent la première ; seuls Sabartés et sa femme (qui détestent
Dora) ont croisé la deuxième. Pour Picasso, cela ne
suffit pas : il en faut une troisième.

Il la rencontre un soir de mai 1943, un mois après
la chute de Léon-Paul Fargue. C'est une jeune fille
brune, beaucoup plus jeune que Dora. Elle dîne au

Catalan avec une amie en compagnie de l'acteur
Alain Cuny. Picasso se trouve à une table voisine.
Il est entouré de son cercle habituel et, bien sûr, de
Dora Maar. Il se lève et gagne la table de Cuny.

« Présentez-moi à ces demoiselles », demande-t-il
au comédien.

La brune s'appelle Françoise Gilot. Elle a vingt
et un ans. Elle est peintre. Son amie travaille la
sculpture à Banyuls avec Maillol. Picasso les invite
à voir son travail rue des Grands-Augustins. Les
deux jeunes filles viennent deux fois ensemble, puis
Françoise se présente seule. Elle arrive un jour de
pluie, ce qui oblige son hôte à l'emmener dans la
salle de bains pour lui sécher les cheveux.

Elle se laisse faire.

Il lui propose de prendre un bain chaud – privilège rarissime en ces temps de misère.

La fois suivante, il la conduit dans sa chambre,
où traîne un livre du marquis de Sade.

« Vous connaissez ?

— Très bien. Et aussi Choderlos de Laclos et Res-
tif de La Bretonne. »

Il en reste coi.

Il l'entraîne vers d'autres coins de l'atelier, lui
montre le ciel, se retourne et l'embrasse.

Elle se laisse faire.

Il lui dit : « Vous pourriez vous défendre un
peu ! »

Elle le regarde, mutine : « Pourquoi ? Je suis à
votre disposition ! »

Il lui explique qu'il aime le jeu de la séduction,
la conquête.

« Débrouillez-vous », dit-elle.

Il la décoiffe : il déteste qu'elle porte les cheveux trop sagement noués. Il l'observe. Il la dénude. Il l'embrasse. Elle apparaît bientôt sur ses toiles (*Amoureux sur un banc*). En février 1944, après un court interlude avec une jeune fille de dix-sept ans, elle devient la cinquième femme de sa vie. La seule qui le quittera.

Jean Jean

> Cocteau : sympathique, et en même temps tourmenté comme un homme séjournant dans un enfer particulier, mais confortable.
>
> Ernst JUNGER.

Parmi les très nombreux visiteurs qui poussent la porte des Grands-Augustins, il en est un qui aurait rêvé de recevoir Picasso chez lui. Qui, chuchotent quelques mauvaises langues, a fait installer des tableaux d'ardoise dans sa maison en espérant y recueillir un peu de la sève picturale du Grand Génie des Couleurs.

Jean Cocteau.

Il est accompagné de Jean Marais. L'un, quinquagénaire maigre sinon squelettique, d'une élégance jamais prise en défaut, les avant-bras ceints dans des manchettes bien serrées qui laissent les poignets libres de virevolter sur les délicatesses du monde. L'autre, à en croire Mouloudji qui le croisa un jour quai Voltaire, « chef-d'œuvre de la

nature, statue vivante, marbre de chair somp-
tueux[1] ».

Jean Marais a trente ans. Il aime Cocteau depuis
1937. Les deux hommes se sont rencontrés grâce à
Dullin, qui enseignait le théâtre à Jean Marais. Cocteau cherchait un acteur pour interpréter *Œdipe roi.*
Marais est venu à l'hôtel de Castille, où le poète
habitait. Une petite chambre très simple où régnait
une odeur bizarre et où trônaient, au milieu de la
pièce, d'étranges accessoires : un plateau d'argent,
des bagues de jade, une lampe à huile, quelques
pipes au long tuyau. Cocteau était allongé sur le lit,
vêtu d'un peignoir blanc, un foulard en soie noué
autour du cou. Il aspirait l'opium à longues goulées.

Cette première fois, il lut un acte d'une de ses
pièces à un jeune homme très déboussolé qui écoutait, fasciné, la voix métallique du poète. En dépit
du brouillard de la drogue, Cocteau lisait très bien,
à un rythme impressionnant.

Fin du premier acte.

Jean Marais revint quelques jours plus tard afin
d'entendre la suite de la pièce, puis une troisième
fois pour la fin. Il s'asseyait au pied du lit, écoutait
sagement tout en inhalant, ne pouvant faire autrement, l'âcre odeur de la drogue.

Quelques semaines plus tard, le quinquagénaire
téléphona au jeune éphèbe afin qu'il le rejoignît de
toute urgence à l'hôtel de Castille. Il ouvrit la porte,
tomba dans ses bras et confessa :

---

1. Mouloudji, *la Fleur de l'âge*, Grasset, 1991.

« Je vous aime.

— Moi aussi », répondit le comédien.

C'était faux.

De son propre aveu, le jeune homme ressentit une grande et brusque émotion à l'idée d'être aimé par un personnage aussi important que Jean Cocteau. Et puis il était acteur : n'est-ce pas le plus beau des rôles que de jouer la comédie pour un être qu'on admire ?

Ainsi pensa Jean Marais. Sans que ce rôle lui pesât longtemps : « Qui approchait Jean ne tardait pas à l'aimer[1]. »

Le rideau tomba sur le lit du poète et sa prise admirable.

On l'ouvrit bien vite car il y avait fort à faire dehors : déjeuner chez Prunier (à seize heures, on peut encore y manger), aller à la pharmacie Leclerc quérir un flacon de cet inestimable parfum porté par l'impératrice Eugénie et fabriqué spécialement pour Jean d'après une recette de Coco Chanel, dîner chez Maxim's en compagnie d'un grand, voire d'un moyen de ce monde, partir sans payer (Cocteau ne réglait jamais ses notes : d'autres le faisaient pour lui). Et puis, chercher de l'opium. Bien qu'il eût juré de faire désintoxiquer son amant, Jean Marais s'y collait. Tantôt à Paris, tantôt à Marseille. Grâce à quoi le Parent terrible s'en administrait une bonne dose dans les papilles, quel que fût l'endroit. Même dans les compartiments de train : il suffisait de bou-

---

1. Jean Marais, *Histoires de ma vie*, Albin Michel, 1975.

cher les interstices avec des serviettes avant d'allumer la lampe à huile. L'enfant terrible s'en chargeait : il avait appris à modeler les cônes d'opium, à piquer la goutte bienheureuse avec une aiguille en argent, à la faire chauffer sous la flamme avant de la poser sur la pipe, puis celle-ci entre les dents du Poète.

En cas de manque, on se résignait à changer de drogue et d'orifice, sniffant par le nez la cocaïne de substitution.

Ainsi filèrent les années jusqu'à la guerre. *Les Parents terribles* connurent un immense succès, au point que Cocteau s'alarma : le jeune premier ne serait-il pas tenté de convoler ailleurs ? Non sans élégance, le poète s'y résigna. Afin de s'éviter les immenses douleurs qu'il avait déjà connues du temps de Raymond Radiguet, il prit les devants :

> *Mon Jeannot adoré,*
> *Je suis arrivé à t'aimer si fort (plus que tout au monde) que je me suis donné l'ordre de ne t'aimer que comme un papa.*

L'inceste étant désormais prohibé, le fiston ouvrit largement son carnet de bal, ce qui permit au gentil papa de critiquer aimablement les nouvelles fréquentations du jeune homme.

La guerre mit provisoirement fin aux agapes. Cocteau ne lisant pas un seul journal et se tenant éloigné des affaires du monde, il reçut comme un seau d'eau sale l'ordre de mobilisation qui atteignit le soldat Marais dans la baie de Saint-Tropez. On se croyait en vacances, il fallut rentrer dare-dare à Paris. Coco

Chanel se proclama marraine de guerre de la compagnie tout entière, et Jean partit. Cocteau fut en proie au cafard des êtres esseulés. Accablé par la solitude et le chagrin, il se réfugia au Ritz. Pendant ce temps-là, l'ami Marais faisait sa drôle de guerre. En guise d'uniforme, il portait le pantalon bleu des *Parents terribles*. Plutôt que de répéter les grandes lignes du rapport, il se récitait à lui-même les répliques de *la Machine à écrire*, qu'il aurait à interpréter à son retour sur les planches civiles. Ses frères bidasses l'observaient de loin, se demandant si la recrue ne s'était pas fêlé le ciboulot en sautant de la Matford dans laquelle il était arrivé – Cocteau lui avait offert cette voiture, baptisée *le Chevreuil*. Ils ignoraient au nom de quoi le jeune homme avait droit à d'incroyables privilèges, lui qui ne dormait pas dans la chambrée mais à l'hôtel, recevait des monceaux de lettres, des cadeaux en tous genres, et maints égards prodigués par leurs supérieurs galonnés. Sans comprendre aussitôt le pourquoi du comment, ils crurent le jour de gloire arrivé lorsqu'ils virent débouler presque dans l'enceinte de la caserne un maigrelet à manchettes conduit dans une auto grand-sport par un hommasse coiffé en brosse. Malheureux de ne pouvoir obtenir une autorisation de visite, Jean Cocteau avait forcé le destin en traversant la Somme assis sur le siège passager d'une voiture conduite par un chauffeur par lui engagé. La personne était une coureuse automobile homosexuelle qui s'était fait couper les seins dans l'espoir de participer à des compétitions sportives réservées aux hommes ; principalement le lancer de poids. Elle s'appelait Violette Morris. La troupe en fut éberluée.

Dans ses bagages, le poète convoyait des cadeaux offerts par la marraine autoproclamée de la compagnie : pulls, gants, écharpes, couvertures et plaids d'Ecosse fabriqués par l'entreprise Chanel. Plus tard, les épouses recevraient des robes, et les enfants des jouets.

Vive la guerre !

« Mon Jeannot, je suis l'homme le plus heureux du monde », écrivit Cocteau à son retour.

Une question le taraudait : « N'est-ce pas admirable de pouvoir se dire, au fond de l'âme, dans cette énigme terrible : je suis parfaitement heureux ? »

Si fait, si fait...

D'autant plus heureux que le Jeannot obtint un poste abrité du danger : guetteur au sommet du clocher d'un petit village. Il accrocha sur les murs les photos de ses amis et petits amis, se dénuda le torse et entreprit de bronzer au soleil de cette très drôle de guerre. En théorie, sa tâche était simple : il devait scruter le ciel et téléphoner à l'état-major sitôt qu'une aile ennemie se profilait dans le firmament. Mais, myope ou bigleux, il était incapable de distinguer un avion français d'un avion allemand. Aussi dessina-t-il un modèle de l'un et un modèle de l'autre, prêt à en découdre. Le premier dont il repéra le fuselage ne lui laissa pas le loisir de consulter ses crayonnés : il largua deux bombes, d'après quoi Jean Marais comprit qu'il appartenait à l'ennemi et que la guerre, la vraie, venait de commencer.

Pour la plus grande joie de Cocteau, l'armistice fut rapidement signé. Il retrouva le jeune homme démobilisé et l'installa dans le petit appartement du Palais-Royal qu'Emmanuel Berl lui avait déniché en 1939.

Une vie très douce commença. Berl, journaliste, historien, romancier, marié à la chanteuse Mireille depuis 1937 (Sacha Guitry était son témoin), passait rue Montpensier en revenant du marché. Il rejoignait la cuisine sur la pointe des pieds. Cocteau l'y attendait en peignoir blanc. Les deux hommes parlaient bas pour ne pas réveiller Jean Marais, qui dormait à côté. Berl était fasciné par le talent oratoire du poète, et par une extraordinaire gentillesse qu'en soixante ans d'amitié il ne prit jamais en défaut.

Ils conversaient donc dans cet appartement si sombre mais si charmant ! Deux chambres – une pour chacun –, une cuisine, une salle de bains, une petite pièce pour l'opium. Moquette rouge partout, même dans la cuisine. Velours rouge sur les murs. Une table à dessin, des canapés profonds. Et ces ardoises sur les murs, accrochées là pour que Pablo Picasso y déposât sa sève picturale.

Mais Picasso n'était pas du genre à se déplacer. Alors, après l'avoir beaucoup attendu, longtemps espéré, Jean Cocteau se résolvait à prendre son Marais sous le bras et à traverser la Seine.

prendre qn en défaut
to catch sb. out

Le coq et l'arlequin

Cocteau est né repassé.

PICASSO.

Cocteau et Picasso, c'est pour le premier une grande histoire d'amour quand le second y voit avant tout une affaire d'intérêts bien compris – même si, en fermant les yeux, ces intérêts peuvent figurer des amitiés épisodiquement intenses.

Avec Picasso, Cocteau est une vraie farandole des desserts. Pendant la Première Guerre mondiale, costumé en bleu horizon taillé par le couturier Poiret, il lui envoie des cigares. Il change d'uniforme pour endosser la tenue des arlequins, espérant que le Malaguène le choisira comme modèle. Raté. Mais il l'emmène du côté de chez Diaghilev, où on joue *Parade*, ballet en un acte, argument de Jean Cocteau, musique d'Erik Satie, costumes et décors de Pablo Picasso[1]. Commentaire de Gide : « [Cocteau] sait bien que les décors, les costumes sont de Picasso,

---

1. Voir *Bohèmes*, *op. cit.*

que la musique est de Satie, mais il doute si Picasso et Satie ne sont pas de lui[1]. »

Quelques années plus tard, le peintre proclame que tous les coiffeurs chics parisiens connaissent le poète. Car Picasso, selon Berl, tenait Cocteau pour son meilleur souffre-douleur (Berl reconnaissait au seul André Breton le courage d'avoir rompu avec le peintre).

En ce jour de guerre et d'Occupation, Jean Marais et Jean Cocteau arrivent donc rue des Grands-Augustins. Leur hôte apprécie le jeune comédien, dont le physique le fascine. Aux yeux du peintre, Cocteau est moins grand. Après que Dora l'eut photographié, le poète a eu le malheur de remercier la jeune femme en lui offrant son portrait dessiné au fusain par ses soins, ce qui lui a valu une mesure de rétorsion immédiate de Picasso, qui n'a jamais supporté que d'autres peignent ses compagnes : il a recouvert le dessin de Cocteau.

Toute rancune bue, il fait monter ses hôtes dans l'atelier, où plusieurs visiteurs sont déjà là. Parmi eux, Jean Cocteau reconnaît aussitôt Mouloudji. Celui-ci observe Picasso avec un genre de stupeur gravée sur le visage. Le peintre vient de lui déclarer qu'il avait un profil typiquement grec. Et Mouloudji se demande comment, issu d'un maçon berbère et d'une mère bretonne, il peut ressembler à un pâtre hellène. Il s'observe dans une glace, se découvrant plutôt noiraud, œil, cheveux, allure.

---

1. André Gide, *Journal*, Bibliothèque de la Pléiade, Gallimard, 1997.

Il salue Jean Cocteau, qui, quelques jours auparavant, lui a trouvé une promesse de travail. Il l'a envoyé chez Moysès, propriétaire du Bœuf sur le toit. Mouloudji s'y est rendu avec un ami guitariste, Henri Crolla, ancien du groupe Octobre. Ils ont été engagés en lever de rideau et ont chanté du Prévert. Personne ne les écoutait. Ils ont fini par quitter la scène au milieu des bavardages sans que personne remarque leur départ. Sauf Moysès, qui les a sacqués séance tenante.

« Alors ? interroge Cocteau. Etiez-vous assis sur le piano du Bœuf comme un papillon noir ?

— Pardon ? » demande à son tour Mouloudji qui ne comprend rien à la grandeur de l'image.

La réponse s'égare dans un murmure indiscernable. Le poète s'éloigne vers les œuvres appuyées contre les murs. Mouloudji regarde Picasso. Celui-ci suit la lente progression de Cocteau devant les toiles exposées. Son regard exprime mépris et ironie. Quant au poète, il observe les peintures avec une rare profondeur. La grâce de l'inspiration vient de l'effleurer d'un doigt céleste. Il poursuit sa marche attentive sous l'œil impitoyable du peintre. Celui-ci ne le lâche pas. Et lorsque, enfin, le poète est arrivé au terme de la visite, le peintre lui demande :

« Alors ? Que penses-tu de mes tableaux ? »

Cocteau ferme à demi les yeux, prend sa respiration, exhale un souffle dans lequel il est dit :

« C'est très beau... Très très beau...

— Ouais », rétorque Picasso.

Il observe sa proie, sourit méchamment et plante la banderille :

« Décidément, tu n'y comprends rien. »

A quoi le poète ne répond pas.

Il est habitué.

On ne l'aime pas. Il le sait. Il s'en désespère. Les forces contraires se sont toujours déchaînées autour de lui. Lorsqu'il est arrivé à Montparnasse, vers 1916, les rapins le méprisaient. Trop chic. Trop snob. On l'accusait aussi de vouloir prendre la place de Guillaume Apollinaire. Plus tard, les surréalistes l'ont détesté. Trop mondain. Trop homosexuel. Vichy le voue aux gémonies. Dépravé. Inverti. Drogué. Gide en pire. Et, quoi qu'on puisse reprocher à Jean Cocteau, il faut reconnaître que cet homme a le courage de ses penchants : il les affiche sans complexe, sinon avec complaisance. Pour ce qui est de ses opinions politiques, le drame en ces temps terribles est qu'il n'en a aucune. Ce qui le conduit à faire beaucoup, trop, et souvent fort mal. D'où une cohorte d'ennemis qui gonfle et gonfle encore au fil des années. Jean-Louis Bory : « Il appartenait à ce milieu extrêmement brillant, parisien, qui est pourri quelle que soit l'époque. » Mais il « n'était pas un collaborateur nazi »[1].

Cocteau n'est pas condamnable au sens où un Céline, un Rebatet, un Sachs le seraient. Tous ces écrivains d'extrême droite ont passé la guerre à

---

1. Jean-Louis Bory, *in* André Halimi, *Chantons sous l'Occupation*, Olivier Orban, 1976.

appeler au meurtre, à l'extermination des Juifs, des francs-maçons, des communistes. La racaille, ont-ils écrit. Cocteau n'est pas antisémite, bien au contraire. Pourtant issu d'une famille antidreyfusarde, il a signé à la veille de la guerre une pétition de la LICA (Ligue internationale contre l'antisémitisme) condamnant toute forme de racisme. Ce qui n'a pas arrangé sa situation aux yeux des ultras qui, depuis 1940, l'accablent.

Le premier d'entre eux est une ordure : Maurice Sachs. Juif honteux et doublement converti (au catholicisme puis au protestantisme), escroc patenté, il est parvenu à pénétrer le premier cercle de Max Jacob et de Jean Cocteau. Homosexualité oblige, sans doute. Il a ridiculisé le premier dans un livre, *Alias*, paru en 1935. Après avoir bée d'admiration devant le second, qui l'avait aidé en l'engageant comme secrétaire et en lui confiant ici et là des rôles de figuration, il l'a traîné dans la boue et le menace désormais d'inclure dans ses Mémoires à venir un chapitre issu d'une brochure que Jean Paulhan a refusé de publier dans la *NRF* : *Contre Jean Cocteau*. Naguère, il lui a volé sa correspondance et ses manuscrits, tous vendus. Désormais, trafiquant dans le marché noir, dénonçant ses complices, STO volontaire à un moment, collaborateur de la Gestapo à un autre, il se roule avec délectation dans la fange nazie et se répand en propos vociférants sur l'homme qu'il a hier adulé. Il est le premier informateur des séides de Vichy. Ceux-ci veillent au grain : Cocteau ? Jamais.

En 1941, sa pièce *la Machine à écrire*, écrite en 1939, est interdite par la censure française. Que faire ? Cocteau se tourne alors vers l'occupant et lui demande son aide. La femme d'Otto Abetz intervient en sa faveur, puis Gerhard Heller, mandaté par Jacques Hébertot (qui dirige le théâtre du même nom, boulevard des Batignolles). Résultat : se plaçant au-dessus de Vichy, les Allemands cassent la décision française. Lors de la sortie de la pièce, les représailles sont terribles. La presse collabo, voire fasciste, s'en donne à cœur joie. Dans *Je suis partout*, Lucien Rebatet parle d'une « pièce d'inverti ». *La Gerbe* et *le Pilori* prennent la relève. Alain Laubreaux, qui règne sur la critique théâtrale de *Je suis partout*, éreinte Cocteau et Marais en termes orduriers. Pas de chance pour lui, il dîne un soir dans un restaurant du boulevard des Batignolles où le poète et son protégé ont leurs habitudes. Hébertot, qui a convié le critique et un troisième larron dans un cabinet particulier, appelle Jean Marais. Inconscience ou acte manqué ? Toujours est-il que le comédien se plante devant son ennemi et déclare : « Si vous me confirmez que vous êtes Laubreaux, je vous crache dessus. »

Laubreaux confirme.

Marais crache.

Les deux hommes s'empoignent.

Séparés par le restaurateur, ils regagnent chacun sa place. Mais quand le critique quitte l'endroit, Jean Marais se dégage de Cocteau qui tente vainement de le retenir, sort, attrape sa victime par le col et lui donne une raclée.

Le lendemain, alors que le monde du théâtre félicite l'acteur, l'ensemble de la critique lui tombe dessus. Jean Marais se voit sacré « plus mauvais comédien du moment ». Céline, qui avait soutenu Laubreaux, applaudit des deux mains.

En octobre 1941, *les Parents terribles*, qui avaient connu un grand succès à la veille de la guerre, sont repris au théâtre du Gymnase. Laubreaux appelle ses amis nervis à la rescousse. La salle est attaquée par une bande de jeunes fascistes qui sabotent la représentation en lançant des bombes lacrymogènes dans le public. Ils reviennent le lendemain. La pièce est interdite.

Tout comme il l'avait fait pour *la Machine à écrire*, Cocteau s'adresse de nouveau à ses amis allemands. Ernst Jünger, Albert Speer, l'architecte de Hitler (que l'auteur croise souvent chez Maxim's, haut lieu de la collaboration), et Karl Epting, directeur de l'Institut allemand, jouent si bien des coudes que la pièce est reprise. Cette fois, ce sont les cagoulards, Filliol à leur tête, qui mènent l'assaut. En 1937, bras armé de Mussolini, ils avaient abattu les frères Rosselli à Bagnoles-de-l'Orne. Contre Cocteau, ils attaquent le théâtre à cent cinquante. La pièce, de nouveau, est interdite.

Un an passe. Cocteau écrit *Renaud et Armide* pour la Comédie-Française. Il lit l'œuvre devant un aréopage soigneusement choisi : Heller, Jünger, Gallimard. Tout le monde applaudit. Sauf la censure qui, une fois encore, abat son couperet. Cette fois, l'auteur décide de changer de stratégie. Il écrit une lettre directement au maréchal Pétain :

Je viens à vous, comme à la plus haute justice, comme à la seule autorité dont je puisse admettre le verdict (...) J'avais décidé, avec les Comédiens-Français, d'écrire pour la Comédie-Française une grande pièce lyrique exaltant ce que votre noblesse nous enseigne. (...) Ma vie est impeccable. Mon œuvre est sans tache. Je suis le cousin de l'amiral Darlan. Mais c'est à vous, Monsieur le Maréchal, que je m'adresse, parce que je vous vénère et vous aime[1].

On ne sait pas si la lettre fut envoyée. Mais la pièce *Renaud et Armide* fut jouée et, selon une coutume désormais bien établie, violemment attaquée par l'extrême droite.

Jusqu'alors, Cocteau passe aux yeux de ses proches pour un habile manœuvrier. Il est agressé par ceux qui le vouaient aux gémonies avant la guerre, défendu par la frange aimable et distinguée des Allemands qui se veulent francophiles et ouverts au dialogue avec l'occupé. Ceux-là portent l'uniforme mais ne fraient pas avec les nervis de l'avenue Foch. Pour Cocteau, tout va changer avec l'affaire Arno Breker.

Arno Breker est sculpteur. Prix de Rome en 1933, ancien élève de Maillol, montparno des belles années. Une biographie très recommandable si, à ces

---

1. Lettre autographe adressée au maréchal Pétain, février 1942. Citée par Philippe Soupault, *Mémoires de l'oubli*, Lachenal & Ritter, 1986.

titres, il n'en ajoutait d'autres, plus discutables. C'est lui qui a réalisé les statues qui ornaient le stade olympique pendant les Jeux de Berlin, en 1936. Lui que Hitler a délégué auprès de Speer pour concevoir le projet du Grand Berlin. Lui encore qui a promené le Führer lors de sa visite éclair à Paris en 1940. Car Breker est un ami personnel de Hitler. Sa statuaire correspond à l'idéal germanique rêvé par le dictateur : des hommes larges d'épaules au regard altier et conquérant ; la force ; la puissance ; le Reich…

Au-delà de ces qualités, Arno Breker participe directement aux prises de guerre de son gouvernement. Contraignant Vichy, celui-ci a ordonné que soient descellées les statues qui constituent le patrimoine de la France. D'où cette injonction du maréchal Pétain datant de l'automne 1941 :

Nous, Maréchal de France, Chef de l'Etat français, décrétons :
   Il sera procédé à l'enlèvement des statues et monuments en alliages cuivreux sis dans les lieux publics et les locaux administratifs, afin de remettre les métaux constituants dans le circuit de la production industrielle ou agricole.

Des commissions départementales furent créées, qui dressèrent la liste des œuvres d'art promises à la destruction. Il s'agissait ni plus ni moins d'une épuration. La consigne officielle voulait que l'on gardât les Jeanne d'Arc, les Henri IV, les Louis XIV, les Napoléon de France. Le reste pouvait passer à la trappe. Trois ministères veillaient à la bonne exécution des opérations : l'Intérieur (Pucheu), la Production industrielle (Lehideux), l'Education nationale (Bonnard, le plus féroce). Des débats publics s'engagèrent. La presse s'en mêla, les académies concernées tentèrent de protéger leurs trésors. Le Sénat se battit pour le Luxembourg. Gambetta tomba : un peu juif, paraît-il, très républicain. Rousseau suivit : on ne lui pardonnait pas son *Contrat social.* Les révolutionnaires et réformistes de tout poil montèrent à leur tour sur la charrette : Marat, Camille Desmoulins, Fourier, Arago, Lavoisier, Jaurès... Ils précédèrent les vainqueurs de 1918 : Clemenceau, Joffre, Gallieni, Mangin. Les artistes discutables furent décapités à leur tour : Victor Hugo, Villon, Lamartine... La France perdait ses icônes d'une grandeur passée, considérées comme ferments de pourriture. A Paris, place de la République et place de la Nation, Marianne, déjà échafaudée et prête à tomber en raison d'un inconvenant bonnet phrygien, fut sauvée *in extremis.* Mais Abel Bonnard exigea encore les têtes de Dumas père, Bolívar, Washington, La Fayette, Bernard Palissy, Courteline, Charlemagne... Il voulait, cet illustre pédagogue, ne voir qu'une seule figure dépasser : celle de gloires nationales sans plus « d'intrus ni d'indignes dans ce peuple peu nombreux des statues, qui doivent partout proposer de nobles exemples à l'innombrable peuple des hommes[1] ».

La statuaire étêtée, les Allemands réclamèrent les cloches. Vichy s'indigna : il ne fallait quand même

---

1. Cité par Yvon Bizardel, in *Sous l'Occupation, souvenirs d'un conservateur de musée,* Calmann-Lévy, 1964.

pas marcher sur les pieds des curés ! On discuta, on transigea : les cloches seraient épargnées à condition que fût livré à l'occupant un poids en cuivre équivalent. Les crucifix, ciboires et autres calices y passèrent...

Pourquoi toutes ces richesses ? Non seulement pour les fondre et les transformer en canons, mais aussi pour que le Professeur Breker puisse poursuivre son œuvre exaltante en puisant dans le patrimoine des pays occupés ce qu'il ne trouvait plus chez lui. Il prélevait donc sa part sur le butin qui servait de matière première à son travail.

Par malheur, Cocteau était l'ami de cet homme qui lui avait obtenu des visas et l'avait aidé contre la censure. Dans sa poche, il conservait précieusement le numéro de la ligne directe qui lui eût permis, si nécessaire, d'appeler Breker à l'aide pour le sauver lui-même ou venir en aide à un ami. On suppose même qu'il composa ce numéro pour faire protéger Jean Marais à la suite de son altercation avec Alain Laubreaux.

Et c'est cet ami-là qui, le 15 mai 1942, exposait ses œuvres au Musée de l'Orangerie des Tuileries. Laval, qui avait organisé la manifestation, fit les choses en grand : vernissage, déjeuner à Matignon, conférence de presse, réception à l'hôtel Ritz, chez Ledoyen, au musée Rodin... Germaine Lubin, grande cantatrice, Wilhelm Kempff et Alfred Cortot, grands pianistes, furent réquisitionnés pour donner le *la* à l'artiste.

Le jour de la cérémonie, tout le gratin de la collaboration était présent, mêlé aux bons amis : Brasillach, Drieu la Rochelle, Van Dongen, Maillol, Despiau, Guitry, Arletty (au bras de son grand amour de l'époque, Hans Jürgen Soehring, officier de la Luftwaffe), Serge Lifar, Dunoyer de Segonzac... et Jean Cocteau. Qui retrouva ses hôtes un peu plus tard dans un cadre plus intime. Jean Marais l'accompagnait : excellent modèle pour le sculpteur !

Le 23 mai 1942, dans *Comœdia,* Cocteau enfonçait le clou : il publia un « Salut à Arno Breker » qui lui sera longtemps reproché :

> *Je vous salue, Breker. Je vous salue de la haute patrie des poètes, patrie où les poètes n'existent pas, sauf dans la mesure où chacun y apporte le trésor du travail national.*
>
> *Je vous salue, parce que vous réhabilitez les mille reliefs dont un arbre compose sa grandeur.*
>
> *Parce que vous regardez vos modèles comme des arbres et que, loin de sacrifier aux volumes, vous douez vos bronzes et vos plâtres d'une sève délicate qui tourmente le bouclier d'Achille de leurs genoux, qui fait battre le système fluvial de leurs veines, qui frise le chèvrefeuille de leurs cheveux.*
>
> *Parce que vous inventez un nouveau piège où se prendra l'esthétisme, ennemi des énigmes.*
>
> *Parce que vous rendez le droit de vivre aux statues mystérieuses de nos jardins publics.*
>
> *Parce que, sous le clair de lune, véritable soleil des statues, j'imagine vos personnages arrivant une nuit de printemps, place de la Concorde, avec le pas terrible de la Vénus d'Ille.*
>
> *Parce que la grande main du David de Michel-Ange vous a montré votre route.*

> *Parce que, dans la haute patrie où nous sommes compatriotes, vous me parlez de la France.*

Eluard lui envoya une lettre exprimant son désaccord :

> *Freud, Kafka, Chaplin sont interdits, par les mêmes qui honorent Breker. On vous voyait parmi les interdits. Que vous avez eu tort de vous montrer soudain parmi les censeurs !*

Mauriac et Paulhan s'insurgèrent. Picasso le bouda. La radio anglaise l'attaqua.

Une fois encore, Jean Cocteau fut banderillé par les uns, protégé par d'autres. Et comme si cela ne suffisait pas à brouiller les courbes de ses trajectoires, il allait bientôt se commettre avec un voyou qui écrivait comme Villon, volait des livres comme Cendrars, un poète maudit qui allait devenir son Rimbaud avant d'enflammer les plumes et les cœurs d'illustres thuriféraires : Jean Genet.

Notre-Dame-des-Fleurs

> Le pain mouillé, c'est pour les chiens
> et le pain sec pour les prisons.

Louis GUILLOUX.

Il entre en prison et en sort comme d'un moulin. Peu lui chaut, en vérité : c'est là qu'il écrit le mieux. Ses premiers poèmes ont été composés derrière les barreaux, notamment *le Condamné à mort*, publié à compte d'auteur, que Jean Cocteau découvre un jour de 1943 :

Sur mon cou sans armure et sans haine, mon cou
Que ma main plus légère et grave qu'une veuve
Effleure sous mon col, sans que ton cœur s'émeuve,
Laisse tes dents poser leur sourire de loup.

O viens mon beau soleil, ô viens ma nuit d'Espagne,
Arrive dans mes yeux qui seront morts demain.
Arrive, ouvre ma porte, apporte-moi ta main,
Mène-moi loin d'ici battre notre campagne.

Aussitôt, c'est l'embrasement. Fasciné par la puis-

asséner

(é)

sance des vers, Cocteau rencontre Jean Genet. Il
l'invite à déjeuner, supplie son convive de lui lire
d'autres textes, écoute, séduit, violenté, attiré, révolté,
des extraits de *Notre-Dame-des-Fleurs*. Il est sonné
par ces coups littéraires assénés par un voyou homosexuel qui ne dissimule rien de la violence, de l'érotisme cru qu'il porte en lui.   *struck / dealt*

« Confiez-moi votre manuscrit. »

Cocteau s'invite chez les Jouhandeau et leur fait
la lecture. Elise apprécie peu, mais Marcel s'enflamme
à son tour. Rendez-vous est pris quelques jours plus
tard, rue Montpensier, à l'heure de la toilette. C'est
là un grand classique : Cocteau reçoit souvent dans
sa salle de bains, un blaireau à la main. *shaving brush*

Le taulard raconte sa vie. Abandonné par sa mère,
élevé dans une famille adoptive, voleur à dix ans,
fugueur à treize, grand connaisseur des maisons de
correction et autres colonies pénitentiaires. Il s'est
engagé dans la Légion étrangère à dix-huit ans, a
déserté peu après, a contracté la mauvaise habitude
de voler des livres. Il est passé sept fois par la case
prison, il y retournera sans doute.

« Il faut publier, déclare Cocteau.

— Il y a même urgence », acquiesce Jouhandeau.

Mais Jean Genet ne veut pas.

« J'essaierai quand même », conclut Cocteau.

Il achève de se raser, enfile pantalon et manteau,
se rend chez Paulhan, chez Desnos, chez Eluard,
chez sa voisine Colette. Puis revient chez lui, amer :
toutes ces grandes plumes doutent.

« Il va retourner en prison, s'inquiète Jouhandeau.

— J'ai une idée », le rassure Cocteau.

L'idée est généreuse : il achète le manuscrit de *Notre-Dame-des-Fleurs* à son auteur. Ainsi est-il sûr qu'il ne se perdra pas et que, pour un temps au moins, Jean Genet sera à l'abri des besoins communs.

Il reste, cependant, les besoins supérieurs : les livres. Surpris à voler un recueil de poésies de Verlaine, Jean Genet retrouve le chemin de la Santé. Cocteau se désespère. Accompagné de Jean Marais, il vient visiter son mauvais garçon préféré. Il promet de tout faire pour le tirer de ce mauvais pas. Et il fait tout, en effet. Il engage Me Maurice Garçon pour le défendre devant la 14e chambre correctionnelle, il écrit une lettre au président, il assiste même au procès.

Verdict : trois mois de prison.

Pendant lesquels le détenu écrit *Miracle de la rose*.

Il sort.

Il récidive.

Et Jean Cocteau, comme d'habitude, ramasse une volée de bois vert émanant de la presse collabo, les Rebatet, les Laubreaux, les Brasillach qui tirent au canon sur cet inverti défenseur des petites frappes et des voyous.

Reconnu peu après sur les Champs-Elysées, le poète est frappé par de jeunes nervis en bleu marine, adorateurs de la LVF et de la Milice.

D'un côté, il y a donc l'homme courageux qui défend contre vents et marées les talents maudits que personne ne reconnaît encore ; celui qui ne craint pas, en pleine Occupation, d'afficher des mœurs et des libéralités qui lui reviennent en boomerang comme autant de gifles douloureuses. De l'autre, il y a le maître des mondanités qui célèbre Arno Breker et que ses amis proches reçoivent et louent dans les salons les plus huppés, aux tables les mieux garnies, dans des décors sublimes et parfaitement déplacés pour l'époque.

Et qui vient à ces banquets où Cocteau multiplie les bons mots et les effets de manches ? Marie-Laure de Noailles, qui couche avec un officier allemand. Suzy Solidor et Arletty, qui se dispersent dans les mêmes dessous (pendant que Joséphine Baker transmet à Londres des messages inscrits à l'encre sympathique sur ses partitions). Coco Chanel, qui vit au Ritz avec un officier nazi, lequel s'entremet aimablement pour mieux spolier la famille Wertheimer (on comprend sa sollicitude : ces Juifs réfugiés aux Etats-Unis depuis 1940 possèdent la majorité des parts de la maison de sa maîtresse). Emmanuel Berl, qui a écrit certains discours du Maréchal. Alfred Cortot, qui a joué en Allemagne, tout comme Charles Trenet, Maurice Chevalier, Mistinguett…

Ces gens-là vivent dans un monde hors du commun. Tandis que le commun a froid et crève de faim, mange du boudin de bœuf, du mou de mouton, des pâtés d'abats, des blettes et des topinambours, Cocteau et ses amis vont au Moulin-Rouge, au Bœuf sur le toit, au bordel, à l'Opéra, ou dans des restaurants dont les cartes proposent des repas qui coûteraient sa paie mensuelle à un ouvrier. Avant de rentrer se coucher, Cocteau et Marais boivent un dernier verre au comptoir de l'hôtel Beaujolais, dans le Palais-Royal, où l'ami Tino Rossi vient se désaltérer aussi.

A la maison attend le dernier amant de Jean Marais, Paul M., grand joueur de water-polo rencontré au Racing Club, où Jean nageait tandis que Paul enseignait la brasse coulée à des privilégiés qui n'avaient rien d'autre à faire. Le maître-nageur deviendra bien vite le secrétaire particulier de Cocteau, très occupé entre toutes ses pièces à écrire, les suites de sa désintoxication (il est entré en clinique et a renoncé à l'opium), la mise en scène d'*Antigone,* le tournage de *l'Eternel Retour*, les visites incessantes des jeunes admirateurs qui se pressent rue de Montpensier... Quant à Jean Marais, pas moins sollicité par les idolâtres, il doit monter et jouer *Andromaque* au théâtre Edouard-VII, recevoir Marcel Carné qui lui propose tout et pas n'importe quoi, s'occuper de ses affaires, contrats ou autres, protéger Cocteau de la vindicte vichyste...

Bref, pendant la guerre, pour certains, la vie continue. Pas vraiment comme avant, mais peu s'en faut.

« Paris non plus n'était pas frivole, note Jean Marais. Il était léger, mais dans le bon sens du mot. Comme si le danger n'existait pas, avec un visage avenant sous la menace. »

Il reconnaît : « Les concerts, les cinémas, les théâtres refusaient du monde. »

Mais il y avait une bonne raison à cela : « Paris crânait et ne voulait pas montrer à l'occupant son inquiétude ni sa souffrance. »

A Monte-Carlo, où Marais allait jouer au casino, c'était sans doute pareil. Et sur les lieux de tournage, aussi. Le comédien y venait avec son chien Moulou. Il exigeait qu'on donnât de la viande rouge au quadrupède. Lequel souffrait des pattes lorsque la marche était trop longue. Alors son maître l'emmenait dans le métro. Bien que le métro fût interdit aux chiens. « Mais Moulou n'était pas un chien. » Car sitôt qu'il approchait d'une bouche de métro, il se dressait sur ses pattes arrière. Jean Marais l'enroulait alors dans son manteau, l'emportait sous son bras et le cachait sous le siège. Pas dans les dernières voitures, les seules autorisées aux Juifs porteurs de l'étoile jaune. Non. Plutôt dans celles où montaient les derniers promeneurs d'une ville si douce à vivre. Car « le dernier métro est merveilleux[1] ». On y croisait le Tout-Paris qui revenait du théâtre, s'apprêtait à souper dans des lieux protégés du couvre-feu, organisait des sorties pour la fin de semaine ou les vacances approchant... Bref, tout allait bien dans le presque meilleur des mondes.

Ainsi qu'il le reconnut lui-même, la chance joua en faveur de Jean Marais : il aurait pu basculer de l'autre côté de la ligne jaune, celle où, par exemple, l'attendaient les producteurs de la Continental allemande. « J'étais *blanc* parce que mon destin et ma chance veillaient. » Le destin et la chance qui conduisirent Philippe Henriot à déclarer que le comédien nuisait à la France autant que les bombes

1. Jean Marais, *Histoires de ma vie, op. cit.*

anglaises, ce qui valut à Jean Marais d'être félicité
par la BBC. Et excusé pour plus tard.

Un jour pendant la guerre, Mouloudji s'entendit
appeler. Il se trouvait boulevard des Batignolles. Il
se retourna. Il reconnut cette « merveille de la Grèce
antique échappée du musée » qu'il avait croisée quai
Voltaire quelques mois plus tôt : Jean Marais.

« Moulou ! »

Il avança d'un pas, heureux d'être si aimablement
interpellé. C'est alors qu'une boule de poils lui passa
entre les jambes, fonçant sur le trottoir jusqu'au large
poitrail de son maître contre lequel il sauta les pieds
joints et la langue pendante.

« Je repartis vivement au long du boulevard,
confesse Mouloudji, exclu et rasant le bitume tel un
corniaud[1]. »

---

1. Mouloudji, *la Fleur de l'âge*, op. cit.

Monsieur Max

Si je suis trop lourd pour aller vers
Dieu, brancardiers, portez-moi.
Et si vous n'aviez pas de civière
Faites-en une de mes souffrances tressées.

Max JACOB.

Pendant ce temps-là, au camp de Drancy, Max Jacob se mourait. Max Jacob, le poète ami de tous, exilé à Saint-Benoît, dans l'Orléanais, depuis 1936. Il fut le mentor de Picasso au temps du Bateau-Lavoir. Il lui apprit le français, partagea sa chambre avec lui, vendit ses premiers tableaux à Vollard. « La porte de ma vie », disait-il. Il fut le témoin de son mariage avec Olga et le choisit comme parrain de sa conversion au catholicisme. Eclipsé par Apollinaire, plus savant, mieux introduit dans le grand monde, Max Jacob ne se remit jamais d'avoir été délaissé par Picasso. Il vit grandir ses amis de dèche tandis qu'il restait dans la misère, illustre poète mais pitre tragique, homosexuel, éthéromane, juif converti, rejeté par ses compagnons de naguère. Il fut traîné dans la boue par Maurice Sachs et Marcel Jouhan-

deau, snobé par ses relations parisiennes qui s'ébaudirent de le voir faire retraite dans une église du
Loiret, lui que les curés de Montmartre chassaient
du confessionnal tant ses frasques étaient honteuses[1].

Il vint à Saint-Benoît une première fois en 1921
dans l'espoir de se guérir des tentations qui assaillaient
sa conscience. Il en partit. Il y revint. Pendant la
guerre, il vécut là, replié, malheureux, sans ressources : comme tout auteur juif, il était interdit de
publication, et ses droits d'auteur lui avaient été
confisqués. Il subsistait en vendant par correspondance des manuscrits qu'il recopiait pour la centième
fois, ou ses propres livres qu'il décorait de dessins
autographes (Eluard lui en commanda quelques-
uns). Il dut se séparer des œuvres offertes jadis par
ses amis peintres, de ses bijoux, de sa montre... Il
ne fréquentait aucun restaurant, aucun théâtre,
aucune salle de concert. Il avait faim et froid. Il
logeait dans deux pièces minuscules proches de
l'abbaye. Il se levait tous les matins à cinq heures
et demie pour servir la messe. Il enseignait le catéchisme aux enfants du village. Jusqu'à ce qu'il fût
repéré par les Allemands en raison d'un nez à caractère clairement sémite, il faisait visiter l'église aux
touristes qui s'arrêtaient à Saint-Benoît.

Il demanda à ses amis de ne plus inscrire son
nom sur les enveloppes qu'ils lui adressaient. Portant l'étoile jaune, il s'éloigna des cafés où les Juifs
n'avaient plus le droit d'entrer. « Je me persuade

---

1. Voir *Bohèmes.*, *op. cit.*

doucement qu'on en arrivera bientôt à la fusillade de tous les Juifs en masse », écrivit-il, prémonitoire.

En décembre 1941, son beau-frère fut arrêté à Paris et embarqué pour le camp de Compiègne. Il y mourut, sans doute sous la torture. Malgré les supplications de sa sœur préférée, Myrté-Léa, Max ne put rien. Trop pauvre pour se payer le voyage jusqu'à Paris, il écrivit à l'administration des trains :

Monsieur le Directeur des Chemins de fer... Je suis poète, et comme tous les poètes, sans ressources. Je serais très désireux d'aller voir à Paris ma sœur dont le mari vient d'être arrêté. Vous m'obligeriez beaucoup en m'envoyant un billet de faveur me permettant de faire le voyage... Max Jacob, poète.

Son autre sœur mourut à son tour. Max suivit l'enterrement à Quimper, sa ville natale. La maison familiale avait été cambriolée. Peu après, son frère aîné, Gaston, fut arrêté : il était entré dans un jardin public interdit aux Juifs. Il fut déporté. Il mourra à Auschwitz.

En janvier 1944, Myrté-Léa tomba dans une rafle à Paris. Elle fut emmenée à Drancy. Désespéré, Max écrivit à Coco Chanel et à Jean Cocteau :

Mon très cher Jean,
On me dit que Sacha Guitry peut obtenir des libérations. Mon cher Jean, je vis dans une angoisse intenable. J'ai supporté avec l'idée de la souffrance rédemptrice, la destruction de mon logis familial à Quimper, la mort de

ma sœur aînée, celle d'un beau-frère et l'emprisonnement
de mon frère. On vient d'arrêter ma sœur, ma sœur pré-
férée. J'en mourrai. (…) Je te demande pardon de te déran-
ger dans ton travail. Mais à qui demander un secours ?
(…) Si j'écrivais à Sacha Guitry, ma lettre serait mise à
côté de celles des quémandeurs officiels. Un mot de toi, il
la considérera.

Cocteau fit mieux que d'envoyer un mot : il alla
trouver Sacha Guitry. Le Maître portait peut-être
quelques toasts à la table d'Otto Abetz. A moins qu'il
ne fût en conversation téléphonique avec Arno Breker. Toujours est-il qu'il ne tenta aucune démarche.
« Ce serait lui-même, je ferais quelque chose. Mais un
israélite quelconque, je ne peux rien[1]. »

Vint son tour. Le 24 février 1944, une traction
noire s'arrêta devant l'abbaye de Saint-Benoît. Trois
Allemands en civil en sortirent. On alerta le poète.
Il refusa de fuir. Les nazis lui laissèrent le temps de
préparer un petit bagage. Quand il descendit, les
habitants du village s'étaient regroupés devant l'église
pour essayer de le sauver. Max Jacob les salua,
monta dans la traction, une valise dans une main,
une couverture dans l'autre.

Il fut conduit à la prison militaire d'Orléans. Il
y resta quatre jours, enfermé dans une cellule avec
une soixantaine de détenus. Pour les consoler, il
leur chanta des opérettes d'Offenbach. Il en soigna

---

1. Lina Lachgar, *Arrestation et mort de Max Jacob*, Editions de
la Différence, 2004.

quelques-uns. Il écrivit des lettres aux amis de Paris,
les suppliant de le sauver. Il signait *Max Jacob,
homme de lettres.*

Le 28 février, il fut poussé dans un camion et
conduit à la gare d'Orléans. Direction, Drancy, où
sa sœur Myrté-Léa avait été emmenée. Il écrivit
d'autres lettres, notamment à Cocteau :

> *Cher Jean,*
> *Je t'écris dans un wagon par la complaisance des gen-*
> *darmes qui nous encadrent.*
> *Nous serons à Drancy tout à l'heure. C'est tout ce*
> *que j'ai à dire.*
> *Sacha, quand on lui a parlé de ma sœur a dit : « Si*
> *c'était lui, je pourrais quelque chose. » Eh bien, c'est moi.*
> *Je t'embrasse.*

Cocteau avait été prévenu dès le 25. Il écrivit une
lettre qui fut portée à von Bose, chargé des grâces
à l'ambassade d'Allemagne. Il téléphona également
à Gerhard Heller, ce que Marcel Jouhandeau fit
aussi. Une pétition circula, qui ne parvint jamais aux
autorités. Picasso fut informé de l'arrestation de son
ami alors qu'il déjeunait au Catalan. Il répondit :
« Max est un ange. Il n'a pas besoin de nous pour
s'envoler de sa prison. »

Quand Max Jacob arriva à Drancy, il apprit que
sa sœur avait été déportée la veille. Il souffrait d'une
broncho-pneumonie. Il fut emmené à l'infirmerie. Il
y mourut le 5 mars. Le lendemain, ses amis obte-
naient un ordre de libération signé de la main de
von Bose.

Une messe fut dite à l'église Saint-Roch. Mauriac, Eluard, Picasso, Braque, Reverdy, Paulhan, Queneau, Derain, Salmon, Cocteau et d'autres amis du poète y assistaient. Peut-être certains éprouvaient-ils un vague remords. Peut-être songeaient-ils qu'entre la vie trépidante qu'ils menaient à Paris et la survie douloureuse qu'avait connue Max Jacob à Saint-Benoît, il y avait un espace gris, terne, qui ne s'appelait pas nécessairement *collaboration*, mais qui s'en approchait. Et que s'il était louable d'avoir écrit une belle lettre pour défendre l'ami mort en camp, un coup de téléphone aurait sans doute suffi.

Un coup de téléphone sur la ligne directe d'Arno Breker.

Elise ou la vraie vie

> Une dame qui entretenait une dizaine de chats demanda à Jean Genet avec reproche :
> — Vous n'aimez pas les animaux ?
> — Je n'aime pas les gens qui aiment les animaux, dit-il.
>
> Jean-Paul SARTRE.

Pour ménager son chien, Jean Marais le hissait sur ses épaules et le trimbalait à travers les rues de l'Occupation. Quand le bipède était trop fatigué pour porter le quadrupède, il hélait un vélo-taxi (« Les hommes osaient peu monter dans ces chars traînés par un ou deux hommes[1] »), posait Moulou sur la banquette et pédalait lui-même à ses côtés.

Peut-être croisaient-ils Paul Léautaud et sa guenon. Ou Louis-Ferdinand Céline et ses chats. Ou Marcel Jouhandeau et ses poules.

Marcel Jouhandeau, cinquante-cinq ans en 1943,

---

1. Jean Marais, *Histoires de ma vie*, op. cit.

habitait dans le XVIe arrondissement de Paris dans
un petit pavillon de deux étages doté d'un jardin
minuscule où picorait une basse-cour surveillée par
un chat. Lequel, prénommé Doudou, appréciait
l'aînée des poulettes, Philomène, tandis que Bernadette, la jeune lapine, préférait Blanche. Il y avait
aussi un chien et des pigeons. Jouhandeau emmenait
souvent ses fifilles loin de Paris. Il asseyait la plus
jeune sur ses genoux, et en avant cocotte, on part à
la campagne prendre l'air !

Le marché noir étant destiné aux carnivores, il
fallut un soir diminuer les rations de la volaille. On
se sacrifiait déjà pour donner les épluchures aux
lapins et les pépins aux serins. Dans la nuit, l'auteur
de *Monsieur Godeau intime* fut réveillé par un
caquètement funèbre. Au matin, Philomène avait
trépassé. Quel malheur ! Le bon Marcel ne s'en
remit pas. Terrassé par une culpabilité terrible, il
bouffa la poule au pot et se consola avec un poussin
mignon dont il réchauffa les plumes au creux du
lit conjugal.

Elisabeth Toulemont, dite Caryathis ou Elise dans
l'œuvre maritale, dormait de son côté. Avant de tomber dans l'escarcelle psychotique de l'écrivain, elle
avait été danseuse, maîtresse de Charles Dullin et
amie de Max Jacob et de Jean Cocteau.

Tandis que l'époux pelotait le poussin, elle cas-
sait une graine clandestine, tournée contre le mur.
Il l'entendait mâcher sans oser lui demander sa
part. En cette période de restrictions, la question
alimentaire pesait lourd entre eux. Quand elle servait à table, Elise s'attribuait double portion. Il

finissait donc avant elle. Elle bâfrait tout en regardant l'assiette vide et lâchait : « Le docteur te l'a dit : tu manges beaucoup trop vite. » Concluait sur la dernière lampée : « Tu vas encore avoir mal au ventre ! » *gulp / swig*

Elle lui donnait parfois un os : sans la viande, qu'elle s'était attribuée. Et s'en justifiait par ces mots : « Le gras, c'est mauvais pour toi. »

Elle se servait un jus de fruits : « Tu as bien de la chance d'aimer l'eau ! »

Quand elle avait trois bouteilles de lait : « J'en garde une pour moi. Je vendrai les deux autres aux voisins.

— Et moi ?

— Le lait, c'est mauvais pour l'estomac. »

Il y avait un melon sur la table : « J'en prends la moitié, et je te vends l'autre. »

Elle revenait du marché avec quelques fruits. Il s'avisait d'en prendre un. Elle le récupérait : « C'est pour le dessert ! »

Au dessert, elle avait tout mangé.

Elle invitait un voisin à dîner : « A condition que vous apportiez votre frichti ! » *grub / nosh*

Le voisin venait avec trois fois rien. Quand il avait fini, les Jouhandeau s'empiffraient encore. « La prochaine fois, il apportera plus. Il partagera avec nous ! »

Entre eux, ce n'était pas véritablement le grand amour. En 1940, dans son Journal, Jouhandeau en faisait l'aveu :

Vu le désaccord qui se creuse entre Elise et moi, de demeurer a beau être sans illusion ni consolation, je m'y résigne, lié que je suis à elle par maints souvenirs et devoirs, souvenirs qui n'ont rien d'agréable, devoirs qui n'ont rien de facile[1].

Courage, fuyons.

Marcel Jouhandeau enseignait dans un lycée privé. Il était catholique proclamé et antisémite publié : en 1937, il avait regroupé plusieurs articles écrits pour le journal *l'Action française* dans un recueil au titre prometteur : *le Péril juif*. L'œuvre s'ouvrait sur un titre annonçant la couleur : *Comment je suis devenu antisémite.*

> *A dix-neuf ans, quand j'ai quitté ma province, je ne savais pas ce que c'était qu'un Juif. Depuis bientôt trente ans que j'habite Paris, j'ai fréquenté maints Israélites de tous les bords (...) J'en suis arrivé à considérer le peuple juif comme le pire ennemi de mon pays, comme l'ennemi de l'intérieur*[2].

Dans cette œuvre qu'il dissimulait entre les rayonnages de sa bibliothèque, Jouhandeau se déclarait plus proche de Hitler que de Blum, de l'ennemi allemand que des Juifs prétendument français.

Elise était pire encore. Jouhandeau le reconnut, qui avoua à Gerhard Heller que son antisémitisme relevait du mimétisme, sa femme détestant les Juifs.

Un jour de 1943, l'écrivain reçut une convocation qui lui rappela que Paris vivait sous la botte. Il devait

---

1. Marcel Jouhandeau, *Journal sous l'Occupation*, Gallimard, 1980.
2. Marcel Jouhandeau, *le Péril juif*, Sorlot, 1937.

se rendre le lendemain dans les locaux de la Gestapo, hôtel des Terrasses, avenue de la Grande-Armée. D'autres eussent fui. Pas lui. Il précéda l'appel, se présentant le soir même. Une sentinelle l'accompagna jusqu'au septième étage du bâtiment où il fut enfermé dans une pièce vide. Une demi-heure plus tard, trois officiers le rejoignirent. L'un d'eux portait un cartable. Il l'ouvrit, lut une feuille et déclara :

« Nous voulons vous poser quelques questions sur votre meilleur ami. »

Son meilleur ami s'appelait Jean Paulhan.

« Il est suspect. »

Jouhandeau assura le contraire.

« Il est juif. »

Jouhandeau jura qu'il l'aurait su.

Bref, à l'en croire, il lui sauva quasiment la vie :

Ce qui me stupéfie rétrospectivement, c'est l'habileté de sophiste avec laquelle je sus défendre et sauver ceux qu'on avait dessein de perdre[1].

Avant de quitter les aimables officiers, Jouhandeau leur demanda pourquoi ils l'avaient convoqué.

« Nous avons reçu une lettre de dénonciation nous assurant que votre ami Jean Paulhan était juif.

— De qui cette lettre ?

— De votre femme. »

L'époux demanda à voir la lettre. On lui communiqua une reproduction dactylographiée de l'original : « Mon mari mieux que personne saura vous

---

1. Marcel Jouhandeau, *op. cit.*

dire à quelle activité se livrent son ami Z et aussi bien T et W qui sont juifs. »

En son temps, Jouhandeau narra lui-même cette « mésaventure » à bien des témoins. Notamment à Jean Paulhan, à qui il écrivit : « Ce que j'aime le plus au monde a dénoncé ce que j'aime le plus au monde. »

Après coup, c'est-à-dire après la guerre, il s'employa à rectifier le premier tir. Il assura que la lettre ne pouvait avoir été écrite par la bonne Elise, certes viscéralement antisémite, mais pas au point de voir des Juifs là où ils n'étaient pas. Il la défendit de ses propres accusations en prétendant que lorsqu'il avait retrouvé sa femme et ses poules après sa visite à l'hôtel des Terrasses, elles l'attendaient toutes anxieusement au bas des marches de l'escalier.

Ensuite, l'épouse et lui-même s'accordèrent sans doute sur une version présentable de l'événement : Elise avait certainement trop parlé des amis de son mari, notamment de Paulhan (elle le détestait), devant des fréquentations peu honorables, ces fréquentations s'étant chargées de la dénonciation.

Peut-être. Il n'en reste pas moins que Gerhard Heller, autre fréquentation de Jouhandeau, confirma la version soutenue par les trois officiers allemands, et que Paulhan, qui n'allait pas chez Jouhandeau pendant la guerre pour ne pas croiser Elise, reprocha à celle-ci de l'avoir non seulement dénoncé lui-même, mais aussi certains de ses amis comme Bernard Groethuysen. Jean Paulhan, si mesuré, si délicat, qui, à cette occasion, affubla Elise Jouhandeau d'un nom et d'une épithète traduisant le fond de sa pensée : « immonde pute ».

Un beau voyage

Le beau voyage... Peut-être, par la portière de leur wagon, agitèrent-ils leur mouchoir, pour saluer galamment quelques Français qu'un autre train emportait vers le camp d'Auschwitz, qui s'en allaient mourir au camp d'Auschwitz.

Léon WERTH.

Les Jouhandeau étaient propriétaires à Guéret, dans la Creuse. En avril 1941, Marcel décida d'emmener Philomène et Bernadette sur ses terres afin qu'elles profitent du bon air de la campagne. Le problème, c'est que pour traverser la ligne de démarcation il convenait de posséder un ausweis en bonne et due forme. En cette période de disette bureaucratique, mieux valait s'adresser à Dieu ou à ses saints plutôt que d'attendre le bon vouloir de l'administration. Jouhandeau chercha donc un piston placé du bon côté du manche. Il en trouva un chez l'une de ses amies qui le convia à une réception-concert organisée dans ses appartements. Gerhard Heller était présent. Il avait lu *Monsieur Godeau, Chamina-*

dour et *les Pincengrain,* et admirait l'écrivain qui lui apparut, ce jour-là, comme un homme assez grand doté d'une tête d'oiseau.

Il promit de faire le nécessaire.

Quelques jours plus tard, le téléphone sonna dans la maison-poulailler. C'était Heller. Il proposait non pas un ausweis pour la Creuse, mais un laissez-passer pour l'Allemagne. Jouhandeau commença par refuser. Il en parla au chanoine qui dirigeait l'école confessionnelle dans laquelle il enseignait. Le saint homme lui donna sa bénédiction : en échange de sa bonne volonté, il parviendrait peut-être à obtenir le rapatriement du sous-directeur de l'établissement, emprisonné de l'autre côté du Rhin.

Le voyageur questionna ensuite son meilleur ami : Jean Paulhan. Lequel, à en croire l'intéressé, lui accorda à son tour l'ausweis moral dont il avait besoin : il lui assura qu'il était le seul écrivain français à qui il ne reprocherait pas ce périple.

En octobre 1941, Jouhandeau partit donc. Le but de la promenade était un congrès international d'écrivains que Heller avait organisé à Weimar. Paul Morand et Marcel Arland, sollicités, avaient refusé au dernier moment. Jacques Chardonne, Robert Brasillach, Ramon Fernandez, André Fraigneau, Abel Bonnard et Pierre Drieu la Rochelle étaient du voyage.

Chardonne, auteur des *Destinées sentimentales,* était également le directeur des Editions Stock. Germanophile et chantre de la collaboration, il publiait régulièrement des articles dans la presse aux ordres (contrairement à son fils, Gérard, arrêté et déporté pour activités de résistance, libéré du camp d'Oranienburg-Sachsenhausen après l'intervention de Gerhard Heller).

Brasillach était rédacteur en chef du journal fasciste et antisémite *Je suis partout* (il regrettait que la déportation des Juifs ne fût pas systématiquement étendue aux enfants).

Fernandez, jadis homme de gauche, avait rallié le Parti populaire français de Doriot en 1937. Prohitlérien, il défendait ses positions dans *la Gerbe*.

Fraigneau était écrivain et éditeur.

Abel Bonnard était maurrassien et doriotiste avant la guerre, antisémite depuis toujours. Editorialiste à *Je suis partout,* il sera ministre de l'Education nationale et de la Jeunesse dans le gouvernement de Pierre Laval. En hommage à ses convictions tant idéologiques que sexuelles, Galtier-Boissière le surnommait *Gestapette.*

A côté de ces nazis à peu près convaincus, Marcel Jouhandeau faisait bien pâle figure. Hormis un antisémitisme irréprochable et une grande faculté à se conformer aux us et coutumes exigés d'un Français pas vraiment collabo, pas vraiment neutre mais surtout hostile à la rébellion, il n'avait pas grand-chose à accrocher à sa boutonnière. Cependant, il était monté dans le même train. Est-ce la raison pour laquelle il se sentait assez mal ?

> *Qu'y a-t-il de plus insupportable que le confort ? Gêne d'être couché dans cette cabine qu'une machine emporte à travers la nuit, quand l'univers entier rêve de douleur*[1].

---

1. Marcel Jouhandeau, *Journal sous l'Occupation, op. cit.*

La gêne toucha sa conscience lorsque les voyageurs rencontrèrent des prisonniers français travaillant sur les voies empruntées par le convoi. Avant leur départ et après leur retour, ces messieurs prétendaient être allés en Allemagne dans l'espoir de faire libérer des artistes détenus. Artistes ou pas, ceux qu'ils croisèrent sur leur chemin étaient bel et bien gardés par des soldats allemands. Ils étaient pâles, défaits, d'une maigreur impressionnante. Pour punir les méchants nazis de maltraiter ainsi leurs compatriotes, certains de nos écrivains prirent une mesure hardie, voire courageuse, en tout cas traduisant un certain esprit de résistance : ils décidèrent de ne pas poser le pied à Strasbourg, ville patrimoniale occupée par les Allemands.

Na !

Là-dessus, dans le train, Jouhandeau rencontra un jeune poète allemand dont il tomba amoureux. L'archange était un SS, versificateur semi-officiel des Jeunesses hitlériennes. Il accorda quelques regards énamourés au quinquagénaire qui, loin d'Elise et de leur descendance poulaillère, se prit à rêver de triolisme : après l'archange, il jeta son dévolu sur le lieutenant Gerhard Heller. Au dire de l'officier allemand, bien que restant fort abstraite, cette « trinité amoureuse » semblait émouvoir Jouhandeau infiniment plus que le voyage lui-même. Au reste, il la narra dans un livre, *le Voyage secret*, tiré à soixante-cinq exemplaires.

Ils virent Cologne, Bonn, Francfort, Mayence, Fribourg, Munich. C'est dans cette ville que Jouhandeau fit « une rencontre historique, de la plus haute portée morale » qu'il ne devait jamais oublier : un Juif portant une étoile jaune.

Sans doute la beauté de la vallée du Rhin dissipat-elle son chagrin. Qui avait totalement disparu à Salzbourg, lors d'une représentation des *Noces de Figaro* donnée en l'honneur des visiteurs français.

A Berlin, ces derniers rencontrèrent le docteur Goebbels. Puis, à Weimar, ils rejoignirent leurs homologues des quatorze pays amis de l'Allemagne ou occupés par elle. Au retour, dans le train qui quittait Vienne, Marcel Jouhandeau fut malade. Non qu'il somatisât : il avait seulement trop bu. Ses compagnons le déshabillèrent et l'allongèrent sur la couchette inférieure du sleeping.

A l'arrivée, les voyageurs se félicitèrent de l'immense privilège acquis : ils seraient traduits en langue allemande. Jouhandeau loua son propre courage, lui qui avait refusé de faire escale à Strasbourg. En 1944, Jean Paulhan lui répondit en ces termes :

Bien cher Marcel,

De ton courage personne (ni surtout moi) ne doute. Mais en ce moment, je t'en prie, n'en parle pas. Ouvre les yeux. Tu n'es pas exposé. Ce n'est pas toi qui es exposé. Ce n'est pas toi qui viens de mourir en prison, c'est Max Jacob. Ce n'est pas toi qui as été tué par des soldats ivres, c'est Saint-Pol Roux. Ce n'est pas toi qui as été exécuté, après un jugement régulier, c'est Jacques Decour, c'est Politzer. Ce n'est pas toi qui es forcé de te cacher pour échapper à l'exécution, à la prison ; c'est Aragon, c'est Eluard, c'est Mauriac. Ce n'est pas toi qui es déporté en Allemagne, c'est Paul Petit[1], c'est Benjamin Crémieux

---

1. Diplomate, traducteur, Paul Petit fut arrêté en février 1942.

(...) Dans un temps où nous avons tous à montrer du cou-
rage, tu es le seul (peu s'en faut) qui ne soit pas menacé,
qui mène une vie prudente et paisible (...) Ce n'est pas à
toi à parler de ton courage, ni même de ton courage à venir
(s'il a jamais à venir, ce que je ne crois pas)[1].

D'autres excursions en terre nazie furent organisées par les services de la propagande hitlérienne.
Les écrivains André Thérive et Georges Blond s'y
rendirent. Fin 1941, les hommes de musique prirent le relais : Florent Schmidt, Marcel Delannoy,
Arthur Honegger, Lucien Rebatet et Jacques Rou-
ché (le directeur de l'Opéra) ; à Vienne, ils admirèrent l'orchestre philharmonique de la ville, dirigé par
Karl Böhm et Wilhelm Furtwängler.

Le danseur Serge Lifar fit plusieurs fois le voyage.
Maurice Chevalier, pétainiste convaincu et fier de
l'affirmer, chanta *Y a d'la joie* pour les prisonniers
français (et remercia les autorités allemandes de
l'accueil qui lui fut réservé). Fréhel, Charles Trenet
et Edith Piaf y allèrent également de bon cœur. Ainsi
que Raymond Souplex, Danielle Darrieux, Viviane
Romance, Albert Préjean, Suzy Delair.

Les peintres et les sculpteurs attendirent janvier
1942 pour franchir le pas. Vlaminck offrit son bras
à Van Dongen, Friesz, Dunoyer de Segonzac, Bou-
chard, Paul Belmondo, Charles Despiau et quelques
autres. Mais Georges Braque, bien que sollicité, refusa
d'être du voyage. Il avait également décliné l'invitation
qui lui avait été faite d'aller saluer Arno Breker. Et

1. Jean Paulhan, *Choix de lettres, op. cit.*

quand le gouvernement de Vichy lui avait demandé de dessiner un emblème qui vantât artistiquement la devise *travail, famille, patrie*, il n'avait pas plus ouvert sa porte. Il ne résistait pas. Mais il fut digne. Une qualité, en ces temps de compromissions.

IV

DROLES DE JEUX

Pensées libres

Les fauves aiment la cage.

Francis CARCO.

HONNEUR, *fidélité, patrie : pourquoi faire sonner à vos oreilles des mots dont le sens vous échappe ? Vous saviez, en partant pour l'Allemagne, exactement ce que vous faisiez. Vous saviez que l'Allemagne hitlérienne poursuit l'anéantissement de la culture française, que sa police jette en prison les écrivains suspects de patriotisme ; que ses prétendus services de propagande ont pour tâche d'étouffer toute manifestation de la pensée française, et d'abaisser systématiquement le niveau de la production littéraire française ; vous saviez – car les dirigeants hitlériens n'en font pas mystère – que l'« ordre nouveau » réserve à Paris un rôle d'obscure ville de province, que Berlin rêve de devenir la capitale intellectuelle d'une Europe asservie. Vous saviez que la plus grande honte pour un écrivain, c'est de participer à l'assassinat de la culture nationale dont il devrait être le défenseur. Vous ne l'ignoriez pas. Mais vous êtes partis, car vous ne vous souciez ni de la France ni de la culture. Vous avez renoncé au beau titre d'écrivain français, à ce titre lourd d'honneur, de responsabilité, de danger. Vous avez mieux aimé vous attacher comme esclave au char de l'ennemi que de mener la lutte glorieuse contre la barbarie.*

En décembre 1941, dans *l'Université libre,* Jacques Decour, Georges Politzer et Jacques Solomon s'adressaient en ces termes aux écrivains voyageurs qui s'étaient rendus à Weimar. *L'Université libre* était une des nombreuses parutions clandestines qui virent le jour quelques semaines après l'entrée des Allemands à Paris. Elles étaient tapées à la machine, parfois écrites à la main, deux feuillets, rarement plus, imprimés avec les moyens du bord : le matériel nécessaire à la reproduction était interdit à la vente. Parmi ces parutions, *la Pensée libre*, que Lescure et Vercors avaient approchée, joua un rôle considérable dans ce qui apparaîtra bientôt comme la première résistance des artistes : celle des écrivains.

La Pensée libre était issue de *l'Université libre*, fondée en novembre 1940 par un philosophe communiste d'origine hongroise, Georges Politzer, en réaction à l'arrestation de Paul Langevin, professeur au Collège de France, et à l'exclusion des enseignants juifs de la Sorbonne. Le rédacteur en chef en était Jacques Solomon, physicien, gendre de Langevin. En 1941, les deux universitaires furent rejoints par un jeune trentenaire, professeur d'allemand au lycée Rollin (aujourd'hui Jacques-Decour), membre du parti communiste : Jacques Decourdemanche. Celui-ci avait publié quelques livres chez Gallimard signés Jacques Decour. Il avait apporté son premier roman, *le Sage et le Caporal*, à Jean Paulhan, qui avait décidé de le publier. Là-dessus, le père du

jeune auteur s'était présenté, et avait menacé l'éditeur de ses foudres paternelles en cas de publication : l'auteur était encore mineur. Paulhan avait
tenu le jeune Decour informé. Quelques semaines
plus tard, il faisait sa réapparition dans le bureau de
Paulhan, muni d'un certificat de majorité en bonne
et due forme : il s'était marié.

Le Sage et le Caporal parut en 1929[1].

En septembre 1941, dans le petit bureau de la
rue Sébastien-Bottin, Jacques Decour expliqua à
l'éminence grise de la maison qu'il était mandaté
par son parti pour regrouper les écrivains résistants
dans un Comité national des écrivains clandestin
dépendant du Front national. Le Front national
avait été créé quelques mois plus tôt par les communistes. Il était présidé par Frédéric Joliot-Curie,
Prix Nobel de chimie en 1935. Il s'agissait pour le
Parti de renouer avec la ligne qui prévalait avant
guerre, lorsqu'il avait créé des organisations satel-
lites indépendantes ouvertes à tous les écrivains et
intellectuels antifascistes. Cette ligne, rompue avec
les procès staliniens puis la signature du pacte
germano-soviétique, devait renaître dans une résistance commune à l'occupant.

Jean Paulhan accepta de soutenir. Il organisa une
rencontre entre Decour et Jacques Debû-Bridel. Ce
dernier – pseudonyme Lebourg – fournissait à Pierre
de Lescure des renseignements issus du ministère de
la Marine.

---

1. Rapporté par Jean Paulhan, in *les Incertitudes du langage*, *op. cit.*

Les deux hommes se retrouvèrent à la Frégate, un bistrot situé entre les quais de la Seine et la rue du Bac. Puis ils se revirent avec Jean Paulhan. Ils établirent une première liste d'écrivains susceptibles d'adhérer au CNE nouvellement créé. Il n'était pas question de contacter les auteurs qui publiaient dans *la Gerbe*, *le Petit Parisien* ou les grands titres de la collaboration. Ce qui excluait Jean Anouilh, Marcel Aymé, Jean Cocteau, Colette, Léon-Paul Fargue, Jean Giono, Henry de Montherlant, Paul Morand, Henri Pourrat – et beaucoup d'autres.

On approcha ceux qui refusaient de se compromettre. Jean Paulhan mit à la disposition du CNE le vivier *NRF*-Gallimard, qui sera le premier et le plus important de tous. Decour et Debû-Bridel partirent en chasse des amis. Jean Blanzat, membre du comité de lecture Gallimard, adhéra ; il accueillit même les conjurés chez lui. Charles Vildrac, sympathisant communiste, vint aussi. Le révérend père Maydieu donna son accord. A ceux-là, qui constituèrent le noyau historique du CNE, il convient d'ajouter cet écrivain parisien qui, un jour de juin 1940, avait ouvert la porte de sa maison parisienne pour constater la mort des oiseaux : Jean Guéhenno.

Les Lettres françaises

> Le continent européen en était déjà
> arrivé au point où on pouvait dire sans
> ironie à un homme qu'il pouvait être
> content d'être fusillé au lieu d'être étran-
> glé, décapité ou battu à mort.
>
> Arthur KOESTLER.

Au moment de la débâcle, Jean Guéhenno se trouvait à Clermont-Ferrand. Il avait suivi les khâgnes
parisiennes qui s'étaient repliées en province avec les
enseignants. Obligé de faire classe dans des salles
archicombles, le professeur Guéhenno était tombé
malade. La déclaration de Pétain justifiant la demande
d'armistice l'avait mis hors de lui. Cette fureur sal-
vatrice l'avait rétabli. Il avait gagné la place de Jaude,
à Clermont-Ferrand. Passaient des troupes défaites,
des réfugiés hagards, des enfants juchés sur des
charrettes à bras, des vieillards épuisés… Et, au-
delà de ce spectacle affligeant, dans les cafés bor-
dant la place, des groupes d'officiers trinquaient
aimablement aux défaites prochaines. Guéhenno
s'était enflammé. Il les avait insultés.

Le lendemain, il fut convoqué au rectorat où une injonction préfectorale lui fut remise : les autorités le priaient de manifester en silence sa désapprobation.

Deux mois plus tard, Jean Guéhenno reçut un télégramme de Vichy lui enjoignant de revenir à Paris, où les classes de khâgne étaient rentrées au bercail. *into the fold/bosom*

Une nouvelle convocation l'attendait à son domicile. Cette fois, il ne s'agissait plus de se rendre au rectorat, mais à la Propagandastaffel. L'affaire paraissait autrement plus sérieuse qu'une simple remontrance préfectorale.

Après avoir longuement hésité, Guéhenno se présenta un matin devant une Gretchen en uniforme de l'armée allemande qui lui proposa tout de go de créer et de diriger un journal de gauche. L'écrivain manqua s'étrangler. Il ne s'agissait ni plus ni moins que de concevoir un organe socialiste prônant le développement d'une collaboration heureuse et pacifique avec l'occupant. On s'était adressé à lui car on connaissait son passé de militant de gauche. On s'était renseigné. On lui accordait quelques jours pour réfléchir à la proposition.

Une fois encore, Guéhenno s'emporta. Devant la Gretchen stupéfaite, sans accorder la moindre attention aux nazis qui passaient dans le couloir, il se mit à glapir et à crier comme il l'avait fait sur la place de Jaude de Clermont-Ferrand. Puis il sortit en claquant la porte.

Rentré chez lui, il s'en fut quérir une échelle qu'il installa derrière sa maison « pour foutre le camp s'il arrivait un malheur[1] ».

Il décida que rien ne l'empêcherait d'écrire mais que nul ne l'obligerait à publier : il garderait le silence, enfermé entre les lignes du *Journal des années noires* qu'il avait commencé en juin 1940. S'il choisissait d'éditer un ouvrage, ce serait dans la presse ou dans une maison d'édition clandestine, dissimulé sous un nom d'emprunt (ce fut Cévennes pour les Editions de Minuit, conformément à la règle qui voulait que les auteurs publiés choisissent le nom d'une campagne ou d'une province françaises).

Lorsque Jean Blanzat lui proposa d'intégrer le Comité national des écrivains, Guéhenno accepta aussitôt. D'autant que le noyau fondateur du groupe avait décidé de créer un journal, ce qui convenait tout à fait à l'ancien rédacteur en chef d'*Europe* et de *Vendredi*. Elsa Triolet et Louis Aragon, venus de la zone sud où le Parti les avait enfin retrouvés, appuyèrent de tout leur poids la naissance de ce nouveau journal. Aragon défendit une ligne plus ouverte que celle de *la Pensée libre*, imposant Paulhan et Decour à la direction.

Le premier numéro des *Lettres françaises* devait s'ouvrir par le manifeste du Comité national des écrivains, rédigé par Jacques Decour, à qui furent remis les autres articles prévus au sommaire de cet opus inaugural. Decour devait les transmettre à l'infras-

---

1. Jacques Debû-Bridel, *la Résistance intellectuelle, op. cit.*

tructure clandestine du parti communiste, qui assurerait l'impression du journal. Mais le professeur d'allemand ne vint pas au rendez-vous. Arrêté par la police française en même temps que Georges Politzer et Jacques Solomon, il fut interné et mis au secret à la Santé, puis livré aux Allemands. Torturé pendant trois mois, il ne parla pas. Georges Politzer non plus, qui fit face avec un courage incroyable aux SS qui l'interrogeaient. Juif, hongrois, parlant couramment l'allemand, il insultait ses bourreaux entre deux séances de torture, prédisant la défaite de Hitler. Son rire tonitruant est resté gravé dans la mémoire de tous les détenus qui, tel Pierre Daix, étaient enfermés dans des cellules proches[1].

Politzer, Solomon et Decour furent passés par les armes en mai 1942. La dernière lettre écrite par Jacques Decour à ses parents fut récupérée par Paul Eluard, qui l'apporta à Georges Hugnet. Ce dernier la dactylographia et la diffusa dans les milieux de la Résistance :

> *Vous savez que je m'attendais depuis deux mois à ce qui m'arrive ce matin, aussi ai-je eu le temps de m'y préparer, mais comme je suis sans religion, je n'ai pas sombré dans la méditation de la mort ; je me considère un peu comme une feuille qui tombe de l'arbre pour faire du terreau. La qualité du terreau dépendra de celle des feuilles. Je veux parler de la jeunesse française, en qui je mets tout mon espoir.*

Jacques Decour avait trente-deux ans.

---

1. Pierre Daix, *les Lettres françaises*, Tallandier, 2004.

Lui seul assurant la liaison entre le CNE et l'imprimerie du parti communiste, le premier numéro des *Lettres françaises* parut le 20 septembre 1942 (jour anniversaire de la bataille de Valmy), six mois seulement après le coup de filet de la Gestapo. Il fallut attendre que Claude Morgan, qui travaillait avec Decour, rencontre Edith Thomas, qui connaissait Jean Paulhan et Jacques Debû-Bridel, pour renouer le fil interrompu. Edith Thomas était une ancienne étudiante de l'école des Chartes dont elle était sortie munie d'un diplôme d'archiviste-paléographe. Elle avait publié quatre livres avant la guerre, dont trois à la NRF. Proche du parti communiste, elle avait couvert la guerre d'Espagne pour *Ce soir* et *Regards*. Elle et Claude Morgan allaient devenir deux piliers essentiels du CNE.

En septembre 1942, sur quatre feuilles ronéotypées, Claude Morgan était parvenu à publier clandestinement le manifeste écrit par Jacques Decour avant son arrestation :

APPEL DES ECRIVAINS
    Le peuple français ne s'incline pas (...) Nous proclamons notre admiration pour les victimes de la terreur organisée en France par Hitler et son valet, le gouvernement de Pétain. Nous saurons faire vivre dans la mémoire des Français les noms de ses héros.
    Nous sauverons par nos écrits l'honneur des Lettres françaises. Nous fustigerons les traîtres vendus à l'ennemi. Nous rendrons l'air de notre France irrespirable à ces scribes de l'Allemagne (...)
    Aujourd'hui, les signataires de cet appel créent ce journal, LES LETTRES FRANÇAISES, qui est l'expression même du Front National.

LES LETTRES FRANÇAISES sera notre instrument de combat et, par sa publication, nous entendons nous intégrer, à notre place d'écrivains, dans la lutte à mort engagée par la Nation française pour se délivrer de ses oppresseurs.

Monsieur Robespierre

Me voilà, ma Patrie !

ARAGON.

Il fait un froid glacial à Nice. Un homme remonte du marché de la Buffa. Il est grand, mince, le cheveu grisonnant. Il porte un cabas à la main. Il marche rapidement, tête baissée, comme s'il ne souhaitait pas être abordé ou reconnu. Il oblique dans la cité du Parc, en face de la préfecture, et pénètre sous une porte contiguë à un restaurant. Il monte un escalier étroit, s'arrête au premier étage, toque au battant. Une femme lui ouvre. Elle a quarante-cinq ans. Ses cheveux noirs filetés de blanc sont retenus en chignon. Elle a l'œil vif, le visage dur.

« Un ami est là, dit-elle tout en prenant le panier des mains de l'homme.

— Qui ?

— Je ne le connais pas. Il se fait appeler Jean. »

Elle montre la pièce du fond, qui donne sur la cité du Parc et la préfecture : le bureau où l'homme travaille. La femme a choisi la chambre, d'où on voit la mer.

« J'y vais. »

L'homme traverse le couloir et ouvre la porte de
son bureau. Il est un peu tendu, comme chaque fois
qu'un inconnu l'attend : les Allemands n'occupent
pas encore la zone sud, mais leurs séides ne sont
pas loin, et l'ordre est vichyste. Qu'ils soient flics ou
fonctionnaires, les gardiens du temple collabo haïs-
sent autant Louis Aragon qu'Elsa Triolet.

Le visiteur n'est pas tout à fait un inconnu. Il se
tient près du poêle où brûle de la sciure de bois. Il
ne s'appelle pas Jean, mais Joe Nordmann. Il est avocat. Bien qu'incapable de se souvenir de son nom,
Aragon se rappelle l'avoir croisé ici ou là, à Paris.
Il s'apaise. Il tend une main fraternelle.

« Je ne reste pas, dit l'avocat. Je vous ai apporté
des documents. »

Il montre une lourde enveloppe posée sur la table,
à côté de feuilles éparses soigneusement calligra-
phiées.

« Qui vous envoie ?

— Il y a un mot », répond *Jean* en montrant
l'enveloppe.

Les deux hommes devisent quelques minutes.
Selon son habitude, Aragon parle très rapidement,
sans cesser de marcher. Lorsqu'il s'en va, son visiteur
a le tournis. Après avoir coiffé son feutre, il referme
son manteau et quitte la pièce. Elsa Triolet lui ouvre
la porte de l'appartement.

Quand il est parti, Mme Aragon rejoint son mari.
Celui-ci a ouvert l'enveloppe. Il découvre le récit
d'un massacre, le nom des martyrs (il en connaît certains), les dernières lettres écrites aux familles, le lieu

de la tragédie : Châteaubriant. Après la mort des otages, les quelques témoins du drame ont consacré plusieurs nuits à dactylographier les informations recueillies, tout ce qu'il était possible d'amasser sur le carnage et les instants qui l'avaient précédé. Ce matériel a été apporté à Paris. Frédéric l'a réceptionné. Il l'a fait suivre à Aragon, avec un mot que l'écrivain a découvert dans l'enveloppe : *Fais de cela un monument.* Il a aussitôt reconnu l'écriture de *Frédéric.* Et, donc, son identité :

> *Frédéric, c'était notre chef à tous. Celui qui de quelque part en France portait depuis la première heure la responsabilité la plus haute, celui qui envoyait tous les Jean, tous les André. Celui dont les martyrisés ne dirent jamais le nom. Celui qui le premier dit de tirer au premier qui tira sur un Boche*[1].

Frédéric : Jacques Duclos.

Celui qui, Aragon l'ignorait, avait négocié la reparution de *l'Humanité* à Paris avec les autorités allemandes. Celui qui, jusqu'en juin 1941 – Aragon l'ignorait-il ? –, avait renvoyé dos à dos de Gaulle et Hitler. Celui qui, jusqu'à la rupture du pacte germano-soviétique, fut le premier à dire au premier qui voulut le faire de ne pas tirer sur un Boche.

Mais Aragon, il est vrai, s'était félicité de la ratification de ce traité infâme signé entre Hitler et Staline. A l'époque directeur de *Ce Soir,* il était de ceux qui avaient estimé que l'alliance des rouges et des

1. Louis Aragon, *l'Homme communiste*, Gallimard, 1946.

bruns permettrait aux premiers de gagner du temps et de se réarmer. Il s'était opposé à Paul Nizan, rédacteur dans le même journal, traité d'« agent de police » par Maurice Thorez pour avoir démissionné du Parti à cette occasion. Il avait été comme il était depuis la conférence de Kharkov[1] et comme il restera sa vie durant, debout face aux vents multiples : un stalinien convaincu. Ou encore, selon le mot de Salvador Dalí : un petit Robespierre nerveux[2].

La signature du pacte lui avait pourtant valu de nombreuses inimitiés. Avant la déclaration de guerre, elle l'avait obligé à changer de trottoir pour échapper aux lazzis de ceux qu'il croisait dans les rues d'un Paris encore libre. Le Parti avait été interdit ; ses députés étaient pourchassés, arrêtés. Aragon avait dû se réfugier à l'ambassade du Chili, où Pablo Neruda lui avait ouvert les portes d'un périmètre inattaquable. Il avait achevé là les cent cinquante dernières pages des *Voyageurs de l'impériale*. Elsa était restée au domicile conjugal, rue de la Sourdière. Chaque soir, elle venait le retrouver. Il lui lisait les ultimes feuillets de l'œuvre en cours.

Ils s'étaient mariés quelques mois auparavant. Presque dix ans après qu'elle l'eut pris en passant, grâce aux bons soins du poète Maïakovski qui lui avait fait une petite place à son côté sur les banquettes de la Coupole où il l'attendait[3]. Dix ans de folles passions, de jalousies intenses, d'écritures croi-

---

1. Voir *Libertad !*, *op. cit.*
2. Salvador Dalí, *la Vie secrète de Salvador Dalí*, *op. cit.*
3. Voir *Bohèmes.*, *op. cit.*

sées. Bien qu'elle fût plus menacée – juive et russe –, c'était lui qui avait insisté pour l'emmener devant Monsieur le Maire. Il y tenait. Il y tenait beaucoup. La guerre précédente lui avait appris le secret de son identité. Il était le fils du préfet de police Andrieux, avocat, député, ambassadeur, sénateur. Sa mère avait été la maîtresse de cet homme qui avait déclaré son fils sous le nom d'Aragon, peut-être parce qu'il avait eu une amoureuse espagnole. Pendant toute sa jeunesse, Louis Aragon avait ignoré qui étaient ses parents. Pour protéger la réputation du préfet, les rôles de chacun avaient été redistribués : le père s'était fait passer pour le parrain ou le tuteur, la mère avait été présentée comme la sœur, la grand-mère avait pris la place de sa fille, devenant la maman officielle d'un jeune homme qui n'y avait vu que du feu.

On l'avait averti la veille de son départ au front.

Or, de nouveau, la guerre se profilait. De la même manière que la situation s'était officiellement clarifiée pour lui-même vingt-cinq ans plus tôt, Aragon avait peut-être voulu mettre à jour sa situation personnelle. Les choses avaient été plus simples : suite à un avortement subi avec les moyens du bord en URSS, Elsa ne pouvait avoir d'enfants. Il n'y avait donc eu aucune affaire de descendance à régler. Seulement des questions d'ordre intime.

Elsa était terrorisée à l'idée que la guerre pût les séparer.

« Si je meurs… » hasardait Louis.

Elle n'y pourrait rien.

« Si je suis prisonnier… »

Là, c'était une autre histoire :

« Si tu es prisonnier, je prendrai un amant. »

La veille de son départ au front, elle lui avait expliqué qu'une femme de son âge ne pourrait jamais attendre la fin de la guerre sans offrir ses charmes et en recevoir d'autres :

« Je suis encore jeune et belle. »

Il ne l'ignorait pas. Même en temps de paix, elle ne se privait jamais de le lui faire savoir : combien de fois, après une dispute, ne s'était-elle pas réfugiée à l'hôtel, une nuit – sinon plus – avec un autre ?

Elle l'avait accompagné à la gare, aussi déchirée qu'il l'était lui-même. Elle espérait que la perspective d'être trompé lui donnerait suffisamment d'énergie pour ne jamais se laisser attraper.

Cela n'arriva pas.

A quarante-deux ans, il était parti au front avec autant de vaillance que lorsqu'il en avait vingt. La première guerre lui avait apporté la croix de guerre, la seconde lui offrit les palmes et la médaille militaire : il sauva des blessés qui se trouvaient derrière les lignes ennemies.

Il fut démobilisé en Dordogne. Elsa avait reçu les lettres d'amour qu'il n'avait pas cessé de lui envoyer, fût-ce sous le feu et la mitraille. Elle s'était réfugiée en Corrèze, chez Renaud de Jouvenel. Elle vint le chercher dans une voiture de l'ambassade du Chili et le rapatria chez son hôte. Ils y reçurent de nombreuses propositions d'exil : l'Amérique, grande et généreuse, leur offrait l'hospitalité. Ils refusèrent de quitter le territoire national.

En septembre 1940, ils retrouvèrent la tribu *NRF* chez Joë Bousquet, à Carcassonne. Ils y rencontrèrent un jeune homme que personne ne connaissait et qui, pourtant, avait déjà beaucoup fait pour la résistance des poètes. Un jeune homme qui s'était adressé à Louis Aragon quelques semaines plus tôt pour lui demander de l'aider à faire vivre une revue qu'il venait de fonder. Aragon avait souscrit un abonnement de soutien. Le jeune homme avait répondu par un billet : « D'un poète, je n'attends pas d'argent mais quelques vers. »

Deux semaines plus tard, il recevait un poème d'Aragon écrit à l'encre bleue, *les Amants séparés*[1] :

> *Comme des sourds-muets parlant dans une gare*
> *Leur langue tragique au cœur noir du vacarme*
> *Les amants séparés font des gestes hagards*
> *Dans le silence blanc de l'hiver et des armes.*

Le jeune homme s'appelait Pierre Seghers. En octobre 1939, mobilisé dans l'armée des Alpes, il avait fondé une petite revue indépendante de poètes soldats : *Poètes casqués*. Tout comme Vercors, mais pour d'autres raisons, Seghers s'intéressait à l'impression et à la typographie : ayant eu un manuscrit refusé avant guerre par Grasset, il avait fondé sa propre maison d'édition en 1938 dans le but de s'autopublier.

Devenu soldat, il avait envoyé une lettre circulaire à quelques poètes annonçant la création de sa revue. Cette lettre avait été publiée dans *le Figaro*. Galli-

---

1. Pierre Seghers, *la Résistance et ses poètes*, Pierre Seghers et les Nouvelles Editions Marabout, 1978.

mard et Paulhan avaient souscrit un abonnement. Quelques poètes les avaient imités : Jules Romains, Max Jacob, Armand Salacrou…

Le premier numéro, diffusé à trois cents exemplaires, était sorti en novembre 1939. Il était dédié à Charles Péguy. D'autres numéros suivirent.

A l'automne 1942, Seghers reçut un poème accompagné d'un court billet : *Trouvé dans un paquet de linge taché de sang :*

> *J'appartiens au silence*
> *A l'ombre de ma voix*
> *Aux murs nus de la Foi*
> *Au pain dur de la France*
>
> *J'appartiens au retour*
> *A la porte fermée*
> *Qui frappe dans la cour*
> *Qui fredonne la paix[1] ?*

Le poème avait été écrit par Jean Cayrol, dont les *Cahiers du Sud* de Jean Ballard avaient publié *le Hollandais volant* avant la guerre. Résistant précoce, Cayrol avait été arrêté en 1941 et emprisonné à Fresnes. De là, il avait fait parvenir son poème à sa famille. Seghers le publia dans le numéro 11 de sa revue (en 1943, Jean Cayrol sera déporté au camp de Mauthausen).

Un an auparavant, *Poètes casqués 40* avait publié un poème d'André de Richaud et *les Amants séparés* d'Aragon.

1. Pierre Seghers, *ibid.*

Seghers rencontra celui-ci à Carcassonne, dans un café. Elsa était là. Elle laissa les deux hommes seuls. La regardant s'éloigner, Aragon confia au jeune éditeur que sa femme était un immense écrivain, qu'il échangerait tous ses livres contre un seul des siens[1]. Puis il sortit quelques feuillets de sa poche et, devant son hôte confondu d'admiration, commença à lire *les Lilas et les Roses* :

> *O mois des floraisons mois des métamorphoses*
> *Mai qui fut sans nuage et Juin poignardé*
> *Je n'oublierai jamais les lilas ni les roses*
> *Ni ceux que le printemps dans les plis a gardés*

Le soir même, Seghers emmenait le couple chez lui. Il habitait alors Villeneuve-lès-Avignon, sur les berges du Rhône. Il y éditait sa revue, dont la pagination avait été réduite de moitié en raison des restrictions de papier décrétées par l'occupant. Elle était soumise à la censure, puis imprimée à Lyon, où Seghers se rendait régulièrement pour corriger les épreuves.

Il installa le couple Aragon aux Angles, près de chez lui, dans une maison de curé cernée par les buis. C'est là que l'écrivain apprit la disparition du poète Saint-Pol Roux, mort de chagrin en octobre 1940 après que les Allemands eurent violé sa fille Divine. Cet événement eut un retentissement considérable dans les milieux littéraires. Aragon écrivit un texte d'une dizaine de pages, hommage au poète

---

1. Pierre Seghers, *ibid.*

symboliste, qui fut publié dans le n° 2 de *Poésie 41*.
Sous le pseudonyme de Blaise d'Ambérieux, il devait
donner d'autres textes à la revue, dont il devint l'une
des chevilles ouvrières. C'est lui qui suggéra à Seghers
de demander des dessins à Matisse, qui vivait alors
à Cimiez, sur les hauteurs de Nice.

Comme d'autres, notamment Aragon, Matisse
avait refusé de s'installer aux Etats-Unis où son fils
Pierre vivait. Il avait quitté Paris au moment de
l'Exode, s'était retrouvé à Saint-Jean-de-Luz, était lui
aussi passé par Carcassonne avant de retrouver sa
fille à Marseille. Souffrant d'une occlusion intesti-
nale, il avait été opéré à Lyon en janvier 1941. Il avait
supplié son médecin de lui donner encore trois ou
quatre ans, le temps de finir son œuvre. Après
l'intervention, il s'était installé à Cimiez. Il y reçut
la demande d'Aragon, à laquelle le poète avait pris
soin de joindre son recueil de vers, *le Crève-Cœur*.

Cher Monsieur, lui répondit-il, *je reçois votre livre de
vers qui me promet de bons moments, et je vous en
remercie. Venez me voir quand vous voudrez, vers la fin
du jour, en me téléphonant je vous prie, la veille ou bien
ce jour même, au moment où ça vous dira, sans gêne de
part et d'autre pour remettre au lendemain, s'il y a
impossibilité de réunion. Donc à très bientôt.*

Aragon vint seul à leur première rencontre. La
secrétaire, aide et modèle du peintre, Lydia Delectorskaya, descendante d'émigrés russes blancs,
l'introduisit auprès du Maître. Les deux hommes restèrent quatre heures ensemble. Lorsqu'il repartit,

Aragon avait obtenu l'accord de Matisse : il lui confierait quelques dessins pour la revue de Pierre Seghers. Lui-même ne tarderait pas à entamer son *Matisse en France*.

« Le livre avec Matisse tourne à la passion entre lui et moi », écrivit-il à Jean Paulhan[1]. Les deux hommes se rencontraient alors trois ou quatre après-midi par semaine. Aragon écrivait sur Matisse, qui portraiturait Aragon. Parfois, le poète disparaissait pour quelques jours. Il traversait la ligne de démarcation à Tours (où il se fit prendre une fois sans avoir été reconnu), rejoignait Paris, le boulevard Morland, puis la maison du sculpteur Lipchitz, devenue celle d'Edouard Pignon. C'est là que fut créé le Front national des écrivains, autour de lui-même, d'Elsa, de Jacques Decour, de Georges Politzer et de Danielle Casanova ; là encore que se déroulaient la plupart des réunions organisées par les artistes du CNE.

Après quoi, Aragon quittait la capitale. Il revenait du côté de chez Matisse ou de chez Seghers pour y accomplir au mieux la mission que lui avait confiée le Parti : regrouper les écrivains vivant en zone sud.

Après les Angles, Elsa et Louis s'installèrent à Nice. Leur premier domicile était un meublé de la rue de France, non loin de la Promenade des Anglais : une chambre et une cuisine qu'ils occupèrent jusqu'au moment où leur logeuse leur donna congé : des poli-

---

1. Aragon, *Henri Matisse, roman*, Gallimard, 1971.

ciers curieux l'avaient inquiétée. Ils allèrent à l'hôtel puis s'installèrent dans le deux-pièces de la cité du Parc.

Ils vivaient chichement grâce à une avance qu'un éditeur américain avait consentie à Louis pour la future traduction des *Voyageurs de l'impériale*. En avril 1941, Gallimard avait publié *le Crève-Cœur, poèmes de guerre*. Après avoir obtenu le visa de censure délivré par les Allemands, l'éditeur attendait celui de la censure de Vichy pour faire paraître *les Voyageurs de l'impériale* (le livre sortira en 1942 sans que l'auteur ait pu en corriger les épreuves). En attendant, les heures étaient difficiles. Au début de la guerre, Gallimard avait mis un gramme de beurre dans les épinards en publiant les premiers chapitres des *Voyageurs* dans la *NRF*. Mais Drieu avait coupé court. Par revues interposées, les deux frères ennemis continuaient de régler leurs comptes. Le directeur de la *NRF* utilisait ses colonnes ou celles d'organes amis pour attaquer l'auteur des *Cloches de Bâle* – dont il avait été trop proche pour ne pas reconnaître sa plume, fût-elle dissimulée sous un pseudonyme. Ainsi, en octobre 1941, dans *Emancipation nationale*, dirigée par Doriot, Drieu la Rochelle envoyait une salve :

> *Pour ce patriote de rencontre, il ne s'agit pas de la France comme d'une fin mais de la France comme un moyen. Toute cette indignation, tout cet attendrissement sur la dignité, tous ces appels à demi-mot qu'Aragon répand dans les revues littéraires et poétiques cousues de fil rouge pour la résistance et le durcissement, ne sont pas au service de la France.*

A quoi Aragon répondit par un poème publié à Tunis, *Plus belles que les larmes* :

J'empêche en respirant certaines gens de vivre
Je trouble leur sommeil d'on ne sait quel remords
Il paraît qu'en rimant je débouche les cuivres
Et que ça fait un bruit à réveiller les morts.

Ah si l'écho des chars dans mes vers vous dérange
S'il grince dans mes cieux d'étranges cris d'essieux
C'est qu'à l'orgue l'orage a détruit la voix d'ange
Et que je me souviens de Dunkerque Messieurs...

Fais de cela un monument

Que mes rimes aient le charme
qu'ont les larmes sur les armes
Et que pour tous les vivants
qui changent avec le vent
S'y aiguise au nom des morts
l'arme blanche du remords.

Louis ARAGON.

« Fais de cela un monument. »

Aragon ouvrit le dossier apporté par *Jean*. C'étaient des témoignages relatant l'emprisonnement puis l'exécution des otages de Châteaubriant (Loire-Inférieure), le 22 octobre 1941. Cette exécution faisait suite à un attentat commis à Nantes deux jours plus tôt : le Feldkommandant Hotz avait été abattu par des « terroristes » (on sut plus tard qu'ils étaient membres des Bataillons de la jeunesse). Quelques heures seulement après l'attentat, un officier allemand se rendit à Châteaubriant pour examiner la liste des otages enfermés dans le camp. Il en choisit vingt-sept. Tous étaient militants ou sympathisants communistes. Le plus jeune, Guy Môquet, fils d'un député du XVIIe arrondissement de Paris, avait dix-sept ans.

Le 22 octobre au matin, des soldats allemands remplacèrent les Français dans le mirador du camp. Cinq SS commandés par un officier entrèrent dans les baraques et appelèrent les vingt-sept otages. Ils furent rassemblés dans la baraque numéro 6. On leur donna du papier et des crayons pour la lettre ultime, qui serait envoyée aux familles. Un fusil-mitrailleur fut mis en batterie et braqué sur la porte. A quinze heures, trois camions s'arrêtèrent devant la baraque. Les otages sortirent les uns derrière les autres. Ils montèrent dans les camions en chantant *la Marseillaise,* que tous les prisonniers du camp reprirent avec eux. Sur le chemin du convoi, les villageois se découvrirent. Les camions empruntèrent une route qui conduisait à une carrière. Là, ils s'arrêtèrent. Les prisonniers descendirent. Un officier allemand conduisit les premiers devant les neuf poteaux plantés en terre. Les suppliciés refusèrent le bandeau sur les yeux et les liens aux mains. Ils moururent face au peloton en chantant. Les premiers à quinze heures cinquante-cinq ; les derniers à seize heures dix.

« Fais de cela un monument. »

Aragon lut et relut les documents que Frédéric lui avait fait parvenir. Il ne savait comment agencer la matière dont il disposait. Où couper ? Que garder ? Il avait hérité d'une responsabilité historique. Etait-ce vraiment à lui d'accomplir ce travail ? Il hésitait. Elsa l'encourageait : « Il faut faire quelque

chose. » Oui, mais quoi ? Et comment ? Ces documents étaient sacrés...

Après avoir longuement hésité, l'écrivain décida
de s'adresser à un intermédiaire qui connaissait bien
trois sommités intellectuelles réfugiées dans les environs de Nice. Trois ténors de la littérature française,
certes éloignés du parti communiste, mais qui sau-
raient donner aux documents le retentissement qu'ils
méritaient.

Le premier refusa : le texte qu'il écrirait manque-
rait de souffle.

Le deuxième refusa : son émotion était trop
grande pour qu'il pût se mettre à l'ouvrage.

Le troisième refusa : l'affaire des otages de Châteaubriant ne le concernait d'aucune manière.

Le premier pourrait être André Gide. Le deuxième,
Roger Martin du Gard. Nul ne connaît le troisième,
ni même s'il a existé.

Renvoyé dans ses cordes, Louis Aragon s'empara
de la masse des documents et se mit au travail. Il
ordonna les témoignages, les classa selon un ordre
chronologique, tailla, écrivit. En quelques jours, il
obtint quatre-vingts feuillets qu'il signa anonyme-
ment *Au nom des Martyrs, leur Témoin*. Les feuillets
étaient dactylographiés. Sans jamais avouer qu'il en
était l'auteur, Aragon les confia à quelques quidams
passant par Nice. Huit jours plus tard, le texte était
à Paris. Il fut reproduit, tantôt à la main, tantôt à
la machine, diffusé partout en zone nord comme en
zone sud. Respectant ce *mentir-vrai* qui constitue
aussi sa signature, Aragon prétendit que son ouvrage
lui revint, avec ordre de le transmettre à son tour.

Mieux encore : il se serait retrouvé un jour devant deux interlocuteurs qui se plaignaient que le texte, quoique émouvant, fût mal écrit.

« Quel dommage, dit l'un, que Louis Aragon n'en fût pas l'auteur !

— Mais non ! répondit l'autre. C'est mieux ainsi : on voit bien qu'il a été écrit par un ouvrier ! »

M. et Mme Andrieu

> Louis Aragon, ce petit Robespierre nerveux.
>
> Salvador DALI.

Le 8 novembre 1942, les Alliés débarquent en Afrique du Nord. En réponse, les Allemands franchissent la ligne de démarcation le 11 novembre. La zone « libre » n'existe plus.

Dans la nuit, Pierre Seghers reçoit un appel téléphonique d'Elsa Triolet. Elle est affolée : que vont-ils faire ? Où aller ? Où se cacher ? De plus, elle est malade : elle tousse, elle a de la fièvre...

Pierre Seghers quitte Villeneuve pour Nice. Il retrouve ses amis, auxquels Lydia Delectorskaya, la secrétaire de Matisse, apporte elle aussi son secours.

Valises à la main, on part pour la gare. Les trains sont bondés. Les fuyards s'entassent dans les voitures, s'accrochent aux marchepieds. On trouve deux places dans le dernier convoi en partance pour Digne. Louis et Elsa les occupent. Ils passent la nuit dans un hôtel sordide, arrivent le lendemain à Villeneuve-lès-Avignon. De là, ils gagnent Dieulefit puis, à quelques kilomètres, une maison en ruine coupée du monde qu'on ne peut atteindre qu'à pied. Elle est composée d'une seule pièce très basse où ils s'installent. Ils baptisent leur nouveau refuge *le Ciel*. Ils vont y vivre quelque temps, seuls, dans la clandestinité la plus absolue.

Ce faisant, ils vont enfreindre une loi sacrée de la Résistance : selon la règle commune, un couple habitant sous le même toit ne doit pas se livrer à des activités interdites. Ainsi la sécurité des deux est-elle mieux assurée. Pour se conformer à cette règle, Louis demande à Elsa de ne pas sortir et de le laisser aller seul à Lyon où il compte créer le Comité national des écrivains pour la zone sud. Il veut également développer *les Etoiles*, un système de diffusion mis au point avec le récit de Châteaubriant, fondé sur la reproduction par de multiples bonnes volontés de récits diffusés sous le manteau. Aragon, en effet, cherche un outil pour coordonner les activités des comités d'intellectuels qu'il va créer, plusieurs groupes rassemblant des juristes, des professeurs, des journalistes, des médecins : « Une chaîne sans fin, que nous devions appliquer à tout le travail illégal des trente-sept départements méridionaux[1]. »

Mais Elsa refuse de rester seule au *Ciel* : elle veut agir elle aussi. D'ailleurs, c'est elle qui, conduite par Pierre Seghers, se rend à Lyon pour y chercher les faux papiers qu'on leur a préparés. Elle déclare

---

1. Aragon, *l'Homme communiste, op. cit.*

qu'elle y retournera autant de fois qu'elle le jugera nécessaire, et que personne, son mari moins qu'un autre, ne la confinera dans cet endroit glacé où elle ne peut qu'écrire.

Et elle écrit, en effet. Elle qui se plaignait auprès de Clara Malraux d'avoir longtemps pris la plume en cachette d'Aragon[1] (sa grande amie se trouvait dans la même posture face à André) va rédiger sous ses yeux le roman qui la rendra célèbre en 1945 : *le Cheval blanc.* Et Louis, si jaloux d'aventures sentimentales ici improbables, va s'abandonner à l'admiration qu'il éprouve pour cette femme dont il ne cessa jamais de louer le style et l'imaginaire. Mesurant la tragédie qui fut la sienne, elle qui dut abandonner sa langue natale pour une langue d'adoption, il l'encourage inlassablement et vante à Jean Paulhan le courage et le talent de sa femme.

A l'automne 1941, lui-même commence *Aurélien.* Au terme d'une correspondance riche de tous les ingrédients qui pimentent souvent les relations entre les auteurs et leur éditeur, il obtient de Gallimard le versement d'une rente mensuelle. Il a négocié pied à pied chaque terme du contrat, clauses particulières comprises. Comme en temps de paix, sauf que la clandestinité a rendu les échanges inhabituellement longs. Mais après quelques semaines d'âpres négociations, il a obtenu tout ce qu'il souhaitait : désireux d'effacer une dette ancienne, Gas-

---

1. Clara Malraux, *la Fin et le Commencement*, Grasset, 1976.

ton Gallimard a fait le nécessaire pour le récupérer dans son écurie.

Ils écrivent donc, chacun à sa table. D'abord dans leur refuge du *Ciel*, puis à Lyon, colline de Montchat, chez le poète René Tavernier (le père de Bertrand, le cinéaste), où ils arrivent en janvier 1943.

Tavernier a créé une revue, *Confluences* (le titre évoque la rencontre du Rhône et de la Saône), où signent quelques plumes résistantes, dont celle de Jean Prévost, futur maquisard. La revue, diffusée à trois mille exemplaires, est régulièrement attaquée par la presse vichyste qui voit en elle la déclinaison d'une idéologie trois fois insupportable : communiste, gaulliste et juive. Aragon se joint à l'équipe déjà constituée. C'est avec elle qu'il va fonder le Comité national des écrivains pour la zone sud, petit frère du CNE nord. Y viendront Pierre Emmanuel, Claude Roy, Henri Malherbe (ancien Croix-de-Feu), André Rousseaux, le RP Bruckberger (écrivain et dominicain), Georges Mounin, le poète René Leynaud, Albert Camus et Georges Sadoul. Dix ans plus tôt, au congrès de Kharkov, Sadoul avait soutenu Aragon lors du retournement de sa veste surréaliste. Cette fois, il va l'épauler à la direction des intellectuels du Front national.

Devenus Elisabeth Marie Andrieu et Lucien Louis Andrieu, signant leurs œuvres clandestines de divers pseudonymes (François la Colère, utilisé pour *le Musée Grévin*, restera le plus connu), Elsa et Aragon voyagent souvent entre Lyon et Paris. Ils assistent aux réunions du CNE qui se tiennent chez Edith Thomas. Celle-ci n'apprécie guère le ton cassant de l'homme du Parti. Elle lui reproche de mettre à mal l'unité qui prévaut lorsqu'il est absent. A l'en croire, Guéhenno, Blanzat et Paulhan songèrent même à partir[1]. Mais Louis Aragon domine la scène. Il a pour lui la verve et le talent. Il représente les écrivains de la zone sud. Elsa, qui exerce une grande influence sur lui, le soutient indéfectiblement. Elle n'est pas la seule. Car au cours de ses voyages clandestins Aragon a retrouvé son frère ancien, le compagnon des grandes batailles surréalistes, un poète avec qui il est resté brouillé près de dix ans et qui, désormais, lui tend la main par-dessus les divergences de jadis : Paul Eugène Grindel, alias Paul Eluard.

---

1. Edith Thomas, *le Témoin compromis*, Viviane Hamy, 1995.

J'écris ton nom

> ... Et ce mot, liberté, n'était lui-même,
> dans tout mon poème, que pour éterniser
> une très simple volonté, très quotidienne,
> très appliquée, celle de se libérer de l'occu-
> pant.
>
> Paul ELUARD.

Ils s'étaient séparés en 1932 sur des propos défi-
nitifs qui paraissaient scellés dans le marbre noir des
humeurs désormais inconciliables. C'était à la suite
du congrès de Kharkov et des reniements successifs,
erratiques, du camarade Aragon, passé du surréalisme au communisme, des certitudes aux regrets,
d'une génuflexion à une autre aux pieds d'interlocuteurs incrédules[1].

« Lâchetés », avait écrit Eluard dans *Certificat*.
Celles-ci désignaient l'homme lige de Breton devenu
adepte de Staline, pleurant l'un puis l'autre, et l'autre
puis l'un, comme cela arrive dans les périodes
d'incertitude amoureuse.

---

1. Voir *Libertad !*, *op. cit.*

Depuis, ils ne s'étaient pas revus. Eluard avait fait
le deuil de l'épopée surréaliste, dont il avait été l'un
des hérauts. Breton avait rompu avec lui après que le
poète eut osé écrire dans le journal *Commune*, à ses
yeux par trop communisant. Eluard restait fidèle à
Max Ernst, libéré du camp des Milles grâce à son
intervention auprès du président du Conseil. Il s'occupait toujours des affaires de sa première femme, Gala,
devenue celle de Dalí (il s'était employé à louer
l'appartement du Divin et de sa muse, partis aux
Etats-Unis). Après avoir fait sa drôle de guerre comme
lieutenant dans l'intendance, il était passé lui aussi
chez Joë Bousquet, à Carcassonne, avant de retrouver
Maria Benz, alias Nusch, épousée en 1934.

Un an avant la déclaration de guerre, Eluard avait
vendu à Roland Penrose sa collection d'œuvres
d'art : Klee, Dalí, Chagall, Arp, Ernst, Miró, De
Chirico, Tanguy, Man Ray, Picasso (le seul, à
l'époque, dont la cote fût importante). Grâce à cela,
il s'était installé dans une maison de la banlieue parisienne qu'il quitta pour un petit appartement du
XVIIIe arrondissement où il entassa les œuvres et
les livres d'art qu'il avait conservés. Picasso et Dora
Maar vinrent pendre la crémaillère. Le peintre et le
poète partageaient encore bien des passions, à commencer par la jolie Nusch, que Paul cédait à Pablo
avec sa générosité coutumière : il avait découvert les
joies du triolisme avec Max Ernst et Gala, qui s'en
était allée ensuite du côté de Dalí sans pour autant
renoncer au partage des corps. Nusch, diaphane,
brune aux yeux verts, croquée sans grand ménage-
ment par Edith Thomas :

Personne ne ressembla jamais autant qu'elle à une fée, mais une fée qui reprisait les chaussettes et tenait le ménage de son poète avec une méticulosité de petite-bourgeoise. Cet accord si rare de la grâce et du quotidien, c'était encore un miracle de la poésie[1].

Picasso aidait son ami poète en illustrant quelques-uns des textes que celui-ci cédait à des collectionneurs. Eluard gagnait sa vie en achetant et en revendant des manuscrits originaux. Il choisissait les poètes qu'il aimait – Apollinaire, Mallarmé, Max Jacob. Il vendait également quelques toiles pour Picasso ou ses propres manuscrits, recopiés de sa main et souvent illustrés par des bois gravés de Valentine Hugo ou des dessins de Picasso.

Tout comme Aragon et Elsa Triolet, le poète n'avait pas renoncé à faire éditer ses œuvres. D'un côté, il acceptait de se soumettre à la censure, de l'autre il publiait dans revues et des maisons clandestines.

En 1940, son ami Zervos avait édité *le Livre ouvert I* dans *les Cahiers d'art.* Un an plus tard, Pierre Seghers lui rendait visite dans le petit appartement de la rue de la Chapelle. En son temps, le jeune éditeur avait admiré *la Victoire de Guernica*, découvert pendant la guerre d'Espagne. Ce jour-là, Eluard lui en ayant fait la lecture à voix haute, le poème lui parut d'une infernale actualité : « Guernica, en 1941, c'était devenu la France, c'était chez nous[2] ! »

---

1. Edith Thomas, *le Témoin compromis, op. cit.*
2. Pierre Seghers, *la Résistance et ses poètes, op. cit.*

Seghers repartit les poches pleines de textes.

En mai 1942, il reçut un nouveau recueil : *Poésie et Vérité 1942*. Celui-ci se présentait sous la forme d'un petit cahier qui avait été édité à Paris par *la Main à plume* sans avoir été soumis à la censure. Il s'ouvrait sur le poème *Liberté* :

> *Sur mes cahiers d'écolier*
> *Sur mon pupitre et les arbres*
> *Sur le sable sur la neige*
> *J'écris ton nom*
> *Sur toutes les pages lues*
> *Sur toutes les pages blanches*
> *Pierre sang papier ou cendre*
> *J'écris ton nom*
> *Sur les images dorées*
> *Sur les armes des guerriers*
> *Sur la couronne des rois*
> *J'écris ton nom*

Eluard avait composé ce poème au cours de l'été 1941. Il le destinait à la femme qu'il aimait.

> *Mais je me suis vite aperçu que le seul mot que j'avais en tête était le mot liberté. Ainsi la femme que j'aimais incarnait un désir plus grand qu'elle* [1].

Liberté, dont le premier titre était *Une seule pensée*, fut tout d'abord publié dans la revue de Max-Pol Fouchet, *Fontaine*, éditée à Alger. Il fut recopié, dif-

---

1. Paul Eluard, *Œuvres complètes*, t. 2, Bibliothèque de la Pléiade, Gallimard, 1968.

fusé sous le manteau, lu au micro de Radio-Londres, balancé par milliers des avions de la RAF survolant la France. Paul Eluard s'apprêtait alors à entrer dans la clandestinité.

En novembre 1942, Claude Morgan lui apporta les trois premiers numéros des *Lettres françaises* en lui demandant de rejoindre le comité de rédaction. Eluard accepta, à condition que la revue restât indépendante du parti communiste. Tout comme Aragon, il souhaitait qu'elle fût d'abord et avant tout un organe de résistance écrit par des artistes et des intellectuels. Il confia à Morgan le premier de ses poèmes absolument clandestins (les autres ne l'étaient qu'à demi), *Courage,* qui parut en janvier 1943 dans *les Lettres françaises.* Deux mois plus tard, Eluard rejoignait le parti communiste.

Il n'était pas aisé d'adhérer à une organisation dont les militants étaient impitoyablement pourchassés et le plus souvent abattus comme l'avaient été Decour, Politzer et Solomon. La majorité des contingents d'otages étaient choisis parmi les communistes – surtout s'ils étaient juifs. Dès avant la rupture du pacte germanosoviétique, en dépit des consignes venues d'en haut, nombre de communistes avaient refusé de placer Hitler et de Gaulle sur le même pied. Certains, comme Georges Guingouin, qui deviendrait bientôt chef des maquis du Limousin et le libérateur de Limoges, avaient pris les armes. Beaucoup, en zone nord comme en zone sud, avaient créé des feuilles clandestines qu'ils distribuaient au péril de leur vie. Depuis juin 1941 et la rupture du pacte, les communistes refusaient l'attentisme prôné par les gaullistes et par la plupart des mouvements de Résistance, qui œuvraient pour plus tard, lorsque sonnerait l'heure du débarquement. A Barbès, en abattant l'aspirant Moser, Fabien avait montré la voie. Depuis, les communistes étaient entrés dans la lutte armée. Ils le payaient très cher.

Les nouveaux membres subissaient un interrogatoire serré conduit par un cadre du Parti. La rencontre se tenait généralement dans un endroit public mais désert – bois ou quais –, gardé par deux ou trois volontaires armés. Durant de longues heures, le candidat à l'adhésion devait parler de lui, de son entourage, de ses opinions politiques, de son passé, de ses attentes, de ses espoirs... Au terme de quoi, il était coopté ou, au contraire, rejeté.

Nul ne sait si Eluard eut à subir lui aussi cette promenade inquisitoriale. Ce qui demeure c'est que, treize ans après le congrès de Kharkov, il rejoignait son ancien ami Louis Aragon sur les berges du grand fleuve rouge.

La rencontre se produisit un jour de l'automne 1943. Elle avait été soigneusement préparée par l'ami Pierre Seghers. Revenant de Paris où il avait rencontré le poète, il avait transmis à Aragon *le Livre ouvert I*. Sans la signer, Aragon avait publié une critique élogieuse de l'ouvrage dans *Poésie 41*. Eluard avait reconnu le style de son camarade de l'époque surréaliste. Les préliminaires étaient accomplis.

Dix ans après s'être quittés, les deux hommes se retrouvèrent sur un quai de la gare de Lyon. Paul et Nusch vinrent chercher Louis et Elsa. Nusch tenait un petit bouquet de fleurs à la main. Ils s'en furent fêter les retrouvailles au buffet de la gare. Le soir, en compagnie de quelques amis communs, ils dînèrent dans un restaurant du Ve arrondissement. Ils burent immodérément. Dans le feu des propos, Aragon porta un toast au pouvoir des Soviets dont il ne doutait pas un seul instant qu'il verrait bientôt le jour en France. Alors, il serait commissaire du peuple[1]. Elsa applaudit son Aragochat. On ne sait comment réagit Nusch.

Le lendemain, les deux hommes et leur garde rapprochée se réunirent dans l'appartement que Louis et Elsa occupaient près de la bibliothèque de l'Arsenal. Là, plutôt que de parler des divergences qui les avaient séparés, ils dressèrent la liste des convergences. Ils se cachaient tous deux. Aragon avait quitté le repaire de Tavernier pour une cache à Saint-Donat, dans la Drôme. Sous la pression de ses proches, Eluard avait abandonné le petit appartement de la rue de la Chapelle pour se cacher chez ses amis (Jean Tardieu, Christian Zervos ou Michel Leiris) puis, à partir de la fin de l'année 1943, dans un asile d'aliénés de Lozère qu'il quittait pour poursuivre ses activités résistantes et rejoindre les réunions du CNE à Paris. L'un était le chef du Comité national des écrivains pour la zone sud, l'autre s'occupait de celui de la zone nord. Tous deux se dissimulaient sous de fausses identités. Tous deux avaient rompu avec André Breton. Tous deux étaient en butte aux critiques mordantes des quelques surréalistes de zone nord regroupés autour de *la Main à plume*.

---

1. Dominique Desanti, *les Aragonautes*, Calmann-Lévy, 1997.

Eluard, on l'a vu, avait donné son poème *Liberté* à cette petite maison d'édition qui éditait quelques publications où se retrouvaient les signatures de Delvaux, Arp, Hugnet, Magritte, Léo Malet et Picasso.

Noël Arnaud, Jean-François Chabrun et les membres de *la Main à plume* étaient trop jeunes pour avoir connu les grandes manifestations surréalistes ou y avoir participé, mais ils entendaient bien perpétuer l'esprit de leurs aînés, le premier d'entre eux restant, encore et toujours, André Breton. Ils finançaient leurs publications grâce à un commerce de faux tableaux dont Oscar Dominguez, revenu de la villa Air-Bel, était l'un des maîtres les plus fameux. Il brossait des œuvres de Dalí, Ernst, Miró, Braque et Tanguy. Les tableaux étaient vendus dans une galerie parisienne dont le propriétaire ignora longtemps le trafic abrité entre ses murs. L'argent récolté permettait également de faire vivre des clandestins et des artistes sans le sou – à commencer par Dominguez lui-même, largement dépendant de ses amis Eluard et Picasso.

L'écrivain surréaliste belge Marcel Marien, proche lui aussi du groupe de *la Main à plume*, se livrait également à un commerce du même genre. L'idée lui en était venue un jour qu'un ami de Dominguez s'était plaint devant lui de ne pas réussir à vendre un faux Picasso de l'époque cubiste. Marien s'était proposé de l'écouler en Belgique. Il avait montré ce dessin à Magritte, qui lui avait suggéré de créer une entreprise comparable. Ainsi, entre 1942 et 1946, Magritte peignit de fausses toiles de Braque, De Chirico, Ernst et Picasso. Manquant parfois de reproductions fiables, il fabriquait des faux approximatifs, ne se gênant pas pour improviser formes et couleurs. Il arrivait que la clientèle découvrît de la peinture fraîche sous les craquelures d'un vernis prétendument ancien. Magritte et Marien fabriquaient alors de faux certificats d'authenticité dont les collectionneurs, voire le Palais des Beaux-Arts de Bruxelles, devaient se contenter. Après quoi, les deux artistes, aimables au demeurant, partageaient les bénéfices[1].

A la fin de l'année 1941, à l'issue de solides débats internes, le groupe de *la Main à plume* s'était rapproché de Paul Eluard. Certes, Arnaud, Chabrun et leurs amis reprochaient au poète d'avoir été expulsé du mouvement, mais sa notoriété valait bien qu'on fermât les yeux sur des incartades datant de Mathusalem – c'est-à-dire d'avant la guerre.

L'idylle avait duré quelques mois. Rapidement, Eluard s'était vu critiqué pour ses liens avec quelques revues de zone sud considérées comme les chantres « du retour à la forme, au mysticisme, au classicisme, à la mesure, à la raison et autres balivernes[2] » : *Poésie 43, Confluences, Fontaine.* Retrouvant les richesses langagières de leurs pères, les jeunes surréalistes avaient finalement exclu Eluard de leur groupe, choisissant de rompre définitivement « avec cet être en qui l'incohérence morale le dispute à la

---

1. Marcel Marien, *le Radeau de la mémoire*, Le Pré aux clercs, 1983.

2. « Lettre à André Breton », *la Main à plume*, cité *in* Michel Fauré, *Histoire du surréalisme sous l'Occupation*, La Table ronde, 1982.

fanfaronnade et la couardise à l'inconséquence ». Ils l'abandonnèrent à « une gloire sans honneur », à « son rôle de petit héros de salon littéraire », à ses « partouzes », le repoussant dans la fosse de la zone libre où « les poètes parlaient, chantaient, criaient, mais c'était des paroles de prédicateurs, des chants d'église, et les cris de la masturbation mystique[1] ».

Dans cette fosse, attendait « le quelconque Monsieur Aragon » que *la Main à plume* détestait pour son patriotisme et ses « petits vers tricolores ». De même qu'ils haïssaient Georges Hugnet, à qui ils cassèrent la figure comme au beau temps des règlements de comptes du surréalisme en temps de paix, ou Robert Desnos, accusé de se commettre ignominieusement dans la presse collabo, ou Vercors et Lescure, éditeurs, en 1943 et 1944, de *l'Honneur des poètes*, anthologie des poèmes de la Résistance créée par Paul Eluard et préfacée par Louis Aragon.

Bref, en ces temps d'Occupation, les surréalistes nouveau cru frappaient avec autant de vigueur et d'allégresse que leurs aînés dans les années 1920, quand il s'agissait de relever le monde du sang des tranchées. A leur manière, tout comme Aragon, Breton et Eluard avaient fait avant eux, ils poursuivaient la guerre civile.

---

1. « Lettre à André Breton », *la Main à plume, op. cit.*

Au café de Flore

> Pendant l'Occupation, j'étais un écri-
> vain qui résistait et non pas un résistant
> qui écrivait.
>
> Jean-Paul SARTRE.

Tandis que les surréalistes de *la Main à plume*
tisonnaient les braises d'une légende moribonde,
Jean-Paul Sartre et Simone de Beauvoir enflam-
maient la leur.

Ils vivaient toujours à Montparnasse, dans des
hôtels qui constituaient leur QG. Simone dans une
chambre, Jean-Paul dans une autre. Ainsi pouvait-il
rejoindre Wanda rue Jules-Chaplain, quand Bost
retrouvait Simone, soit chez elle, soit à Montmartre.
Jalouse de Sartre qui accaparait le temps de sa maîtresse préférée, Nathalie Sorokine s'offrit à lui avant
de passer entre les bras du petit Bost, qui précédèrent ceux de Mouloudji.

Cela se produisit un soir, après un flirt dans la
rue qui se conclut dans une chambre d'hôtel, à Saint-
Germain-des-Prés. Sans guère d'appétence ni d'un
côté ni de l'autre. Peut-être Mouloudji fut-il impres-

sionné par cette géante blonde éclatante de vie et
de santé « aux manières de grenadier[1] ». Ils se
retrouvèrent sur le lit. Le jeune homme eut honte
d'exposer sa carcasse squelettique devant « ce splendide percheron aux naïvetés de boy-scout parfois
secoué de violence d'ouragan ». Il osa, cependant.
Après coup, sans attendre, la jeune fille poussa un
hurlement sauvage, rejeta son amant au bord du
matelas et se précipita vers le bidet. Elle s'arrosa
copieusement. La nuit passa sur une froideur partagée : le couvre-feu les empêchait de se fuir.

Au petit matin, le joli percheron ramassa oreillers,
draps et couvertures, s'en fit un balluchon promis
au marché noir et fila en se baissant pour ne pas
être pris sur le fait par le planton perché sur son
desk.

Mouloudji n'y revint pas.

Ce ne fut pas Nathalie Sorokine qui lui fournit
son ticket d'entrée dans la famille sartrienne, mais
les sœurs Kosakiewicz, que le jeune homme connaissait par Dullin. Wanda montra à Simone de Beauvoir
les premières pages d'un livre qu'il écrivait. La professeure les trouva bonnes, en rectifia l'orthographe
et ouvrit ses bras au nouveau venu. Parcimonieusement. Lorsqu'elle travaillait, elle ne voyait rien ni
personne. Assise à une table de café, l'esprit tout
occupé par ses pensées, elle était comme « un
médium en transe ». Relevant la tête, elle fixait le
vide. Son cœur s'attendrissait seulement lors des

---

1. Mouloudji, *la Fleur de l'âge, op. cit.*

récréations, quand elle posait la plume. Et encore. Mouloudji ne la trouvait naturelle que lorsqu'elle riait. « En ce qui me concerne, je dirai simplement que Mme de Beauvoir avait quelquefois la dent dure, mais souvent creuse[1]. »

Quant à elle, elle appréciait la culture variée d'un adolescent qui avait gardé toute sa fraîcheur. « Ses origines, sa réussite le situaient en marge de la société, qu'il jugeait avec une intransigeance juvénile et une austérité prolétarienne[2]. »

La famille Sartre n'allait plus au Dôme, trop fréquenté par les Allemands. Elle avait élu domicile au café de Flore, boulevard Saint-Germain. Olga leur avait fait découvrir cet endroit où venaient Picasso et sa bande, Jacques Prévert et la sienne, Audiberti, Adamov, Fargue, des artistes bohèmes, peu d'occupants... Le marché noir se traitait entre les tables : chocolat, fruits et légumes, tabac... Le comédien Roger Blin (qui avait courageusement refusé de rejouer les scènes d'*Entrée des artistes* où il donnait la réplique à Marcel Dalio, effacé du film par la censure allemande pour des raisons raciales) proposait des noix, exclusivement aux dames. Il se plantait devant elles et, d'une voix douce et clandestine, lançait : « Une cargaison de noix, cela vous intéresse ?

— Faut voir, répondait-on.

— Justement. J'ai là un échantillon que je peux vous montrer : une paire[3]. »

---

1. Mouloudji, *ibid.*
2. Simone de Beauvoir, *la Force de l'âge, op. cit.*
3. Mouloudji, *op. cit.*

On riait, ou pas.

Simone arrivait tôt le matin. Elle s'asseyait au rez-de-chaussée, près du poêle. Sartre la rejoignait deux heures plus tard. Il choisissait une table éloignée où il écrivait, faisait asseoir ses amis, les congédiait pour reprendre la page interrompue. Il se penchait souvent, cherchant sous les tables des mégots de cigarettes qu'il dépiautait dans le fourneau de sa pipe. Alors que Simone écrivait longuement, dans une extrême concentration, Sartre était plus bref, plus nerveux. « Un homme qui prenait sa dimension assis », selon Mouloudji, qui le tenait pour une véritable « machine à penser ».

Après avoir salué son entourage, Simone quittait le Flore pour la Bibliothèque nationale et revenait le soir, quand les lourds rideaux bleus étaient tirés, masquant les lumières. L'endroit faisait songer à une salle de classe studieuse. « Ce troupeau d'intellectuels vivait à la façon des montagnards d'antan qui logeaient sous le même toit que leurs bêtes afin de profiter de leur prodigieuse chaleur. » Car « de l'entassement des corps émanait une chaude ambiance »[1].

Lorsqu'il y avait alerte, la plupart des consommateurs filaient dans le métro. Sartre et Beauvoir faisaient partie des quelques privilégiés que le patron du café autorisait à rester, soit en bas, soit à l'étage, où d'autres prosateurs écrivaient au calme.

Henri Jeanson, qui faisait souvent étape au Flore,

---

1. Mouloudji, *op. cit.*

y croisait chaque fois les futures idoles d'un existen-
tialisme en préparation :

> *M. Jean-Paul Sartre possède, sur la rive gauche, le plus*
> *charmant cabinet de travail de Paris, un cabinet de tra-*
> *vail ouvert à tous, où chacun peut entrer, aller, venir,*
> *fumer, chanter, hurler sans que M. Jean-Paul Sartre, qui*
> *est un hôte accueillant, discret et sans doute résigné,*
> *manifeste la moindre impatience (...) Ce Jean-Paul*
> *Sartre pour tout dire ne peut écrire, méditer, philosopher*
> *que dans la société parfumée, jacassante et colorée de*
> *jolies femmes.*
>
> *Observez-le : à neuf heures du matin il prend place à*
> *son bureau. On lui a servi un café, il fume sa pipe, il*
> *trempe sa plume dans l'encre.*
>
> *— Bonjour, cher ami...*
>
> *Le premier visiteur arrive, Jean-Paul Sartre lui serre*
> *la main, s'inquiète obligeamment de sa santé et se penche*
> *sur son papier...*
>
> *— Bonjour, cher ami...*
>
> *(...) Et le défilé se poursuit ainsi, jusqu'à neuf heures*
> *du soir* [1]...

Après quoi, Sartre retrouve la famille dans la
petite chambre de l'hôtel Mistral où vit désormais
Simone. Passant adroitement de la philosophie à la
cuisine, la maîtresse des lieux a acheté un petit
réchaud sur lequel elle fait la popote pour leurs
quatre invités permanents : Bost, Olga, Wanda,

---

1. Henri Jeanson, article paru dans *le Canard enchaîné* du 20 septembre 1944, cité par Ingrid Galster, in *Sartre devant la presse
d'Occupation*, Presses universitaires de Rennes, 2005.

Natacha, auxquels se joint souvent un amoureux de passage. Leurs aînés les nourrissent, les logent, leur paient frais et faux frais. Sartre a trente-sept ans, Beauvoir, trente-quatre, les autres dix de moins. La jeunesse a toujours constitué un aiguillon pour le couple de professeurs, d'une générosité jamais prise en défaut. Même lorsque, au printemps 1943, la foudre vichyste s'abat sur eux.

Au mois de mars, la mère de Natacha frappe à la porte de Simone de Beauvoir. Elle lui demande de convaincre sa fille de revenir à la maison : Natacha s'est enfuie avec un garçon ; ses parents sont sans nouvelles depuis plusieurs jours… Simone répond qu'elle ne dispose d'aucun pouvoir qui lui permettrait d'agir dans ce sens – ou dans un autre. Elle promet de parler à son amie, sans garantie.

Quelques mois plus tard, la professeure est convoquée dans le bureau de la directrice de son lycée. Celle-ci la dévisage d'un air pincé et dépose une lettre sous ses yeux.

Monsieur le Procureur de l'Etat français,
J'ai l'honneur d'attirer votre attention sur les faits suivants, déposant plainte contre Mlle Simone de Beauvoir, professeur agrégée de philosophie au lycée Camille Sée, habitant actuellement Hôtel Mistral, 24 rue Cels Paris-XIVᵉ, pour avoir abusé, en sa qualité de professeur, de ma fille mineure, Sorokine Nathalie, née le 18 mai 1921 à Constantinople (Turquie) et avoir commis le délit d'excitation de mineure à la débauche.

C'est une plainte en bonne et due forme. Simone

de Beauvoir est accablée. La directrice du lycée lui précise qu'elle-même et ses collègues ayant travaillé avec la supposée coupable ont été convoqués au rectorat et chargés de mener une enquête. Au terme de laquelle Simone de Beauvoir a été relevée de ses fonctions par le recteur de l'Université de Paris. Pas seulement pour ce détournement de mineure qui n'a pu être prouvé (et qui se conclura par un non-lieu) : le recteur a également tenu compte de la mauvaise réputation du professeur, dont les méthodes d'enseignement tout comme le mode de vie ne conviennent aucunement à la morale que Vichy exige de ceux qui éduquent la jeunesse française :

> *Le maintien de Mlle de Beauvoir et de M. Sartre dans les chaires de philosophie de l'enseignement secondaire me paraît inadmissible à l'heure où la France aspire à la restauration de ses valeurs morales et familiales. Notre jeunesse ne saurait être livrée à des maîtres si manifestement incapables de se conduire eux-mêmes* [1].

Sartre fut maintenu, mais pas Beauvoir.

Elle trouva un travail à la Radio Nationale, ce qui, pour beaucoup, ne valait guère mieux que la déclaration sous serment faite au début de la guerre. La Radio Nationale n'était peut-être pas Radio-Paris, mais c'était néanmoins aussi sur ses ondes que Philippe Henriot distillait ses discours nauséabonds.

---

1. Cité par Ingrid Galster, in *Sartre, Vichy et les intellectuels*, *op. cit.*

Circonstance atténuante – et majeure : contrairement à beaucoup d'autres, Simone de Beauvoir ne
salua ni Arno Breker ni qui que ce soit, sa tâche à
la radio la maintenant éloignée des ornières dangereuses : chaque semaine, elle écrivait un scénario sur
des sujets divers – les origines du music-hall, le
Moyen Age, la comédie italienne… –, choisissait des
chansons et des poèmes et les confiait à Pierre Bost
(le frère de Jacques-Laurent) qui les montait. Elle
gagnait donc beaucoup d'argent sans vanter les
mérites de la collaboration ou ceux de l'art germanique. Peut-être une compromission, certainement
pas une salissure.

« Néanmoins, écrivit-elle, la première règle sur
laquelle s'accordèrent les intellectuels résistants, c'est
qu'ils ne devaient pas écrire dans les journaux de la
zone occupée[1]. »

Ou parler sur ses ondes radiophoniques.

Le « néanmoins » vaut pour de nombreux écrivains, Sartre notamment. Lui aussi fit quelques
écarts. Il rédigea plusieurs articles pour la revue
Comœdia. Le premier, paru en juin 1941, vantait une
nouvelle traduction de *Moby Dick*. Sa signature
côtoyait celles de Jean-Louis Barrault, Paul Valéry,
Marcel Carné, Audiberti et du compositeur suisse
Arthur Honegger. Dans ses Mémoires, Simone de
Beauvoir affirme qu'après avoir réalisé que *Comœdia*
était moins indépendant qu'il n'y paraissait, Sartre
refusa toute autre collaboration. Sauf qu'il accorda

---

1. Simone de Beauvoir, *op. cit.*

une interview au journal en avril 1943, lors de la sortie des *Mouches*, et donna un texte sur Giraudoux en février 1944, quelques semaines après la mort de l'écrivain (Giraudoux avait abandonné toute fonction officielle, ce qui ne l'empêchait pas de correspondre avec quelques fonctionnaires vichystes dont il était l'ami, et avec son fils, qui avait rejoint le général de Gaulle à Londres).

Sartre, évidemment, continuait d'écrire. En 1942, Olga confia à Jean-Louis Barrault son désir de devenir comédienne. Il lui conseilla de trouver un auteur qui accepterait de créer une pièce pour elle ; il la mettrait en scène. Sartre rédigea *les Mouches*. Barrault considéra qu'Olga était trop jeune (à vingt-sept ans) pour interpréter Electre. L'auteur refusant de changer de comédienne, le metteur en scène s'en fut vers la Comédie-Française et *le Soulier de satin* (que Sartre et Beauvoir admirèrent, malgré l'« aversion » que leur inspirait Claudel, lequel sera salué par Otto Abetz et tout le commandement militaire allemand lors de la première, le 27 novembre 1943 à la Comédie-Française[1]). Charles Dullin prit la relève.

Avant la guerre, Simone de Beauvoir l'avait entendu proférer des propos très antinazis. L'Occupation avait retourné la veste de Dullin. Avec sa compagne Simone (qui, une quinzaine d'années auparavant, avait été la première fiancée de Sartre), il considérait qu'il fallait se soumettre au nouvel ordre, puisqu'il l'avait emporté sur tous les autres. Si l'on voulait

---

1. Pierre Assouline, *Gaston Gallimard*, Balland, 1984.

continuer à travailler, mieux valait s'entendre avec les Allemands.

Dullin avait donc accepté de reprendre le théâtre Sarah-Bernhardt, rebaptisé théâtre de la Cité (aujourd'hui théâtre de la Ville). C'est en ses murs que la première des *Mouches* fut donnée le 3 juin 1943. Le succès ne fut pas considérable, loin s'en faut : il y eut vingt-cinq représentations, et la presse se montra réservée. Personne, parmi le public, ne fut dupe du contenu de l'œuvre. Lors de la première, au cri de Jupiter : « Oreste sait qu'il est libre ! », la salle se partagea entre ceux qui applaudirent et ceux qui vociférèrent. Sartre, à l'époque, appartenait au Comité du Front national du théâtre, avec Pierre Dux, André Luguet, Raymond Rouleau, Armand Salacrou.

Quinze jours plus tard paraissait *l'Etre et le Néant*, essai d'ontologie phénoménologique de sept cents pages dédié au Castor. Jean Paulhan avait assuré à Gaston Gallimard que le livre méritait d'être publié, même si le succès commercial était loin d'être garanti.

Trois exemplaires quittèrent les étalages des librairies la première semaine, puis cinq, puis deux. Après quoi, les ventes s'envolèrent : six cents exemplaires en un jour, puis sept cents, puis mille, puis deux mille[1]. Chez Gallimard, personne ne comprenait. On fit une enquête. Les femmes achetaient plus que les hommes. Souvent deux exemplaires, parfois cinq. Pour les lire ?

---

1. Jean Paulhan, *Qui suis-je ?*, La Manufacture, 1986.

Non pas.

Pour équilibrer la balance. Car *l'Etre et le Néant* pesait exactement un kilo. Un volume remplaçait avantageusement les poids en cuivre, qu'on ne trouvait plus à Paris.

Jean Paulhan affirma que le livre apprit « des tas de choses » aux jeunes mères de famille. Il eut en tout cas un grand retentissement dans les milieux philosophiques de l'époque, même si les tenants de la ligne officielle le boudèrent. Jean-Toussaint Desanti, philosophe, ancien élève de l'Ecole normale supérieure, résistant et ami de Sartre, proposa un article sur l'ouvrage à la rédaction de *la Revue de métaphysique et de morale*.

Il y avait longtemps que n'était pas apparu en France un traité de philosophie de cette ampleur (...) C'était une entreprise d'enracinement de l'expérience non seulement instruite, cultivée, mais aussi de l'expérience dans son vécu le plus profond et le plus immédiat (...), dans le champ ouvert par Husserl et Heidegger [1].

L'article fut refusé : l'establishment dédaigna *l'Etre et le Néant*. Sartre, qui s'était fait connaître par son roman *la Nausée*, apparaissait comme « quelqu'un d'étrange[2] ».

Simone de Beauvoir était mieux considérée. *L'Invitée* (dédiée à Olga) fut publiée le même mois que l'*Etre et le Néant* (en même temps que *l'Homme*

---

1. Jean-Toussaint Desanti, in *Le Monde*, 2 juillet 1993.
2. Jean-Toussaint Desanti, *ibid.*

à cheval de Drieu la Rochelle, *Corps et âmes* de Maxence Van der Meersch, *le Cheval blanc* d'Elsa Triolet et *les Amants d'Avignon* d'Aragon). Le livre fut assez bien accueilli par la presse, et figura sur les listes du Goncourt et du Renaudot. En quelques semaines, Sartre et sa compagne franchirent un grand pas sur ce chemin de la notoriété qu'ils emprunteraient si victorieusement à la Libération.

De nouveaux amis se présentèrent : Raymond Queneau, les Leiris, Picasso et Dora Maar... Vint également Alberto Giacometti, toujours accompagné de jolies femmes. Avant la guerre, il était un oiseau de nuit. Depuis 1940, il passait ses soirées dans son atelier du XIVe arrondissement, au milieu de ses sculptures et d'un désordre indescriptible qui fascinait ses visiteurs.

Il s'intéressa à Nathalie Sorokine et l'invita à dîner au Dôme. Elle s'y rendit avec plaisir, heureuse de profiter d'un bon dîner. La première fois, comme elle faisait mine de partir la dernière bouchée avalée, Giacometti lui commanda un deuxième repas, et elle resta – pour le plus grand plaisir de l'artiste. Il l'invita ensuite à la Palette, lui présenta ses amis, l'autorisa à stocker les vélos qu'elle volait dans la cour de son atelier...

A partir de 1943, Sartre prit la relève financière des amis de la famille : il fut engagé par la firme Pathé pour écrire des scénarios. Il travailla avec Jean Delannoy sur un script d'où naîtront *Les jeux sont faits* (1947), et avec Yves Allégret sur *les Orgueilleux*. L'argent n'étant plus rare, la petite bande quitta ses quartiers de Montparnasse pour s'établir à Saint-

Germain-des-Prés, hôtel de la Louisiane, rue de
Seine. A la fin de l'année, Beauvoir partit skier avec
Bost. Sartre resta à Paris, accaparé par l'écriture de
Huis clos. Il avait créé le rôle d'Estelle pour Wanda.
La pièce, qui met en scène une homosexuelle, n'était
pas sans rapport avec l'expulsion de Simone de
Beauvoir de l'Education nationale. Tout comme *les
Mouches* – appel à lutter contre les usurpateurs –,
elle portait le fer au cœur de la morale vichyste. Pour
autant, elle avait été soumise à la censure, et aucun
acteur juif ne l'interprétait.

C'est Gaston Gallimard lui-même qui entreprit
d'aider Sartre à trouver une salle pour y représenter sa pièce. Il connaissait un industriel qui avait
racheté le théâtre du Vieux-Colombier, fondé en
1913 par l'équipe de la *NRF* naissante – Copeau,
Schlumberger, Gide et Gallimard. Cet homme
avait fait fortune dans le pétrole. Ami des arts
autant que de sa femme, laquelle était comédienne,
il exigea de Sartre qu'il la choisît dans l'un des
rôles principaux, l'autre étant tenu par Michel
Vitold. Raymond Rouleau se chargerait de la mise
en scène.

L'auteur accepta. La première de *Huis clos* eut
lieu le 27 mai 1944 devant un public choisi : les
hommes de la Propagandastaffel, qui accordaient les
visas de censure, occupaient les premiers rangs…

Dans *les Lettres françaises* clandestines, Michel
Leiris se montra « fort enthousiaste[1] ». Jean Paulhan

---

1. Ingrid Galster, in *Sartre devant la presse d'Occupation, op. cit.*

aima, mais pas François Mauriac qui, dans une lettre à Jean Blanzat, s'indigna :

> *Je suis bouillant d'indignation après la lecture des* Lettres françaises. *(…) Ce papier dépensé, ce risque couru pour faire avaler aux pauvres types cet immense panégyrique du navet de Sartre ! Et en un pareil moment ! Lorsqu'il y a tout à dire ! La gendelettrerie de ces types me fait vomir (…) Nous sommes foutus si nous ne nous délivrons pas de ces mandarins de troisième zone, de ces pions de la fausse avant-garde.*

Georges Bataille était réservé, Jean Guéhenno dubitatif, Alexandre Astruc fasciné. Quant à la presse collabo, elle utilisa la pièce pour opérer une esquisse de volte-face, le vent du débarquement ayant soufflé depuis quelques jours sur la scène française. Dans *la Gerbe,* André Castelot se lança : « En voyant, l'an dernier, *les Mouches* au théâtre de la Cité, nous avons déjà eu un exemple de ce goût pour la pourriture. Cette fois, avec *Huis clos* l'écœurement est total. »

Quelques lignes plus loin, il changeait de route : « *Huis clos* est une pièce remarquable. C'est "du théâtre". Nous voulons dire par là que cette œuvre atrocement pénible nous est présentée avec un indéniable talent. »

Robert Brasillach reprit le flambeau : « Jean-Paul Sartre est à coup sûr aux antipodes de ce que j'aime, de ce à quoi je crois encore. Sa pièce est peut-être le symbole d'un art lucide et pourri, celui dont l'autre après-guerre a essayé de s'approcher sans y réussir – mais je ne crois pas me hasarder beaucoup en disant que par la sécheresse noire de sa ligne, par sa rigueur, par sa pureté démonstrative opposée à son impureté fondamentale, c'en est le chef-d'œuvre[1]. »

De l'art et la manière de préparer un retournement de veste…

Avant même les premiers feux du débarquement, les grandes fêtes avaient repris dans ce Paris occupé où, pour certains, il faisait assez bon vivre. En 1943, les Editions Gallimard avaient fondé un prix littéraire, le prix de la Pléiade, que Sartre et les membres du jury avaient attribué en 1944 à Mouloudji pour son roman *Enrico*. Afin de fêter l'événement, l'heureux lauréat avait convié ses amis à une fête organisée à Taverny, dans la maison de la mère de Jacques-Laurent Bost. Grâce à l'argent du prix, Mouloudji avait acheté de solides réserves de victuailles et d'alcool. Ce fut une nouba grandiose. Toute la famille Sartre était présente, ainsi que les Leiris, Queneau, Merleau-Ponty et quelques autres. On dansa et on chanta sous un ciel étoilé parcouru de fusées éclairantes – les appareils alliés allant bombarder l'Allemagne –, au rythme de tambours impressionnants – les canons de la DCA cherchant les avions ennemis : un feu d'artifice magnifique.

Dans une chambre éloignée, Bost besognait une jeune invitée, ce qui provoqua un scandale lorsque

---

1. Cité par Ingrid Galster, in *Sartre, Vichy et les intellectuels, op. cit.*

Olga Kosakiewicz découvrit l'infidélité de son promis. Les hurlements, colère et ivresse mêlées,
réveillèrent Simone et Jean-Paul, qui s'étaient largement dépensés en tangos et autres fox-trot. Ils
avaient la gueule de bois.

Cela recommença.

Simone de Beauvoir : « Il m'était souvent arrivé
dans ma vie de beaucoup m'amuser : mais c'est seulement au cours de ces nuits que j'ai connu le vrai
sens du mot "fête"[1]. »

Les joyeux drilles inaugurèrent la mode des « fiestas ». Les participants donnaient tous quelques cou-
pons de rationnement, ce qui permettait, en plus des
produits de marché noir, de s'alimenter en denrées
courantes. On se retrouvait chez les uns ou chez les
autres, où on festoyait jusqu'à point d'heure. Sartre
chantait, Bost couchait, Queneau trinquait, Leiris
titubait, Wanda dansait, Dullin déclamait, Simone
Jollivet sniffait. Cela se passait parfois chez Georges
Bataille, dont les fenêtres donnaient sur la cour de
Rohan (quand le musicien juif René Leibowitz se
cachait dans une des chambres) ; chez Dullin, rue
de la Tour-d'Auvergne ; chez Michel Leiris, quai des
Grands-Augustins, sous des œuvres de Miró, Gris,
Masson ; chez Picasso, après la représentation de sa
pièce, *le Désir attrapé par la queue.*

Celle-ci avait été écrite en quatre jours, en janvier 1941. Six actes d'inspiration surréaliste jetés sur
des feuillets selon une méthode proche de l'écriture

1. Simone de Beauvoir, *op. cit.*

automatique. Les répétitions puis la première eurent lieu chez Michel Leiris, le 19 mars 1944. La distribution valait son pesant de célébrités : dans les rôles principaux, Michel Leiris (Gros Pied), Raymond Queneau (l'Oignon), Simone de Beauvoir (la Cuisine), Jean-Paul Sartre (Bout rond), Dora Maar (l'Angoisse maigre), Germaine Hugnet (l'Angoisse grasse), Jacques-Laurent Bost (les Rideaux), Louise Leiris (les Deux Toutous)...

Dans la salle venue assister à ce spectacle où les problèmes majeurs de la guerre de ce petit milieu étaient clairement représentés (la faim et le froid), on reconnaissait Jacques Lacan, Jean-Louis Barrault et Madame, Brassaï, Valentine Hugo, Braque, Georges Bataille... Tous avaient le regard fixé sur les comédiens d'un jour, lesquels suivaient attentivement les mouvements d'un jeune homme signalant les changements d'actes par des coups frappés à l'aide d'une canne. Ce jeune homme, promu metteur en scène, décrivait soigneusement les décors que chacun devait imaginer. Il s'appelait Albert Camus.

L'étranger

> Celui qui désespère des événements
> est un lâche, mais celui qui espère en la
> condition humaine est un fou.
>
> Albert CAMUS.

Il est grand, il est beau, il plaît aux femmes. Tandis que Sartre compense, il lui suffit d'apparaître. Wanda, que Sartre a désespérément tenté de mettre dans son lit, lui a tendu les bras dès le premier jour. Puis ce fut Maria Casarès. Un soir que Sartre faisait assaut de la plus merveilleuse dialectique pour séduire une jeune inconnue, Camus s'approcha, suivant le manège. Lorsque la fille se fut éloignée, il s'étonna :

« Pourquoi tout ce baratin ? »

Sartre le regarda avec une petite moue égarée et répondit :

« Tu as vu ma gueule ? »

Il avait bu.

Il n'empêche.

Simone, méfiante, observe. Elle ne comprend pas le coup de foudre que son petit mari a éprouvé dès leur rencontre pour ce jeune homme venu d'ailleurs.

C'était en juin 1943, lors de la générale des *Mouches*. Camus s'est présenté, tout simplement. Cinq ans auparavant, dans un quotidien algérien, il avait publié une critique mitigée de *la Nausée*, saluant « des dons émouvants de romancier » mais regrettant que « les jeux de l'esprit le plus lucide et le plus cruel y sont à la fois prodigués et gaspillés ». *Le Mur,* en revanche, avait emporté toutes ses réserves : « Et l'on peut bien déjà parler d'une œuvre à propos d'un écrivain qui, en deux livres, a su aller tout droit au problème essentiel et le faire vivre à travers des personnages obsédants. »

Quant à Sartre, s'il avait marqué une certaine réserve à l'égard du *Mythe de Sisyphe,* il avait publié un article très élogieux sur *l'Etranger* dans *les Cahiers du Sud.*

Bref, les deux hommes avaient bien des choses à se raconter.

Sartre emmena son nouvel ami au Flore, où il fit la connaissance de Simone :

> *Sa jeunesse, son indépendance le rapprochaient de nous : nous étions formés sans lien avec aucune école, en solitaires ; nous n'avions pas de foyer, ni ce qu'on appelle un milieu. (...) Il laissait percer de temps en temps un petit côté Rastignac, mais il ne semblait pas se prendre au sérieux. Il était simple et il était gai*[1].

Aussitôt accueilli dans « la famille », Albert Camus partage les fêtes et les dîners collectifs. On

---

1. Simone de Beauvoir, *la Force de l'âge, op. cit.*

apprécie sa faconde et on aime son accent. Sartre reconnaît qu'il est son exact contraire : il a du charme, il est moraliste. Il a également huit ans de moins, il est brillant, au point que Simone de Beauvoir (elle l'a reconnu) s'inquiète : ne risque-t-il pas de faire de l'ombre à Jean-Paul ?

On ne sait si, comme l'ont affirmé certains[1], dans sa méfiance se glisse une rancœur de femme éconduite après proposition en bonne et due forme (une semblable rumeur a couru à propos d'Elsa Triolet), toujours est-il qu'elle n'apprécie pas toujours le nouveau venu. Et quand Sartre, un jour d'ivresse, lance au séduisant jeune homme : « Je suis plus intelligent que vous[2] ! », chacun admet qu'il y a là anguille sous roche, et tous comprennent que Simone surveille les filets.

La plus grande différence entre les membres de la famille sartrienne et cet étranger venu d'Algérie, c'est surtout qu'il est issu d'un autre milieu, et que l'engagement, pour lui, a du sens depuis longtemps. Peut-être sont-ce là les raisons pour lesquelles, bien que proche des invités qui goûtent à la cuisine de Simone dans sa chambre de l'hôtel Louisiane, il reste un peu à distance.

Il a grandi dans les quartiers pauvres d'Alger. Sa mère était femme de ménage. Son père est mort pendant la Première Guerre mondiale. Il doit à la sagacité d'un instituteur, d'un oncle, et à la générosité de son entourage d'avoir poursuivi ses études jusqu'à

1. Olivier Todd, *Albert Camus, Une vie*, Gallimard, 1996.
2. Ronald Aronson, *Camus et Sartre*, Aloïk.

l'obtention d'une licence de lettres et d'un diplôme d'études supérieures de philosophie.

Un aiguillon le pousse : la tuberculose. Malade, il doit aller vite. A vingt ans, il avait décidé qu'il construirait une œuvre littéraire sans attendre, et qu'il n'avait pas le temps de tergiverser sur ses convictions : il fallait se battre pour elles. Il créa un groupe de théâtre, le théâtre du Travail, qui produisait des spectacles politiques. Avec d'autres intellectuels, il s'engagea pour la défense des droits de la population musulmane, prit sa carte du parti communiste, dont il fut exclu en 1937 : il n'approuvait pas la ligne officielle qui s'éloignait du nationalisme arabe pour lui préférer un front uni antifasciste.

Il publia son premier livre, *l'Envers et l'Endroit,* en 1937 aux Editions Charlot, qui éditaient des auteurs de gauche. Le livre était dédié à son ancien professeur de philosophie, Jean Grenier, qui l'avait beaucoup aidé dans sa jeunesse. En 1938, il entreprit l'écriture simultanée de trois œuvres dont la colonne vertébrale, une réflexion sur l'absurde, était commune. Le roman deviendrait *l'Etranger,* l'essai philosophique *le Mythe de Sisyphe,* et la pièce de théâtre *Caligula.*

Il était, il est resté journaliste. Il a exercé sa plume dans un journal d'étudiants où il se chargeait de la critique d'art. En 1938, il a rencontré un homme qui lui a toujours voulu du bien et qui, jusqu'à la guerre, n'a jamais cessé de l'aider : Pascal Pia. Lui aussi est journaliste. Il a débarqué en Algérie deux ans avant la déclaration de guerre pour diriger un quotidien de gauche plus proche de l'idéologie socialiste que

de l'idéologie communiste : *Alger républicain.* Pia a
aussitôt engagé Camus. Dix ans séparent les deux
hommes, tout le reste les rapproche. L'un et l'autre
veulent défendre l'émancipation des musulmans
(sans pour autant épouser la cause des nationalistes
algériens), l'un et l'autre redoutent le bellicisme qui
s'est emparé des nations à propos de l'Allemagne.
Camus a de bonnes raisons pour défendre un pacifisme ancré en lui depuis la mort de son père. Cette
blessure le conduit à haïr la violence. Toute forme
de violence. C'est pourquoi, dans les colonnes de son
journal, il se prononce pour une révision du traité
de Versailles et l'ouverture de négociations avec Hitler. Quand, fin 1939, *Alger républicain* ferme ses
portes, il défend le même point de vue dans *Soir
républicain*, dont il tient désormais le gouvernail.
Seul : Pia est rentré à Paris. Et lui-même se retrouve
sur le trottoir lorsque le quotidien est interdit par
le préfet d'Alger.

Car la guerre est là. Epargné de service militaire
pour cause de tuberculose, Camus ne dispose plus
d'aucun outil pour défendre ses convictions. En
outre, ses articles dénonçant la pauvreté de la Kaby-
lie et les conditions de vie misérables de la population algérienne lui ont valu l'opprobre des autorités.
Il est cerné : le bellicisme d'un côté, la méfiance de
l'autre. Aussi, lorsque Pascal Pia lui propose de le
rejoindre à *Paris-Soir,* le quotidien de Pierre Lazareff, il fonce. Prend le bateau, traverse la Méditerranée, découvre la capitale de la France. Et devient
l'un des secrétaires de rédaction d'un quotidien

fameux, auquel collaborent les plus grandes plumes journalistiques.

Il ne reste pas, cependant. Le dernier numéro parisien du journal paraît le 11 juin 1940. Après quoi, toute l'équipe se replie à Clermont-Ferrand. Jean Prouvost, propriétaire de *Paris-Soir* – mais aussi de *Match* (créé en 1938, un million huit cent mille exemplaires deux ans plus tard) et de *Marie-Claire* (créé en 1937, un million d'exemplaires à ses débuts) –, éphémère ministre de l'Information du gouvernement Reynaud, a organisé une ronde de voitures dans lesquelles s'entassent ses journalistes. Camus conduit l'une d'elles. Dans le coffre, il a glissé sa valise. Dans la valise : *l'Etranger*, qu'il a presque fini, et *le Mythe de Sisyphe*, très avancé.

Après Clermont-Ferrand, l'équipe de *Paris-Soir* se retrouve à Lyon. Pascal Pia est là, ainsi que Francine, la future Mme Camus qu'Albert épouse quelques semaines avant de se retrouver au chômage. Car, le journal fermant ses portes, il est licencié.

En janvier 1941, il retraverse la Méditerranée. Echoue à Oran où il devient professeur. Les autorités ayant limité la présence des enfants juifs dans les classes, Camus leur enseigne, à titre privé, le français, l'histoire et la géographie. Mais sa guerre personnelle ne tarde pas à le rattraper : la tuberculose l'affaiblit, le terrasse parfois. Au point qu'il doit quitter l'Algérie et son climat délétère. La France, de nouveau, l'accueille. Il se réfugie dans un hameau situé à mille mètres d'altitude, le Panelier, non loin du Chambon-sur-Lignon. Ici, les Justes protègent les enfants juifs. Depuis le début de la guerre, les pasteurs de la région protestent publiquement contre les mesures antisémites et la chasse aux Juifs. Camus ne voit rien. Il écrit. Il publie. De toute façon, que pourrait-il faire d'autre à ce moment-là de son existence ? En Algérie, sa réputation d'homme de gauche l'empêchait d'agir : Vichy l'avait à l'œil. En France, hormis Pascal Pia et Jean Grenier, il ne connaît personne. La Résistance n'est pas pour lui. Pas encore.

L'Etranger paraît chez Gallimard en décembre 1941. Jean Paulhan le signale à François Mauriac pour le prix du roman de l'Académie française (qu'il n'obtiendra pas) : « Toute réflexion faite, c'est à Albert Camus, pour *l'Etranger*, qu'à votre place je donnerais le prix du roman. C'est le seul roman, publié depuis deux ans, où il y ait à la fois de l'adresse et de la grandeur[1]. »

Trois mois plus tard sort *le Mythe de Sisyphe*. Camus a accepté que le livre soit amputé d'un chapitre sur Kafka, supprimé par la censure (Kafka était juif). Grâce à Pascal Pia, qui est intervenu auprès de Gaston Gallimard et de Jean Paulhan, il reçoit désormais une petite mensualité qui lui permet de vivre.

C'est la littérature qui conduit Camus à la Résistance. Pia aura son rôle à jouer, mais c'est Francis Ponge qui l'emmène chez René Tavernier, où la revue *Confluences* rassemble les bonnes volontés de la zone sud.

---

1. Jean Paulhan, Lettre à François Mauriac, 12 avril 1943, in *Lettres d'une vie*, Grasset, 1981.

un trublion = troublemaker

Francis Ponge est poète. Il a rallié le mouvement surréaliste au moment où beaucoup le quittaient. Nageant à contre-courant, il s'est solidarisé avec André Breton lorsque Bataille, Desnos, Prévert et une poignée d'autres trublions le souffletaient dans *Un cadavre*. En 1937, il a adhéré au parti communiste. Il fut de tous les comités et de tous les rassemblements antifascistes d'avant la guerre. Syndiqué, militant et, bien entendu, résistant. Chargé par le Front national (communiste) de recruter parmi les journalistes. Grâce à Pascal Pia, il a été engagé au *Progrès,* à Lyon. De là, il parcourt la région afin de découvrir et rassembler des plumes antinazies. Sa couverture : il est représentant en livres pour le compte de Pierre Seghers et de René Tavernier.

Francis Ponge rencontre Albert Camus dans la pension du Panelier où l'écrivain algérois a trouvé refuge. Pia lui a fait lire *l'Etranger* et *le Mythe de Sisyphe*. Lui-même, en 1942, a publié *le Parti pris des choses* chez Gallimard. Il dispose d'un appartement clandestin à Lyon, où Camus vient parfois.

Un jour, il le conduit donc chez René Tavernier. La maison est isolée. Plusieurs entrées distinctes permettent aux visiteurs d'aller et de venir sans éveiller l'attention ; elles constituent également des chemins de fuite en cas de nécessité. Ainsi Camus rejoint-il le Comité national des écrivains de la zone sud.

En juin 1943, pour la première fois depuis 1940, il vient à Paris. Son statut a changé : il est devenu un écrivain reconnu sinon renommé. La famille Gallimard prend en charge ce jeune homme de trente ans qui n'a encore jamais goûté aux joies culturelles

de la capitale. Elle l'emmène au théâtre des Mathurins où joue une jeune actrice dont le père fut
ministre de la République espagnole : Maria Casarès
(un an plus tard, dans le même théâtre, la même
comédienne jouera *le Malentendu*, d'Albert Camus).

En novembre, après un nouveau séjour au Panelier, Camus revient à Paris, cette fois définitivement :
ses amis lui ont obtenu un travail de lecteur-secrétaire
aux Editions Gallimard. Sa tâche consiste, entre
autres, à sélectionner les ouvrages susceptibles de
concourir pour les prix littéraires.

Il s'installe dans un hôtel rue de la Chaise, entre
bientôt au comité de lecture et devient le meilleur
ami de Michel Gallimard, neveu de Gaston.

A cette époque, il participe aux fiestas auxquelles
se rendent un grand nombre d'auteurs de l'écurie
Gallimard. Il dîne souvent dans la chambre de
Simone de Beauvoir. Sartre lui a même demandé de
mettre en scène *Huis clos* et de jouer le rôle de Garcin. Dans un premier temps, Camus a accepté. Les
premières répétitions ont eu lieu à l'hôtel de la Louisiane. Mais quand le théâtre du Vieux-Colombier a
proposé de monter la pièce, le metteur en scène s'est
retiré.

Il faut dire que, contrairement à Sartre, Camus est
alors engagé dans des activités de résistance qui
occupent une grande partie de son temps. Pascal
Pia, une fois encore, l'a appelé à la rescousse.

Après avoir quitté *Paris-Soir*, Pia est devenu
l'adjoint d'un haut responsable du mouvement de
résistance Combat. En liaison avec Henri Frenay et
Claude Bourdet, il s'est occupé du journal édité par

ce groupe. En août 1943, il en a pris les rênes. Puis il s'est déchargé de sa fonction de rédacteur en chef sur son ami d'Alger. C'est ainsi qu'à l'automne 1943 Albert Camus s'est retrouvé à la tête de *Combat*, devenu l'organe des Mouvements Unis de Résistance. *Combat*, dont la une annonce la couleur tricolore : une croix de Lorraine niche dans l'ovale ouvert de la première lettre, Clemenceau signe la devise affichée : « Dans la guerre comme dans la paix le dernier mot est à ceux qui ne se rendent jamais », et le journal ne se reconnaît qu'« un seul chef : de Gaulle », « un seul combat : pour nos libertés ».

Le journal paraît toutes les trois semaines. Il est diffusé à deux cent cinquante mille exemplaires. Camus y écrit peu. Mais c'est lui qui contacte les journalistes et propose le sommaire. Il lui donne également sa direction générale, qui devra être celle de l'après-guerre : défendre une morale indépendante des partis politiques.

Camus, désormais muni de faux papiers, à demi clandestin dans une ville toujours occupée, organise les réunions de son groupe au fond d'une loge de concierge. C'est là qu'il met au point le chemin de fer du journal, là encore qu'il prépare l'avenir avec ses amis. Un jour du printemps 1944, il convie deux nouveaux venus à se joindre à l'assemblée : Beauvoir et Sartre. Ceux-ci proposent leurs services puis s'éloignent, faute de temps. On ne les reverra plus. Ils doivent s'occuper de *Huis clos,* écrire, écrire encore pour apparaître sur le devant de la scène lorsque la guerre sera finie. A l'appel de leur ami, ils reviendront lors de la libération de Paris. Il sera encore temps, alors, de prétendre que le CNE avait donné son accord pour que *les Mouches* et *Huis clos* fussent joués, de surgir comme les hérauts de la résistance intellectuelle alors que, de son propre aveu, Sartre, pendant l'Occupation, était plus un écrivain qui résistait qu'un résistant qui écrivait.

Comme beaucoup.

citation B 437

Les réunions du Val-de-Grâce

> A quel autre moment de l'histoire les bagnes se sont-ils refermés sur plus d'innocents ? A quelle autre époque les enfants furent-ils arrachés à leurs mères, entassés dans des wagons à bestiaux, tels que je les ai vus, par un sombre matin, à la gare d'Austerlitz ?
>
> François MAURIAC.

De temps à autre cependant, Camus et Sartre participaient aux réunions du Comité national des écrivains. Peu et tardivement, mais quand même : beaucoup n'y vinrent jamais. A partir de 1943, Sartre eut même les honneurs des *Lettres françaises* clandestines (il écrivit un texte contre Drieu, *Drieu la Rochelle ou la haine de soi*). Car le CNE, comme les publications qui en dépendaient, s'était « démocratisé ». Le parti communiste ouvrait ses portes à ceux qui n'étaient pas dans la ligne. Même si Sartre fut beaucoup critiqué pour avoir fait jouer *les Mouches* dans Paris occupé, il fut accepté aux quelques réunions où il se présentait.

Au fil des mois, le CNE s'était étoffé. Pierre Villon (de son vrai nom Roger Ginsburger), chef du Front national pour la zone occupée, futur membre fondateur du Conseil national de la Résistance, arrêté, évadé, avait été nommé à la place de Politzer à la tête des intellectuels communistes. Il avait rejoint la petite troupe des écrivains mobilisés – trois cents à l'automne 1943.

La moitié des auteurs du CNE s'étaient fait connaître avant la guerre par leurs prises de positions antifascistes. Un tiers était communiste[1]. Il y avait aussi des écrivains plus modérés, des socialistes, des catholiques, des nationalistes et des auteurs venus de l'extrême droite tels Claude Roy, le RP Maydieu ou le père Bruckberger. Certains adhérents ne venaient pas. Ainsi Roger Martin du Gard et Michel Leiris. Arguant de sa détestation des groupes, Georges Duhamel s'était défilé. Pour autant, il transmettait des textes aux *Lettres françaises* clandestines, soutenait les auteurs persécutés par le régime de Vichy, et envoyait de l'argent à Pierre Seghers pour que vive sa revue *Poésie 42*.

Le CNE comprenait un seul membre de l'Académie française fourvoyé : François Mauriac. Lui-même, Paul Valéry et Georges Duhamel avaient vainement tenté de s'opposer à Abel Bonnard et à Henry Bordeaux qui s'étaient jetés dans les bras de Pétain au début de la guerre, obligeant l'Académie française à proclamer publiquement son allégeance au vieux maréchal. Abel

---

1. Gisèle Sapiro, *la Guerre des écrivains, 1940-1953*, Fayard, 1999.

Bonnard était ministre de l'Education nationale, Abel Hermant et Mgr Baudrillart soutenaient Vichy dans ce qu'il avait de plus extrême (les deux Abel seront expulsés de l'Académie en 1944, Bonnard condamné à mort, Hermant à la réclusion à perpétuité, puis graciés tous deux).

C'est chez François Mauriac, un jour de mars 1943, que Paulhan, Blanzat, Guéhenno et Pierre Brisson (ancien directeur littéraire du *Figaro*) envisagèrent de dresser une liste noire des écrivains ayant collaboré. Mauriac soutenait l'initiative.

Pour la première fois de sa vie, son fils Claude l'avait vu pleurer le jour de la déclaration de guerre. Antimunichois, Mauriac avait tout d'abord accordé sa confiance au vainqueur de Verdun. Après l'attaque de la flotte à Mers el-Kébir, en juillet 1940, il avait pris la plume contre Churchill. Ses articles publiés avant guerre dans *le Figaro* avaient valeur d'oracle : la parole de Mauriac était l'une des plus attendues par l'opinion. C'est dire si chaque camp guettait ses prises de positions.

Enfermé dans son domaine de Malagar (Gironde), Mauriac avait écrit *la Pharisienne* en 1940. Il fut attaqué par la presse collabo dès la sortie de l'ouvrage. Les gardiens du temple de cette droite extrême qui présidait aux commandes de *la Gerbe* et de *Je suis partout* n'avaient pas accepté les articles de l'académicien en faveur des réfugiés espagnols. Brasillach et Rebatet attaquaient à longueur de pages cet « ami des Juifs » qui eut l'outrecuidance de se séparer de Vichy dès la promulgation des lois antisémites, « l'homme à l'habit vert, le bourgeois riche avec sa

torve gueule de faux Greco (…) l'un des plus obs-
cènes coquins qui aient poussé dans les fumiers chré-
tiens de notre époque[1] ».

Mauriac refusa de donner des articles à la *NRF*
de Drieu la Rochelle, ce qui lui valut les foudres de
ce dernier. Il lui répondit, ainsi qu'à Rebatet et à
Brasillach, dans les *Lettres françaises* clandestines.
Car François Mauriac fut l'un des premiers écrivains
à collaborer au journal fondé par Jacques Decour.
Le RP Maydieu et Jean Blanzat, l'ami de Paulhan
devenu le sien à la fin de la guerre d'Espagne, l'ame-
nèrent dans les cercles de la littérature résistante.
Lorsqu'il n'était pas à Malagar, François Mauriac se
joignait aux écrivains de toutes tendances qui assistaient aux réunions du CNE. Le noyau du début
(Decour, Blanzat, Paulhan, Debû-Bridel, Guéhenno,
le RP Maydieu, Eluard, Morgan, Thomas, Mauriac)
avait grandi avec l'arrivée de nouveaux membres
(Lescure, Queneau, Leiris, Seghers, Aragon, Lim-
bour, Sartre…).

Les réunions ne se tenaient plus chez Jean Blanzat
mais chez Edith Thomas, rue Pierre-Nicole, dans le
V[e] arrondissement. La concierge logeant dans
l'immeuble voisin, les allées et venues étaient relativement peu surveillées. Les écrivains remontaient le
long du jardin du Luxembourg ou bien obliquaient
du boulevard Saint-Michel pour emprunter ensuite
cette petite rue proche de l'hôpital du Val-de-Grâce.
Certains venaient à bicyclette. D'autres à pied. Edith

---

1. Lucien Rebatet, *les Décombres, op. cit.*

Thomas, qui assistait avec angoisse à l'arrivée de chacun, craignait chaque fois que la Gestapo ou la
police française ne se jetât sur cette assemblée
d'hommes de lettres qui, en dépit de l'époque et de
la clandestinité obligée, se distinguait de la population parisienne par une façon débonnaire de marcher, une tenue vestimentaire souvent élégante, des
manières qui ne ressemblaient pas non plus aux
habitudes des résistants couleur de muraille.

On s'asseyait en rond dans le petit appartement.
On échangeait des nouvelles de la guerre. Parfois,
on écoutait Radio-Londres. On discutait de la
conduite à tenir face à l'occupant : fallait-il publier ?
Où ? Existait-il d'autres façons de résister que la
plus commune d'entre toutes, la publication d'écrits
clandestins ? Fallait-il prendre la plume contre ceux
de l'autre camp ? Les jugerait-on après la guerre ?

On discutait des articles qui seraient publiés dans
les Lettres françaises. Imprimer le journal n'était pas
chose facile. L'imprimeur, Georges Adam, journaliste à *Ce Soir* avant la guerre, avait mobilisé les
ouvriers du livre CGT. Sur les rotatives de *Paris-Soir*,
organe collabo, ils tiraient également *les Lettres françaises* interdites. Trois mille cinq cents exemplaires
en 1942, douze mille l'année suivante. Quatre pages
mensuelles, puis huit. Le CNE était le premier et le
seul pourvoyeur des articles parus dans cet organe
de presse né dans la clandestinité, qui deviendrait
une publication incontournable après la Libération.

Bien que souveraines, les Editions de Minuit
étaient indissociables du CNE. Jean Paulhan en
devint le directeur littéraire à la fin de l'année 1942 ;

Paul Eluard le rejoindrait bientôt. Les éditions ne publiaient pas seulement des romanciers. Vingt-deux poètes signant de noms d'emprunt participèrent à une anthologie de poésies résistantes parue sous le titre *l'Honneur des poètes*. Bruller, alias Desvignes pour ses camarades du CNE, participait à la plupart des réunions. Il demandait des manuscrits à chacun. Personne ne savait qu'il était l'auteur du *Silence de la mer*.

L'ouvrage avait été publié en février 1942. Une maquette soignée, quatre-vingt-seize pages, quelques centaines d'exemplaires. Les noms des premiers destinataires avaient été donnés par Jean Paulhan, qui aida à sa manière. Le professeur Robert Debré confia l'ouvrage à sa compagne, la comtesse Dexia de La Bourdonnais, qui le tapa à la machine et le fit circuler dans son entourage. Vercors parcourut Paris sur sa bicyclette, déposant le livre sous enveloppe aux sympathisants soigneusement répertoriés. Il en confia quelques exemplaires à Georges Hugnet, le poète surréaliste qui tenait une librairie boulevard du Montparnasse. D'autres atteignirent la zone sud, envoyés par la poste. En trois mois, glissant de poche en poche sous les manteaux des sympathisants, *le Silence de la mer* trouva son public. On aimait la résistance qu'il suggérait, silencieuse et non violente, en accord avec la doctrine gaulliste qui condamnait l'action directe. D'ailleurs, quand le livre parvint à Londres, l'entourage du Général s'en empara et le diffusa à son tour. Un premier tirage de dix mille exemplaires fut rapidement épuisé. L'ouvrage parvint en Algérie, en Australie, au Québec, en Suisse, au Sénégal... Partout, il emporta l'adhésion. Seul Arthur Koestler, dans une critique parue en novembre 1943 à Londres, émit un jugement négatif. Ailleurs, et d'abord en France, les lecteurs furent conquis. Tous se posaient la même question : qui se cachait derrière ce pseudonyme de Vercors ? Dans les milieux littéraires, quelques noms circulaient : Roger Martin du Gard, Georges Duhamel, Pascal Pia... Il en fut de même pour tous les ouvrages que les Editions de Minuit publièrent pendant la durée de la guerre. Après Jean Bruller, François Mauriac (alias Forez), Aragon (alias François la Colère), Elsa Triolet (alias Laurent Daniel), Jacques Debû-Bridel (alias Argonne), Jean Cassou (alias Jean Noir), Claude Morgan (alias Mortagne), Jean Guéhenno (alias Cévennes), George Adam (alias Hainaut), Pierre Bost (alias Vivarais), John Steinbeck (pour *Nuits noires,* traduit par Yvonne Desvignes), Jacques Maritain, Roger Giron, Paul Eluard, Julien Benda, Jean Paulhan, Claude Aveline, André Chamson, Yves Farge... Quelque quarante livres, vingt-cinq auteurs regroupés autour d'une structure née de la volonté de deux hommes auprès desquels de nouveaux noyaux résistants allaient bientôt s'agréger.

Les beaux draps

Plus de juifs que jamais dans les rues, plus de juifs que jamais dans la presse, plus de juifs que jamais au barreau, plus de juifs que jamais en Sorbonne, plus de juifs que jamais au théâtre, à l'opéra, au Français, dans l'industrie, dans les banques.

L-F. CELINE.

Le nombre d'écrivains adhérant au CNE croissait avec l'avancée de la guerre. La plupart de ceux qui, à un moment ou à un autre, participèrent à la Résistance en firent partie, même si pour certains ce ne fut que de très loin, par le biais, notamment, de publications dans les revues clandestines.

Quelques-uns n'y vinrent jamais alors qu'ils eussent pu prétendre au moins à un strapontin. Ou à plus, selon. Ainsi Mme Marguerite Antelme, Donnadieu de son nom de jeune fille, plus connue sous le nom de plume qu'elle se choisit en 1943, année de la publication de son premier roman : Marguerite Duras.

Gaston Gallimard ayant refusé *les Impudents*, ce

furent les Editions Plon qui le publièrent tout d'abord. Sans doute en raison des qualités littéraires de l'ouvrage, mais aussi, à n'en pas douter (au reste elle le reconnut elle-même), pour s'attirer les faveurs d'une jeune fille qui occupait un poste des plus sensibles dans l'arborescence éditoriale du moment. Marguerite Duras, on l'a vu, était secrétaire de la Commission de contrôle du papier. A ce titre, elle jouait un rôle déterminant dans l'appareil de censure mis en place par les Allemands. Elle fut recrutée par la commission en juillet 1942 et en partit au début de l'année 1944. Comme auraient dit Beauvoir, Sartre, Dullin et beaucoup d'autres, il fallait bien manger.

Quant à Robert Antelme, son mari depuis septembre 1939, il émargeait au ministère de l'Intérieur, étant l'un des plus proches collaborateurs du sieur Pierre Pucheu, secrétaire d'Etat puis ministre (il sera fusillé en 1944).

Tout n'allait pas dans le meilleur des mondes au sein de la famille Antelme. Marguerite avait un amant, Dionys Mascolo, qu'elle rencontra dans le cadre de ses fonctions et fit engager comme lecteur dans la commission (il était déjà membre du comité de lecture des Editions Gallimard). Robert se consola entre les bras d'une jeune femme qui le soulagea de ses peines de cœur. Tous les quatre étaient amis, ce qui facilitait les rapports. Un clan, en quelque sorte, moins brouillon que celui de la tribu Sartre, certainement pas moins cultivé.

On se retrouvait le dimanche au quatrième étage du 5 de la rue Saint-Benoît, chez les Fernandez, Ramon et Betty : lui, jadis de gauche et ami de l'écrivainjournaliste Jean Prévost, critique littéraire fameux et romancier courtisé, grand alcoolique, voyageur en Allemagne, dont l'un des mérites ne fut certainement pas d'avoir serré la main de Joseph Goebbels le jour où les otages de Châteaubriant tombaient sous les balles de ses séides ; elle, selon Mlle Donnadieu, « mince, haute, dessinée à l'encre de Chine, une gravure (…), vêtue des vieilles nippes de l'Europe, du reste des brocarts, des vieux tailleurs démodés, des vieux rideaux, des vieux fonds, des vieux morceaux, des vieilles loques de haute couture, des vieux renards mités[1]… »

Un jour par semaine, les Fernandez recevaient. Les Antelme gravissaient les quelques marches qui les séparaient de ce temple de la collaboration où venaient les meilleures icônes du PPF de Doriot (Fernandez en était membre), Brasillach, Jouhandeau, Drieu la Rochelle, le lieutenant Heller :

> *Il y avait des poètes de Montparnasse mais je ne sais plus aucun nom, plus rien. Il n'y avait pas d'Allemands. On ne parlait pas de politique. On parlait de la littérature. Ramon Fernandez parlait de Balzac. On l'aurait écouté jusqu'à la fin des nuits. Il parlait avec un savoir presque tout à fait oublié dont il devait ne rester que presque rien de tout à fait vérifiable[2].*

Jusqu'à la fin de l'année 1943, Marguerite Duras, Dionys Mascolo et Robert Antelme, figures bientôt

---

1. Marguerite Duras, *l'Amant*, Les Éditions de Minuit, 1984.
2. Marguerite Duras, *ibid.*

légendaires, vécurent donc une existence de fonctionnaires collabos bon teint. Puis la Résistance frappa à
leur porte. Ainsi que l'écrivain le reconnut après la
guerre, ils ne furent pas des héros. Ils suivirent la
route de circonstances qui eussent tout aussi bien pu
passer au loin de la rue Saint-Benoît. Il se trouve qu'ils
disposaient dans leur appartement d'une chambre
libre, qu'ils mirent à la disposition de visiteurs de passage obligés de se cacher. L'un d'eux, leur ami, était
membre d'un mouvement de résistance qui s'occupait
des prisonniers. Nom de guerre : Morland. Dans le
civil : François Mitterrand. Profitant des avantages
que lui procurait sa fonction, Robert Antelme aida.
Mascolo devint l'adjoint d'un résistant communiste
venu de Lyon, qui se ferait connaître plus tard sous
le nom d'Edgar Morin. Quant à Marguerite Duras,
elle s'occupait des familles de prisonniers.

Au printemps 1944, Robert Antelme et sa sœur
Marie-Louise furent arrêtés puis déportés. Il reviendra, pas elle. Il écrira l'un des premiers chefs-
d'œuvre de la littérature concentrationnaire : *l'Espèce
humaine*, qui lui sera dédié.

Parmi les visiteurs réguliers qui fréquentaient le salon
Fernandez venait un écrivain qui jamais n'adhéra au
CNE et dont personne n'imaginait qu'il pût avoir une
quelconque activité résistante. D'ailleurs, nul ne le sollicita. Cependant, le docteur Destouches, alias Louis-
Ferdinand Céline, passait aux yeux de l'occupant pour
un proche insaisissable. Ses états de service plaidaient
largement en sa faveur. Dans les années 1938-1939,
il fréquentait Jacques Doriot et le PPF, Darquier de

Pellepoix, qui deviendrait commissaire général aux questions juives. Depuis *Bagatelles pour un massacre*, qui avait connu un immense succès lors de sa parution en 1937, il se proclamait ouvertement raciste et antisémite. Comme il le disait lui-même, il n'avait pas attendu les Allemands pour s'occuper des Juifs. Il les vomissait à longueur de pages, articles et livres, ne se privait pas pour les insulter publiquement – ce qui allait de pair avec ses grandes déclarations de foi en faveur d'une Europe allemande, militairement, économiquement, moralement parlant.

Bref, un ami.

Mais un ami paradoxal.

En février 1941, il publia dans *la Gerbe* d'Alphonse de Châteaubriant un article violemment antisémite qu'il désavoua peu après, assurant que son texte avait été modifié par la rédaction.

Trois mois plus tard, il fut invité à l'inauguration de l'Institut d'étude des questions juives ; après avoir applaudi les orateurs qui condamnaient la judéo-maçonnerie, il se fit remarquer par ses propos sur « la connerie aryenne ».

En mars 1942, il se rendit à son tour en Allemagne. Il accompagnait une délégation de médecins invités à visiter les hôpitaux et les dispensaires de Berlin. L'écrivain fit une conférence devant des ouvriers français envoyés en Allemagne au titre du STO. A l'en croire, il lança ses diatribes à la fois contre les Soviets et contre le Reich.

En 1942, quand il apparut clairement que la campagne de Russie n'était pas aussi victorieuse que le proclamaient les hérauts de la propagande, Céline prédit à haute voix ce que les experts commençaient à chuchoter tout bas : une déroute programmée.

Usant d'un bras suffisamment long pour lui permettre de faire intervenir la puissance allemande en cas de besoin, il sollicitait la rue de Lille pour des causes très diverses : sauver un jeune homme menacé par le STO, obtenir quelques tonnes de papier en faveur de son éditeur – Denoël – qui en manquait pour la réimpression de ses œuvres, ou pour déposer une réclamation car ses ouvrages n'étaient pas présents lors de l'inauguration de l'exposition « Le Juif et la France ».

Blessé au cours de la guerre précédente, le docteur Destouches n'avait pas été mobilisé en 1939. Pourtant, il s'était engagé comme médecin sur un paquebot réquisitionné comme transporteur de troupes. Parti de Marseille en janvier 1940, le bateau avait éventré un torpilleur anglais au large de Gibraltar. Le torpilleur avait explosé, puis coulé, tandis que le navire français avait pu rejoindre Marseille.

En février 1940, Céline avait retrouvé sa fiancée, Lucette Almansor, dans la capitale encore libre. Ils s'étaient rencontrés en 1936 et vivaient ensemble depuis. Elle avait près de vingt ans de moins que lui (il en avait quarante-cinq), et restait fascinée par son regard bleu-gris, magnétique, incendiaire, par son allure de clochard élégant – ses vestes étaient rapiécées, ses pantalons tenaient grâce à une ficelle, ses souliers craquaient aux coutures…

Elle admettait sans broncher qu'il passât ses nerfs sur elle, lui qui vibrait comme un arc, marchait de long en large avec autant d'ardeur qu'Aragon, écrivait dans un état de transe comme les surréalistes s'adonnant à l'écriture automatique. Elle l'aimait. Ils n'avaient pas grand-chose à se dire et, au reste, ne se disaient pas grand-chose : « C'était comme ça, c'est tout », confessait lugubrement Lucette[1]. Elle acceptait tout de son grand homme. Il lui lisait ses romans sans qu'elle bronchât. Il lui parlait de ses maîtresses sans qu'elle se révoltât. Il lui proposait des parties de jambes en l'air à plusieurs qu'elle refusait sans s'offusquer. Elle savait qu'elle était la seule avec qui il couchait régulièrement, les autres devant se contenter d'une seule prise, et même pas toujours. Céline avait la sexualité voyeuse plutôt que tapageuse. Les lesbiennes avaient droit à la première place sur le podium de ses fantasmes – parfois assouvis.

Médecin à Sartrouville pendant l'Exode, Céline avait fui les Allemands jusqu'à Saint-Jean-d'Angély (près de La Rochelle). Il voyageait dans une ambulance conduite par un chauffeur et occupée par une vieillarde, deux enfants et Lucette. Un mois après le départ, l'ambulance revenait à Sartrouville, et les Destouches déménageaient.

Céline joua des coudes pour prendre la place d'un médecin haïtien écarté du dispensaire de Bezons sur ordre des nazis : son pays soutenait les Alliés. Il s'installa avec Lucette dans un appartement de la rue Girardon, à Montmartre. Trois pièces, quatrième étage, vue sur le Sacré-Cœur. L'endroit était suffisamment silencieux pour que Céline, qui détestait le bruit

1. Véronique Robert et Lucette Destouches, *Céline secret*, Grasset, 2001.

(fût-ce celui d'une machine à écrire), pût écrire confortablement. Il s'installait à sa table tôt le matin ou tard le soir, après le couvre-feu qui vidait les rues de Paris. Le matin, grimpant sur une motocyclette nourrie aux bons d'essence, il rejoignait Bezons où l'attendaient les clochards et les miséreux de la ville. Une vie quotidienne sans préoccupation majeure. La vente de ses livres avait rapporté gros. Et Céline avait de la réserve : il avait dissimulé une partie de son or au Danemark.

Celui qu'il avait entreposé dans une banque de La Haye avait été pris par les Allemands lorsque, après avoir occupé la ville, ils avaient vidé les coffres. L'écrivain avait eu beau tempêter, faire intervenir les galonnés les plus puissants de Paris, il n'avait pas pu récupérer son trésor. Ayant appris la leçon, il s'était employé à faire transiter l'or qu'il possédait à Copenhague de ses coffres bancaires au jardin d'une amie fidèle, qui l'avait enterré sous un arbre. Par chance, même si une partie du magot avait été volée, le reste suffisait à l'ordinaire.

Céline et Lucette se marièrent en février 1943. Leurs témoins étaient un employé de mairie et un vieil ami de l'écrivain, Eugène Paul, alias Gen Paul, peintre montmartrois proche d'Utrillo et de la dive bouteille. Gen Paul parlait l'argot comme un titi parisien. Blessé à Verdun, il avait été amputé d'une jambe et se promenait avec un appendice en bois. Dans la période où Montmartre vivait la nuit, Gen Paul, figure locale, s'était fait une spécialité dans l'insulte du flic et du bourgeois. Il jouait du cornet à piston et rêvait de coucher avec Lucette.

L'autre grand ami de Céline était lui aussi montmartrois : Marcel Aymé. En raison d'une paupière lourde,
tombant comme une lippe, Lucette l'appelait « la Tor-
tue ». Céline aimait l'humour froid de cet homme dont
il tentait souvent de briser l'impassibilité légendaire à
coups d'injures auxquelles l'autre ne répondait jamais.

Marcel Aymé était moins provocateur que l'auteur
de *Bagatelles pour un massacre*, mais pas beaucoup
moins contradictoire. Collaborateur de Jeanson à
Aujourd'hui, il avait écrit un article contre l'antisémitisme qui fut refusé par la censure. Invité à un dîner
officiel au cours duquel il lui fut reproché d'avoir travaillé avec Louis Daquin, acteur et réalisateur taxé ce
soir-là de « communiste notoire », Marcel Aymé
quitta la table en disant que traiter quelqu'un de
« communiste notoire », c'était le condamner à mort.

Ces prises de positions courageuses ne l'empêchaient pas d'écrire régulièrement dans la presse collabo, *Je suis partout* (où signaient aussi Jean Anouilh,
Georges Blond, Jean de La Varende, Lucien Combelle, André Salmon) ou *la Gerbe* (en compagnie de
Jean Giono, Pierre Béarn, Colette, Léon-Paul Fargue, Charles Dullin, Jean Cocteau). Pour autant,
Louis Daquin, qui alla le trouver avec Pierre Bost
pour lui demander de cesser de tremper sa plume
dans ces encriers nauséabonds, lui aurait sans hésiter
demandé refuge s'il avait dû se cacher[1].

Marcel Aymé, tout comme les rédactions des journaux collabos ou pro-nazis, soutenait Céline. Il le

---

1. Confidence faite à Jacques Debû-Bridel, in *la Résistance intellectuelle*, *op. cit.*

défendit lorsque, une fois n'est pas coutume, son ami fut censuré par le gouvernement de Pétain. *Les Beaux Draps,* publiés en 1941, portaient atteinte à la réputation de l'armée. Le livre fut interdit en zone sud. Laubreaux, Rebatet, Sachs et consorts prirent la plume pour soutenir l'œuvre prohibée.

Tout comme Sacha Guitry, Céline se trouvait sur la liste noire des ennemis de la patrie publiée par *Life* en août 1942. L'acte d'accusation reposait sur ses écrits et ses prises de positions, certaines datant d'avant la guerre. Il ne tenait pas compte de ses relations, pourtant édifiantes : ses amis étaient tous de droite, d'extrême droite, souvent bien placés dans les cercles de la collaboration. Karl Epting, le directeur de l'Institut allemand, lui vouait une admiration sans bornes. Il aimait tout particulièrement *les Beaux Draps*, qu'il défendit par la plume et à plusieurs reprises. Il présenta son auteur à Ernst Jünger, aussi mesuré et élégant que Céline était farouche et déglingué. Jünger fut impressionné par la puissance et le nihilisme de l'écrivain français qui, pendant deux heures, rua dans les brancards d'un antisémitisme névrotique, demandant aux Allemands présents pourquoi, disposant de mitraillettes et de baïonnettes, ils n'exterminaient pas les Juifs plus massivement encore[1].

Outre Karl Epting venaient souvent à Montmartre l'amie Arletty, rencontrée au cours d'un dîner organisé par un haut fonctionnaire de l'ambassade, Lucien Combelle, ancien secrétaire d'André Gide

---

1. Ernst Jünger, *Premier journal parisien*, Christian Bourgois, 1995.

devenu collabo notoire, et, cerise amère sur ce
gâteau indigeste, le comédien Robert Coquillaud,
alias Robert Le Vigan.

Avant la guerre, Le Vigan avait joué au théâtre
avec Louis Jouvet et tourné avec Renoir, Carné et
Duvivier. Grand acteur et grand toxicomane, il fit
à Céline un cadeau inestimable : le chat Bébert, qui
entrerait bientôt dans la légende célinienne. Quand
Le Vigan rendait visite à son camarade montmartrois, il jouait avec l'animal, témoignant d'une bru-
talité qui impressionnait Lucette. Grand amateur de
boustifaille, le comédien mangeait n'importe quoi, y
compris la pâtée du chat. Quand il avait digéré, il
prenait du papier, un crayon, et envoyait des lettres
de dénonciation à la Gestapo. Il avait la réputation
de balancer ses copains. « Tout le monde le savait,
mais on lui pardonnait, pardonna Lucette. Il était
comme ça[1]… »

Elle aussi, elle était comme ça. Témoin d'un
monde où il était normal de recevoir chez soi des
Allemands en uniforme, des collabos, des mou-
chards, des antisémites. Normal d'assister aux meetings de Doriot ou aux fêtes données dans les
ambassades. Normal de vivre comme avant, sans se
soucier du statut, des opinions, du sort de ceux qui
avaient fait un autre choix.

Fût-ce deux étages plus bas.

---

1. Véronique Robert et Lucette Destouches, *op. cit.*

Drôle de jeu

— Pas si fort, dit Chloé. Céline habite
au-dessus. Chaque fois qu'on fait du bruit
chez moi, il croit qu'on s'apprête à le tuer.
— Sans blague ? Si on le tuait pour de
bon ?

Roger VAILLAND, *Drôle de jeu.*

Deux étages plus bas, un groupe de résistants est en
planque. De leurs fenêtres, ils voient les amis de Céline
descendre de voiture et entrer dans l'immeuble. Ils
reconnaissent d'éminents journalistes de *Je suis partout*
– dont Alain Laubreaux – et des artistes en vogue
dans les milieux de la collaboration. Un débat s'engage
parmi les réfractaires : doit-on tuer Céline ?

Les clandestins observent les allées et venues de
l'écrivain. Lorsque ses invités repartent, il les rac-
compagne jusqu'à l'avenue Junot. Puis il revient chez
lui. On pourrait alors balancer une grenade par la
fenêtre. Mais, outre que la planque serait grillée, ses
locataires seraient aussitôt repérés.

Trop dangereux.

On envisage de dissimuler un tireur armé d'une

mitraillette dans le petit square qui borde l'avenue Junot ; il tirerait sur Céline, l'abattrait à coup sûr puis s'enfuirait, bénéficiant de l'effet de surprise.

Possible.

Mais Céline constitue-t-il une cible utile ou nécessaire ?

Descendre Alain Laubreaux, Ralph Soupault ou les doriotistes qui se retrouvent deux étages plus haut, d'accord. Mais Céline ? Doit-on priver la littérature du XXᵉ siècle de l'auteur du *Voyage au bout de la nuit* ? Finalement, le groupe renonce. A sa tête se trouve un futur écrivain : Roger Vailland. Il se rallie à la majorité. Huit ans plus tard, il rapportera lui-même l'anecdote[1]. En la magnifiant.

Céline s'est gaussé du témoignage de Roger Vailland. Après la guerre, il a assuré qu'il n'ignorait rien des activités du groupe qui se réunissait dans son immeuble. Il savait que la concierge servait de boîte aux lettres ; il savait que Robert Champfleury, le locataire de l'appartement, recevait des envoyés de Londres, cachait des faux papiers et du ravitaillement. Il aurait pu dénoncer tout ce joli monde et anéantir le réseau. Il ne l'a pas fait. Mieux, il a aidé. C'est lui-même qui, un soir, a proposé son soutien à Champfleury : « Si un jour… »

Et le jour s'est présenté. Champfleury a frappé à la porte du médecin. Un homme l'accompagnait. Il

---

1. Roger Vailland, in *la Tribune des nations* du 13 janvier 1950, « Nous n'épargnerions plus Louis-Ferdinand Céline ».

avait été torturé par la Gestapo. Sa main était en sang. Céline l'a soigné.

Roger Vailland. En 1943, il a trente-six ans. Il n'est plus le « frère simpliste » du *Grand Jeu* qui, avec ses amis René Daumal et Roger Gilbert-Lecomte, était accusé par les surréalistes officiels de donner dans le mysticisme. Il a abandonné l'écriture automatique et ne s'est pas encore rapproché des communistes, qui lui reprochent un éloge journalistique – et moqueur – du préfet Chiappe[1]. Depuis le début de la guerre, il promène son profil maigre et osseux, sa réputation de grand libertin et d'héroïnomane invétéré dans les rues de Lyon. Il s'est replié là avec la rédaction de *Paris-Soir*, le vrai, celui du groupe Prouvost, qui n'a rien à voir avec le titre usurpé qui reparaît en zone nord.

Au début de l'Occupation, et contrairement à la légende qu'il s'est employé lui-même à forger, Vailland observait battre le cœur de Vichy sans vraiment s'en offusquer. Avec, même, un certain intérêt[2]. Il écrivit quelques articles pour l'hebdomadaire *Présent*, en odeur de sainteté dans l'entourage maréchaliste. Marcel Déat avait été son professeur de philosophie au lycée de Reims. Il avait été en khâgne avec Robert Brasillach.

Ses fréquentations lyonnaises, cependant, contribuèrent à lui ouvrir le regard. Les équipes du groupe

---

1. Voir *Bohèmes, op. cit.*
2. Yves Courrière, *Roger Vailland ou un libertin au regard froid*, Plon, 1991.

Prouvost, souvent engagées dans la clandestinité, le poussèrent sur une voie qu'il emprunta avec brio et courage.

Jusqu'en 1942, les journalistes de *Paris-Soir* vivent bien. Quoique écrivant très peu, ils reçoivent un salaire conséquent. Roger Vailland a loué un bel appartement cours Gambetta. Il y convie ses amis. Avec certains, il partage la drogue qu'il achète – ou fait acheter – à Marseille. Il discute. Il regarde passer la guerre. Il finit par comprendre qu'il ne doit rien attendre ni des Allemands ni des pétainistes. Dès lors, il cherche à entrer dans la Résistance. Mais il a beau être lié à Pierre Hervé, Pierre Courtade (communistes) ou Roger Stéphane (du réseau Combat), il ne trouve pas la bonne porte. Il est prêt à adhérer au PC, et le fait savoir. Mais on ne veut pas de lui. Ses activités surréalistes l'ont rendu suspect aux yeux des communistes (Vailland a toujours pensé qu'Aragon, grand ennemi depuis l'ode moqueuse à Chiappe, s'était opposé à lui). La drogue est un cap infranchissable : comment accorder sa confiance à un drogué, comment être sûr qu'il ne parlera pas ?...

Roger Vailland cherche donc, mais en vain. Il rencontre René Tavernier qui lui confie la rubrique des livres de *Confluences*. Puis, le groupe Prouvost ayant préféré se saborder plutôt que de passer sous le contrôle de Vichy et lui-même se trouvant privé de ressources, il décide de changer de vie.

Il demande à Andrée, sa femme, de revenir de Tanger où elle s'était réfugiée au début de la guerre. Le couple s'installe à Chavannes-sur-Reyssouze, un bourg de sept cents habitants situé à une centaine de kilomètres de Lyon. Là, les Vailland renouent avec leurs habitudes d'avant la guerre : drogue et érotisme. Andrée fascine les villageois parce qu'elle fume avec autant de naturel qu'elle porte le pantalon, ou rien, quand elle se promène nue dans la maison. Elle déconcerte (pour le moins) ceux qui connaissent sa liaison avec la femme du docteur, ou celles qu'elle tente d'entraîner dans le lit conjugal. Elle séduit les villageois qui écoutent Radio-Londres en sa compagnie et celle de son mari. Bref, le couple Vailland ne passe pas inaperçu.

Fin 1942, Roger cache en ses murs un jeune résistant inscrit aux Jeunesses communistes : Jacques-Francis Rolland. Une fois encore, il lui demande de l'introduire dans les milieux de la Résistance. Rolland se renseigne et revient avec une nouvelle réponse négative : la drogue, toujours la drogue. Alors Vailland décide de se désintoxiquer. Il propose à Andrée de faire de même, mais elle refuse. Il y va seul. Au cours de l'hiver 1942, il entre dans une clinique de la banlieue lyonnaise. Il y reste six semaines. Enfermé dans une pièce nue, s'accrochant aux murs, pleurant, hurlant, mais se défaisant peu à peu (et seulement provisoirement) de la came qui le nourrit depuis quinze ans.

A la sortie, il est presque un homme neuf. Le hasard des rencontres lui fait croiser un agent du BCRA gaulliste, proche de Jean Moulin, qui l'envoie à Paris. Il est chargé de renouer avec certaines personnes liées aux Allemands ou aux collabos, d'anciennes connaissances rencontrées avant la guerre grâce à son métier de journaliste. Il entre donc dans la Résistance par la porte du renseignement, avec le grade de lieutenant. Contrairement à Aragon, à Eluard et à la plupart des membres du CNE, Vailland va combattre l'occupant avec d'autres armes que sa plume. A cela, une raison simple : hormis un ouvrage écrit en collaboration (*Un homme du peuple sous la Révolution*, publié dans le journal de la CGT en 1938), sa bibliographie ne s'orne encore d'aucun titre. Il n'est donc pas un homme de lettres. Il est un homme d'action. Un aventurier, comme il se plaira à le dire. Un patriote.

A Paris, il s'installe à Montmartre, dans un hôtel proche de l'immeuble où vivent Louis-Ferdinand Céline, Robert Champfleury et Simone, sa compagne. Il fait venir à ses côtés le jeune Rolland, qui réunit son groupe chez un ami de ses parents, lequel sait et ferme les yeux : Marcel Aymé. Il agit. Il recrute des courriers, des agents de liaison, il cherche des planques, questionne, il obtient des informations majeures concernant les mouvements des troupes allemandes, leurs implantations nouvelles, d'autres renseignements de nature économique et militaire. Il rencontre Daniel Cordier, alias Caracalla, l'ancien secrétaire de Jean Moulin. Caracalla lui donne les moyens nécessaires pour développer son réseau. En quelques mois, celui-ci s'étend vers Toulouse, la Bretagne, le Jura. Vailland découvre la vie des clandestins privilégiés. Grâce à l'argent reçu de Londres, il déjeune dans les restaurants de marché noir, endosse des identités différentes, voyage, donne ses rendez-vous au Sphinx, bordel parisien où il avait ses habitudes avant guerre… Bref, il mène cette existence d'aventurier qui lui a tant manqué – avec un regret cependant : jamais il ne prendra les armes aux côtés des saboteurs et des maquisards.

En 1944, le réseau auquel il appartient – Vélites, devenu Thermopyles – est victime de la répression allemande. Lui-même manque d'être arrêté par la Gestapo dans un café de Montmartre. Il doit disparaître. Daniel Cordier, qui s'apprête de son côté à quitter la France, le charge d'une dernière mission : nettoyer sa planque parisienne.

Là, Roger Vailland découvre un livre qu'il n'a encore jamais lu : *Lucien Leuwen*, de Stendhal, dans l'édition de la Pléiade. Il le prend, l'ouvre, le lit en un seul soir. C'est une révélation. Le déclic qui va produire l'étincelle magique : celui de l'écriture.

Vailland quitte Paris, retrouve Andrée dans leur maison de l'Ain. Il décide de commencer son premier roman et de l'achever pour la Libération. Avant la guerre, il avait refusé de rejoindre Londres, considérant qu'il ne pourrait devenir écrivain que dans un seul pays : le sien. C'est donc dans le sien que, dopé au laudanum et autres substances obtenues grâce à la femme du docteur, Roger Vailland écrit le roman de sa Résistance. *Drôle de jeu* paraîtra en 1945. Il obtiendra le prix Interallié. Douze ans avant *la Loi,* prix Goncourt 1957.

Trois hommes de lettres

> Ma possibilité de haine pour l'ennemi
> est inexprimable et d'une violence inouïe.
>
> Jean PRÉVOST.

Roger Vailland ne fut pas le seul homme de lettres que l'armée des ombres transforma en homme d'action. Il y en eut quelques autres – peu nombreux, il est vrai. La plupart étaient jeunes, libres d'attaches familiales : on risque sa vie plus facilement lorsqu'elle n'est pas arrimée à un foyer, à des enfants.

A Lyon, dans les coulisses de *Paris-Soir*, Françoise Giroud et Kléber Haedens cherchaient et tâtonnaient. Louis-Martin Chauffier était devenu rédacteur en chef de *Libération*, l'un des plus importants journaux clandestins (il sera arrêté puis déporté). Jean Prévost s'apprêtait à prendre les armes. Vailland et lui avaient peu de points communs, sinon la pratique de l'écriture. Le journalisme leur apporta une aisance de plume qu'ils mirent au service de causes diverses, Vailland rodant encore la sienne quand Prévost avait déjà écrit une trentaine de livres (*les Frères Bouquinquant* ratèrent de peu le prix Goncourt en 1930).

Disciple d'Alain, homme de grande culture, Jean Prévost avait arrêté l'Ecole normale avant l'agrégation : l'enseignement ne le tentait guère. Il avait trempé son stylo dans maints encriers, écrivant des articles sur tous les sujets, rédigeant les discours d'Edouard Herriot lorsque ce dernier était ministre des Affaires étrangères, capable d'écrire une vie de Montaigne en une nuit.

Il admirait Jean Jaurès et avait milité à gauche dans sa jeunesse avant de virer vers des lignes plus modérées. Ce qui ne l'avait pas empêché de critiquer le gouvernement de Léon Blum pour sa non-intervention en Espagne, ou de se montrer violemment antimunichois. Hésitant rarement sur le parti à prendre, il tergiversait aussi peu dans l'expression de ses sentiments. Il aimait Antoine de Saint-Exupéry et le claironnait partout – il avait été son parrain en littérature, faisant publier son premier texte en 1926 dans une revue dirigée par Adrienne Monnier puis, se trouvant avec lui aux Etats-Unis avant la déclaration de guerre, l'obligeant à achever *Terre des hommes.*

Jean Prévost reprochait à Aragon un parcours des plus sinueux doublé d'une fâcheuse tendance à proclamer des exigences morales qu'il n'appliquait pas dans le cadre de sa propre vie. Il avait peu de respect pour Jean Giono. Et aucun pour Louis-Ferdinand Céline dont il avait très vite stigmatisé l'antisémitisme. Il vouait une admiration exaspérée à André Gide. Et un profond mépris à Marcel Jouhandeau à la suite de son voyage à Weimar... Il exprimait ses amitiés comme ses inimitiés sans se soucier de retours de bâton inévitables.

Libre, rebelle, se moquant d'une bienséance superféta-
toire, Jean Prévost savait autant se défendre qu'attaquer : il maniait l'épée et le sabre avec talent et jouait
de ses poings de boxeur aussi souvent que nécessaire
(Ernest Hemingway l'apprit à ses dépens : au cours
d'un combat amical, Prévost lui brisa un doigt).

Il aimait les femmes. Parmi beaucoup d'autres, Sylvia
Bataille fut sa maîtresse. Marcelle Auclair, journaliste
dans le groupe Prouvost, future égérie de *Marie-Claire*,
fut la première qu'il épousa. Ils eurent trois enfants et
divorcèrent avant la guerre. Lorsqu'il revenait à Paris
pour une courte visite clandestine, elle acceptait de le
rejoindre dans un hôtel où ils redécouvraient ensemble
la joie d'une communauté de biens encore partagés.

C'est cet homme libre, courageux, aimant la vie,
les arts et la littérature, qui rejoindra la direction col-
légiale du maquis du Vercors, dont il était membre.
A la tête de sa compagnie, Jean Prévost, alias capitaine Goderville, résista trois jours à l'encerclement
des troupes allemandes. Il fut abattu le 1ᵉʳ août 1944
avec quatre de ses camarades.

Jean Desbordes succomba aux tortures infligées
par les nervis de la Gestapo qui l'arrêtèrent à Paris
en juillet 1944. Desbordes avait été l'amant de Cocteau, pygmalioné par ce dernier comme l'avait été
Radiguet avant lui. Lancé par les Editions Grasset
avec autant d'énergie que l'avait été l'auteur du
Diable au corps, Desbordes publia *J'adore* (1928),
puis *les Tragédiens* (1931), *le Vrai Visage du marquis
de Sade* (1939). Il était timide, farouche, aussi imbibé
d'opium, de pavot et de cocaïne que son protecteur,

qui le lança dans la presse en le faisant passer pour son petit sauvageon des Vosges.

La guerre venue, les deux hommes empruntèrent des voies radicalement opposées. Tandis que l'un paradait, exposait, publiait, l'autre refusa d'éditer et entra dans la Résistance. Il devint chef d'un réseau d'espionnage qui opérait dans la Manche. Arrêté, il ne parla pas.

Marc Bloch, lui aussi, finit tragiquement. Connu outre-Atlantique pour la nouveauté de sa démarche historique (*les Rois thaumaturges* et *les Caractères originaux de l'histoire rurale française* inauguraient une approche historique mêlant plusieurs disciplines convergentes), il avait accepté de partir pour New York où un poste universitaire lui était proposé. Il avait seulement exigé d'emmener ses huit enfants, ce que Vichy avait refusé.

Tout d'abord exclu de l'Université, il avait été réintégré, moins en raison du caractère exceptionnel de son œuvre que par respect pour ses titres militaires : ancien combattant blessé sur la Marne, il avait reçu la croix de guerre et quatre citations à l'ordre de l'armée.

En 1940, mobilisé à sa demande, Marc Bloch fit la campagne de France. Très critique à l'égard du commandement, il écrivit un livre magistral, *l'Étrange Défaite*, dans lequel, on l'a vu, il stigmatisait la défaite des élites, responsables, selon lui, de la débâcle générale.

Il enseigna à l'université de Montpellier jusqu'à l'invasion de la zone sud. Réfugié dans la Creuse, il tenta de convaincre Lucien Febvre de renoncer à la publication de la revue des *Annales d'histoire écono-*

mique et sociale, qu'ils avaient fondée ensemble.
Febvre refusa. Il changea le titre du périodique, supprima le nom de Bloch de ses colonnes – mais accepta les articles de son confrère publiés sous pseudonyme.

Lorsque Vichy créa l'Union générale des israélites de France (UGIF), censée représenter les Juifs auprès des pouvoirs publics, Marc Bloch s'éleva contre cette institution qui séparerait plus encore les Juifs du reste de la population française. Lui-même se considérait comme français avant tout – et ensuite seulement comme juif agnostique :

> *Je suis Juif, sinon par la religion, que je ne pratique point, non plus que nulle autre, du moins par la naissance. Je n'en tire ni orgueil ni honte, étant, je l'espère, assez bon historien pour n'ignorer point que les prédispositions raciales sont un mythe et la notion même de race pure une absurdité particulièrement flagrante (...) La France, enfin, dont certains conspireraient volontiers à m'expulser et peut-être (qui sait ?) y réussiront, demeurera, quoi qu'il arrive, la patrie dont je ne saurais déraciner mon cœur*[1].

A cinquante-six ans, Marc Bloch s'en fut à Lyon et entra dans le mouvement de Jean-Pierre Lévy, Franc-Tireur. Tout d'abord, on confia à ce père de famille presque sexagénaire des missions de second ordre : courriers, liaisons... Pour sa logeuse (il habitait Caluire), il était M. Blanchard : un papy à besicles. Pour ses camarades, il fut Arpajon, Chevreuse puis Narbonne : un agent très discret qui recueillait des

---

1. Marc Bloch, *l'Etrange Défaite, op. cit.*

informations pour le jour J, organisait l'insurrection à venir, créait les comités de libération qui prendraient les armes contre l'envahisseur le moment venu. Dans son bureau de Villeurbanne, protégé par le groupe de jeunes résistants dont il s'était entouré, Marc Bloch envoyait des dépêches codées sur un radio-émetteur. A partir de juillet 1943, il dirigea Franc-Tireur dans la région Rhône-Alpes et représenta son mouvement au directoire régional des MUR (Mouvements Unis de Résistance).

Il fut arrêté par la Milice au cours d'une rafle, puis remis à la Gestapo. Sauvagement torturé, il ne parla pas. Le 5 juin 1944, en compagnie d'une trentaine de détenus, il fut embarqué dans un camion qui quitta la prison de Montluc, s'arrêta en rase campagne, où des mitrailleuses furent mises en batterie. Il était le plus âgé de tous les suppliciés. Il tenta d'apaiser ses camarades en leur disant que leurs cauchemars allaient s'achever très rapidement, sans douleur.

Il tomba en criant *Vive la France*. Dans *l'Etrange Défaite*, il avait écrit ces mots :

> *Mes fils prendront ma place. En conclurai-je que ma vie sera devenue plus précieuse que les leurs ? Il vaudrait beaucoup mieux, au contraire, que leur jeunesse fût conservée, aux dépens, s'il le fallait, de mon vieil âge. Il y a longtemps qu'Hérodote l'a dit : la grande impiété de la guerre, c'est que les pères alors mettent les fils au tombeau. Nous plaindrions-nous d'un retour à la loi de la nature[1] ?*

---

1. Marc Bloch, *ibid*.

V
ESPOIRS

La marche des partisans

> Nous irons là-bas où le corbeau ne
> vole pas.
>
> Anna MARLY.

Depuis la défaite des Allemands à Stalingrad
(février 1943), les Alliés connaissent l'issue de la guerre.
La victoire n'est plus qu'une question de temps.
En mai, les Allemands ont capitulé en Afrique du
Nord, et le général de Gaulle est arrivé à Alger.
Deux mois plus tard, les Alliés ont débarqué en
Sicile. Mussolini a été arrêté et destitué. Le 8 sep-
tembre, l'Italie sortait de la guerre en signant
l'armistice.

A Londres, au cours de l'automne 1943, un petit
groupe de Français se retrouvent dans un club de
Saint James où ils ont l'habitude de trinquer à la
défaite de Vichy. Parmi eux, quelques écrivains, certains connus, d'autres pas encore, qui ont donné des
textes à *la France Libre*, revue des Français en exil
dirigée par Raymond Aron (et tirée à quarante mille
exemplaires).

Roman Kacew, la trentaine, né à Vilnius, a quitté la France pour l'Algérie en juin 1940. Il a rallié l'Angleterre sur un cargo et s'est engagé dans la Royal Air Force avant de rejoindre le groupe Lorraine comme mitrailleur puis navigateur. Il sera blessé en janvier 1944, décoré de la croix de la Libération et de la croix de guerre avec palmes, deviendra diplomate et écrivain, plus connu sous son nom de plume : Romain Gary.

Joseph Kessel a quinze ans de plus. Il a déjà publié un grand nombre de romans dont *l'Equipage, Belle de jour* et *les Captifs*, qui a obtenu le Grand Prix du roman de l'Académie française en 1926. Contrairement à Romain Gary, Kessel est arrivé tardivement à Londres. Il respectait le maréchal Pétain, vainqueur de Verdun (lui-même s'était engagé comme aviateur). Bien que Juif et connu pour ses opinions antinazies, il avait ses entrées à Vichy.

Sa confiance se tarit rapidement, comme chez beaucoup d'autres. Ses livres figuraient sur la liste Otto. Il fut interdit de journalisme. Son portrait, tout comme celui de son frère, figurait en bonne place à l'exposition « Le Juif et la France », à Paris.

Emmanuel d'Astier de La Vigerie tenta de le recruter à Libération. Les deux hommes s'étaient connus avant guerre dans une clinique où l'opium les avait réunis. L'opération se solda par un fiasco : il se retrouvèrent ailleurs et plus tard, notamment à Cannes pendant la guerre, autour d'une pipe bien odorante. Là, Kessel estima que la résistance qu'on lui proposait ne se trouvait pas entre les meilleures

mains si celles-ci ne s'étaient pas désaccoutumées des
drogues.

Il changea de trottoir pour suivre André Girard,
peintre, affichiste, décorateur de théâtre et père
d'une jeune fille qui s'appellerait un jour Danièle
Delorme. Girard était lié au réseau Cartes, affilié à
l'Intelligence Service. Germaine Sablon, la compagne de Kessel, avait adhéré avant lui.

Ils écumèrent les criques de la Méditerranée,
transportant des armes, de l'argent, des messages.
Après l'occupation de la zone sud, ils décidèrent de
gagner Londres. Grand seigneur, Laval leur proposa
des laissez-passer. Plus grand seigneur encore, Kessel
les refusa. La veille de Noël de l'année 1942, muni
de faux papiers et précédé par un passeur, il franchit
la frontière espagnole en compagnie de sa maîtresse
et de son neveu, Maurice Druon. Un mois plus tard,
en hydravion, il abordait l'Angleterre.

Les Forces françaises libres refusèrent ses services.
Sa Légion d'honneur et les médailles acquises sur
les champs de bataille de la Première Guerre mondiale ne changeaient rien à l'affaire : il était trop
vieux pour prendre les armes. Il choisit donc celle
qu'il maniait le mieux, et par laquelle il s'était fait
connaître : la plume. Il écrivit des articles pour la
revue *France* et commença la rédaction de *l'Armée
des ombres*.

On ne sait précisément où Joseph Kessel et Maurice Druon rencontrèrent Anna Marly. Peut-être
dans ce club de Saint James où, maintes fois, tout
comme Romain Gary et les Français qui se trou-

vaient là, ils applaudirent cette jeune femme troubadour qui parcourait l'Angleterre sa guitare à la main.

Anna Marly, de son vrai nom Anna Betoulinski,
avait dansé avec les Ballets russes et chanté avant
guerre dans les cabarets parisiens. Puis elle avait rallié l'Angleterre où elle s'était engagée comme canti-
nière au quartier général des Forces françaises libres.
Elle composait des chansons qu'elle chanta ensuite
au théâtre des armées. Parmi ses œuvres, il y en avait
une qu'elle aimait particulièrement, une complainte
triste qu'elle avait improvisée en russe pendant la
bataille de Smolensk. Elle en sifflait l'air tout en
s'accompagnant à la guitare, plaquant des accords
rythmés qui figuraient le pas des partisans soviétiques dans la neige :

> *Nous irons là-bas où le corbeau ne vole pas*
> *Et la bête ne peut se frayer un passage.*
> *Aucune force ni personne*
> *Ne nous fera reculer.*

Telles étaient les paroles de *la Marche des partisans*
qu'applaudirent les Français présents un soir au bas
de l'estrade où Anna Marly chantait. On ne sait si
Germaine Sablon, Joseph Kessel ou Maurice Druon
étaient là. Mais ils les découvrirent à leur tour, ainsi
que l'air sifflé qui éveilla les fibres russes de Joseph
Kessel. Il se trouve que quelques jours auparavant
Emmanuel d'Astier de La Vigerie (il était à Londres
à ce moment-là) avait demandé à son ami de composer un chant qu'il rapporterait en France et qui
deviendrait l'hymne des maquis.

Kessel, Druon et Germaine Sablon inscrivirent les notes de la chanson, puis ils s'isolèrent dans un hôtel proche. Installés sur les pelouses, Joseph Kessel et son neveu improvisèrent des vers qui furent notés, adaptés à l'air d'Anna Marly, joués au piano par Germaine Sablon et adoptés comme indicatif de l'émission « Honneur et Patrie », diffusée quotidiennement par la BBC.

Quelques jours plus tard, Emmanuel d'Astier de La Vigerie emportait *le Chant des partisans* en France :

Ami, entends-tu le vol noir des corbeaux sur nos plaines ?
Ami, entends-tu les cris sourds du pays qu'on enchaîne ?
Ohé partisans, ouvriers et paysans, c'est l'alarme !
Ce soir l'ennemi connaîtra le prix du sang et des larmes.

Montez de la mine, descendez des collines, camarades,
Sortez de la paille les fusils, la mitraille, les grenades ;
Ohé les tueurs, à la balle et au couteau, tuez vite !
Ohé saboteur, attention à ton fardeau : dynamite...

Capitaine Alexandre

*... C'est nous qui brisons les barreaux des prisons, pour
   nos frères,
La haine à nos trousses, et la faim qui nous pousse, la
   misère.
Il y a des pays où les gens au creux des lits font des rêves.
Ici, nous, vois-tu, nous on marche et nous on tue, nous
   on crève...*

*Ici chacun sait ce qu'il veut, ce qu'il fait quand il passe,
Ami, si tu tombes, un ami sort de l'ombre à ta place.
Demain du sang noir séchera au grand soleil sur les
   routes
Chantez, compagnons, dans la nuit la liberté nous
   écoute...*

Sur les hauteurs d'Apt, une vingtaine d'hommes
sifflotent cette chanson que les Alliés ont parachutée
à des milliers d'exemplaires sur l'Europe occupée.
Ils attendent dans la nuit. Ils sont montés sur le terrain la veille au soir, après avoir capté le message
de Radio-Londres confirmant l'heure du parachutage. Plus bas, sur la nationale 100, une patrouille

dissimulée dans les herbes surveille la route, prête à intervenir si les Allemands ou les miliciens se présentent.

Les camions bâchés ont été amenés dans la soirée. Ainsi que le matériel radio, les lampes et les torches. Le terrain lui-même a été repéré depuis longtemps, désherbé, nettoyé, apprêté pour l'opération : c'est la tâche principale de la Section Atterrissage Parachutage dirigée pour le sud-ouest de la France par le capitaine Alexandre.

L'officier est présent sur le terrain. On le reconnaît à sa haute et large stature. Ancien rugbyman, il mesure un bon mètre quatre-vingts. A trente-cinq ans, il règne sans partage sur sa petite troupe de volontaires. Ceux-ci sont très jeunes. Ils adorent leur chef. La plupart ont fui dans les maquis pour échapper au STO. Les autres forment la garde rapprochée du capitaine Alexandre : des villageois natifs de sa région – L'Isle-sur-la-Sorgue, Céreste, Roussillon, Bonnieux... Ils l'accompagnent depuis les premiers mois de 1942. Bien avant la guerre, ils le connaissaient sous son identité véritable, qui est aussi son nom de plume. Dans le civil, le capitaine Alexandre, fils de l'ancien maire de L'Isle-sur-la-Sorgue, est un poète. Il s'appelle René Char.

S'il a été de tous les combats surréalistes quinze ans plus tôt, s'il a été l'ami d'Eluard et d'Aragon, s'il a palabré comme tant d'autres au café Cyrano de la place Blanche, c'est peu dire que René Char a tourné le dos à ses anciens camarades. Il a bifurqué à la mort de son ami René Crevel. Considérant qu'Aragon avait joué un rôle dans ce drame, il a rompu avec lui ; depuis, il ne cesse de le critiquer pour la médiocrité de sa poésie et ce rôle de girouette qu'il persiste à jouer depuis le congrès de Kharkov. Lisant quelques-unes de ses lignes dans une revue clandestine, il écrit à un éditeur qui compte publier Aragon dans une future anthologie :

> *Je m'étonne, oui, de la présence sur ce jeune vaisseau de l'intarissable limace mimétique Aragon (...) Celui-ci abêtit et avilit tout ce qu'il touche. C'est canaille sans pittoresque, rusé et obscène, d'un jeu de mains qui trichent en gémissant. Cet arapède volant dans le ciel de soufre de la poésie est un non-sens[1].*

Tout comme Jean Guéhenno, André Chamson et Roger Martin du Gard, le capitaine Alexandre s'est fixé une ligne de conduite dont il ne dérogera pas durant toute la durée de la guerre : on ne publie pas. Rien. Ni dans les journaux clandestins ni dans la presse autorisée, moins encore dans ces feuilles à vomir qui s'honorent de signatures devenues honteuses par la caution qu'elles apportent à la collaboration et au nazisme.

Début 1943, à Manosque, un résistant proche de René Char a déposé une charge de plastic devant la porte de Jean Giono. Le but : faire sauter sa demeure. Première raison, à laquelle souscrivait évidemment René Char : les thèses défendues par l'écrivain à

---

1. Lettre à René Bertelet, citée par Laurent Greilsamer, in l'Eclair au front, Fayard, 2004.

Contadour sont trop proches de celles de la Révolution nationale vichyste ; deuxième raison : si Giono approuve les déserteurs du STO, il ne les encourage jamais à rejoindre les rangs de la Résistance ; troisième raison, pis qu'une goutte d'eau faisant déborder un vase déjà plein : les compagnons de René Char ne pardonnent pas à Giono de signer dans la *NRF* de Drieu la Rochelle et *la Gerbe* d'Alphonse de Châteaubriant. Enfin, en faisant jouer ses pièces à Paris, en fréquentant les Allemands, en posant chez lui pour les photographes du *Signal* boche, Giono a choisi son camp.

Plus tard, lorsqu'ils découvriront le *Journal des années noires* de Jean Guéhenno, sans doute René Char et ses camarades souscriront-ils à ces lignes, écrites en mars 1942 par un homme qui avait été jadis un grand ami de Giono :

> *La défaite de la France, c'est son triomphe à lui, Giono. Il ne s'agit pas que Pétain le lui vole. Je vous l'avais bien dit, résume-t-il. « Le retour à la terre », et « la jeunesse », et « l'Artisanat ». Qui donc avait annoncé tout cela, sinon moi, moi, Giono. Et de se plaindre, sans se plaindre, tout en se plaignant, que Pétain, l'ingrat, n'ait pas encore fait de lui le premier agent, sinon le ministre de sa propagande. Et il est vrai que nul ne chanterait mieux que lui les bêtises, les lâchetés et les mensonges de ce temps [1].*

Contrairement à Jean Prévost, le capitaine Alexandre, enfant du Vaucluse, n'a pas fait d'études.

---

1. Jean Guéhenno, *Journal des années noires*, Gallimard, 1947.

Contrairement à Roger Vailland, il a publié tôt : il avait vingt-deux ans lorsque son premier recueil de poésie – *Arsenal* – fut édité. Contrairement à ces deux-là, il a refusé de faire carrière dans le journalisme, allant jusqu'à critiquer son ami Paul Eluard lorsqu'il donna quelques articles à la presse. Mais, semblable au premier, il est un grand sportif ; il fréquenta les bordels autant que le second ; il partagea Nusch et maintes expériences de triolisme avec le troisième, qui fut son témoin lors de son mariage avec Georgette. Tout comme Jean Prévost, il ne mâche pas ses mots et ne craint pas les règlements de comptes. Il était l'un des premiers à fondre sur le Maldoror en 1930[1]. Il rossa Benjamin Péret pour cause de médisances avérées. Lorsqu'il considéra que le surréalisme n'était plus que chapelles, complots, violences gratuites et académisme naissant, il rompit avec le mouvement et le fit publiquement savoir. A cette occasion, il se fâcha avec Eluard, une brouille définitive qui ne dura que quelques mois.

Il quitta Paris pour revenir sur ses berges natales et prit la succession de son père dans l'entreprise de fabrique de plâtre fondée par son grand-père.

Il fut mobilisé en septembre 1939, envoyé en Alsace, d'où il se replia dans la précipitation en même temps que l'ensemble des armées françaises. Il apprécia dans la fureur l'insuffisance des armes, l'incurie de l'aviation, « les salauds » qui avaient mené le pays au ras des pâquerettes de la ligne Maginot. Artilleur

---

1. Voir *Bohèmes*, *op. cit.*

devenu maréchal des logis, il reçut la croix de guerre pour ses actes de bravoure. Démobilisé, il retrouva L'Isle-sur-la-Sorgue, sa femme et sa maîtresse – Greta Knutson, peintre et ex-compagne de Tristan Tzara (qui se cachait dans le Lot).

Pendant toute la durée de la guerre, il fut d'une totale et définitive intransigeance à l'égard de l'occupant et de ses suppôts. Loin des coquetteries et des fariboles parisiennes, il décida dès le premier jour qu'il ne se commettrait d'aucune manière avec ceux qui asservissaient son pays et l'Europe. Un jour qu'il se trouvait dans un train en partance de Marseille, une jeune femme assise en face de lui ouvrit son sac et perdit une pièce de monnaie. René Char la ramassa et la lui rendit. Pour le remercier, la voyageuse lui offrit une cigarette. Le poète la prit. Mais lorsqu'il vit la jeune femme en présenter une à un soldat allemand qui partageait leur compartiment, il rendit la cigarette, se détourna et refusa de lui adresser la parole.

René Char n'était pas communiste, et reprochait même à quelques-uns de ses amis d'avoir épousé cette tentation-là. Pourtant, c'est comme communiste qu'il fut recherché par les gendarmes, et à cause de cela qu'il quitta L'Isle-sur-la-Sorgue. Au printemps 1941, il se réfugia à Céreste, un petit village des Basses-Alpes, sur les hauteurs d'Apt. Sa femme, Georgette, l'accompagnait. Etant déjà venus là en 1936, ils connaissaient tous les villageois. Ces derniers formèrent la première garde rapprochée du poète combattant.

En car ou à bicyclette, Char sillonna les villages alentour, poussa jusqu'à Forcalquier, Manosque, Digne,

Marseille, le plateau d'Albion. Il tissait les premiers fils de son futur réseau. Il se rapprocha des Mouvements Unis de Résistance et devint soldat de l'Armée secrète, chef du secteur de la Durance sud. Lorsque la loi promulguant le Service du Travail Obligatoire poussa les jeunes Français nés entre 1920 et 1922 à rejoindre les maquis, il leur fit ouvrir les maisons amies de Céreste et des environs. Ainsi naquit un embryon de maquis qu'il organisa, développa, nourrit et arma. Bientôt, tout le village devint comme une toile d'araignée dont le capitaine Alexandre occupait le centre. Il organisait les réquisitions, récupérant des vivres et du tabac. Lorsque l'argent manqua, il vendit un terrain qui avait appartenu à son père. Armé de ses deux Colt, il entrait dans les cafés où les Allemands tendaient leurs pièges. Quand ils arrêtèrent l'un des siens, il fila avec trois hommes, organisa une embuscade, attaqua le convoi et récupéra son camarade. Plus tard, son ami B. fut arrêté par une patrouille SS. Alexandre était dissimulé sous de hautes herbes, à quelques mètres seulement, le doigt sur la détente de son fusil-mitrailleur. Ses hommes et lui n'intervinrent pas : la répression se fût abattue sur Céreste. Une rafale assassina B.

> *Il est tombé comme s'il ne distinguait pas ses bourreaux et si léger, il m'a semblé, que le moindre souffle de vent eût dû le soulever de terre*[1].

A l'automne 1943, le capitaine Alexandre rencontra un envoyé de Londres parachuté en Provence

1. René Char, *Feuillets d'Hypnos*, Gallimard, 1962.

pour organiser la SAP (Section Atterrissage Parachutage) dans le sud-est de la France. Il choisit René
Char comme adjoint. Mission : repérer et préparer
des terrains susceptibles de recevoir des containers
chargés d'armes. Celles-ci seraient utilisées avant,
pendant et après le débarquement pour retarder les
troupes allemandes remontant vers la Normandie.

Ainsi, allongé au milieu de ses hommes par une
nuit de pleine lune, le capitaine Alexandre attend
que son radio lui signale les appels acoustiques émis
par l'appareil approchant. Profitant de quelques
minutes de répit, il sort de son sac le carnet sur
lequel il consigne notes, vers, contacts, informations.
Et il note :

> *Je puis aisément me convaincre, après deux essais*
> *concluants, que le voleur qui s'est glissé à notre insu*
> *parmi nous est irrécupérable. Souteneur (il s'en vante),*
> *d'une méchanceté de vermine, flancheur devant l'ennemi,*
> *s'ébrouant dans le compte rendu de l'horreur comme porc*
> *dans la fange ; rien à espérer, sinon les ennuis les plus*
> *graves, de la part de cet affranchi. Susceptible en outre*
> *d'introduire un vilain fluide ici.*
> *Je ferai la chose moi-même*[1].

Car, quand, à Paris, Jean Marais règle son compte
à un critique de *Je suis partout*, dans les maquis du
Sud, René Char abat les traîtres. Il endosse ce rôle
de bourreau qui le dégoûte et le révolte pour ne pas
que s'inscrivent chez les plus jeunes de mauvaises

1. René Char, *ibid.*

traces dans leur conscience. Il est l'aîné de tous. Les responsabilités douloureuses lui incombent.

Ils sont une quinzaine autour de lui. Marcelle est là, sa maîtresse secrète des temps de guerre. Tous pensent au pilote du Wellington Vickers qui a échangé la carte, la règle et le rapporteur des salles de repérage contre la vision nocturne des villages traversés et, peut-être, les tirs de DCA encadrant l'appareil. Tous se souviennent de la dernière fois, inoubliable tragédie : le bombardier anglais s'est écrasé sur les contreforts du plateau, noirs cadavres ensevelis avec les honneurs militaires, carcasse métallique démontée et transportée ailleurs. Par chance, par miracle, les Allemands n'ont rien vu de l'incendie.

Le capitaine Alexandre a placé trois hommes parallèlement à la direction du vent et les a munis de torches éteintes. Un phare de voiture a été branché sur une batterie, à gauche de l'un des volontaires. On attend le signal du radio. Lorsque celui-ci lève le bras, indiquant que le pilote anglais a pris contact avec le sol, Alexandre claque des doigts. Aussitôt, les jalonneurs allument les feux de balisage. Trois torches rouges brillent soudain dans le ciel clair. Une minute encore, et le grondement d'un moteur perce la nuit. Puis l'avion apparaît. Il passe une première fois au-dessus du sol. Le phare branché sur batterie envoie la lettre de reconnaissance. L'appareil vire, descend à trois cents mètres et se présente bientôt au-dessus du terrain, l'abordant à la base du triangle formé par les torchères. Les soutes s'ouvrent, les premiers parachutes se déploient.

Les équipes foncent vers les containers tombant du ciel, longs fûts métalliques lourds de cent cinquante kilos chacun. Les hommes les saisissent par les poignées soudées à la tôle, les dégagent de la terre où ils se sont enfoncés et les emportent vers les camions qui attendent.

Lorsque l'aube pointe, le capitaine Alexandre ordonne à sa petite troupe de disparaître et de répartir les armes dans les caches préparées. Lui-même prend place à l'avant du premier camion, sort son carnet de sa poche et note :

Nous devons surmonter notre rage et notre dégoût, nous devons les faire partager, afin d'élever et d'élargir notre action comme une morale [1].

---

1. René Char, *ibid.*

Colonel Berger

> Etre stoïque, c'est se figer, avec les beaux yeux de Narcisse. Nous avons recensé toute la douleur qu'éventuellement le bourreau pouvait prélever sur chaque pouce de notre corps ; puis le cœur serré, nous sommes allés et avons fait face.
>
> René CHAR.

René Char a pris les armes aux premiers jours de la guerre. André Malraux s'est décidé trois mois avant le débarquement.

En novembre 1942, lorsque les Allemands ont envahi la zone sud, il a opéré un mouvement qui l'a conduit, lui et sa petite famille, dans le Périgord : mieux valait pour l'écrivain combattant de la guerre d'Espagne fuir les soldats et les aviateurs qu'il avait mitraillés depuis les Potez de son escadrille.

Donc, il a rejoint son ami Emmanuel Berl et sa femme Mireille aux confins de la Dordogne. Il sait, évidemment, que Berl a écrit, ou réécrit, les deux discours prononcés les 23 et 25 juin 1940 par le maréchal Pétain. Ces phrases mémorables et historiques qui ne cesseront de créer la polémique autour de cet écrivain et journaliste juif pacifiste de gauche ayant étrangement tourné quelques mois avant la signature des accords de Munich :

Vous avez souffert, vous souffrirez encore. Votre vie sera dure… Ce n'est pas moi qui vous bernerai par des paroles trompeuses. Je hais les mensonges qui vous ont fait tant de mal. La terre, elle, ne ment pas. Elle demeure votre recours… Notre défaite est venue de nos relâchements. L'esprit de jouissance détruit ce que l'esprit de sacrifice a édifié.

Berl et Malraux se voient quatre heures tous les jours. Cela leur laisse le temps de mettre leurs accords et leurs divergences sur la table. Ils étaient tous deux très proches de Drieu la Rochelle, dont Berl s'obstine à croire qu'il n'était pas antisémite avant la guerre. Dix années de différence d'âge expliquent peut-être leur désaccord fondamental concernant l'Espagne. Comme beaucoup d'autres, Berl est sorti de la Première Guerre mondiale résolument pacifiste. Il a soutenu la politique de non-intervention en Espagne : pourquoi la France eût-elle sacrifié des vies pour une autre cause que la sienne ? De même lors des accords de Munich, qu'il a d'autant plus approuvés qu'il avait critiqué la sévérité du traité de Versailles et que, surtout, il ne croyait pas que la France l'emporterait sur l'Allemagne.

« La politique est restée pour moi une région maudite[1] », confie-t-il.

---

1. Emmanuel Berl, *Interrogatoire* par Patrick Modiano, Gallimard, 1976.

Evidemment. Car dès 1939, ayant évolué vers une droite douteuse, Berl écrivait dans *le Pavé de Paris,* un journal qui était le sien et le sien uniquement, dont il rédigeait et donc assumait chaque article (il en était l'unique rédacteur), ces lignes :

> *L'Allemagne a souffert et travaille. La France a joui (…) Que la France redevienne française, elle recouvrera aussitôt l'amitié de l'Espagne, de l'Italie, le respect de l'Allemagne (…) Pour sauver la France, il suffit d'être un bon Français* [1].

Pis encore :

> *Très peu de milliardaires parmi les victimes des guerres du XIXe siècle. Aucun Rothschild d'Autriche n'est mort en 1866. Aucun Rothschild français n'est mort en 1870. Aucun Rothschild anglais, à ma connaissance, mort dans la guerre de 1914* [2].

Qu'est-ce, sinon de l'antisémitisme secondaire et du pétainisme primaire ? Pourquoi Berl s'étonnerait-il que le gouvernement du maréchal ait fait appel à ses services un an plus tard pour réécrire les discours de celui qui avait honteusement fait don de sa personne au pays ?

Convoqué à Bordeaux dès le 17 juin 1940, il s'y est rendu. On lui a attribué une chambre d'hôtel, on a posé une liasse de textes sur la table, et il les

---

1. Cité par Louis-Albert Revah, in *Berl, un juif de France*, Grasset & Fasquelle, 2003.
2. Louis-Albert Revah, *ibid.*

a corrigés ou réécrits. Puis, suivant le gouvernement, il a gagné Clermont-Ferrand et, enfin, Vichy. Fin juillet, il a compris : il est parti. Il a rallié Cannes, où nombre de Juifs avaient trouvé refuge. Kahn-sur-mer, se moquait Tristan Bernard.

A Cannes déjà, il voyait beaucoup Malraux (en 1929, il lui avait dédié sa *Mort de la pensée bour-geoise*). Il a commis l'erreur de se faire recenser comme juif et de pousser Mireille à le faire. Sans doute croyait-il toujours, comme il l'avait exprimé avant la guerre, que l'antisémitisme était une réalité avec laquelle il fallait vivre, comme les Belges devaient accepter les railleries des Français ou les gens du Nord celles des méridionaux. Peut-être aussi comp-tait-il sur la protection des plumitifs de *Je suis partout* qui, en 1940, le tenaient pour un bon Juif, un Juif bien né pour reprendre la terminologie de Maurras.

Mais le temps des illusions a fait long feu. Mena-cés l'un et l'autre par les mesures discriminatoires, n'ayant pu fuir en Suisse comme ils l'auraient sou-haité, Berl et Mireille se sont retrouvés en Corrèze, cachés non loin du château de Saint-Chamant où la famille Malraux a trouvé refuge. Ils ont le temps de méditer ce propos énoncé par Berl lui-même : « Je me demande si, dans le domaine de la politique, il ne vaut pas mieux rester d'accord avec ses amis qu'avec la vérité. »

Tandis qu'André palabre sans discontinuer avec Berl, Josette prépare la layette du futur héritier. Elle est aux anges : non seulement parce qu'elle est de nouveau enceinte, mais aussi parce qu'elle conserve son grand homme pour elle seule, loin des appels de Clara qui, comme tous les autres, ignore où il se trouve. Roland Malraux et sa jeune épousée (professeure de piano au conservatoire de Toulouse), elle aussi enceinte, comptent parmi les rares à partager les repas de famille.

Au moment où Vincent naît, en novembre 1943, Malraux rencontre Poirier, alias capitaine Jack, agent du Special Operations Executive (le SOE britannique, qui envoyait ses agents dans l'Europe occupée pour y soutenir les mouvements de résistance), réseau Buckmaster (du nom du colonel responsable de la branche française). Le capitaine Jack connaît le demi-frère de l'écrivain, Roland, membre du SOE depuis longtemps. Il a croisé André une première fois à Brive, dans un restaurant. Malraux était avec son fils Bimbo. Josette, belle et diaphane, tenait son bébé dans les bras. Il ne s'était rien dit de décisif cette fois-là.

Les choses sérieuses commencèrent en mars 1944, lorsque les deux demi-frères de Malraux, Claude et Roland, furent arrêtés à Brive par la Gestapo. Ce double événement dramatique (ils ne reviendront pas) entraîna l'écrivain sur le chemin de la guerre. Il quitta le château de Saint-Chamant pour celui de Castelnaud, entra dans la clandestinité et commença d'arpenter les routes escarpées du Périgord noir à la recherche des maquis dissimulés. Il s'autoproclama colonel et s'attribua le nom de *Berger*, qui était celui du héros des *Noyers de l'Altenburg*. Parmi d'autres chefs de guerre qui avaient pris les armes depuis longtemps, il rencontra de nouveau le capitaine Jack.

Il l'embarqua pour Paris : le Conseil national de la Résistance l'adouberait, dit-il, et fournirait des armes, promit-il.

Dans le train, comme d'habitude, Malraux fut le seul à parler et, comme d'habitude, le capitaine Jack l'écouta bouche bée, sans trop comprendre ce qui lui était raconté, sinon que c'était florissant, varié, intelligent et inédit.

A Paris, le jeune homme fut entraîné dans une maison du Ve arrondissement. Il y passa sa première nuit, veillé par des œuvres de Braque et de Fautrier. L'hôte avait prévenu : « Il y a une trappe dans le plafond, si on frappe, vous filez. »

L'hôte était Jean Paulhan.

Le lendemain, le capitaine Jack fut embarqué sur les quais de la Seine où Malraux avait rendez-vous avec un écrivain dont il avait apprécié les œuvres, les recommandant à Gallimard avec force et énergie : Albert Camus. Il suivit les deux hommes de lettres à distance respectueuse avant de bifurquer de son côté, chez Lescure puis chez Gide, dont l'appartement était désert.

A la même heure, Josette, appelée par son grand homme, sautait sur le quai de la gare de Lyon. Son fils Gauthier l'accompagnait. La première vision qu'elle eut de Paris fut une vision d'horreur : Roland Malraux, encadré par deux soldats allemands, marchant le long de la voie. Elle serra fortement la main de son fils dans la sienne pour qu'il n'appelât pas son oncle (et père officiel), marcha, roide et tendue, mais sans ciller[1].

Michel Gallimard, en son domicile, lui offrit à boire. Malraux lui téléphona. Elle le retrouva un peu plus tard à Censier-Daubenton. Il portait un grand manteau, un chapeau rabattu sur les yeux, une écharpe blanche et un bouquet de tulipes qu'elle reçut avec émotion.

Ils allèrent dans un bistrot. Elle lui dit qu'elle avait téléphoné à Drieu la Rochelle, qui la recevrait bientôt, et qu'elle s'était débrouillée pour obtenir une fausse carte d'identité.

« A quel nom ?

— Josette Malraux. »

Cela lui valut une solide réprimande.

Ils partirent chacun de leur côté, la bouche close sur leur colère.

Firent la paix le soir même chez Prunier. Le lendemain, elle se rendit chez le coiffeur tandis qu'il entrait dans une bijouterie de la rue de la Paix pour acheter une bague de quasi-fiançailles qu'il lui offrit à la Tour d'Argent. Dix ans de vie commune, ça se fête.

Elle alla voir Drieu. Ils parlèrent de la guerre, dont chacun savait désormais qu'elle était perdue pour les Allemands.

Plus tard, elle retrouva André dans les jardins des Tuileries. Celui-ci était privé de ses statues, fondues par les Allemands. Un homme aux yeux clairs pous-

---

1. Suzanne Chantal, *le Cœur battant*, Grasset, 1997.

sait le landau dans lequel Bimbo dormait. Elle ne
connaissait pas Albert Camus. Elle le trouva beau.

« On repart en Corrèze », commanda Malraux.

Ils voyagèrent séparément.

Dans le train, le colonel Berger informa le capitaine Jack que les autorités alliées l'avaient chargé
d'unifier les mouvements de résistance de Corrèze,
de Dordogne et du Lot.

En vérité, personne, ni à Paris, ni à Londres, ni
ailleurs, n'avait chargé André Malraux d'une telle
mission.

Revenu dans le Périgord, il repêcha un major
anglais parachuté avec son radio. Ils constituèrent la
base arrière de l'état-major interallié dont le colonel
Berger devint le chef. Sans que personne, ni à Paris,
ni à Londres, ni ailleurs, l'eût nommé à la tête d'un
organisme inconnu à tous les bataillons. Lorsque,
trois mois plus tard, le commandement des FFI
acceptera de valider des titres initialement usurpés,
ce sera avec moult réticences tant la réputation
d'André Malraux, rouge d'Espagne, déplaisait à une
partie du commandement.

Peu après son retour, ayant entendu parler du
colonel Berger, un instituteur résistant originaire
d'Alsace vint le trouver au château d'Urval où il avait
établi ses quartiers. Il fut introduit par une sentinelle
qui le mena jusqu'à une pièce où, en leggings, grand
uniforme et revolver à la ceinture, André Malraux
le reçut. Il fumait des cigarettes anglaises, ce qui
confortait la rumeur : le chef de l'état-major interallié
était bel et bien en liaison avec Londres.

« J'ai besoin d'armes, dit le résistant.

— Pour combien d'hommes ?

— Une cinquantaine.

— Je vous trouverai ce qu'il vous faut... D'où venez-vous ?

— D'Alsace-Lorraine.

— C'est aussi mon pays. »

Malraux y avait passé un mois vingt-cinq ans auparavant comme hussard encaserné à Strasbourg. Par le plus grand hasard, *les Noyers de l'Altenburg,* publiés en Suisse en 1943, s'ouvraient sur la mort de son grand-père en Alsace.

« Nous avons quitté notre pays au début de la guerre, poursuivit l'instituteur résistant, et nous voulons le libérer les armes à la main.

— Je vous y conduirai. »

En juillet 1944, la voiture de Malraux – une Citroën noire arborant le fanion tricolore et les insignes de la France libre – fut stoppée par un barrage. Les Allemands tirèrent. Malraux s'en sortit indemne ; les autres passagers furent blessés. Selon l'auteur des *Antimémoires,* il fut conduit devant le général commandant la 2e division de l'armée allemande, et aussitôt reconnu[1]. Il fut incarcéré à la prison Saint-Michel de Toulouse, puis libéré le 19 août. Une première rumeur prétendit que ses camarades auraient obtenu la libération de l'écrivain en menaçant d'exécuter cinquante prisonniers allemands ; une seconde laisse entendre que le maquis de Cor-

---

1. André Malraux, *Antimémoires*, Gallimard, 1972.

rèze aurait acheté son élargissement. Quoi qu'il en soit, grâce à l'intervention d'André Chamson, qui avait rallié de Lattre, Malraux obtint les camions nécessaires au transport de sa petite troupe. En deux mois, après s'être autopromu colonel, chef d'un état-major interallié régnant sur la Corrèze, la Dordogne et le Lot, patron de la brigade Alsace-Lorraine, il réunira sous ses ordres près de deux mille hommes qui se battront héroïquement dans les Vosges avant de participer à la défense de Strasbourg.

Ainsi, résistant tardif mais chef de guerre charismatique, André Malraux montera bientôt sur la scène de la Libération paré des trois couleurs des héros de la nation.

Les enfants du paradis

> Deux et deux quatre
> Quatre et quatre huit
> Huit et huit font seize…
>
> Jacques PRÉVERT.

Jacques Prévert et Marcel Carné marchent dans les rues de Nice. Affublé de son imperméable et de son feutre légendaires, le scénariste raconte au metteur en scène les heurts et malheurs subis par son frère, Pierrot, sur le tournage de son dernier film, *Adieu Léonard*, dont lui-même a écrit le scénario. La tension entre Charles Trenet et Pierre était telle que la production dut dépêcher un huissier pour arbitrer leurs conflits. Les autres comédiens (Carette, Pierre Brasseur, Mouloudji et tous les copains du groupe Octobre) assistaient, bouche bée, aux algarades.

Jacques parle sans joie. Il est triste. Claudy, vingt-deux ans, s'apprête à le quitter pour un jeune homme de son âge. Est-ce la raison pour laquelle il est en manque d'inspiration ? Il ne sait pas quoi écrire. Il compose bien quelques poèmes mais, à part

Léon-Pierre Quint, aux Editions du Sagittaire, personne ne veut de lui. Jean Paulhan, à qui Henri Michaux l'a fait lire, déteste sa poésie. Il est connu dans le monde du cinéma, pas dans celui des lettres.

Carné et lui cherchent un sujet de film qui renouvellerait le succès des *Visiteurs du soir*. En vain.

Au loin, ils aperçoivent une frêle silhouette que Prévert reconnaît aussitôt : Jean-Louis Barrault. Il est venu rejoindre Madeleine Renaud qui tourne *Lumière d'été*, de Jean Grémillon, aux studios de la Victorine. C'est Prévert qui en a écrit les dialogues. Trauner a dessiné les décors, créés par Max Douy. Toujours la famille : Grémillon, cinéaste engagé, a filmé la lutte des classes qui oppose le peuple à la bourgeoisie (Paul Morand, qui préside la commission de censure cinématographique, ne s'y est pas trompé, qui a refusé le visa d'exploitation puis a démissionné faute d'être parvenu à interdire le film).

Jean-Louis Barrault a retrouvé Madeleine le temps d'une escapade. Avant guerre, les deux amoureux (ils n'étaient pas encore mariés) aimaient se baigner nus dans les criques méditerranéennes. Ils circulaient dans une roulotte accrochée au cul d'une grosse Ford décapotable. Les temps ont changé : désormais, c'est le train, avec ausweis obligatoire.

Madeleine n'est pas en odeur de sainteté dans la presse clandestine. Parallèlement au tournage du film de Grémillon, elle se produit dans *la Reine morte* à la Comédie-Française. Or, non seulement Montherlant est très apprécié des Allemands, mais, circonstance aggravante, son *Solstice d'été* (paru en 1941) fait pencher la balance idéologique de son auteur du côté de l'occupant. Enfin, sa pièce, qui conte les malheurs d'une princesse sacrifiée à la raison d'Etat, passe mal aux yeux et aux oreilles des résistants ; à l'affiche depuis un an, elle remporte un franc succès, applaudie par Vichy comme par les nazis.

Jean-Louis Barrault, sociétaire de la Comédie-Française depuis 1943, joue dans la même pièce. Lui aussi s'est fait épingler par la presse de l'ombre pour avoir, au cours de l'été 1941, monté *les Suppliantes* d'Eschyle au stade Roland-Garros. Il s'agissait d'un spectacle grandiose célébrant le corps selon les archétypes nazis si bien incarnés par les films de Leni Riefenstahl. Charles Munch dirigeait l'orchestre de la Société des concerts du Conservatoire. Le Commissariat général à l'éducation nationale patronnait la manifestation.

Pour le reste, que pourrait-on reprocher au comédien ? D'avoir bien vécu, de s'être souvent produit devant des publics douteux, comme certains autres. Finalement, après quatre ans de guerre et d'Occupation, ni plus ni moins que beaucoup d'artistes. Peut-être Jean-Louis Barrault est-il aussi pacifiste et rétif à la guerre que son copain Jacques Prévert qui, pour cette raison idéologique, ne s'est pas aventuré beaucoup plus loin qu'un transport de documents compromettants ou la protection généreuse d'amis pourchassés et interdits d'emploi.

A Nice, Jean-Louis Barrault raconte à son ancien camarade du groupe Octobre qu'en 1941 il a failli prendre la direction de l'Athénée, mais que les directeurs des théâtres parisiens, emmenés par Sacha Guitry, ont conduit une véritable cabale contre lui. Il est donc resté à la Comédie-Française où il travaille sur un projet colossal : *le Soulier de satin,* de Paul Claudel.

Projet pour projet, Prévert confie à son ami que Carné et lui-même sont en panne d'inspiration. Ils cherchent un sujet de film qui, tout comme *les Visiteurs du soir*, se déroulerait à une époque lointaine, condition obligée pour avoir une chance de passer à travers les mailles de la censure.

« Dix-neuvième siècle ? questionne Jean-Louis Barrault.

— Par exemple...

— Epoque Louis-Philippe ?

— Pourquoi pas ?

— Je vous raconte une histoire... »

Et Jean-Louis Barrault décrit à Prévert et Carné le boulevard du Temple, dit boulevard du Crime, en 1830 : les personnages de Lacenaire, du mime Deburau, le comédien Lemaître, les histoires troubles, les théâtres, les petites gens de Paris...

C'est l'emballement. Rentré à Tourrette-sur-Loup, où il habite désormais, Jacques Prévert se met aussitôt au travail. Marcel Carné monte à Paris pour convaincre André Paulvé de participer à l'aventure. Il fouille les bibliothèques à la recherche des livres et des articles écrits sur le boulevard du Crime. Quand il retrouve Prévert, quelques semaines plus tard, le scénario est partiellement construit. Le film racontera l'histoire d'une jeune femme libre, Garance, partagée entre deux hommes, le mime Baptiste Deburau et un jeune acteur, Frédérick Lemaître. Il sera long : plus de trois heures. Il s'appellera *les Enfants du paradis*, le *paradis* étant ces places bon marché que les théâtres proposent au sommet des gradins et des loges. Il sera, et c'est cela que Marcel Carné comprend aussitôt, il sera la grande œuvre de la Libération.

Le premier tour de manivelle fut donné en août 1943 aux studios de la Victorine. Tout comme pour *les Visiteurs du soir*, Alexandre Trauner fut cornaqué par un décorateur « officiel », Léon Barsacq, qui construisit le décor du boulevard du Crime d'après ses maquettes. Quant à Joseph Kosma, épaulé par Maurice Thiriet et dirigé par Charles Munch, il signa d'un pseudonyme : Georges Mouqué. Deux mille figurants furent engagés aux côtés des comédiens principaux : Arletty (Garance, habillée Lanvin), Jean-Louis Barrault (Baptiste Deburau), Pierre Brasseur (Frédérick Lemaître), Robert Le Vigan (Jéricho), Maria Casarès dans son premier rôle au cinéma (Nathalie)…

Un mois après la capitulation italienne, le tournage dut être interrompu. Alfred Greven ne facilita pas les choses, qui bloqua la reprise, rendu furieux par la prééminence que Pathé-Cinéma prenait sur la Continental. Il ne put empêcher, cependant, que Marcel Carné retrouvât ses caméras à la fin de l'année. Jean-Louis Barrault interrompit neuf représentations du *Soulier de satin* pour redescendre à Nice. Robert Le Vigan, en fuite pour cause de défaite prochaine, fut remplacé par Pierre Renoir. Le film fut achevé à la veille du Débarquement. Ainsi que l'avait souhaité Marcel Carné, il allait être le premier de la paix retrouvée. En 1947, il recevrait l'Oscar du cinéma du meilleur scénario original. Et en 1995, à l'occasion du centenaire du cinéma, il obtiendrait la récompense suprême, décernée par d'éminents critiques : meilleur film de tous les temps.

Le petit prince

> Ah ! Français, il suffirait pour faire la paix entre nous de ramener nos dissentiments à leurs proportions véritables.
>
> Antoine DE SAINT-EXUPERY.

Le 6 juin 1944, à l'aube, les Alliés débarquent sur les plages de Normandie.

Le 8, la SS Panzer Division Das Reich reçoit l'ordre de quitter ses bases du Lot pour remonter vers le nord.

Le 9, les SS pendent quatre-vingt-dix-neuf habitants de la ville de Tulle et en déportent cent cinquante.

Le 10, pour venger un chef de la division capturé puis exécuté par les maquisards, les SS abattent et brûlent vifs six cent cinquante habitants d'Oradour-sur-Glane (Haute-Vienne).

A la fin du mois, la division arrive en Normandie.

Le 7 juillet, dans la forêt de Fontainebleau, l'ancien ministre de l'Intérieur de Paul Reynaud, Georges Mandel, est abattu par la Milice.

Le 21 juillet, les troupes allemandes soutenues par la Milice attaquent les maquisards cantonnés dans le massif du Vercors.

Le 31 juillet, à Drancy, le dernier convoi de déportés est embarqué pour Auschwitz.

Le même jour, sur une base aérienne proche de Bastia, un avion s'apprête à décoller. Il est piloté par un vétéran de l'Aéropostale, un as de l'aviation : Antoine de Saint-Exupéry. L'écrivain a revêtu la combinaison spéciale qui le protégera du froid en altitude. Il a vérifié que les cartes, les carnets, les rations alimentaires, les crayons, les monnaies étrangères (en cas de chute hors des frontières) et le revolver se trouvaient à leur place, dans la veste multipoches sur laquelle il a enfilé une Mae West gonflable (en cas de naufrage). Le mécano a ajusté sous le menton du pilote le micro qui le reliera à la base. Il a fixé à sa jambe une bouteille d'oxygène de secours. Ainsi harnaché, Antoine de Saint-Exupéry s'est hissé dans la carlingue du Lockheed Lightning P 38 américain. Il a vérifié que les appareils de photo placés dans les soutes fonctionnaient correctement. Puis il a fait signe à son mécano et les moteurs ont rugi.

Saint-Ex a passé les trois premières années de la guerre aux Etats-Unis. Il y a fréquenté la petite colonie des artistes réfugiés à New York – Saint-John Perse, Jules Romains, André Maurois, Henri Bernstein, Breton, Miró, Dalí, Tanguy, Max Ernst, André Masson… Il a beaucoup joué aux échecs avec Marcel Duchamp, qui le battait invariablement, puis avec Denis de Rougemont, avec qui il prenait sa revanche. En novembre 1941, Consuelo l'a rejoint. Elle venait de Marseille et de la villa Air-Bel. Saint-Ex a envoyé un ami la chercher à la descente du bateau, avec

ordre de lui transmettre la consigne : on ne répond
à aucune question des journalistes. Lorsque l'un
d'eux lui a demandé si elle était bien Mme de Saint-
Exupéry, elle a répondu :

« Non, je suis leur bonne. »

Antoine l'attendait un peu plus loin. Il l'emmena
dîner dans un restaurant où étaient rassemblés des
amis qu'elle ne connaissait pas, puis il la conduisit
dans un hôtel où il lui avait réservé une suite.

« Mais toi ? demanda-t-elle.

— Moi, dit-il après une seconde de silence, moi,
j'habite ailleurs. »

Il ne faisait ni plus ni moins que prolonger le système d'existence qui avait été le sien à Paris avant
la guerre[1]. Il avait des maîtresses, elle avait des
amants. Ici comme ailleurs.

Cependant, il finit par louer l'appartement de
Greta Garbo, près de l'Hudson, puis une grande
maison à Long Island où ils habitèrent ensemble.
Consuelo rencontrait les peintres surréalistes français
installés à New York, il écrivait *Citadelle*. Il travaillait
la nuit, la réveillait sans aucune considération pour
les horaires, lui demandait de lui faire cuire des œufs
brouillés, mangeait seul, retrouvait sa copie, fumait
cigarette sur cigarette, buvait des gin-coca en alter-
nance avec du café, dictait dans un dictaphone les
pages qu'une secrétaire tapait le lendemain. Il lisait
l'œuvre en cours aux amis de passage. Denis de Rougemont était le plus assidu. Jean Gabin et Marlene

---

1. Voir *Libertad !*, *op. cit.*

Dietrich s'attardaient souvent. André Breton cultivait l'amitié de Consuelo mais fuyait la compagnie
de Saint-Exupéry, qui ne l'aimait pas. Peggy Guggenheim et Max Ernst passaient en voisins.

Un jour de l'été 1942, Saint-Exupéry déjeunait avec
son éditeur américain au café Arnold, lieu de convergence des Français en exil. Sur la nappe du restaurant,
il dessinait machinalement un petit bonhomme aux
yeux ronds et aux cheveux ébouriffés. L'éditeur observait la silhouette apparaître. Et une idée lui vint :

« Pourquoi n'en feriez-vous pas un livre ? Un livre
pour enfants ? »

Le petit bonhomme était né sous la plume de Saint-
Ex un an plus tôt. Souffrant de ses blessures, l'écrivain-
aviateur avait été hospitalisé dans une clinique de Los
Angeles. Le cinéaste René Clair lui avait rendu visite.
Il lui avait offert une boîte d'aquarelle. Celle-ci avait
constitué le coup de baguette magique qui allait donner naissance au *Petit Prince*, texte et illustrations
d'Antoine de Saint-Exupéry, quatre-vingts millions
d'exemplaires vendus dans le monde entier.

Début 1943, l'éditeur publia simultanément une
version anglaise et une version française. Gallimard
édita le livre sous ses couleurs en 1946. Faute de
disposer des aquarelles originales, il fit reproduire
les dessins de l'auteur par un graphiste qui les copia
à partir de l'édition américaine (ce n'est qu'en 1999
que fut publiée en France l'œuvre enrichie des vraies
illustrations de l'auteur[1]).

1. *Lire*, hors-série n° 3.

Avant même la publication du *Petit Prince*, Saint-Exupéry était sans doute l'écrivain français le plus célèbre outre-Atlantique : *Terre des hommes (Wind, Sand and Stars)* avait obtenu le National Book Award en 1939, et *Pilote de guerre (Flight to Arras)* avait rencontré un immense succès. Cet ouvrage était paru en France, censuré par les ciseaux de Gerhard Heller. Le Sonderführer avait néanmoins laissé un passage consacré à Jean Israël, chef d'escadrille, sur lequel les séides de Vichy s'étaient acharnés, rappelant que Saint-Exupéry était le meilleur ami de l'écrivain juif Léon Werth (auquel sera dédié *le Petit Prince*) :

> *J'ai été brusquement frappé par le nez rouge d'Israël. Cet Israël, dont je considérais le nez, j'avais pour lui une amitié profonde. C'était l'un des plus courageux camarades pilotes du groupe. L'un des plus courageux et l'un des plus modestes.*

Le livre avait finalement été interdit, puis publié sous le manteau à Lyon et salué par *les Lettres françaises* clandestines.

Paradoxalement, Vichy avait tenté d'utiliser à son profit la réputation de l'écrivain : en janvier 1941, Saint-Exupéry avait été bombardé membre d'un Conseil national regroupant diverses personnalités censées représenter la France. Il s'était dégagé de cette responsabilité et l'avait fait publiquement savoir, le *New York Times* ayant accepté de relayer sa bonne parole.

Pour autant, il n'était pas gaulliste. Contrairement

à la plupart des Français exilés à New York (notamment ceux qui travaillaient avec Pierre Lazareff à la section française de l'Office of War Information), il ne croyait pas que le salut national viendrait de l'homme du 18 juin. Il n'aimait ni son ton, ni son statut de militaire, ni son passé de droite. Pour lui, le général de Gaulle ne rassemblait pas les Français : il les divisait.

De là à proclamer que Saint-Exupéry soutenait Vichy, il y avait un pas que d'aucuns franchirent allègrement. Lui-même, d'ailleurs, offrit à ses contempteurs des armes pour le flageller. Car, jusqu'à l'invasion de la zone sud, il défendait le principe de l'armistice :

> *Il fallait bien qu'un syndic de faillite négociât avec le vainqueur. (...) Une dénonciation, par la France, des conventions d'armistice eût équivalu juridiquement au retour de l'état de guerre*[1].

Plus que tout, il redoutait une guerre civile. De Gaulle lui semblait être le général de cette armée fratricide ; d'autant plus dangereux qu'il se défiait des Etats-Unis alors que, pour le pilote-écrivain, le salut passait par une alliance indéfectible entre l'Amérique et la France libre.

En novembre 1942, dans le *New York Times*, Saint-Exupéry publia une *Lettre ouverte aux Français de partout*, qui sonnait comme une réponse à l'occupation de la zone sud :

---

1. Antoine de Saint-Exupéry, *Un sens à la vie*, Gallimard, 1956.

Vichy est mort. Vichy a remporté dans la tombe ses inextricables problèmes, son personnel contradictoire, ses sincérités et ses ruses, ses lâchetés et ses courages. Abandonnons provisoirement le rôle de jugement aux historiens et aux cours martiales d'après-guerre. Il est plus important de servir la France dans le présent que de discuter son histoire (…) Le seul chef véritable, c'est cette France qui est condamnée au silence. Haïssons les partis, les clans et les divisions.

Il rendait un hommage vibrant aux Français de France, critiquant entre les lignes les exilés de son genre qui n'avaient rien de plus et rien de mieux à faire que de clamer un antigermanisme primaire et facile dans les micros tendus :

Ils disposeront de tous les droits, rien de notre verbiage en matière de sociologie, de politique, d'art même, ne pèsera contre leur pensée. (…) Soyons infiniment modestes. Nos discussions politiques sont des discussions de fantômes, et nos ambitions sont comiques. Nous ne représentons pas la France. Nous ne pouvons que la servir. Nous n'aurons droit, quoi que nous fassions, à aucune reconnaissance. Il n'est point de commune mesure entre le métier de soldat et le métier d'otages. Ceux de là-bas sont les seuls véritables saints (…) Français, réconcilions-nous pour servir[1].

Il défendra plus tard ses positions dans la *Lettre à un otage*, conçue initialement comme une préface à un ouvrage de son ami Léon Werth, que Jean

---

1. Antoine de Saint-Exupéry, *ibid.*

Amrouche publiera en 1944 dans la revue *l'Arche*. (Léon Werth, « celui qui, cette nuit-ci, hante ma mémoire est âgé de cinquante ans. Il est malade. Et il est juif. Comment survivrait-il à la terreur allemande[1] ? »)

Lorsque les Alliés débarquèrent en Afrique du Nord, Saint-Exupéry décida de se rapprocher de la France. Il ne supportait pas plus les pérégrinations psychologiques de ses compatriotes établis à New York que sa propre inaction. La plume ne lui suffisait plus : il lui fallait combattre. Avec quoi ? Il ne le savait pas encore. Son but : retrouver ses camarades de 1940, ceux du groupe de reconnaissance 2/33 qu'il était passé saluer à Tunis avant de s'embarquer pour les Amériques.

Le 6 avril, avec quatre mois de retard, *le Petit Prince* paraissait à New York, illustré par son auteur. Saint-Exupéry l'offrit à Sylvia Hamilton, une jeune journaliste avec qui il partageait quelques-unes de ses nuits. Puis il chercha un tailleur susceptible de lui confectionner un uniforme à sa taille. Faute de temps, il en acheta un dans les coulisses du Metropolitan Opera : une tenue bleu marine, boutons de cuivre, épaulettes dorées, casquette étrange. Il y colla sa Légion d'honneur et sa croix de guerre, salua ses amis, embrassa Consuelo et embarqua le 20 avril sur un bateau de transport de troupes qui atteignit l'Algérie trois semaines plus tard.

---

1. Antoine de Saint-Exupéry, *Lettre à un otage*, Gallimard, 1994.

Le 5 mai, Saint-Exupéry retrouvait ses camarades dans le sud du pays. Jules Roy, autre écrivain aviateur, était là également. Quelques jours plus tard, le groupe 2/33 partait pour le Maroc où il fut rattaché à une unité américaine commandée par le fils de Roosevelt, spécialisée dans la prise de photos aériennes. Mais Saint-Ex ne parvint pas à voler. Pour les autorités militaires, aussi chevronné fût-il, à quarante-trois ans il avait largement dépassé la limite d'âge admissible pour un pilote : trente ans.

« J'y arriverai », promettait l'écrivain à ses compagnons.

Il revint à Alger. Il fut introduit auprès du général Giraud, alors haut-commissaire français en Algérie, poussé et soutenu par les Anglo-Saxons qui voyaient en lui un excellent rempart contre les appétits du général de Gaulle.

Giraud envoya Saint-Ex au Maroc. Sa mission consistait à mesurer la popularité du général auprès des officiers français. Ainsi, loin de s'affranchir de la réputation qui lui collait aux basques depuis New York, Saint-Ex fut plongé au cœur du conflit qui allait opposer les deux militaires, l'un représentant de la France libre, l'autre succédant au vichyste Darlan à Alger. Pour lui, le premier ne s'était pas défait d'une autorité excessive où pointait le froid museau d'une dictature possible ; quant au second, il était trop mou pour s'opposer et faire face.

C'est à ce dernier cependant que Saint-Ex dut de voler de nouveau. Giraud, en effet, intervint auprès des autorités américaines qui l'autorisèrent à retrouver son groupe.

Le Lockheed Lightning P 38 américain ne ressemblait en rien aux vieux Bloch et Potez sur lesquels le commandant Saint-Exupéry volait avant la guerre. C'était un bimoteur monoplace à hélices et double empennage capable de s'élever à dix mille mètres à la vitesse de sept cents kilomètres à l'heure. Il était le plus rapide des appareils de son époque. Son cockpit était trop petit pour l'ancien de l'Aéropostale, qui y déployait difficilement sa large stature. Son bras gauche obéissait mal, partiellement paralysé depuis l'accident d'avion qui lui avait valu huit fractures – dont une du poignet – en 1938 : alors qu'il accomplissait un raid entre New York et Punta Arenas, son avion s'était écrasé au décollage. Ces blessures-là s'étaient ajoutées aux rhumatismes provoqués par les anciennes fractures. Plus il montait, plus les variations de pression atmosphérique lui pesaient et plus il souffrait. En outre, les cinq aéronefs confiés par les Américains au groupe français étaient plus anciens que les autres et leur chauffage était défectueux. Les appareils photo fonctionnaient mal. Il fallait prendre garde à tout bruit inhabituel, contrôler les mille et un cadrans du Lightning, suivre la route indiquée, surveiller ses arrières, prêt à décrocher si un chasseur ennemi survenait. Chaque sortie était épuisante. Et dangereuse : les avions de reconnaissance n'étaient pas armés et aucune escorte ne les protégeait.

La mission de Saint-Exupéry consistait à photographier les points stratégiques où l'ennemi rassemblait ses troupes et son matériel : ports, gares et aérodromes. Il suivait la côte méditerranéenne entre Marseille et Toulon, passant et repassant au-dessus des objectifs comme s'il traçait des bandes régulières et parallèles dont les moindres détails étaient enregistrés par les appareils photographiques embarqués.

Le soir de sa première mission, Saint-Ex fêta son retour aux commandes avec Jean Gabin qui passait par la Corse.

Quelques jours plus tard, il repartait. Son avion ayant eu une panne de moteur, il revint à la base en catastrophe. Il rata le freinage à l'atterrissage et se retrouva dans un champ. Bilan : aile et train d'atterrissage brisés.

« You are too old ! » vociféra le chef d'escadrille américain.

Saint-Exupéry se consola en rentrant à Alger, où il retrouva le manuscrit de *Citadelle.* Quelques semaines plus tard, le général de Gaulle prit la parole à Alger. Il salua Joséphine Baker, agent de la France libre qui chantait désormais pour les troupes alliées en Afrique et au Moyen-Orient. Il rendit hommage aux écrivains français qui avaient choisi l'exil plutôt que de servir Vichy. Il cita André Gide, Joseph Kessel, Jacques Maritain, Jules Romains, mais ni André Maurois, ni Saint-John Perse, ni Antoine de Saint-Exupéry.

L'auteur du *Petit Prince* se trouvait sur une liste noire.

Comment voler encore ? Il tirait toutes les sonnettes disponibles, envoyait des ambassades auprès du général de Gaulle qui, désormais, dépassait d'une solide hauteur le général Giraud. Un ami plaida sa cause auprès du colonel Billotte, chef du cabinet militaire de l'homme du 18 juin. En vain.

Saint-Exupéry rongeait son frein et écrivait. A Joseph Kessel, qui avait débarqué de Londres, il confia que sa *Citadelle* serait sans doute son œuvre posthume. A André Gide, avec qui il jouait aux échecs, il se plaignait du général de Gaulle. Son adversaire, mauvais joueur autant que tricheur (dit-on), prétexta un jour que l'heure du thé était venue pour interrompre une partie qu'il allait perdre. Quelques minutes plus tard, Max-Pol Fouchet le vit revenir sur la pointe des pieds dans la pièce vide, se pencher sur le jeu, regarder ou déplacer les pièces (on ne sait). Saint-Exupéry fut mat en dix coups. Contre Gide, c'était la première fois…

En mai 1944, enfin, les verrous sautèrent. Grâce à de multiples interventions amicales, Saint-Exupéry fut autorisé à rejoindre son groupe. Le général américain commandant l'escadrille autorisa cinq vols. Pas un de plus.

Le 6 juin, alors que les Alliés débarquaient sur les plages de Normandie, Saint-Ex s'envolait pour Marseille. Son moteur prit feu. Il revint sans avoir accompli sa mission photographique.

Une semaine plus tard, il repartait. Cette fois, il était envoyé dans la région de Rodez. Le lendemain, il volait vers Toulouse. Son régulateur d'oxygène étant défectueux, il regagna sa base, sonné et groggy.

Le 23 juin, il était au-dessus d'Avignon. La semaine suivante, il s'envolait pour les Alpes et Annecy. Un de ses moteurs tomba en panne, mais il continua. Sur la route du retour, il fut pris en chasse par un Messerschmitt allemand. Faute d'armes, il n'engagea pas le combat. Il volait à huit mille pieds. Par miracle, le chasseur n'ouvrit pas le feu.

Le 11 juillet, il décolla pour Lyon. En raison d'un ciel bouché et obscurci, il ne put prendre aucune photo.

Trois jours plus tard, il repartait pour les Alpes. Une panne du circuit d'oxygène l'obligea à rentrer.

Le 31 juillet, il s'envola de Corse pour sa cinquième mission. A huit heures quarante-cinq, le mécano l'aida à rabattre la vitre du cockpit. Il ôta les cales. L'appareil se dirigea lourdement vers l'extrémité de la piste, puis il s'envola. Direction : Lyon.

Il devait rentrer à midi. A midi trente, les équipes de secours étaient sur la piste, guettant un bruit de moteur, une trace de fumée noire. A midi quarante-cinq, Antoine de Saint-Exupéry n'était toujours pas là. Aucun radar ne signalait sa présence. A une heure, les camarades de son groupe envisagèrent le pire : ils savaient que le Lightning n'avait pas plus de cinq heures d'essence.

A quatorze heures trente, ils comprirent que leur ami ne reviendrait pas. L'avion, sans doute, s'était abîmé dans la Méditerranée.

Il demeura un instant immobile, raconte le Petit Prince. *Il ne cria pas. Il tomba doucement comme tombe un arbre. Cela ne fit même pas de bruit, à cause du sable.*

Quelques heures plus tard, au creux du Vercors, Jean Prévost, le bel et grand ami, tombait sous les balles des Allemands.

Libération

> Le mot qui court : ce n'est plus Je suis
> partout, c'est Je suis parti.
>
> Jean GALTIER-BOISSIERE.

Le vent libérateur venu de Normandie souffle désormais sur Paris. L'espoir s'installe au cœur des foyers. Dans une ville privée de ravitaillement, où le métro ne fonctionne plus que par à-coups, où le gaz est coupé sans préavis, où les queues s'allongent devant des magasins vides, les radios fonctionnent au fond des chambres. Les Parisiens suivent sur les ondes anglaises la progression des troupes alliées.

Pour certains, ce souffle annonce des orages noirs, désormais incontournables. Quelques-uns s'y abandonnent avec une certaine grandeur. Enfermé chez lui, Pierre Drieu la Rochelle ne quitte plus son Journal. Il y exprime une douleur qui a grandi avec la mort de ses idéaux. Il rêvait d'une Europe nouvelle, débarrassée de ses pesanteurs d'avant guerre, il espérait « une révolution socialiste et raciste » conforme à un idéal politique dessiné par Hitler : « fierté physique, recherche de l'allure, du prestige, héroïsme guerrier ». Au lieu de ce programme qu'il a lui-même défendu par la plume durant les quatre années d'Occupation, l'écrivain va retrouver une France qu'il hait, celle de « la *NRF,* la Chambre, les Juifs, M. de Gaulle ». « Hitler meurt, écrit-il encore, étouffé sous nos archaïsmes. L'Europe était trop vieille pour produire un homme qui la dépasse[1]. »

Pas une seconde Drieu ne songe à se réfugier en Allemagne : il aime les nazis, pas les Allemands. Il pourrait fuir en Suisse ou en Espagne, mais il décline les offres proposées. Un temps, il songe à s'engager dans la brigade Alsace-Lorraine de son ami André Malraux. Lequel accepte à condition que l'ancien directeur de la *NRF* change de nom et ne prétende pas à un poste de commandement. Drieu refuse. « Suprême liberté, écrit-il, se donner la mort, et non la recevoir. »

Il fait ses adieux à quelques amis, aux femmes de sa vie, il prépare son enterrement puis, le 12 août 1944, il absorbe une dose mortelle de barbituriques.

Sa femme de ménage le découvre le lendemain. Elle sonne l'alerte. On l'emmène à l'hôpital Necker, puis à l'Hôpital américain. Il est sauvé. Une nouvelle fois, il refuse de fuir. Le temps de commencer un nouveau roman *(Dirk Raspe),* il accepte de se cacher chez son ex-femme, Colette Jeramec. Au cours des mois qui suivent, il assiste à l'effondrement du IIIe Reich, à l'avancée du communisme en Europe.

---

1. Pierre Drieu la Rochelle, *Journal 1939-1945, op. cit.*

Le 15 mars 1945, il apprend par la presse qu'un mandat d'amener a été délivré contre lui. Le soir même, il avale trois tubes de somnifères et ouvre le gaz.

Le 10 août 1944, les cheminots français se sont mis en grève. Le 16, les postiers les ont rejoints. Le 18 août, dans la capitale, les policiers cessent à leur tour le travail, donnant le coup d'envoi des combats qui aboutiront, une semaine plus tard, à la libération de Paris. Deux ans auparavant, les mêmes policiers montaient dans les étages des immeubles encerclés pour embarquer les Juifs, toutes générations confondues, au Vél' d'Hiv'. Le vent libérateur venu de Normandie tourne, en effet.

Les services civils allemands mettent le feu à leurs archives, déménagent prestement les bureaux des ministères, chargent des camions qui s'ébranlent en longs convois tortueux vers la gare du Nord. Des ambulances passent, quelques véhicules à chenille, des officiers supérieurs assis dans des décapotables protégées par des soldats munis de mitraillettes. Des feldgendarmes règlent la circulation de la défaite. Le plus gros des troupes stationnant dans la capitale a rallié la Normandie depuis le 6 juin, en sorte que les soldats qui restent, à peine protégés, rasent les murs sur lesquels, en lieu et place des affiches annonçant l'exécution d'otages, les Parisiens découvrent les trois couleurs de la CGT et de la CFTC appelant à la grève générale. Ou celles du colonel Rol-Tanguy, commandant les FFI de la région parisienne, ordonnant la mobilisation générale.

A Fontenay, le 14 août, Paul Léautaud reçoit un coup de téléphone : le capitaine Jünger lui fait ses adieux.

« Je rentre en Allemagne.

— Et le lieutenant Heller ?

— Il est déjà parti. »

Léautaud se désespère : « S'il faut voir un jour revenir la canaille politique d'avant guerre, ce sera une honte pour la France. Voilà que cette honte approche[1]. »

Elle approche d'autant plus vite que, le 15 août, les Alliés débarquent en Provence.

Dans les rues de Paris, les premières barricades sont érigées. L'Hôtel de Ville, l'île de la Cité, le Quartier latin s'emplissent de nouveaux insurgés qui découvrent, en même temps que les badauds, la réalité d'une Résistance inconnue. Il y a peu d'armes. Suffisamment pour occuper quelques mairies, descendre le drapeau nazi et hisser les couleurs nationales place de la Concorde – mais pas assez pour attaquer les patrouilles allemandes qui se livrent à des carnages : vingt-six résistants exécutés à Vincennes, trente-cinq au bois de Boulogne. La foule envahit les boulevards puis reflue lorsque éclatent explosions et pétarades. Les FFI grimpent sur les toits pour y déloger les mitrailleuses que l'ennemi y a placées. Ils attaquent les voitures allemandes puis filent vers la place Saint-Michel et la préfecture de police. Au passage, ils détruisent les panneaux alle-

---

1. Paul Léautaud, *Journal littéraire*, tome 14, Mercure de France, 1964.

mands, sombres girouettes des années d'Occupation. Chacun se demande qui entrera les premiers dans Paris : Anglais ? Américains ? Français ?

Le 19 août, le Comité de libération du cinéma français investit le bâtiment du Comité d'organisation de l'industrie cinématographique, sur les Champs-Elysées. Pierre Blanchar, Louis Daquin, Jacques Becker et Jean-Paul Le Chanois prennent en main les destinées du cinéma et organisent des équipes chargées de filmer la libération de Paris.

Le 20 août, des voitures sillonnent la capitale, annonçant une trêve que le consul de Suède a négociée avec le général von Choltitz, commandant du Gross Paris.

Marcel Jouhandeau en profite pour faire ses bagages. Depuis une semaine, il reçoit des appels menaçants : « Le jour de l'expiation est venu. » Il confie ses canaris à Jean Paulhan et prépare les meilleurs éléments de la basse-cour familiale pour les confier aux Justes du voisinage. Il offre généreusement une oie bien dodue à un concierge du quartier qui l'égorge dans le jardin, la plume et l'embarque pour la faire rôtir. Marcel et Elise sont désespérés. Trop occupés cependant à planquer l'argenterie du ménage sous la terre du jardin, ils ne bronchent pas. Les caquètements de Barbichu, Bourboule, Blanchette, Nigaude et Mme Corbeau rythment les canardages des mitraillettes et le choc sourd des cocktails Molotov qui explosent au loin : les anciens de la guerre d'Espagne connaissent la recette – mèche, essence, acide sulfurique.

Quand les valises sont bouclées et les bestioles
placées, la famille Jouhandeau prend le large. Direction : les amis. Il en reste quelques-uns qui acceptent
de les cacher. On reviendra un peu plus tard, la faim
venue, sacrifier Mme Corbeau aux dures nécessités
de la guerre…

Ailleurs, Robert Brasillach, Lucien Rebatet, Alain
Laubreaux, Jean Giono, Jacques Chardonne, Georges
Blond, Alphonse de Châteaubriant, Paul Morand,
Henry Bordeaux, Pierre Benoit, René Barjavel,
Benoist-Méchin, Alfred Fabre-Luce, Pierre Fresnay,
Albert Préjean, Tino Rossi, Arletty, Derain, Despiau,
Dunoyer de Segonzac, Friesz, Oudot, Vlaminck et
beaucoup d'autres s'interrogent avec inquiétude sur
le sort qui les attend. Laval a quitté la France. Il
retrouvera Doriot, Darnand, Déat, Pétain, Céline et
Le Vigan à Sigmaringen, dans le Bade-Wurtemberg.

Pendant que les uns s'enfuient, les autres reviennent. Brassard tricolore à la manche, Pierre Seghers
rejoint Paul Eluard rue des Saints-Pères. Ils distribuent *les Lettres françaises*. A quelques encablures,
Gérard Philipe et le journaliste-écrivain Roger Stéphane occupent l'Hôtel de Ville. Ils couvrent la libération de Paris pour la radio, qui n'est plus Radio-
Paris, *Radio-Paris ment, Radio-Paris est allemand* :
après avoir abreuvé les populations de ses mensonges et de ses vociférations fascistes et antisémites
pendant quatre ans, le poste s'est tu.

Le 23 août, un homme en pyjama portant des pantoufles en crocodile est présenté à la mairie du VIIe
arrondissement puis embarqué pour la Santé. Sacha
Guitry, qui n'en mène pas large, sera inculpé d'intel-

ligences avec l'ennemi, libéré en octobre, définitivement absous deux ans plus tard (« … Il s'est fait
admettre, sinon flatter par l'ennemi, puissant d'un
jour. Il a joué à contresens ; et s'est voulu représentant une parcelle de la France, là où il ne devait pas
la mener. Mais aujourd'hui il échappe à tout grief
palpable de cour de justice comme de chambre
civique. C'est une commission professionnelle qui
devrait lui signifier une sanction[1] »).

Rue Réaumur, dans les locaux débarrassés par la
presse collabo, Pascal Pia et Albert Camus préparent la sortie du premier numéro de *Combat* non
clandestin (il paraîtra sur une page le 21 août, surmonté d'un incipit sonnant comme un programme :
De la Résistance à la Révolution). Il est entendu
entre le directeur et le rédacteur en chef que ce
dernier écrira un éditorial quotidien, que le journal
sera vendu à la criée puis distribué dans les kiosques.

Malraux vient puis s'en va. Sartre et Beauvoir arrivent et restent. Ils ont passé l'été loin de Paris,
cachés chez les Leiris. Au milieu du mois d'août,
apprenant que les Américains approchaient de Paris,
ils ont grimpé sur leur vélo et ont pédalé jusqu'à
leur hôtel.

Les voilà.

Camus confie à Sartre une chronique quotidienne
sur la libération de Paris : « Un promeneur dans
Paris insurgé ». Ainsi, débordé, le philosophe passe
du journal aux lieux de bataille, et de là au Comité

---

1. Rapport du commissaire du gouvernement, cité *in* Jean-Pierre
Bertin-Maghit, *le Cinéma français sous l'Occupation*, Perrin, 2002.

national du théâtre dont il est membre. Grâce à ses articles (dont la rumeur littéraire prétend qu'ils ont été écrits par Simone de Beauvoir[1]), il apparaîtra comme l'un des observateurs les plus aigus et les plus subtils de l'Occupation, de la Résistance et de la Libération. Quant à Camus, sa responsabilité à la tête d'un journal issu du principal mouvement de résistance va lui conférer une aura de combattant qui ne repose que sur quelques mois de vie clandestine, réalité qu'il ne contesta jamais, admettant, tout comme Sartre, n'avoir joué au mieux qu'un second rôle dans cette pièce tragique que fut la Résistance.

Tandis que les journalistes de *Combat* se pressent autour de leur rédacteur en chef, les jeunes gens porteurs du brassard FFI qui occupent la préfecture de police surveillent un petit avion de tourisme qui vole au ras des toits pour échapper aux radars. L'appareil glisse sur la Seine, revient vers les quais, lâche un petit sac lesté de plomb avant de disparaître dans une trouée d'immeubles. Un passant se précipite. Le sac contient un message : « Le général Leclerc me charge de vous dire *Tenez bon, nous arrivons.* »

La nouvelle vole de barricade en barricade : « Ils sont là ! » Ignorant que Eisenhower a donné son accord au général de Gaulle pour laisser Leclerc entrer le premier dans la capitale, les Parisiens attendent les Anglais ou les Américains. Le 25 août, ils se massent avenue d'Orléans pour acclamer la 2ᵉ division blindée de Leclerc. Sartre et Beauvoir

---

1. Deirdre Bair, *Simone de Beauvoir*, Fayard, 1990.

sont là, parmi des milliers d'autres qui acclament les premiers blindés. Ceux-ci portent des noms espagnols : Guernica, Madrid, Guadalajara. Car, ironie de l'histoire, le détachement qui précède le gros de la colonne est constitué d'anciens combattants républicains qui se sont engagés dans les troupes françaises d'Afrique du Nord ; les derniers à quitter l'Espagne martyrisée, les premiers à entrer dans Paris libéré. Ils sont accueillis par toutes les cloches de la ville sonnant la victoire, des jeunes filles vêtues de tricolore, les applaudissements et les vivats d'une foule en liesse.

Conquis, Jean Marais et son chien Moulou décident de s'engager dans la 2ᵉ DB. Trop tard cependant pour participer aux combats unissant les FFI et les troupes nouvellement arrivées, celles-ci constituant les renforts que les résistants attendaient pour attaquer les derniers bastions tenus par les Allemands. Bientôt, le général von Choltitz est emmené de l'hôtel Meurice à la préfecture de police où il signe la défaite allemande en présence du général Leclerc et du colonel Rol-Tanguy, commandant des FFI de l'Ile-de-France.

Le 25 août au soir, les combats sont terminés. Contrairement à Berlin ou Varsovie, Paris n'a pas été détruit. Le général von Choltitz, qui avait reçu de Berlin l'ordre de miner les ponts, s'est abstenu. Les chars ne se sont pas affrontés dans les rues, la ville n'a pas été bombardée. Dans l'ombre des bureaux reconquis, tandis que les femmes tondues défilent sous les vociférations de foules redevenues vindicatives, les listes noires se préparent. Après la guerre, l'après-guerre.

Occupation, libération, épuration.

Douleur, espoir, vengeance : l'histoire a repris son cours.

Épilogue

Tandis que le général de Gaulle défile sur les Champs-Elysées, Adrienne Monnier remonte la rue de l'Odéon en direction de sa librairie, Aux amis des livres. Elle entre chez elle. Quelques secondes plus tard, ayant entendu des pétarades de moteurs, elle se penche à la fenêtre. Trois petites voitures frappées du sigle BBC freinent devant le n° 12. Quelques hommes descendent. Parmi eux, un colosse en bras de chemise portant de petites lunettes rondes frappe à la porte de la librairie Shakespeare & Co. Adrienne reconnaît aussitôt son ami d'avant la guerre, le compagnon des fêtes, des femmes, des livres et des armes : Ernest Hemingway[1]. Entouré de ses hommes, l'écrivain appelle en direction des étages :

« Sylvia ! »

L'instant d'après, Sylvia Beach, propriétaire de Shakespeare & Co, est dans les bras de l'écrivain américain. Paris est redevenu une fête. Hem raconte qu'il a réuni quelques maquisards avec qui il atten-

1. Voir *Bohèmes* et *Libertad !*, *op. cit.*

dait, depuis Rambouillet, l'autorisation de marcher
sur les arrières de la colonne Leclerc. Ils n'ont
aucune mission particulière. Ils se contentent de
grimper dans les immeubles où on leur signale des
tireurs embusqués.

Comme il n'y en a pas rue de l'Odéon, ils entrent
aux Amis des livres et trinquent à la victoire. Les
capacités d'absorption de Hemingway sont légendaires, et, malchance, Adrienne Monnier n'avait pas
prévu de le recevoir si vite.

« Don't worry ! »

Hem et sa petite troupe montent dans les trois
voitures. Ils passent chez Picasso qui vient de rentrer
de chez Marie-Thérèse où il s'était réfugié après le
Débarquement. Puis ils roulent vers le Ritz. Là, ils
prennent le bar d'assaut, vident les bouteilles, réqui-
sitionnent deux suites, se font monter les réserves
de cognac et achèvent la guerre sur les couvre-lits
en satin rose du palace.

Le lendemain matin, on frappe à la porte. Hem
n'entend pas. On entre. Quand l'écrivain américain
ouvre les yeux, il se trouve en face d'un écrivain
français revêtu d'un habit de colonel. Il cligne des
yeux, s'empare de ses lunettes, accommode.

« André ?

— Ernest ! »

Ils ne se sont pas vus depuis la guerre d'Espagne.

« D'où venez-vous ?

— De loin. Je vais prendre Strasbourg… Et vous ?

— J'étais à Rambouillet, répond Hemingway.

— Seul ?

— J'avais une petite troupe. »

Il montre les trois maquisards ronflant sur les lits.
« La voici. »

Malraux apprécie d'une petite moue :

« Combien d'hommes avez-vous commandés au cours de cette guerre ? »

Hemingway réfléchit, fait un petit calcul et dit :

« Parfois dix, parfois deux cents. Et vous ?

— Moi ? se goberge le colonel. Deux mille.

— Dommage que nous ne nous soyons pas rencontrés plus tôt », réplique Hemingway en se levant.

Il bâille, émet un petit rot et se tourne vers le chef de la brigade Alsace-Lorraine :

« Si vous aviez été avec nous, nous aurions pris plus vite cette petite ville.

— Quelle petite ville ?

— Paris ! »

BIBLIOGRAPHIE SÉLECTIVE

Alexandrian, *Max Ernst*, Somogy, 1992.

Andreu Pierre, *Drieu, témoin et visionnaire*, Grasset, 1952.

— *Vie et mort de Max Jacob*, La Table ronde, 1982.

Anissimov Myriam, *Romain Gary le caméléon*, Denoël, 2004.

Aragon Louis, *l'Homme communiste*, Gallimard, 1946.

— *Henri Matisse, roman*, Gallimard, 1971.

— *Correspondance générale*, Gallimard, 1994.

Arletty, *la Défense*, La Table ronde, 1971.

Arnaud Claude, *Jean Cocteau*, Gallimard, 2003.

Aronson Ronald, *Camus et Sartre*, Alvik Editions, 2005.

Assouline Pierre, *Gaston Gallimard*, Balland, 1984.

— *L'Epuration des intellectuels*, Complexe, 1996.

Azéma Jean-Pierre, Bédarida François, *la France des années noires*, Seuil, 1993.

Badré Frédéric, *Paulhan le juste*, Grasset, 1996.

Bair Deirdre, *Simone de Beauvoir*, Fayard, 1990.

— *Samuel Beckett*, Fayard, 1978.

Bartillat Christian de, *Deux amis, Beckett et Hayden*, Presses du village, 2000.

Bazin Germain, *l'Exode du Louvre*, Somogy, 1992.

Beauvoir Simone de, *la Force de l'âge*, Gallimard, 1960.

Bénédite Daniel, *la Filière marseillaise*, Clancier-Guénaud, 1984.

Benjamin Walter, *Ecrits autobiographiques*, Christian Bourgois, 1994.

Berl Emmanuel – Modiano Patrick, *Interrogatoire*, Gallimard, 1976.

Bertin-Maghit Jean-Pierre, *le Cinéma français sous l'Occupation*, Perrin, 2002.

Betz Albrecht et Martens Stefan, *les Intellectuels et l'Occupation*, Editions Autrement, 2004.

Bizardel Yvon, *Sous l'Occupation*, Calmann-Lévy, 1964.

Bloch Marc, *l'Etrange Défaite*, Gallimard, 1990.

Bonal Gérard, *les Renault-Barrault*, Seuil, 2000.

Marc Bloch aujourd'hui. Histoire comparée et sciences sociales, Editions de l'Ecole des Hautes Etudes en Sciences Sociales, Paris, 1990.

Bona Dominique, *Clara Malraux*, Grasset, 2010.

Bothorel Jean, *Bernard Grasset, vie et passions d'un éditeur*, Grasset, 1989.

Brasillach Robert, *Notre avant-guerre*, Godefroy de Bouillon, 1998.

Brassaï, *Conversations avec Picasso*, Gallimard, 1997.

Brasseur Pierre, *Ma vie en vrac*, Calmann-Lévy, 1972.

Breton André, *Entretiens avec André Parinaud*, Gallimard, 1969.

Brisset Laurence, *la NRF de Jean Paulhan*, Gallimard, 2003.

Broué Pierre, *Trotsky*, Fayard, 1988.

Buñuel Luis, *Mon dernier soupir*, Robert Laffont, 1994.

Cabanne Pierre, *le Siècle de Picasso*, Gallimard, 1992.

Camus Albert - Pia Pascal, *Correspondance, 1939-1947*, Fayard/Gallimard, 2000.

Cazenave Michel, *Malraux*, Balland, 1985.

Cendrars Miriam, *Blaise Cendrars*, Balland, 1984.

Chantal Suzanne, *le Cœur battant*, Grasset, 1976.

Chapsal Madeleine, *les Ecrivains en personne*, UGE, 1973.

Char René, *Feuillets d'Hypnos*, Gallimard, 1962.

Chartier Roger et Henri-Jean Martin, *Histoire de l'édition française*, Fayard, 1991.

Chazal Robert, *Marcel Carné*, Seghers, 1965.

Cohen-Solal Annie, *Sartre*, Gallimard, 1985.

Corcy Stéphanie, *la Vie culturelle sous l'Occupation*, Perrin, 2005.

Courrière Yves, *Jacques Prévert*, Gallimard, 2000.

— *Joseph Kessel, ou sur la piste du lion*, Plon, 1986.

— *Roger Vailland ou un libertin au regard froid*, Plon, 1991.

Curtis Cate, *Saint-Exupéry*, Grasset, 1994.

Daix Pierre, *Dictionnaire Picasso*, Robert Laffont, 1995.

— *La Vie et l'Œuvre de Pablo Picasso*, Seuil, 1977.

— *Aragon*, Flammarion, 1994.

— *Picasso créateur*, Seuil, 1987.

— *Les Lettres françaises*, Tallandier, 2004.

David Angie, *Dominique Aury*, Editions Léo Scheer, 2006.

Debû-Bridel Jacques, *la Résistance intellectuelle*, Julliard, 1970.

Demonpion Denis, *Arletty*, Flammarion, 1996.

Desanti Dominique, *Drieu la Rochelle*, Flammarion, 1978.

— *Les Aragonautes*, Calmann-Lévy, 1997.

— *Desnos, le roman d'une vie*, Mercure de France, 1999.

Desnos Youki, *Confidences*, Arthème Fayard, 1957.

Desnos pour l'an 2000, colloque de Cerisy-la-Ville, Gallimard, 2000.

Robert Desnos, *Cahiers de l'Herne*, Fayard, 1999.

Desprairies Cécile, *Ville lumière, années noires*, Denoël, 2008.

Dhôtel André, *Jean Paulhan, qui suis-je ?*, La Manufacture, 1986.

Döblin Alfred, *Voyage et Destin*, Éditions du Rocher, 2002.

Dormoy Marie, *Souvenirs et portraits d'amis*, Mercure de France, 1963.

Drieu la Rochelle Pierre, *Journal 1939-1945*, Gallimard, 1992.

— *Fragments de mémoire*, Gallimard, 1982.

Dufay François, *le Voyage d'automne*, Perrin, 2000.

Duhamel Marcel, *Raconte pas ta vie*, Mercure de France, 1972.

Dujovne Ortiz Alicia, *Dora Maar*, Grasset, 2003.

Duras Marguerite, *l'Amant*, Editions de Minuit, 1986.

— *Cahiers de la guerre et autres textes*, POL, 2006.

Ecrivains en prison, Pierre Seghers, 1945.

Eluard Paul, *Œuvres complètes*, Bibliothèque de la Pléiade, Gallimard, 1968.

— *Lettres à Gala*, Gallimard, 1984.

Evrard Claude, *Francis Ponge*, Belfond, 1990.

Fauré Michel, *Histoire du surréalisme sous l'Occupation*, La Table ronde, 1982.

Federini Fabienne, *Ecrire ou combattre*, La Découverte, 2006.

Fernandez Dominique, *Ramon*, Grasset, 2008.

Feuchtwanger Lion, *le Diable en France*, Belfond, 1996.

Feuillère Edwige, *les Feux de la mémoire*, Albin Michel, 1977.

Fittko Lisa, *le Chemin des Pyrénées*, Maren Sell & Cie, 1985.

Fouché Pascal, *l'Edition française sous l'Occupation*, Editions de l'IMEC, 1989.

Fry Varian, *la Liste noire*, Plon, 1999.

Galster Ingrid, *Sartre, Vichy et les intellectuels*, L'Harmattan, 2001.

— *Beauvoir dans tous ses états*, Tallandier, 2007.

Galtier-Boissière Jean, *Journal 1940-1950*, Quai Voltaire, 1992.

Garcin Jérôme, *Pour Jean Prévost*, Gallimard, 1994.

Gateau Jean-Charles, *Paul Eluard*, Robert Laffont, 1988.

Gerber François, *Saint-Exupéry de la rive gauche à la guerre*, Denoël, 2000.

Gide André, *Journal*, Bibliothèque de la Pléiade, Gallimard, 1997.

Gilot Françoise, *Vivre avec Picasso*, Calmann-Lévy, 1991.

Girodias Maurice, *Une journée sur la terre*, Ed. de la Différence, 1990.

Giroud Françoise, *Alma Mahler, ou l'art d'être aimée*, Robert Laffont, 1998.

Godard Henri, *l'Amitié André Malraux*, Gallimard, 2001.

Gold Mary Jayne, *Marseille, année 40*, Phébus, 2001.

Greilsamer Laurent, *l'Eclair au front*, Fayard, 2004.

Grenier Jean, *Sous l'Occupation*, Editions Claire Paulhan, 1997.

Guéhenno Jean, *Journal des années noires*, Gallimard, 1947.

Guggenheim Peggy, *Ma vie et mes folies*, Perrin, 2004.

Guilloux Louis, *Carnets*, Gallimard, 1982.

Guiraud Jean-Michel, *la Vie intellectuelle et artistique à Marseille*, Jeanne Laffite, 1998.

Guitry Sacha, *Quatre ans d'occupations*, L'Elan, 1947.

Halimi André, *Chantons sous l'Occupation*, Olivier Orban, 1976.

Heller Gerhard, *Un Allemand à Paris*, Seuil, 1981.

Hugnet Georges, *Pleins et déliés*, Guy Authier éditeur, 1972.

Hugo Jean, *le Regard de la mémoire*, Actes Sud, 1994.

Jacob Max, *Correspondance*, Editions de Paris, 1953.

Janvier Ludovic, *Beckett*, Ecrivains de toujours, Seuil, 1979.

Jean Raymond, *Eluard*, Ecrivains de toujours, Seuil, 1995.

Jeanson Francis, *70 ans d'adolescence*, Stock, 1971.

Joseph Gilbert, *Une si douce Occupation*, Albin Michel, 1991.

Jouhandeau Marcel, *Journal sous l'Occupation*, Gallimard, 1980.

Jünger Ernst, *Jardins et routes*, Christian Bourgois, 1995.

— *Premier journal parisien*, Christian Bourgois, 1995.

Kessel Joseph, *Ami entends-tu…*, La Table ronde, 2006.

Knowlson James, *Beckett*, Solin Actes-Sud, 1999.

Koestler Arthur, *la Lie de la terre*, Laffont, 1994.

Lachgar Lina, *Arrestation et mort de Max Jacob*, Editions de la Différence, 2004.

Lacouture Jean, *Malraux, une vie dans le siècle*, Seuil, 1973.

— *François Mauriac,* Seuil, 1980.

Lamblin Bianca, *Mémoires d'une jeune fille dérangée*, Balland, 1993.

Lartigue Jacques-Henry, *l'Œil de la mémoire*, Michel Lafon, 1986.

Léautaud Paul, *Journal littéraire*, Mercure de France, 1961.

Le Boterf Hervé, *la Vie parisienne sous l'Occupation*, France-Empire, 1974.

Lepape Pierre, *André Gide le Messager*, Seuil, 1997.

Lévy Bernard-Henri, *les Aventures de la liberté*, Grasset, 1991.

— *L'Idéologie française*, Grasset, 1981.

Loiseaux Gérard, *la Littérature de la défaite à la collaboration*, Fayard, 1995.

Lord James, *Giacometti*, Nil, 1997.

Lottman Herbert, *Albert Camus*, Seuil, 1978.

— *La Chute de Paris*, Belfond, 1992.

— *La Rive gauche*, Seuil, 1981.

Loyer Emmanuelle, *Paris à New York*, Grasset, 2005.

Lyotard Jean-François, *Signé Malraux*, Grasset, 1996.

Malaquais Jean, *Journal de guerre,* suivi de *Journal du métèque*, Phébus, 1997.

« André Malraux », sous la direction de Langlois, n° 2.

Mahler Alma, *Ma vie*, Hachette, 1985.

Malraux Alain, *les Marronniers de Boulogne*, Ramsay/De Cortanze, 1992.

Malraux André, *Antimémoires*, Gallimard, 1972.

Malraux Clara, *la Fin et le Commencement*, Grasset, 1976.

Mann Erika et Klaus, *Fuir pour vivre*, Autrement, 1997.

Mann Klaus, *le Tournant*, Solin, 1984.

Marais Jean, *Histoires de ma vie*, Albin Michel, 1975.

Marcou Lily, *Elsa Triolet*, Plon, 1994.

Marien Marcel, *le Radeau de la mémoire*, Le Pré aux clercs, 1983.

Martin du Gard Maurice, *les Mémorables*, Gallimard, 1999.

Martin du Gard Roger, *Journal*, Gallimard, 1993.

Mauriac Claude, *le Temps immobile*, Grasset, 1974.

Mauriac François, *Mémoires politiques*, Grasset, 1967.

— *Lettres d'une vie*, Grasset, 1981.

— *Nouvelles lettres d'une vie*, Grasset, 1989.

Max Jacob et Picasso, Réunion des Musées nationaux, 1994.

Mehlman Jeffrey, *Emigrés à New York*, Albin Michel, 2005.

Mercadet Léon, *la Brigade Alsace-Lorraine*, Grasset, 1984.

Michel Henri, *Paris résistant*, Albin Michel, 1982.

Monnier Adrienne, *Rue de l'Odéon*, Albin Michel, 1989.

Mouloudji, *la Fleur de l'âge*, Grasset, 1991.

Mousli Béatrice, *Max Jacob*, Flammarion, 2005.

Nadeau Maurice, *Grâces leur soient rendues*, Albin Michel, 1990.

Nicholas Lynn H., *le Pillage de l'Europe*, Seuil, 1995.

Noguères Henri, *Histoire de la Résistance en France*, Robert Laffont, 1992.

Ory Pascal, *les Collaborateurs*, Seuil, 1976.

Palmier Jean-Michel, *Weimar en exil*, Payot, 1988.

Paris/Paris, Editions Centre Georges-Pompidou / Editions Gallimard, 1992.

Paulhan Jean, *les Causes célèbres*, Gallimard, 1950.

— *Qui suis-je ?*, La Manufacture, 1986.

— *Choix de lettres, 1937-1945*, tome 2, Gallimard, 1992.

— *Le Clair et l'obscur*, colloque de Cerisy, 1999.

— *Cahiers Jean Paulhan* – Cahier du centenaire. Gallimard, 1984.

— *La Nouvelle Revue française, Jean Paulhan*, Gallimard, 1991.

Paxton Robert O., Corpet Olivier, Paulhan Claire, *Archives de la vie littéraire sous l'Occupation*, Tallandier, IMEC, 2009.

Payne Robert, *Malraux*, Buchet-Chastel, 1973.

Perez Michel, *les Films de Carné*, Ramsay, 1986.

Philippe Claude-Jean, *le Roman du cinéma*, Fayard, 1986.

Picasso, *le Désir attrapé par la queue*, Gallimard, 1989.

Polizzotti Mark, *André Breton*, Gallimard, 1999.

Pour les cinquante ans de la mort de Max Jacob à Drancy, Les Cahiers bleus, 1994.

Prevel Jacques, *En compagnie d'Antonin Artaud*, Flammarion, 1994.

Queneau Raymond, *Journaux*, Gallimard, 1996.

Ragache Gilles et Jean-Robert, *la Vie quotidienne des écrivains et des artistes sous l'Occupation*, Hachette, 1992.

Rebatet Lucien, *les Décombres*, Pauvert, 1976.

— *Les Mémoires d'un fasciste*, Pauvert, 1976.

Regler Gustav, *le Glaive et le Fourreau*, Plon, 1958.

Revah Louis-Albert, *Berl, un Juif de France*, Grasset, 2003.

Reynaud-Paligot Carole, *Parcours politique des surréalistes*, CNRS Editions, 2001.

Robert Véronique et Destouches Lucette, *Céline secret*, Grasset, 2001.

Roudinesco Elisabeth, *Jacques Lacan*, Fayard, 1993.

Roux Georges-Louis, *la Nuit d'Alexandre*, Grasset, 2003.

Rowley Ingrid, *Tête à tête, Beauvoir et Sartre un pacte d'amour*, Grasset, 2006.

Roy Claude, *Moi je*, Gallimard, 1969.

Sabartés Jaime, *Picasso*, L'Ecole des lettres, 1996.

Sadoul Georges, *Histoire du cinéma mondial*, Flammarion, 1972.

Saint-Exupéry Antoine de, *Lettre à un otage*, Gallimard, 1944.

— *Un sens à la vie*, Gallimard, 1956.

— *Ecrits de guerre*, Gallimard, 1982.

Saint-Exupéry Consuelo de, *Mémoire de la rose*, Plon, 2000.

Sapiro Gisèle, *la Guerre des écrivains*, Fayard, 1999.

Sartre Jean-Paul, *Situations I*, Gallimard, 1949.

— *Situations III*, Gallimard, 1949.

— *Situation, IV*, Gallimard, 1964.

Seghers Pierre, *la Résistance et ses poètes*, Marabout, 1978.

Serge Victor, *Mémoires d'un révolutionnaire*, Seuil, 1951.

— *Les Derniers Temps, Les Cahiers rouges*, Grasset, 1998.

Soupault Philippe, *Mémoires de l'oubli*, Lachenal et Ritter, 1986.

Sperber Manès, *Au-delà de l'oubli*, Calmann-Lévy, 1979.

Thévenin Paule, *Antonin Artaud, ce désespéré qui vous parle*, Seuil, 1993.

Thomas Edith, *le Témoin compromis*, Viviane Hamy, 1995.

Todd Olivier, *Albert Camus. Une vie*, Gallimard, 1996.

— *André Malraux. Une vie*, Gallimard, 2001.

Vailland Roger, *Drôle de jeu*, Buchet-Chastel, 1945.

— *Ecrits intimes*, Gallimard, 1969.

— *Entretiens*, Max Chaleil et Subervie, 1970.

— *Chronique des années folles à la Libération*, Messidor, 1984.

Valier Jean, *C'était Marguerite Duras*, Fayard, 2006.

Valland Rose, *le Front de l'art*, Réunion des Musées nationaux, 1997.

Van Rysselberghe Maria, *les Cahiers de la petite dame*, Gallimard, 1975.

Vercors, *le Silence de la Mer*, Minuit, 1942.

— *la Bataille du silence*, Presses de la Cité, 1967.

Vircondelet Alain, *Antoine et Consuelo de Saint-Exupéry*, Fayard, 2009.

Vitoux Frédéric, *la Vie de Céline*, Grasset, 1988.

Webster Paul, *Saint-Exupéry*, Editions du Félin, 2000.

Winock Michel, *le Siècle des intellectuels*, Seuil, 1997.

Witta-Montrobert Jeanne, *la Lanterne magique*, Calmann-Lévy, 1980.

Table

AU JOUR LE JOUR

DROLES DE JEUX

Table 569

ESPOIRS

Dan Franck
dans Le Livre de Poche

Bohèmes   n° 30695

C'était l'époque où Paris était la capitale du monde. A
Montmartre et à Montparnasse, entre le Bateau-Lavoir et
la Closerie des Lilas, allaient les sublimes trublions qui
inventaient l'art moderne et le langage du siècle : Jarry,
son hibou et ses revolvers, Picasso, sympathisant anarchiste, Apollinaire, l'érotomane, Modigliani et ses femmes,
Max Jacob et ses hommes, Aragon, le flambeur, Soutine,
le solitaire, Man Ray, Braque, Matisse, Breton et les
autres...

Les Enfants   n° 30307

Quand deux célibataires se rencontrent, se découvrent et
s'aiment, ils décident souvent de vivre ensemble. Facile à
dire, et même à faire... Sauf lorsqu'ils sont chacun lestés
d'une histoire ancienne dont les enfants constituent le
prolongement. Rassembler tout ce petit monde dans une
maison commune relève alors de la comédie, de la tragédie, de la farce.

Libertad ! n° 30544

Voici une fresque dont les héros s'appellent Malraux, Saint-Exupéry, Prévert, Picasso, Dalí, Eluard, Dos Passos, Hemingway, Orwell, Capa... Un kaléidoscope d'enthousiasmes et d'illusions tendu entre la montée du fascisme et la guerre d'Espagne, entre la tentation communiste et un désir de révolution sociale, morale, artistique, politique... Voici un livre où l'on passe de l'après-guerre à l'avant-guerre.

Roman nègre n° 32009

Taro est un écrivain fantôme. Chanteurs, acteurs, sportifs, stars en tous genres et anonymes, tous le sollicitent. « Nègre » professionnel dans la journée, Taro est obsédé par l'enlèvement d'un homme dont il cherche à prolonger la vie par les mots. Il y consacre ses nuits.

Du même auteur :

LES CALENDES GRECQUES, Calmann-Lévy, 1980 ; Points
  (prix du Premier Roman 1980).
APOLLINE, Stock, 1982 ; Points.
LA DAME DU SOIR, Mercure de France, 1984 ; Points.
LES ADIEUX, Flammarion, 1987 ; Points.
LE CIMETIÈRE DES FOUS, Flammarion, 1989 ; Points.
LA SÉPARATION, Seuil, 1991 ; Points (prix Renaudot
  1991).
UNE JEUNE FILLE, Seuil, 1994 ; Points.
NU COUCHÉ, Seuil, 1998 ; Points.
LES ENFANTS, Grasset, 2003 (prix des Romancières 2003),
  Le Livre de Poche.
ROMAN NÈGRE, Grasset, 2008.

LA TÊTE DE L'ART, Grasset, 1983.
LE PETIT LIVRE DE L'ORCHESTRE ET DE SES INSTRU-
  MENTS, Points, 1993.
TABAC, Seuil, 1995 ; Mille et une Nuits.
BOHÈMES. LES AVENTURIERS DE L'ART MODERNE
  (1900-1930), Calmann-Lévy, 1998 ; Le Livre de Poche.
LIBERTAD ! LES AVENTURIERS DE L'ART MODERNE
  (1931-1939), Grasset, 2004 ; Le Livre de Poche.

LES CARNETS DE LA CALIFORNIE, texte sur Picasso, Le
  Cercle d'Art, 2000.
LES ANNÉES MONTMARTRE, Mengès, 2007.

En collaboration avec Jean Vautrin :

LES AVENTURES DE BORO, reporter-photographe.
La Dame de Berlin, Fayard, 1987 ; Pocket.
Le Temps des cerises, Fayard, 1990 ; Pocket.
Les Noces de Guernica, Fayard, 1994 ; Pocket.
Mademoiselle Chat, Fayard, 1996 ; Pocket.
Boro s'en va-t-en guerre, Fayard, 2000 ; Pocket.
Cher Boro, Fayard, 2005 ; Pocket.
La Fête à Boro, Fayard, 2007 ; Pocket.
La Dame de Jérusalem, Fayard, 2009.

En collaboration avec Enki Bilal :

UN SIÈCLE D'AMOUR, Fayard, 2000.
UN SIÈCLE D'AMOUR, ET QUELQUES ANNÉES DE PLUS,
   Casterman/Fayard, 2009.

Water
ombre ou peu, part
eye
eyelash
colorant bleu
food rotten food
double exposure
photo 5 generation
me

P. 122 Peggy Guggenheim
157 M. Duras

425 René Tavernier
463 Camus
466 Académie française

Composition réalisée par NORD COMPO

Achevé d'imprimer en décembre 2011, en France sur Presse Offset par
Maury-Imprimeur – 45330 Malesherbes
N° d'imprimeur : 169926
Dépôt légal 1ʳᵉ publication : janvier 2012
LIBRAIRIE GÉNÉRALE FRANÇAISE – 31, rue de Fleurus – 75278 Paris Cedex 06

31/6212/0